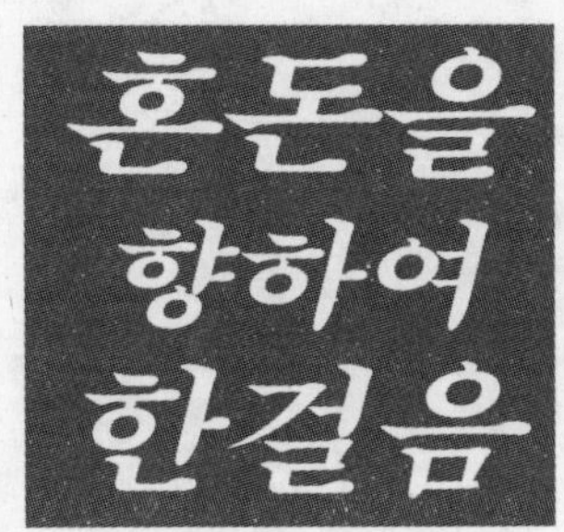

최인석 소설집

창작과비평사

1997

혼돈을 향하여 한걸음

차례

혼돈을 향하여 한걸음

1

하늘은 한장 구겨진 신문지 같았다. 구름이 뒤덮여 한낮인데도 벌써 날이 저무는 것처럼 어둑어둑했다. 잿빛 허공에 눈보라만이 가득차 휘날렸다. 하늘이 땅 위로 내려앉은 듯했다. 그리고 그 사이로 보이지 않는 길을 만들고 치달려와 세상을 뒤엎을 듯 휘몰아치는 바람. 나무들이 허공으로 날아오를 듯 몸부림쳤다.

길은 축축하고 미끄러웠다. 눈이 쌓이며 녹고, 그 위로 다시 눈이 쌓였다. 고개 하나를 넘으면 눈이 그쳤다가 고개 하나를 넘으면 다시 눈이 쏟아졌다. 중앙분리대 옆에는 얼음이 깔려 있었고, 그 위에 다시 눈이 쌓이기 시작했다. 도로 위에도 눈이 쌓였다. 자칫 바퀴가 미끄러지면 중앙분리대를 들이받거나 옆 차선을 달리는 차와 충돌할 것이다. 속도를 낼 수가 없었다. 겨우 시속 40킬로미터 정도. 그런데도 차창 가득 덤벼드는 눈보라 때문에 순간순간 앞이 보이지 않았다. 성우는 속도를 더 낮췄다. 멍하니 눈앞으로 덤벼드는 눈보라를 바라보며 운전을 하는 어떤 순간, 그는 문득 길을 잃었다는 생각이 들었다. 휑하니 뚫린 경부고속도로 한복판, 서울을 빠져나온 지 겨우 한 시간 남짓인데 길을 잃다니. 터무니없는 노릇이었다.

아버지는 한달 전에 죽었다. 아침마다 늘 하는 것처럼 산책을 나가서 빠른 걸음으로 산을 한바퀴 돌고, 약수터에 들러 물을 한사발 마시고, 콘크리트 벤치에 걸터앉아 후우, 하고 큰숨을 들이마신 다음, 죽었다. 새벽 안개가 아비의 시신에 비처럼 축축히 흘러내렸고, 앙상한 겨울 나뭇가지들은 안개 속에 미로(迷路) 같은 도형으로 얽혀 있었으며, 새들이 그 미로 속을 재재거리며 헤매다녔고, 약수터는 물을 받으러 나온 사람들, 운동을 하러 나온 사람들로 붐볐으며, 아버지는 그 가운데에서 아주 조용히 죽었다. 운동을 하던 노인네들은 이미 죽어버린 아버지 옆에 앉아 아들 자랑도 하고 며느리 욕도 하고, 담배도 피우고, 풍을 치료하는 데에는 어디 사는 한의사가 귀신의 솜씨라는 등의 얘기를 주고받으면서도 아버지가 죽었다는 것을 한참 동안이나 전혀 알지 못했다. 무슨 못마땅한 일이 생기면 우선 고함부터 지르고 보는 것이 그의 평생의 버릇이었으나, 죽음 앞에서는 그는 큰소리 한번 지를 기회를 얻지 못했다. 아니, 어쩌면 그는 돌연 찾아온 죽음이 못마땅하지 않았던 것일까.

아버지가 죽었다는 소식을 전해 듣자 성우는 서점으로 나가기 위해 옷을 갈아입다 말고 허둥지둥 약수터로 달려나갔다. 아버지를 업고 집으로 달려오던 약수터운동회 사람과 아파트 광장에서 마주쳤을 때 그는 그것이 가장 당연한 일인 듯 얼른 그 사람에게 등을 돌려대었고, 그 사람 역시 아버지를 얼른 그의 등에 옮겨 업혀주었다. 이미 경직이 시작된 것일까. 아버지의 엉덩이는 차고 딱딱했다. 그것은 이미 그의 아비가 아니었다. 이미 하나의 '그것'이었다. 생명이란 무엇인가. 한줄기의 호흡과 주먹만한 근육덩이의 몸부림, 맥박. 그 것이 무엇이기에 그것이 멈추면 사람의 몸은 이내 이처럼 굳어가는 것인가. 한줄기의 호흡, 한차례 염통의 몸부림. 그것이 과연 생명일 까. 그러나 과연 생명이란 그런 것에 불과했다. 거기에는 어떠한 존 엄성이나 작은 위엄도, 돌아다볼 회한마저 없었다. 만일 사람에게, 세상살이에 그런 것이 있다 해도 그것은 한줄기 호흡, 근육덩이의 꿈틀거림에 있는 것은 아니었다.

  승강기의 문이 열리자 성우는 그런 생각을 뿌리치듯 승강기 앞으 로 다가섰다. 그러나 그는 곧 아, 하고 짧게 신음하며 주춤 물러서 야 했다. 승강기 안에서 재깔재깔 맑고 소란스러운 애기소리와 함께 아이들이, 초등학교 2학년쯤 되어 보이는 너덧 명의 아이들이 가방 을 메고, 신발주머니를 들고 밀려나왔던 것이다. 아이들의 얼굴은 유리창에 맺힌 물방울 같았다. 성우는 순간적으로 눈이 부셨고, 등 에 짊어진 것을 얼른 감춰야 한다는 생각에 사로잡혔다. 그러나 그 럴 필요는 없었다. 아이들은 그에게도 그가 등에 짊어진 것에도 눈 길 한번 주지 않고 깔깔 웃어대며 물방울이 굴러내리듯이 재빨리 달 려나가버렸다.

  장례식은 무난히, 조용히 치러졌다. 성우는 울지 않았다. 도대체 눈물이 나지 않았다. 슬프지도 않았다. 아비가 마침내 죽었다는 사 실만이 체한 음식물처럼 그의 몸 안 어딘가에 불편하게 걸려 있을 뿐이었다. 아비는 한길 흙속에 묻혔다. 성우의 형제자매를 비롯한 친지들의 눈물과 한숨과 한탄과 추억은 그다지 중요한 것은 아니라 고 해야 할지도 모른다. 왜냐하면 그런 것은 죽음 앞에서 늘 벌어지 는 일이요, 사람살이나 세상살이는 어떠한 눈물이나 죽음 앞에서도,

8

의연하다기보다는 여전한 것이니까. 삶과 죽음 사이에 무엇이 있는가? 한길 두께의 흙이 있을 뿐이다. 그러나 그 사이의 거리, 그것은 돌이킬 수 없는 거리, 솔로몬의 지혜와 헤라클레스의 힘을 합쳐도 어쩔 도리가 없는 거리이다. 사람은 삶과 죽음 앞에서 느끼는 무력감으로 구덩이를 파고 주검을 넣은 다음, 거기 한길 두께의 흙을 쌓아올린다. 그리고 마치 조금 전까지도 그들과 더불어 삶을 누리던 자를 땅속에 묻어버린 것을 후회라도 하듯 비석을 세우고 그의 이름을 새겨넣는다. 사람은 땅에 묻고 상징은 땅 위에 세우는 것이다.

성우가 저 찜찜하고 불편한 기분에 시달리기 시작한 것은 연락을 받은 가족들이 모여들어 장례식을 의논하기 시작하면서부터였다. 꼭 해야 하는 어떤 일을 하지 않은 것 같은 기분, 그로 인해 나중에 크게 후회할 일이 벌어질 것만 같은 기분이었다. 무엇일까? 아무리 궁리를 거듭해봐도 생각은 나지 않았다. 그러면서도 마치 난로를 켜둔 채로 서점 문을 닫아걸기라도 한 것 같은 기분은 좀처럼 사라지지 않았다. 그는 막연히 장례식이 끝나면 이런 기분도 사라지리라고 생각했다. 아버지가 그처럼 갑자기 돌아가신 때문이리라. 그러나 아니었다. 장례식을 마치고 집에 돌아온 날 밤, 피로와 술에 지쳐 잠에 빠져들었던 그는 한밤중 가슴이 짓눌리는 듯한 갑갑증 때문에 잠에서 깨어났다. 그의 등에 커다란 혹 같은 것이, 그러나 살아 있는 혹 같은 것이 타고 앉아 그를 짓누르고 있었다. 그가 어디로 가건 무엇을 하건 그 혹은 그를 끊임없이 압박했다. 그것이 느껴질 때마다 온몸이 꽁꽁 결박당한 것만 같은 기분이었다. 무엇일까. 무엇 때문에 이다지 마음이 무거운 것일까. 부음을 알려야 할 누군가에게 연락을 하지 않은 것일까? 그는 당장 방명록을 가져다 놓고 떠오르는 이름들을 하나하나 꼽으며 대조해보았다. 없었다. 친가 쪽 어른들, 외가 쪽의 어른들, 아버지의 친구들 이름을 아무리 떠올려봐도 알리지 않은 사람은 없었다. 그런데 왜인가? 도대체 이 찜찜하고 무거운 기분의 정체는 무엇인가?

　아무리 생각해봐도 그럴 만한 일이 떠오르지 않았으므로, 그는 그 기분을 무시하기 위해 애를 썼다. 평상시의 생활로 되돌아가 매일 아침 서점으로 나가 문을 열고, 청소를 하고, 책을 팔고, 주문하고, 점심시간에는 아내와 교대를 하여 집에 돌아와 밥을 먹고 두어 시간쯤을 쉬고, 이제 국민학교 1학년인 아이가 학교에서 돌아올 시간이 다가오면 다시 그가 서점으로 나가고 아내를 집으로 들여보내고…… 오천원짜리 책을 팔면 천원의 이익을, 만원짜리 책을 팔았을 때는 이천원의 이익을 생각하고, 주문을 하고, 반품을 하고…… 그러나 불가능했다. 그의 등을 타고 앉은 혹은 나날이 더 무겁게 그의 목을 졸라댔다. 그것은 덩굴식물 같았다. 시간이 흐를수록 더욱 크게 자라 그의 몸을 칭칭 결박했고, 밤늦은 시각 가게문을 닫는 그의 옆구리를 움켜쥐었으며, 늦은 저녁을 먹기 위해 숟가락을 드는 그의 손목에 휘감겼고, 물줄기 밑에 서서 샴푸 거품을 뒤집어쓰고 머리를 감는 그의 눈자위를 찔러왔다.

　며칠 전의 일이었다. 술을 한잔 마시고 잠자리에 들었던 그는 새벽 네시쯤 고통스럽게 깨어났다. 가슴이 짓눌리는 듯했고 숨이 막혔다. 무엇인가? 무엇 때문인가? 무엇을 하지 않았다는 것인가? 그때 아이가 비명을 지르는 소리가 들렸다. 그는 놀라 아이의 방으로 달려갔다. 그러나 그가 아이의 침대에 걸터앉았을 때에 아이는 언제 소리를 질렀더냐는 듯 새근거리며 자고 있었다. 아이의 방, 아니 그것은 아비의 방이었다. 할아버지의 방은 손자의 방이 되었다. 내 아비의 방이 내 아이의 방이 되었다. 성우는 아비의 방, 아니 아이의

방, 아니 이제 아비의 방이라고도 할 수 없고 아직은 아이의 방이라
고도 할 수 없는 그 방을 둘러보았다. 아비의 자취는 도배지에 남은
손때까지 말끔히 사라졌다. 아비의 은회색 도배지는 분홍색의 꽃과
나비가 엷게 아로새겨진 쾌활하고 포근한 줄무늬의 도배지로 바뀌었
다. 커다란 글씨가 박인 아비의 일력(日曆)이 걸려 있던 자리에는
아이가 그린 그림이 걸려 있었다. 아이들이 빨갛고 노란 튜브를 타
고 물장구를 치는 수영장, 그리고 엉뚱하게도 그 위로 날아오르는
우주선, 그보다 훨씬 높은 곳, 별들이 반짝이는 허공에서 수영장의
아이들과 날아오르는 우주선을 내려다보며 첼로를 연주하는 흰 드레
스의 소녀. 엷게 칠해진 니스 속으로 나뭇결이 훤히 들여다보이는
책상과 책꽂이가 놓인 자리는 아비의 낡은 검고동색 양복장이 놓여
있던 곳이었다. 아비가 늘 침구를 깔고 개고 하던 자리에는 아이의
침대가 놓여 있었고, 아이는 거기, 배꼽을 드러낸 채 씩씩, 풍선 부
는 소리를 내며 잠들어 있었다. 얼마 전에 죽은 할아버지의 방인데
무섭지도 않은 것일까. 아이는 방이 생기고, 게다가 침대까지 생긴
것이 기쁨에 겨워 틈만 나면 제 방에 들락거렸다. 이제까지 아이가
쓰던 방은 책상만 놓고도 아이의 작은 이부자리를 펴면 그만 발 옮
길 자리가 없을 만큼 비좁았다. 그래서 할아버지의 방이 탐이 났더
란 말이냐. 그래서 할아버지가 돌아가시자마자 그 방을 차지하고 들
어앉은 것이 그토록 기쁘더란 말이냐. 왠지 성우는 잠든 아이의 얼
굴이 섬찟했고, 다시금 저 정체를 알 수 없는 혹이 그를 압박해오는
것을 느꼈으며, 온몸이 결박당한 듯한 갑갑함을 느꼈고, 왠지 그 모
든 것들이 두려웠으며……

그는 서둘러 마루로 나왔다. 위스키병을 꺼내 반잔쯤을 따르자 그
는 단숨에 입안에 털어넣었다. 식도 안이 후끈 달아올랐다. 무엇인

가. 도대체 내가 무엇을 하지 않았단 말인가. 어째서 시간이 흐를수록 더욱 이 혹은 무거워지는 것이냐. 잠들기는 틀린 일이었다. 그는 화장실에 들어가 세수를 했다. 책이나 읽다가 서점으로 나가는 수밖에 없을 것 같았다. 젖은 얼굴을 들어 거울을 들여다본 순간, 으으, 그의 입술 사이로 신음소리가 비어져나왔다. 그는 비틀비틀 뒷걸음질했다. 거울 속에 그가 아닌 낯선 사람이 서 있었다. 그를 물끄러미 쳐다보고 있었다. 젊은 사람, 어디선가 본 듯한 얼굴. 그가 거울 속에서 침울한 낯으로, 원망스러운 눈빛으로 그를 마주보고 서 있었다. 홀쭉한 뺨, 짙은 눈썹, 거뭇거뭇한 콧수염과 턱수염, 깊은 주름살로 갈라진 이마, 그 이마 위로 흘러내린 흐트러진 머리칼…… 그 역시 성우처럼 뒷걸음질했다. 그 역시 놀라고 겁에 질린 얼굴이었다. 잠깐 뒤에야 그는 거울 속의 남자가 누구인지를 깨달았고, 다시 한번 놀랐다. 그것은 바로 성우 자신, 그러나 그의 젊은 시절의 모습이었다. 십여년 전의 그 자신이 거울 속에서 그를 불만에 차서 쏘아보고 있었다. 왜? 왜 그러는데? 목이 말랐다. 그는 다시 수돗물을 틀어 얼굴에 물을 끼얹었었다. 거울 속의 젊은 성우의 머리칼에서 물방울이 뚝뚝 떨어졌다. 문득 성우는 부끄러웠다. 낯이 뜨거워졌다. 젊은 성우의 그 시선 앞에서 그는 한마리 닭처럼 털이 뽑혀나가는 기분이었다.

그 순간, 그의 어두운 뇌리, 먼지 덮인 갈피에서 한 사람의 얼굴이 떠올랐다. 그렇다. 그 여자. 그와 더불어 까맣게 잊고 있던 무수한 기억들이 고구마 줄기를 걷어올린 듯 툭툭 망각의 흙을 걷어차며 거침없이 되살아났다.

2

　뜨거운 커피를 마시며 성우는 창밖을 내다보았다. 망향휴게소 주차장은 눈을 피하는 차들로 가득했다. 그러나 차에서 내린 사람들의 얼굴은 환했다. 적어도 성우가 보기에는 그를 제외한 모든 사람들은 오직 쾌활하고 즐거운 여행길에 나선 사람들 같았다. 엑센트 한대가 주차장에 멎자마자 안에서 붉은색, 노란색, 파란색, 흰색의 파카를 입은 젊은이들이 우르르 뛰어내리더니, 빈터 한쪽의 더럽혀지지 않은 눈이 쌓인 계단으로 달려가서 눈을 뭉쳐 서로를 향해 집어던지기 시작했다. 열린 입, 흰 치아, 눈부신 얼굴, 그 얼굴 위로 거침없이 쏟아지는 눈보라, 그리고 그들의 웃음과 활기는 그 눈보라 못지 않게 거침이 없었다. 눈보라는 그들의 웃음과 더불어 환호하듯 흩날렸다. 성우는 우두커니 그들을 바라보다가 다시 길을 잃은 기분에 빠져들었다. 왜 집을 나선 것인가. 그 여자에게 아비의 죽음을 알리기 위하여? 그러나 그게 그다지 중요한 일일까? 내가 그 소식을 전하면 그 여자는 별 엉뚱한 놈 다 보겠다는 얼굴로 그만 문을 닫아버리는 것은 아닐까? 아버지의 여자였다고는 하지만 그것은 벌써 십수 년 전의 일이 아닌가. 아버지가 그 여자를 보지 않기 시작한 지가 얼마나 되는지도 그는 정확히 알지 못했다. 정말 거기 가야 하는 것일까? 거기 갔다 오면 이 무거운 기분이 사라질까? 아니, 내가 집을 나선 것이 정녕 그 여자에게 아버지의 죽음을 알리기 위해서일까? 어쩌면 나는 그저 집을 나서고 싶었던 것은 아닐까? 집, 아버지의 집, 나의 집, 아내의 집, 집. 서점. 매절(賣切)로 들여놨으나 팔리지 않아 손도 눈도 닿지 않는 책꽂이 꼭대기에 얹어두었던 책을 용케도 발견해낸 손님이 있어 의자를 놓고 올라서서 그 책을 꺼냈을 때 책 위에 두텁게 덮여 있던 먼지. 삶은 그런 것이었다. 서점은 아파트단지 상가 안에 있었고, 따라서 그는 단지 밖으로는 별로 나갈 일이 없었다. 하나의 작은 아파트단지, 그것이 그의 세계였다. 조용히, 될 수 있는 한 조용히. 큰소리 한번 내지 말고. 왜냐하면 이웃에게 방해가 되니까. 담배꽁초도 함부로 버리지 말고. 왜냐하면 그것은 기본적인 시민의 덕목이니까. 쓰레기 분리수거도 철저히 하고. 왜냐하면 그것은 환경보호를 위해 긴요한 일이니까. 온갖 세금이나 공과금은 꼬박꼬박 연체하는 일 없이. 왜냐하면 그 역시 시민의 기본적 덕목일 뿐만 아니라 연체료를 내는 것은 경제적으로도 손실이니까. 삶은 그런 것이라야 했다. 정연하고 차분한 것. 그는 산다는 게 무엇인지 안다고 생각했다. 무엇보다 혼란이 없어야 했다. 아비로 인하여 초래되는 혼란이 아니라면 그의 집에는 혼란이란 없었다. 그는 그 혼란을 최소화하기 위해 노력했다. 이제 아비는 죽었다. 따라서 그의 집에는 더이상 혼란은 없을 것이다. 먼지는 먼지가 쌓이게 되어 있는 곳에 쌓이고 이윽고 잊혀질 것이다. 사람의 눈에 띄지 않고 사람의 손이 닿지 않는 모든 곳에. 그러니까 일상이 아닌 모든 것들에.

만류하는 아내를 설득하기 위해 애를 쓸 때까지만 해도, 집을 나설 때까지만 해도 성우는 꼭 그 여자를 만나야 한다고 생각했다. 그러나 집을 나선 지 이제 겨우 두 시간인데 다 무의미한 짓이라는 생각이 들었다. 그 여자에게 아비의 죽음을 알린다 하여 이 혹이 사라질까. 이 결박이 끊길까. 그리고 두려웠다. 그가 이제 마주해야 하

는 것이, 아버지의 평생을 통한 부패의 동반자였던 그 여자가, 7년
전 죽은 어미의 평생의 저주였던 그녀가, 그리고 그 여자를 통해 마
주치게 될 알 수 없는 것들이, 그 여자가 가지고 있을지도 모르는
무엇인가가 두렵고 혐오스러웠다. 그 여자를 만나야 한다는 것부터
가 염증이 나고 지겨웠다. 돌아갈까. 아니, 오랜만에 혼자서 이곳저
곳 여행이나 다닐까.

“아저씨.”

성우는 고개를 돌렸다. 열일고여덟쯤 되었을까. 키가 훤칠한 남자
아이와 여자아이 하나가 나란히 서서 그를 쳐다보고 있었다. 소년이
나 소녀나 이제 비로소 젊은 사람의 꼴을 갖춰가는 얼굴이었다. 여
자아이의 희고 맑은 얼굴, 그 얼굴과 선명하게 대조를 이룬 입술은
너무나 붉어 꽃잎 같았다. 성우는 멍하니 그 아이들을 쳐다보았다.

“저희들 좀 태워주실 수 없어요？”

남자아이는 커다란 배낭을 메고 있었다. 여자아이가 멘 것은 배낭
이라기보다는 요즘 젊은 여자들이 흔히 핸드백 대신 메고 다니는 물
건이었다. 여자아이의 눈에 얼핏 초조감이 드러났고, 다음 순간에는
속내를 들켰는지도 모른다는 듯한 근심스러운 기색과 함께 낭패감과
불안감이 뒤얽혔다. 아직 속내를 고스란히 드러내고 마는 그 아이들
의 새싹 같은 여린 눈빛이 성우는 안쓰러웠다. 성우가 어딜 가느냐
고 묻자 남자아이는 반문했다.

“아저씬 어디까지 가시는데요？”

성우는 부산에 간다고 대답했다. 그의 말이 끝나기가 바쁘게 이번
에는 여자아이가 저희도요, 하고 말했다. 말하고 나서 여자아이는
얼른 남자아이의 눈빛을 살폈다. 순간적으로 교차하고는 이내 흩어
지는 두 아이의 눈빛이 불안감으로 한층 어두워졌다. 남자아이가 다

시 덧붙였다.

"부산 시내에만 들어서면 바로 내려도 돼요."

성우는 말했다.

"가자."

안될 게 무어랴. 그는 종이컵을 쓰레기통에 던지고 밖으로 나섰다. 눈보라가 덤벼들었다. 아이들은 저마다 한마디씩 했다. 고맙습니다, 아저씨. 감사합니다.

지금이 학기중이라는 생각이 난 것은 그 아이들을 태우고 나서 얼마간을 달린 뒤였다. 그렇다면 이 아이들은 학교를 다니지 않는 것일까? 아이들은 천진무구하다고까지는 할 수 없었으나 때묻은 얼굴은 아니었다. 거리에서 뒹굴며 사는 아이들로는 보이지 않았다. 보살핌을 받으며 자라난 아이들이 분명해 보였다. 그가 사는 아파트 단지에서 흔히 만날 수 있는 그 또래 아이들의 얼굴이었다. 그런데 이들은 왜 지금 학교가 아니라 고속도로 위에 와 있는 것일까? 더구나 어째서 휴게소에서 차편을 찾고 있었던 것일까? 그 휴게소까지는 무슨 차를 타고 온 것일까? 왜 휴게소에서 차를 바꿔타야 했던 것일까? 성우는 먼저 짐짓 집이 어디냐고 물었다. 서울이라는 대답이었다.

"몇학년이냐?"

잠시 사이를 두었다가 남자아이가 대답했다.

"이학년요."

"그런데, 학곤 안 가고 어딜 가는 거냐?"

대답이 없었다. 성우는 그제야 이 아이들이 어쩌면 가출을 한 것인지도 모른다는 생각이 들었다. 아이들의 부모가 지금 애가 타서 찾고 있는지도 모른다. 그런데 그는 지금 아이들의 가출을 돕고 있는 것이다.

"삼촌이 위독하세요."

남자아이의 대답이었다. 성우는 한눈에 그것이 거짓말이라는 것을 알 수 있었다. 아이들은 긴장하여 그 다음 그가 어떤 질문을 할 것인지, 어떤 대답을 해야 하는지를 궁리하며 그를 주시하고 있었다. 불쌍하다는 생각이 들었다. 쓸데없는 짓이었다. 그가 뭐라고 묻건 아이들은 계속해서 거짓말만 할 것이 뻔했다. 그는 아이들의 말이 거짓말이라는 것을 알면서도 그것을 추궁할 수도 없을 것이다. 성우가 도와주지 않았다 해도 이 아이들은 무슨 방법을 써서든지 부산까지 내려갈 것이다. 집으로 돌아가라고 충고를 한다는 것도 멋쩍은 짓이었고 무의미한 짓이었다. 그의 몇마디 충고로 집으로 돌아갈 아이들이라면 처음부터 집을 나오지도 않았을 것이다.

고등학교 시절, 성우도 가출을 한 적이 있었다. 그는 아버지가 애지중지하는 북을 메고 무작정 집을 나섰다. 북은 갈가리 찢고 깨어 서울역 화장실에 버렸다. 기차를 타고 천안까지 갔다. 그곳에서부터는 국도를 걸었다. 지나다니는 트럭을 얻어타기도 했다. 그때 그가 목적지로 삼은 곳도 부산이었다. 집에서 가장 먼 곳이 그곳이라고 생각했다. 다시는 아버지를 보지 않으려면, 다시는 집으로 돌아가지 않으려면 취직을 해야 한다고 생각했고, 부산은 대도시니까 일자리도 어렵지 않게 얻을 수 있을 것이라고 생각했다. 집, 아버지와 어머니의 싸움이 있고, 돈이 눈에 띄기만 하면 그것이 누구의 돈이건 무슨 돈이건 거머쥐고 집을 나가 몇날 며칠이고 세상을 떠돌다가 술에 만취하여 돌아와서는 다시 어머니와 다투는 아버지가 있는 집, 다투고 나서도 한밤중에 돌연 북을 내려놓고 덩덩두둥둥, 두들기며 흥얼흥얼 소리를 내놓는 아버지가 있는 집, 어머니의 울부짖음과 눈물과 한탄이 있는 집, 학교는 그만두고 어디든 취직하겠다고 어머니를 조르는 누이동생이 있는 집…… 성우는 고등학교 2학년이었고 부반장이었다. 그날 그는 상당한 액수의 돈을 지니고 있었다. 학급 아이들에게서 걷은 학급비, 그리고 참고교재를 일괄 구입할 돈이었다. 그에게 돈이 있다는 것을 어떻게 알았을까. 그러나 아버지는 돈냄새를 맡는 데는 귀신이었다. 그 돈을 찾아 쥐고 사라졌던 것이다. 학교에 가려다가 그 돈이 없어진 것을 발견한 그는 어찌할 바를 모른 채 어머니 앞에서 울고불고 몸부림쳤다. 어머니는 이웃 사람에게서 돈을 빌려 그에게 내주었다. 아버지는 일주일 뒤에 소주병을 쥐고 사랑가를 흥얼거리며 돌아왔다. 성우가 아버지에게 항의하자 아버지는 그의 뺨을 후려쳤다. 이놈, 인간 말종 같은 놈. 애비한테 덤벼들어? 성우가 집을 나온 것은 바로 그 이튿날 새벽이었다.

그는 모르는 것이다. 이 아이들의 집은 어떤 집인지를, 어떤 아비가 있고, 어떤 어미가 있는 집인지를.

성우는 아이들에게 더이상 아무것도 묻지 않기로 했다. 눈은 쏟아지고, 그는 속도를 낼 수 없었다. 차창닦이는 쉼없이 흩날리는 눈과 흙탕물을 씻어냈고, 그 미끄러운 길을 시속 백 킬로미터 이상으로 치달리는 차들이 쌩쌩, 그들 곁을 스쳐 눈보라 속으로 사라졌다. 한참이 지났는데도 아이들은 여전히 긴장하여 서로 말을 나누지 않았다. 성우는 아이들의 긴장을 풀어주기 위해, 둘이 서로 귓속말이라도 나눌 수 있도록 만들어주기 위해 음악을 켰다. 바하의 무반주 첼로였다. 아버지가 북을 둥둥거리며 소리를 하면 그는 일부러 온종일 서양 고전음악이 나오는 에프엠 방송을 커다랗게 켰다. 아버지가 나서기도 전에 늘 어머니가 먼저 꾸중을 했고, 그러면 그는 리씨버를 귀에 꼈다. 아버지의 북소리를 방해할 수는 없을지언정 적어도 그 자신의 귀에는 그 소리가 들리지 않았으니까.

대구를 지나 부산에 거의 다 도착했을 무렵, 사고가 난 갓길에 세워져 있는 차들이 보였다. 엑센트의 문이 일그러져 있었고, 크레도스는 앞부분이 크게 부서져 있었다. 그 차 옆, 쏟아지는 눈 속에서 붉은색, 노란색, 파란색, 흰색의 파카를 입은 젊은 남녀가 사고가 아니라 잔치라도 만난 듯 여전히 눈보라보다 더 거침없이 웃어대고 있었다. 그들을 스쳐지나면서 성우는 다시 입을 열었다. 난 고등학교 때에 가출한 적이 있다. 집이 싫고 아버지가 미워서였다. 여자아이가 머뭇머뭇 말했다. 우린 가출한 거 아니에요, 아저씨. 볼멘 소리였다. 그러나 어색하고 자신없는 어조, 불안감과 억지가 뒤섞인, 그것이 고스란히 드러나고 마는 어조였다. 성우는 더 말하고 싶었다. 밉기만 하던 아버지가 얼마 전 돌아가셨다. 나는 지금 아버지의 옛친구에게 그 소식을 전하기 위해 부산으로 가는 중이다. 아버지가 미웠지만, 나중에는 미움도 사람 사이의 여러가지 관계 가운데 한가지 방식이라는 것을 알게 되었다. 사랑이냐 미움이냐보다 더 중요한 것이 바로 그 관계라는 것을 나중에야 알게 되었다. 그리고 미움은 용서로, 사랑으로, 무관심으로 변할 수도 있지만 그 관계는 변할 수 없다는 것도 알게 되었다. 그런 관계가 바로 사람의 운명이라는 것도 알게 되었다. 나는 아직도 그 운명이 혐오스럽다. 아직도 그 운명에서 벗어날 수 있기를 바란다. 그러나 그럴 수 없다는 것을 안다 …… 그러나 그는 입을 다물고 말았다. 여자아이가 다시 중얼거렸다. 우린 가출한 거 아닌데. 이번에는 처음보다는 제법 자신있는 어조였다. 성우는 말했다. 그렇다면 다행이고.

성우는 톨게이트에서 요금을 지불하고 고속도로에서 빠져나왔다. 금정 네거리에는 차들이 뒤엉켜 있었다. 유난히 키가 작은 교통경찰한 사람이 길을 트기 위해 호루라기로, 손짓 발짓으로, 악을 써가며 차들을 끌어내고 막고 돌려세우기 위해 허둥거렸다. 차들은 그의 시야에서 벗어나기면 하면 슬금슬금, 그가 이제 막 만들어낸 공간으로 비집고 들어섰고, 그러면 그는 새로운 공간을 만들어내기 위해 다시 같은 짓을 반복했다. 그 동안에도 눈은 계속해서 쏟아졌고, 뒷자리의 아이들은 귀엣말을 주고받기 시작했다. 여자아이가 가방 손잡이를 꼭 움켜쥐는 것이 보였다. 성우는 그들이 내리려 한다는 것을 짐작했다. 마지막으로 아이들에게 무슨 말이든 들려줘야 할 것 같았다. 그것이 비록 그의 터무니없는 노파심이나 별 근거도 없고 진정도 담기지 않은 상투적 윤리의식의 소치에 불과한 것이라 할지라도, 가출한 것이 거의 분명한 아이들을 아무 말 없이 그냥 보내서는 안 될 것 같았다. 그는 뒤엉킨 차들이 빠지기를 기다리는 동안 머릿속을 뒤적거렸다. 무슨 말을 해야 할까. 어린 시절에 가출한 적이 있는 사람으로서 꼭 해줄 말이 있을 것 같았다. 그러나 아무 생각도 나지 않았다. 차가 가까스로 교차로를 건너자마자 아이들이 먼저 말했다.

"저희들 여기에서 내릴게요."

성우는 차를 세웠다. 길 건너편 모퉁이의 공사장이 눈에 들어왔다. 이마에 지하철공사 현장사무소라는 간판을 내붙인 컨테이너 가 건물이 서 있었다. 그는 그 건물을 가리키며 이미 차의 문을 여는 아이들에게 바삐 말했다. 난 내일 서울로 돌아간다. 너희들이 만일 여기에서 일이 잘 안 되어서, 또는 생각이 바뀌어서 서울로 돌아가야겠다는 생각이 들면 내일 저 건물 앞으로 나와서 기다려라. 나는 내일 오후 네시에서 다섯시 사이에 서울로 돌아갈 예정이다. 네시에서 다섯시 사이다. 너희들이 오건 안 오건 나는 다섯시 반까지 저

앞에서 차를 세워놓고 기다리겠다.

아이들은 그의 말을 듣고 있지 않았다. 고맙습니다, 아저씨. 감사합니다. 안녕히 가세요. 그들은 인사말을 귀찮은 짐처럼 내던지고 서둘러 차에서 내렸다. 그는 멀어져가는 그들을 지켜보았다. 남자아이가 흘끗, 뒤를 돌아보았다. 여자아이가 남자아이의 팔을 붙잡았다. 잠시라도 빨리 그의 시야에서 벗어나고 싶은 것이 분명했다. 그들은 곧 골목길로 사라져버렸다. 돌연 그들 뒤를 쫓아가야 한다는 생각이 들었다. 멍청한 생각이었다. 아이들에게 내일 여기에서 다시 만나자는 얘기를 한 것부터가 멍청한 짓이었다. 아이들은 오지 않을 것이다. 그러나 기이한 일이었다. 그의 마음속에서 누군가가 엉뚱한 소리를 하고 있었다. 가라. 어서 가라. 다시는 집으로 돌아갈 생각도 말고, 돌아보지도 말고 낯선 골목으로, 눈보라 속으로, 어둠속으로 걸어들어가라.

3

'溫泉別莊'은 동래의 온천장 거리를 슬쩍 외면한 골목에 버티고 있었다. 높다란 솟을대문은 활짝 열려 있었고, 그 안으로 널찍한 자동차 도로, 그 양쪽으로 줄지어 늘어선 회양목, 그 너머에 우뚝우뚝 곤두선 소나무와 잣나무, 목련과 은행나무가 보였다. 성우는 당혹감에 사로잡혔다. 이곳일까. 이곳이 현정순이 경영하는 요정이란 말인가. 집을 떠났다가 되돌아올 때의 아버지의 초라하던 행색과 비교하면 현정순이 경영한다는 요정은 너무나 큰 규모였다. 그는 그저 자그마한 집칸에 방과 주방을 만든, 조촐한 술집쯤을 연상했던 것이다. 이런 요정을 경영하는 여자를 정부로 둔 아비가 그런 초라한 행색이었단 말인가. 그렇다면 여자는 아버지가 초라한 꼴이 되자 아버지를 버린 것일까. 아버지는 여자에게서 버림받자 비로소 어머니에게 돌아온 것일까.

이대로 돌아가는 게 낫겠다는 생각이 들었다. 어쩌면 이 여자는 아버지의 이름도 기억하지 못할지 모른다. 만일 기억하고 있다 해도 모르는 체할지도 모른다. 비좁은 골목길 한쪽에 차를 세우고 성우는 족자 모양으로 만들어진 '溫泉別莊'이라는 우람한 간판을 쳐다보며 망설였다. 여자는 얼마나 당혹스러울 것인가. 까맣게 잊고 지내던 과거의 한 사내가 죽었다는 소식을 전하기 위해 한번도 본 적이 없는 그 아들이 어느날 문득 나타난다…… 그러나 여기에서 돌아서면 어디로 갈 것인가? 뒤에서 트럭이 나타나 경적을 울려댔다. 성우는 차를 골목 한쪽으로 바짝 붙여 세웠다. 트럭은 아슬아슬하게 그의 차 곁을 스쳐 바로 그 요정으로 들어갔다. 솟을대문 안쪽에서 허름한 점퍼 차림의 사내가 나타났다. 그 사내는 트럭 운전기사와 얘기를 주고받았다. 무슨 용무냐. 생선 날라 왔다. 어디서 왔느냐. 부산 수산이다. 사내가 들고 있던 종이쪽지에 뭔가를 기록하고 손짓을 하자 트럭은 안으로 사라져갔다. 그 모습을 보자 성우는 더욱 안으로 들어서기가 싫어졌다. 그 사내는 무슨 용무로 왔는지 물을 것이다. 뭐라 대답할 것인가. 과연 현정순의 요정이 이곳일까. 주인이 바뀐 것은 아닐까.

그는 차에서 내렸다. 쏟아지는 눈 속의 높다란 솟을대문을 그는 우두커니 쳐다보고 서 있었다. 그의 등을 타고 올라앉은 혹은 이제 친근하기까지 했다. 그는 더듬더듬 그것을 매만져볼 수도 있었다.

이 혹을 벗어던지기 위해 그는 집을 나섰다. 이 혹을 떼어내기 위해 이곳을 찾아왔다. 이제 돌아선다면 이 혹을 떼어내기 위해 그가 가야 하는 곳은 어디일까?

성우는 요정 안으로 들어섰다. 점퍼를 입은 사내가 대문 안쪽에 알루미늄 상자처럼 옹색하게 지어진 경비실에서 고개를 내밀었다. 어디서 오셨능교? 현정순 선생을 뵈러 왔습니다. 사내가 쌍꺼풀이 진 커다란 눈을 껌벅거리며 그를 위아래로 훑어보는 동안 성우는 알 수 없는 초조감으로 속이 닳았다. 마침내 그 사내가 전화기를 집어들며 다시 물었다. 어디서 오셨다꼬 할까예? 성우는 대답했다. 황 영자 준자 되는 분의 아들이라고 전해주십시오. 뭐라꼬예? 성우는 다시 말해야 했다. 황 영자 준자 되는 분의 아들입니다. 사내는 전화번호 단추를 몇개 꾹꾹 눌러대더니 수화기에 대고 말했다. 접니다. 여그 사장님 찾는 손님이 오셨는데예. 황 영자 준자 되는 사람 아들이라꼬 하는데예. 사내는 그 말뿐, 곧 전화를 끊었다. 성우에게 기다리라는 말도, 올라가보라는 말도 하지 않았다. 힐끔거리며 그를 훔쳐볼 뿐이었다.

삼사 분쯤이 지났을까. 한 여자가 비탈진 언덕길을 달려내려왔다. 노란색 한복에 쪽을 찐 머리, 고무신을 신고 있었다. 엷은 화장이 덮인 얼굴 가득 황황한 기색이 역력했다. 나이가 들긴 했으나 오래전 텔레비전에 나와 합죽선을 펴고 접으며 심청이가 인당수에 뛰어드는 대목을 굵은 목청으로 부르던 바로 그 여자가 분명했다. 경비원은 경비실에서 나와 여자에게 공손히 허리를 굽혔다. 여자는 그쪽은 쳐다보지도 않고 오직 성우만을 뚫어져라 쳐다보고 있었다. 성우역시 여자를 보고 있었다. 어머니의 노한 음성이 들려왔다. 뭐여? 예인(藝人)? 예인 좋아헌다. 그년은 갈보여, 갈보. 여자가 그의 앞으로 다가왔다. 자네가 황선생님 아드님이신가? 강한 호남 사투리, 그러나 음성은 떨리고 있었다. 성우는 그렇다고 대답했다. 여자는 벌써 울먹이기 시작했다. 두 손을 가슴 앞에 모아쥐더니 여자가 머뭇머뭇 다시 물었다. 돌아가셨는가? 성우는 깜짝 놀라며 그렇다고 대답했다. 그걸 알려준다고 여그까지 그 먼길을 오셨는가? 고맙네, 고마워. 어서 올라가세. 여자는 스스럼없이 그의 손을 잡았다. 여자의 손이 뜨거운 것에 성우는 놀랐다. 경비원이 나섰다. 손님이 차 갖고 오신 것 같던데예. 여자는 열쇠, 열쇠, 하며 성우에게 손을 내밀었다. 성우가 열쇠를 내밀자 경비원이 그것을 받아들었다. 여자가 말했다. 저그 안에 내 차 옆에잉, 내 차 옆에다가 세워놔, 권씨. 어서 올라가세. 어서 가. 여자는 아직도 울먹이고 있었다. 정말 고맙네, 고마워. 여자는 다시 성우의 손을 그러잡았다. 자동차 도로 옆에 가꾸어진 동산 사이로 올라가는 돌계단이 있었다. 여자는 성우의 손을 잡고 그 계단으로 올라섰다. 조심허시게, 미끄러운게. 내가 허게를 혀도 되는 건가 모르겠네이. 근디 아이고, 참 자네가 황선생님 젊으셨을 적하고 똑같으네. 너무나 똑같어. 언제 그렇게 되셨는가? 혹시 지난 열이틀 언저리 아니었는가? 성우는 그렇다고 대답했다. 내 꿈이 말이여, 내 꿈이…… 여그 계단 허물어졌네. 여그, 여그로 올라오게.

여자가 그를 이끌고 들어간 곳은 커다란 방이었다. 보료와 안석(案席), 장침(長枕)과 방침(方枕), 그리고 병풍, 그 옆에는 문갑이 놓여 있었다. 어서 앉게, 어서 앉아. 성우가 자리를 사양하자 여자는 그의 손을 잡아끌어 보료 위에 앉혔다. 무슨 말씀이신가. 이 먼 길 와준 것만도 내가 송구스러 어쩔 줄을 모르겄는디. 여그 재떨이도 있고 담배도 있응게 태우게. 여자는 전화기를 집어들자 벽력같이 소리를 질러댔다. 어째 아직 소식이 없어? 뭣 났다고 이리 꿈지럭거리는 거여? 후딱 술상 내와야 거 아녀? 그려, 그려. 아, 잔소리 말고 어서 내오랑게. 여자는 전화를 놓고 성우 앞으로 바싹 다가앉았다. 날짜가 언제라고? 정확허게 좀 말혀보게. 성우는 아비의 죽음의 경위를 그 날짜와 더불어 말해주었다. 여자는 옷고름으로 눈물을 찍어내며 내 꿈이 말이여, 늙고 보니께 꿈이 신통히 맞어들어가는 경우가 있드니…… 아이고, 그 양반이…… 성우는 여자의 얼굴이 희고 깨끗한 것에 놀랐다. 그가 혐오감이나 염증과 더불어 상상하던 얼굴이 아니었다. 차라리 고운 귀부인 같았다. 나이는…… 짐작할 수가 없었다. 화장 때문일까. 그것만이 아닌 것 같았다. 얼굴의 주름살은 확연했다. 목덜미에도 귀밑에도 주름살이 가득했다. 그러나 여자의 표정, 눈빛 어딘가에 그런 주름살에도 불구하고 나이를 짐작하기 어렵게 만드는 활기 같은 것이, 어찌 보면 미태 같은 것이, 어찌 보면 집착 같은 것이 엿보였다. 그녀의 눈은 광택제를 바른 듯 번들거렸다. 그 번들거리는 눈이 탁한 흰자위 속에서 쉴새없이 구르며 방안 구석구석을, 그의 얼굴 이모저모를 살폈고, 그 동안에도 그녀는 성우를 처음 만난 것이 아니라 오래 전에 만나 이미 속을 다 주고받은 사이인 듯이 허물없이 얘기를 계속했다. 내가 무슨 꿈을 꿨는지 아는가? 내가 합천 해인사로 여행을 갔는디, 무슨 작은 집 앞을 지나는 중이었어. 근디 그 집 대문에 그 양반이 네활개를 짝 펴고 기대어 서 있는 거여. 오매, 저 양반이 여그 웬일이라냐, 하고 가까이 갔더니 눈이…… 그 양반이 눈이 없어…… 깜짝 놀라 잠에서 깨어나갖고…… 잠을 못 잤제. 그 양반한테 무슨 일이 생기기는 생긴 것이 분명헌디…… 연만헌 양반잉게 일이라믄 돌아가실 일밲이 더 있겄는가, 생각은 드는디…… 아무리 궁리를 혀도 알아볼 도리가 없으니 어찌나 폭폭허고 기맥힌지……

　문이 열렸다. 두 여자가 교자상을 맞들고 들어왔다. 생선회로부터 신선로까지, 육포에서부터 불고기까지 상은 그가 한번도 본 적이 없는 요리로 그득했다. 어서 한잔 허게. 여자가 그에게 술잔을 내밀었다. 성우는 사양하고 그녀에게 잔을 권했다. 나? 여자는 술잔을 받게 될 줄은 전혀 짐작도 하지 못하고 있었던 사람처럼 놀라는 얼굴이었으나, 곧 잔을 받았다. 그려. 나도 묵제. 그녀는 술잔을 비우지 않았다. 그러면서도 성우가 술잔을 비우면 그때마다 어김없이 놓치지 않고 술을 따랐다. 마음 푹 놓고 드시게. 나한텐 자네가 자네 부친이나 똑같네. 그 양반을 위해서라면 내가 목숨이라도 바쳤을 것이네. 어서 들어. 이것도 좀 묵어보고. 회가 아조 싱싱허네. 탕도 좀 뜨고. 우리 집 부엌에미가 아조 솜씨가 그만이여. 나랑 같이 소리 배우러 댕기든 여편넨디, 인물이 너무 박색이라 소리는 자포허고 요릿집에 들어가드니 세상에 귀신 같은 요리쟁이가 됐다네. 박색인 여편네들 소리허고 댕기는 것들이 하나둘이 아니데만. 자네 부친도 참 애끼던 여편네여.

　여자의 얼굴빛이 갑자기 시커멓게 죽어가는 것을 성우는 놓치지 않았다. 여자의 생생하던 눈빛도 진흙덩이처럼 사그러들어갔다. 여자의 얼굴에 짙은 피로감이 드리워졌고, 그제야 비로소 성우는 여자의 나이를 짐작할 수 있을 것 같았다. 육십 안팎이리라. 그러나 정말 그럴까? 육십 고개의 여자가 어떻게 아직 이런 여자티를 고스란히 지니고 있을 수 있을까? 다시 어머니의 발악적 외침이 귓전을 울렸다. 그년은 갈보여, 갈보. 그제야 여자는 비로소 술잔을 입으로 가져갔다. 내가 술은 잘 못 묵네. 술 끊니라고 말이여…… 근디 자네가 누군가? 아무리 못 묵는 술이라도 내가 오늘은 묵어야제. 여자는 금세 취해갔다. 내가 자네 부친을 처음 만난 날을 생각허믄 아직도 세상에 신선을 만난 것 같으네.

아버지는 나에게는 무엇이었던가? 신혼초였다. 아직 어머니가 살아 계시던 때였다. 전세금을 올려줘야 했다. 어찌어찌 성우가 돈을 마련하여 아내에게 맡겼다. 서점 문을 닫고 집에 돌아왔을 때에 아내의 얼굴빛은 사색이었다. 아내의 그 얼굴을 목격한 순간 이미 성우는 아버지를 떠올렸다. 물론 아내는 아직 아버지가 어떤 버릇을 지닌 사람인지를 다 알고 있지는 못했다. 성우가 그녀에게 알리지 않았던 것이다. 알리지 않아도 머지않아 저절로 알게 될 테니까. 그는 아버지가 집에 계시는지를 물었다. 아내는 오후에 나가서 아직 돌아오지 않았다고 대답했다. 그는 다시 아내에게 무슨 일인지를 물었다. 돈이 없어졌다는, 그가 이미 예상하고 있었던 대답이었다. 그는 화가 치밀었다. 그러나 누구에게 화를 낼 수 있을 것인가. 그는 다만 이렇게 말할 수 있을 뿐이었다. 우리 집에서는 돈 잘 간수해야 해. 어머니는 며느리 앞에서 부끄러워 고개를 들지 못했다.

신선이라. 아버지는 이 여자에게는 신선이었다. 여자는 거듭 말했다. 암, 신선이제. 자네 부친이 아니었으면 벌써 나는 이 세상에 없네.

4

어찌 말헐 것인가, 어찌 말로 다 혀. 그 양반헌테 입은 은혜를 말이여.

   세상 물정 모르는 어린 나이에 시집이라고 갔는디, 서방은 알거지에다 주정뱅이요 딸린 식구는 주렁주렁, 그뿐이면 차라리 나슬 것인디, 장가 못 간 시동생이라는 놈이 호시탐탐 몸을 노리는디, 아이고, 어찌나 무섭고 징글징글헌지. 그것을 누구헌테 하소연을 허겄는가. 허구헌날 술에 젖어 주먹질에 발길질, 욕질에 패악질로 덤벼드는 서방헌테 허겄는가, 묵는 것이라믄 새끼도 따돌리고 제 입에 쑤셔넣기 바쁜 시에미헌테 허겄는가. 남의 집 밭에 나가 밭 매고 모내고 깨 털고 새 쫓고 제기(祭器) 닦고 빨래혀주고 잔칫집에 부엌데기 초상집에 설거지, 배추 뽑고 무 뽑아, 감자 캐고 고구마 캐어 서너 개 얻어갖고 한두 개 훔쳐갖고 집으로 가져와서 죽도 끓이고 삶아도 묵고 험서 사는디, 여그 가면 천대 저그 가면 무시, 묵는 날보다 굶는 날이 많고, 숨쉬는 때보다 숨맥히는 때가 더 많은 세월을 살었제. 한동네에 소리 선생이 하나 사는디, 그 양반 집에 일을 갔다가 큰애기들 소리 공부허는 걸 귀동냥으로 들었겄다. 흥얼흥얼 따라허다 봉게 소리 선생 귀에 들어간 모양이라. 어느날 딱 불러앉혀놓고 너 소리 한번 혀봐라, 험서 북을 따닥딱, 치는 거여. 어느 양반 앞이라 거역을 허겄는가. 얻어들은 풍월로 사랑가를 한마디 혔드니 그 양반 허는 말씀. 너 목청은 타고 났다. 근디 다듬을라믄 애 쪼까 묵겄다. 생각 있으믄 나오니라. 돈 걱정은 말고.
   소리혈 생각은 애당초 없었제. 소리라는 것이 뭔지도 몰랐고. 그냥 소리 선생 집에 드나드는 거이 좋았던 거여. 소리보담도 이년이 사는 보람이 하나 생긴 것이제. 사람 대접이 이런 거구나, 처음 알었응게. 근디 어쩌끄나. 서방이 샘을 내더니 시에미가 샘을 내더니 시동생까장 샘을 낸다. 트집 잡아 발길질이요 서방질헌다 주먹질이다. 서방질허는 년 보지는 어찌 그리 자주 찾는지. 밤마다 덤벼드는디 아직도 정말 모르겠다, 이년이 받은 몸이 서방 몸인지 시동생 몸인지. 배곯아 지쳐 일허다 지쳐 매 맞다 지쳐 천대에 지쳐 자다 보믄 배가 무겁고 졸다 보믄 아랫도리가 서늘혀도 서방이겄제, 허고 그냥 잤응게. 어흐, 이년의 팔자가 어찌 그리 고단혔는지. 근디 이상허다. 그럴수록에 소리가 더 허고 싶은 거여. 도망을 혀야제 도망을 가야제 이년이 팔자를 고쳐야제, 다짐을 허고 또 허는 판인디, 재수가 없는 년은 빠뜨리면 두레박이요 건져올리면 썩은 새끼줄뿐이라드니, 애기가 선 거여. 애기 낳고 애기 땜시 오래 참었제. 한탄험서 참고 움서 참고 무식헌게로 참고 멍청헌게로 참고 폭폭헌 년인게로 참고 죽으까 험서 참고 죽이까 험서 참고, 무던히도 참었는디, 그 속도 모르고 뚱금없이 서방놈 헌다는 말. 너 이 죽일 년아, 당장 소리 그만둬라. 내일부터 못 간다. 시동생 옆에 섰다 허는 말. 발씨 못 가게 혔으믄 얼매나 좋았으꼬. 서방놈 시동생놈이 서로 쳐다봄서 웃는다. 인자는 못 참겄다 도망뱆이 길이 없다, 맴을 묵고 마지막으로 소리 선생 댁에를 가서 땅을 침서 움서 하소연험서 말씀을 올링게 선생이 눈 꾹 감고 듣고만 있다가 입을 연다. 새끼는 어쩔라냐? 이년의 대답이, 야반도주허는 년이 어찌 새끼를 데꼬 가겄소? 무슨 수로 멕여살릴라고 데꼬 가겄소. 선생님이 이리 말씀헌다. 가그라. 쥐도 새도 모르게 가그라. 니가 영 안 올라고 작정을 허고 갈라믄 새끼를 데꼬 가고, 영 안 올 자신이 없어도 새끼를 데꼬 가그라. 니가 행여나 그 똥통에 다시 빠질까 무섭다. 니 새끼 그 똥통서 살아도 좋겄냐? 옛날에 명창들이 그보다 더헌 똥통서 죽네 사네 허든 사람 한둘이 아니요, 지금도 벨로 다를 게 없이 사는 사람도 많지만, 세상이 그걸 다 알면서도 누가 그런 걸 갖고 명창헌테 숭보는 사람 있드냐. 니 말 허는 게 아니라 명창 얘기 허는 거잉게 맘 푹 놓고 듣그라. 똥통이 무서운 것이 아니라 그 똥통이 너도 똥통으로 만드는 것이 무서운 거다. 세상이 무서운 거이다. 무서워허는 연놈헌테는 더 무섭고 서러운 연놈헌테는 더 서럽고 아픈 연놈헌테는 더 아프다. 아냐? 지금 몰라도 알게 될 거이다. 니가 명창 되믄 그것이 더 서러울지도 몰러. 그려도 그 똥통보다는 나슬 거이다. 그 똥통 다 잊어불라믄 새끼 데꼬 가고 못 잊었어도 데꼬 가그라. 니가 가든 안 가든 여그는 다시는 오지 말그라. 긍게 마지막으로 내가 너헌테 혀주고 싶은 얘기가 하나 있다. 맴 푹 놓고 그냥 듣그라.

니가 북 내력을 아냐? 알 리가 없제.

너 울 거 없다. 똥통에 빠졌다가 똥통서 나가는디 울 일이 어디 있냐. 예인헌테는 이보다 더헌 일도 비일비재다. 너 지금부터 울 일이 더 많을 거이다. 예인이라는 것이 사람들이 울 때 같이 울고 웃을 때 같이 웃으믄 별 재미 없다. 사람들 울 때 웃어불고, 사람들 웃을 때 울어부는 것이 재미있다. 씻금굿 가보믄 상(喪) 났는디 굿쟁이들이랑 문상객들은 한판 걸지게 놀고 웃는다. 좋은 날 잔칫집서 소리쟁이는 심청이 물에 빠진다고 소리허고 사람들은 그거 보고 눈물 흘린다. 눈물 닦고 내 얘기 들으믄 우는 거보다 낫다.

내가 우리 스승님헌테 들은 얘기여. 아무헌테도 혀본 적 없는 애긴디 너헌테 처음 허는 거이다. 세상에 북이 어떻게 생겨났는지 아냐? 옛날 옛날 한옛날 호랭이가 댐배 피고 여우새끼 처녀로 둔갑허여 총각 호리든 때래여. 서로 좋아허는 총각 처녀가 있었단다. 근디 어쩐다냐. 총각 에미 애비도 처녀 에미 애비도 둘이를 못 만나게 혀. 총각은 도망가 살자 허고, 처녀는 못 가겄다 허고, 씨꺽써꺽 싸움질을 허는 판인디, 큰물이 졌단다. 온 동네가 나라 안이 다 물에 잠겼단다. 게우게우 총각이 산으로 도망을 혔제. 세상에 천생연분이

라는 것이 있는지 없는지는 나도 몰러. 그런 연분을 만나본 적이 없
응게. 이런 걸 보고 천생연분이라고 허는지는 모르제만 산에서 그
처녀를 만난 거여. 둘이서 신방을 차렸제. 나라도 그렸을 거이다.
너라믄 안 그렸겄냐? 세상에 둘뱎이 없는디 둘이서 고로큼 보고 싶
었는디 아침에 일어남서부터 밤에 잘 때까지 그 생각뿐인디 못 보는
거이 그냥 한스런 판에 산속에서 단둘이 딱 만나부렀는디 어쩔 거
여. 물이 빠지고 나서도 둘이는 산에서 안 내려갔단다. 근디 암만
생각혀봐도 그것이 벌이제. 새끼가 생기들 않었단다. 새끼도 없이
둘이서 숨어살았단다. 둘이서 보듬고 자고 보듬고 놀고, 먹음서는
눈으로 보듬고 일험서는 일로 보듬고. 금슬이 고로큼 좋은디 새끼가
안 생기는 것은 어쩐 일이었으까이. 사내가 계집 가슴에 귀를 대니
까 묘헌 소리가 들리드란다. 너도 알겄지만 서방 각시가 노는 일이
조이 고되드냐. 한바탕 놀고 나서 각시 젖통에다 얼굴을 대고 있으
믄 각시 몸 안에서 뭐가 몽둥이질허는 소리 같은 것이 들리는 거여.
자네 젖 안에서 뭐가 몽둥이질을 허네. 서방이 말을 헝게 각시도 그
러드란다. 당신 배 안에서도 누가 홍두깨질을 허요. 그렇게 금슬 좋
게 사는디, 이를 어쩌끄나. 각시가 시름시름 앓기 시작허드란다. 서
방이 세상에 내려가 온갖 명약을 다 구혀 갖다 멕여도 기운을 못 차
리는 거여. 결국 숨이 넘어가는디 여보 여보, 서방 저그, 저그, 하
면서 보따리를 손가락질허다가 끝내 말을 못 마치고 각시가 세상을
하직을 허고 마는구나. 사내가 계집을 혼자서 장사 지내고 혼자 자
고 혼자 깨어 우두커니 앉았다가 픽 고꾸라져 또 혼자 자고 혼자 깨
기를 몇날 며칠을 허는디, 자도 자는 것 같지 않고 살아도 사는 것
같지가 않은 것이 자나깨나 앉으나서나 각시 생각뿐이드란다. 각시
죽은 것이 원통허고 절통하고, 각시 젖 안에서 나든 그 소리 한번

들었으믄 원이 없겄구나.

　연분이라는 것이 천벌이라. 사람허고 생긴 연분이건 소리허고 생긴 연분이건 연분이 천벌이여. 내가 널 언제 또 보겄냐. 내가 젊은 때는 소리에 반헌 적도 있었제. 지금? 지금은 나 소리 안 좋아혀. 소리가 지긋지긋허다. 근디 인자 소리가 날 안 놔준다. 그놈의 연분이 천벌은 천벌인디 천벌만이 아니드라. 그것이 운명인갑드라. 글제. 천벌이나 운명이나 그것이 그것이겄제.

　사내가 멍청히 각시 생각만 험서 사는디, 문득 각시가 숨이 넘어갈 적에 허든 말이 생각이 나드란다. 허여 그 보따리를 풀었드니 그 안에서 절구통 같기도 허고 맷돌 같기도 헌 난생 첨 보는 이상한 물건이 나오는디, 이것이 무엇일꼬, 하고 툭 건드려보니, 아따, 그놈이 소리를 내는디, 그 소리가 똑 각시 젖 안에서 들리든 그 소리드란다. 그때부터 사내가 혼자 자고 혼자 깨다가, 혼자 일허고 혼자 묵다가 각시가 그리워지믄 그 북을 꺼내 두들기고, 이렇게도 두들겨보고 저렇게도 두들겨보고, 두들김서 각시도 불러보고 신세도 한탄해보고, 울어도 보고 웃어도 보고, 신이 날 때도 두들겨보고 화가 날 때도 두들겨보고, 슬플 때는 시름없이 기쁠 때는 신명나게 두들겨보는디, 그것이 똑 각시 살았을 적에 산딸기라도 따묵음서 마주서서 이런 얘기 저런 얘기 주고받는 맛이라. 자고 나면 그 북을 끼고 살았으니, 눈만 뜨면 그 북소리에 실어 입에서 나오는 대로 가슴에 맺히는 대로 지껄이고 살았으니, 그 북에 그 소리에 혼이 실리고 정이 실린 건 당연지사, 그 북을 침서 각시를 소리쳐 부르기를 골백번만에 결국 각시가 되살아났고, 그리허여 신랑 각시가 백년해로를 혔다드라.

　북소리가 사람 심장이 뛰는 소리다. 목구녁 소리도 다를 게 없다.

32

소리가 사람 숨쉬는 소리여. 심장이 뛰고 숨을 쉬어야 사람이 사는 법이고, 심장허고 숨허고 장단이 맞어야 사람이 사는 법이다. 소리도 다를 게 없다. 소리가 사람을 쥑이기도 허고 살리기도 헌다. 사람 쥑이는 소리 내가 많이 들었다. 내 목구녁서도 사람 쥑이는 소리 나온 적 없다고는 내가 말 못헌다. 나도 모르는 사이에 사람 쥑이는 소리 허고 산 세월이 있었응게. 근디 알고 봉게 그것이 소리가 아니드라. 사람 숨 들이마시고 내쉬는 것이 소리의 근본이여. 근디 사람 사는 법에 안 맞는 소리를 어찌 소리라고 허겄냐. 죽은 사람 살려내는 것이 소리여. 우는 사람 웃기고 웃는 사람 울리는 것이 소리여. 섰는 사람 자빠뜨리고 자빠진 사람 세우는 것이 소리여. 소리에 혼이 들어가믄 그렇게 된다드라. 나도 모르제, 내가 그런 소리 혀본 적이 없응게. 니가 지금 찾아가는 길이 니 목숨을 찾아가는 길이다. 혼을 찾아가는 길이여. 너 그 똥통서는 못 산다. 니 새끼도 못 산다. 가그라. 동구 밖 나감서 여그는, 나까지도 딱 잊어묵어부러라. 가그라. 돌아볼 것도 없고 부끄럴 것도 없다. 웃음서 가그라. 신명 내서 가그라. 살기 힘들고 죽고 싶고 외롭고 고달프믄 소리혀라. 소리로 풀어라. 소리가 묘헌 것이다. 널 괴롭히기만 허는 것이 아니라 너를 위로도 헐 것이다.

집을 나왔제. 새끼를 데꼬 나왔제. 어쩌끄나. 먹고 살 길 막막허다. 이년이 촌에 숨을 수는 없고 그려서 전주로 나왔는디, 아는 일은 땅에 엎어져 사는 것뿐이고 남의집살이허는 것뿐인디, 이놈의 전주에는 땅이 없구나. 땅을 갈아달라는 사람도 없고 갈아엎을 땅도 없는 거여. 이년 믿어주는 사람이 없으니 남의 집에서도 안 받아주는 거여. 이년 굶는 건 견디겄는디 새끼 배가 푹 꺼져서 울고불다 지쳐 잠들어, 자다가도 배가 고파 자지러지게 울어쌓는디, 차마 그 꼴 못 보겠다. 차라리 고아원에라도 주고 싶어 고아원 앞까지 갔다가 못 주고 그냥 오고, 못 주고 그냥 오기를 몇번, 안 되겠다, 이년이 불쌍헌 새끼 굶겨 죽이겠다, 이를 악물고 시작헌 것이 뭔지 알겠는가? 동냥질이었네. 알겠는가? 이년이 동냥아치를 혔다네. 장바닥에 굴러댕기고 역 앞에도 굴러댕김서 밥도 얻어 새끼헌테 멕이고 돈도 얻어 새끼헌테 멕이고 소리 공부는 꿈도 못 꾸고 동냥질만 허고 댕긴 거라네.

자네 부친 못 만났으믄 내가 동냥아치로 살다 벌써 죽었을 것이네. 내 새끼도 동냥아치로 살았을 거여. 내가 그날을 못 잊네. 죽어도 못 잊을 것이네. 동냥질 다니다가 자네 부친을 만난 거제. 역 앞에 나가 누더기 걸치고 손 내밀고 댕기는디, 어떤 잘생긴 양반이 두 눈 딱 부릅뜨고 날 쳐다봄서 허시는 말씸이, 니가 관상이 거지가 아닌디 어째 이러고 댕기냐, 허는 것이라. 내가 놀래서 어쩔 줄을 모르고 서 있는디, 그 양반이 날 따라오니라, 허시는 거여. 역 앞 식당으로 끌려들어갔제. 역 앞 식당 주인이사 내가 동냥아치라는 것을 아닝게 쫓아낼라고 허는디, 그 양반이 식당 주인을 불러 이 여자가 세수를 좀 혀야 쓰겠으니 물 있는 데 좀 데려다주쇼, 허고, 나헌테는 세수나 허고 방으로 올라오니라, 허고 방으로 들어가니 식당 주인도 암말 못허고 나를 수도간으로 데꼬 갔제. 세수를 허고 방으로 들어가니 그 양반이 수육허고 설렁탕을 사준다. 고기 본 지는 말헐 것도 없고 밥 본 지도 오랜만이라, 허겁지겁 묵고 난게 어찌 된 연고인지 사연을 얘기허라네. 이년이 태어나 동냥아치 되기까지 얘기를 허는디, 아이고, 설움이 복받치고 숨이 막혀 한마디 허고 울음이고 두 마디 허고 통곡이라. 누더기에 싸서 옆에 눕혀 놓은 새끼까지 덩달아 울어댄다.

내 사연 얘기 다 듣고 나드니 그 양반이 소리 한번 혀보라데. 혔제. 제대로 못 배운 대로 배우다 만 대로, 그동안 살은 세월 그동안 쌓인 설움 소리로 다 쏟아냈제. 눈물이 반이요 소리가 반, 그것도 소리라고 그 양반 추임새까지 넣어감서 눈가까지 붉혀감서 듣고나드니 말씀을 이리 허시네. 니가 목소리는 명창이다. 니 목청이 깊고도 우람허고 그윽허고도 세밀허다. 내가 소리는 못 혀도 귀는 뚫렸다는 소리를 듣고 사는디, 이런 목청 내가 난생 처음이다. 동냥질이 니 일이 아니다. 그 양반이 돈을 내놓는디, 그것이 쌀 두 가마 값이었네. 쌀 두 가마믄 그 시절에 작은 돈이 아니었제. 이년이 황송허고 미안하여 어쩔 줄을 모르고 우두커니 앉았으니, 그 양반 말씀이 이러하다. 집 주소나 갈쳐주고 가그라. 내가 며칠 내로 사람 시켜 소리 선생헌테 데려다주마.

이년이 자네 부친과 헤어지자마자 그 돈을 움켜쥐고 집으로 가서 궁리를 거듭허는디, 이 돈을 그냥 쓰면 안되제, 묵고 살 기반을 마련혀야제, 허여, 쌀을 팔아 보리쌀 반 가마니 사 들여놓고, 나머지 돈으로 풀빵 기계를 샀겄다. 이틀이 지나니께 어떤 사람이 찾아왔는디, 그 사람 따라가니 소리 선생 집이라. 그때부터 풀빵 장사를 험서 소리 공부 새로 시작하였제.

자네 부친이 나 안 만나겄다고 곌심헌 게 한두 번이 아니네. 부인은 그만두고라도 커가는 자식들헌테 챙피허고 낯 안 선다고, 인자 안 만나도 서로 살지 않겄냐고, 날 달래기도 하고 화도 내고…… 그때마다 이년이 그 어른 무릎 아래 매달렸제. 그 양반 없으믄 못 살겄응게. 그 양반 없으믄 내가…… 살 자신이 없응게. 아니네, 아니여. 자네도 인자 세상 속내 다 알 것인디 뭣 났다고 내가 감추겄는가. 어찌 정이 안 들었다고 허겄는가. 그런 양반허고 어찌 정 안 들고 살았는가만 그것이 남녀 사이 정분만은 아니었네. 이년이 자식새끼 앞세우고 죽을라고 혔을 적에, 게우게우 모은 돈 사기당혀 다 날렸을 적에 날 살린 양반이 자네 부친이시네. 이년이 무슨 대회에서 눈곱만헌 상 하나 받았을 적에 나보다 더 좋아헌 양반도 자네 부친이셨고. 이 썩을년이 묵고 살기 힘들어서 술상 앞에 나앉아 술꾼들헌테 소리허고 돈 조깨씩 얻어서 묵고 살고 헐 적에 자네 부친이 뭐라셨는지 아는가. 너헌테 동냥아치 팔자가 있는가부다. 긍게 또 동냥아치질이제. 내가 아무리 힘이 없어도 아직 한달에 쌀 두어 가마는 또 사줄 수 있응게 갖다 묵어라. 이러셨다네. 근디 이년의 팔자가 요 모양으로 풀려부렀다네. 이년이 술 중독도 부족허여 마약까지 시작헐 제 어찌 알고 오셨는지 이년 붙잡고 마약 끊어주니라고 날밤을 새움서 뒤치다꺼리 헌 양반도 자네 부친이시네. 말도 말게, 말도 말아. 이년이 신선을 만난 거제.

이제 와 생각허믄 자네 부친 만난 것을 운이라 헐지 불운이라 헐지 당최 모르겠네. 세상에 그런 양반 계신 거를 몰랐으믄 이놈의 세상 허는 대로, 험허믄 험헌 대로 아귀 겉으믄 아귀 겉은 대로, 나도 아귀도 되고 나찰도 됨서 그럭저럭 살았을 것인디, 그런 양반 만나고 본게 세상이 꼭 그런 것이 아니란 것도 알고, 그렇게 사는 게 전부가 아니란 것도 알게 되어 차라리 세상 살기 더 힘들어졌는지도 모르겠네. 세상이 자꼬 싫어지는 거여, 내가 자꼬 싫어지는 거여, 살기가 귀찮아지는 거여. 정말로 살기가 귀찮어. 이년이 동냥아치로 떠돌다 죽었으믄 차라리 나슬 것을, 허는 생각이 드는 적이 있는 걸 어쩌겠는가. 이년이 멍청헌 년이고 망덕(忘德)헌 년이제. 참 망덕헌 년이여.

5

　날은 저물고 눈은 그쳤다. 현정순의 눈은 이제 취기로 반짝거렸다. 그녀는 할 얘기가 많았다. 성우는 이제 일어서야 할 때가 되었다고 생각하면서도 일어서지 못했다. 아직 등짝의 혹덩이는 여전히 남아 있었다. 아비의 여자에게 아비가 죽었다는 것을 알렸는데도 불구하고 마음은 여전히 무거웠다. 그렇다면 무엇일까? 무엇을 하지 않은 것일까? 나는 무엇 때문에 집을 나선 것인가? 현정순은 두 손으로 그의 잔에 술을 따랐고, 두 손으로 술을 받았다. 그가 두 손으로 그녀의 잔에 술을 따르려 해도 두 손으로 술을 받으려 해도 아이고 그 손 치우시게, 하며 끝내 한 손으로 따르고 받게 만들었다. 이런 죄 많은 년이 어떻게 자네 겉은 사람헌테 두 손으로 술을 받겠는가. 이렇게 마주앉아 술 한잔 묵는 것만 혀도 영광인디. 내 욕 많이 혔제? 성우는 대답하지 않았다. 십여년 전의 일이었다. 텔레비전에서 전주 대사습놀이가 방영되고 있었다. 아버지와 어머니, 그리고 성우가 나란히 앉아 그 방송을 지켜보고 있었다. 현정순이 나왔고, 대상은 아니었지만 그 다음 자리쯤 되는 상을 받았다. 어머니는 이미 그 여자를 알고 있는 것 같았다. 그 여자가 등장하는 순간부터 어머니는 눈에 불을 켜고 아버지를 쏘아보며 저런 걸 뭣 났다고 텔레비전에서 방영하는지 모르겠다고 욕을 퍼부었다. 그러나 아버지는 감격한 것 같았다. 아버지가 말했다. 그런 소리 말어. 저 사람들이 예인이네. 긍게 나라에서도 대회를 열고 상을 주는 것 아닌가. 어머

니는 발끈하여 버럭 소리쳤다. 예인? 아이고, 예인? 예인 참 좋아
헌다. 저것들은 갈보여, 갈보!
　내가 그 양반이 좋아서 만난 중 아는가? 그 양반이 내가 좋아서
날 찾은 중 아는가? 아니네. 그것이 아니여. 인자사 변명혀봤자 무
슨 소용이 있겄는가만, 그것이 아니란 것만은 알아줬으믄 좋겄네.
그려야, 나야 아무시랑도 않제만, 자네 부친이 한을 풀 것이네. 우
리는 말이여, 우리는…… 여자는 갑자기 얘기를 그쳤다. 성우는 기
다렸다. 서로가 좋아서 찾은 것이 아니라면 뭐란 말인가? 무엇 때
문에 아버지는 그처럼 악착스레 이 여자를 찾았고, 이 여자는 나중
에는 거지꼴이나 다름없던 아버지를 여전히 맞아들였단 말인가? 그
것이 아니라면 무엇 때문에 어머니를 포함한 우리 가족들에게 그토
록 큰 고통을 주었단 말인가? 돌이켜보면, 철든 이래 그의 삶은 아
비와 그 삶의 방식에 대한 반발이었다.
　여자는 멍하니 성우를 건너다보고 있었다. 성우는 그녀가 얘기를
마치기를 기다렸다. 그녀가 하려는 얘기를 듣고 싶었다. 아버지가,
그리고 이 여자가 서로에게서 원한 것이 무엇이었는지를 알고 싶었
다. 다 자란 자식들에게 멸시를 받으면서도 아버지가 악착스레 이
여자를 찾았다는 것을 성우는 알고 있었다. 그 이유가 무엇이란 말
인가? 여자가 잠에서 깨어난 듯 다시 입을 열었다. 그냥…… 따뜻
한 것을 찾을라고…… 우리 소리 선생님 말씀마따나 세상이란 게 무
서워허는 사람헌테는 더 무섭고 서러운 사람헌테는 더 서럽고 아프
고 추운 사람헌테는 더 아프고 추운 것이데. 자네 부친이나 나나 추
워서…… 세상이 너무 추워서 살 수가 없어서…… 생각혀보게. 자네
부친이 이 늙은 몸뚱이가 탐이 나서 날 찾았겄는가. 성우는 추궁하
고 싶었다. 그게 아니면 무엇 때문에 그렇게 서로에게 매달렸던 겁

니까? 당신 때문에 어머니가 얼마나 고통스러웠는지 아십니까? 그러나 무의미한 일이었다. 어머니는 죽었다. 아버지와 마찬가지로 어머니 역시 한길 땅속에 묻혔다. 어머니가 성우에게 마지막 남긴 말은 네 애비 원망 말라는 것이었다. 아버지는 어머니의 임종도 지키지 않았다. 어머니가 앓고 있는데도 몇푼 돈을 움켜쥐고 집에서 나가 행방을 알 수 없었던 아버지가 집에 돌아온 것은 이미 장례식이 끝난 뒤였다. 어머니가 마지막 남긴 말은 그래서 성우에게는 더욱 어이가 없고 화가 났다.

성우는 아버지에게 물은 적이 있었다. 아버지, 어딜 다녀오시는 겁니까? 아버지는 대답하지 않으려 했다. 성우는 말했다. 돈이 필요하시면 제게 말씀하세요. 제가 드릴 수 있습니다. 여행 다녀오시고 싶으면 말씀하세요. 제가 경이 에미한테 시켜서 여비부터 가방 꾸리는 일까지 필요한 거 다 마련해드릴게요. 몇푼도 안 되는 돈 그렇게 몰래 들고 어느날 갑자기 도망가듯이 떠나지 마시구요. 성우의 잔소리가 길어지자 아버지는 말했다. 나 여행 댕겨온 거 아니다. 성우는 그럼 뭐냐고 힐문했다. 아버지는 멍한 눈으로 천장을 쳐다보고 있다가 불쑥, 엉뚱한 소리를 내놓았다. 나 극락에 댕겨오는 거이다. 극락 가는디 여비는 뭐고 준비는 다 뭐냐. 성우는 구역질을 느끼며 자리를 차고 일어섰다. 극락? 겨우 술집 아닌가. 매춘부나 다름없는 술집 여자 아닌가. 거기가 당신에게는 극락이란 말인가. 조부가 모은 논이니 밭이니 집이니 임야니 하는 적지 않은 재산을 한량놀음으로 다 탕진한 아버지였다. 아버지가 이것저것 사업을 벌였던 것은 그도 아는 사실이었다. 그러나 돌이켜보면 그 역시 한량놀음의 한 방법에 불과했다. 그런 것은 아니었다 할지라도, 아버지는 실패를 거듭했다. 마치 일부러인 듯 아비가 벌이는 일은 하나같이 실패로 끝이 났다. 아직 한량놀음을, 혹은 실패를 거듭할 수 있었을 때에는 아버지는 적어도 초라하지는 않았다. 늘 당당했다. 아버지의 호통은 우렁찼고 그의 호통 한번으로 집안은 살얼음판이 되기 일쑤였다. 그러나 마지막 남은 임야와 집을 저당잡혀 사업을 벌였다가 실패한 뒤부터 아버지의 어깨는, 어머니의 표현을 빌리자면, 무릎 밑까지 늘어져버렸다. 아이고 불쌍헌 양반. 그 많던 재산 헛놀음으로 다 날리고 저 꼴이 뭐라냐. 그렇게 귀허게 태어난 양반이 어쩌다가 그 몹쓸년 만나갖고…… 악연(惡緣)도 악연도…… 그때 늘어진 아버지의 어깨는 한번도 온전히 펴지지 않았다. 그때 어딘가 떨리는 것도 같고 그저 허탈한 것도 같던 아버지의 음성은 지금 생각해봐도 기이했다. 성우가 대학에 다닐 때였다. 이미 집안은 기울 대로 기울어 성우와 어머니는 학기마다 등록금 걱정에 시달렸으나, 아버지는 그런 걱정 따위는 전혀 아랑곳하지 않았다. 늘 라디오로, 녹음기로 소리나 들으며 걱정도 없는 사람 같았다. 그가 아버지에게 소리가 그렇게 좋으시냐고 물은 적이 있었다. 그때 아버지의 대답은 이러했다. 너도 알랑가 모르겄다만 산다는 게 참 비루헌 노릇이다. 누추헌 노릇이여. 근디…… 소리라는 것이 참 묘허다. 좋은 소리를 듣고 있으믄 내 혼이 날아오르는 것 같어. 참…… 좋다. 이 비루헌 세상에서 벗어나는 것 같어. 자유스러워. 그것뿐인 줄 아냐. 걸레쪽 같기만 허든 내 존재가 전연 다른 것으로, 새로운 것으로 비로소 실감이 되는 거여. 내 존재가, 아니 세상도 똑같이 팽창하는 것 같은 거여. 그 소리를 따라 무의미의 세계가 유의미의 세계로 소리도 자취도 없이 변화하는 거여. 그런 좋은 소리는…… 인자 들을 길도 없어졌다만. 극락이 있다믄 바로 그런 거겄제. 존재의 충일함, 존재 자체로, 그냥 여기 있다는 것 자체로 그만 아무 부족한 것도 탐나는 것도, 그

렁제, 생각마저도 없어지고 마는…… 해탈이 다른 거겄냐. 그런 거이 해탈이제.

여자가 술잔을 놓고 노래를 시작했다. 그러나 뜻밖에도 그것은 판소리나 타령이 아니라 유행가였다. 흘러온 타향 하늘 날이 저문 술집에서 술잔을 기울이며 외로이 우나니 눈물도 하염없어라 갈 데 없는 신세라오…… 소리로 단련된 탁 트인 음성으로 부르는 유행가는 가수들이 텔레비전에 나와서 춤추며 아양떨며 부르는 그것과는 맛이 달랐다. 거기에는 가슴 밑바닥으로부터 솟구쳐오르는 듯한 간절함이 있었다. 무엇보다도 음산했다. 그리고 무엇보다도 황홀했다. 싸구려라 치부했던, 술이나 취해야 노래방에 들어가 디지털의 삭막한 반주에 맞춰 함부로 불러젖히고 그것으로 그만이었던 저 유행가에 그 많은 고비고비가 있고 절절함이 있다는 것에 성우는 놀랐고, 현정순의 유행가를 듣는 동안 몇번이나 소름이 끼쳤다. 노래가 끝나자 성우는 말했다. 유행가를 하시다니 뜻밖입니다. 소리를 한자락 하시려나 생각했는데. 여자는 술기로 번들거리는 눈을 들어 그를 물끄러미 쳐다보다가, 뭔가 말을 하려다가, 그만 웃고 말았다. 그 웃음이 칼끝처럼 성우의 가슴을 파고들었다. 다시 그의 등을 타고 앉은 혹이 요동을 했다. 그와 더불어 숨이 막힐 것 같은 압박감이 되살아났다. 그는 다시금 여기가 아니다, 하고 생각했다. 이 짐에서 벗어나기 위해 그가 가야 할 곳은 이곳이 아니었다. 그러나 어디로 가야 한단 말인가? 막막할 뿐이었다. 여자가 문득 말했다. 나 소리 못 허네. 내가 소리꾼은 무신 소리꾼인가. 숭내만 내다 만 거제. 내가 자네 부친 앞에서만은 소리꾼이었제. 내가 소리를 잘 혀서가 아니라 자네 부친이 소리를 잘 들으셔서, 덕분에 내가 게우 소리꾼이었제. 그러니 이년이 복도 많은 년이제. 나중에는 자네 부친이 행색이 너무 초라하여 내 마음이 아프데. 돈도 디려보고, 자네헌테는 미안헌 얘기네만, 여기 내려와서 사시라고 권허기도 혀봤다네. 그 무렵부터 발길을 안 허시데. 그러더니 인자 자네가 대신 내려오셨구만이. 여자가 성우를 쳐다보는 눈이 돌연 그윽해졌다. 그 눈길 앞에서 성우는 자신이 아비가 되는 듯한 기분이었다. 아비의 눈으로 본 여자가 어떤 모습이었는지가 지극히 짧은 순간 선명히 그려졌다. 그러나 그것은 찰나에 불과했다. 그는 소름이 끼쳤고 무서웠다. 아득한, 끝이 보이지 않는, 결코 들여다보아서는 안될 위험한 비밀이 숨쉬는 구덩이 속을 들여다본 것 같은 기분으로 등골이 서늘해졌다. 여자도 같은 것을 느낀 것일까. 서로의 시선이 얽혀 있다는 것을 의식한 순간 그들은 곧 시선을 옮겼다. 성우는 술잔을 잡아 입으로 가져갔고, 여자는 전화기를 집어들었다. 여그 탕허고 전 좀 새로 내와라이. 술도 더 갖고 오고.

그러나 두려움만이 아니었다. 나는 무엇을 본 것일까. 성우는 몸이, 그와 더불어 혼이 부르르 떨리는 것을 의식했고, 자신이 더듬더듬, 두려움에도 불구하고, 조금 전 얼핏 본 그 구덩이를 향해 다가드는 것을 느꼈다. 내가 지금 본 것이 무엇일까. 그 순간 그가 느낀 것이 두려움만이 아니라는 것을 그는 이미 알고 있었다. 저 구덩이 속에 무엇이 나를 기다리는 것인가. 거기 분명히 그를 기다리는 것이 있다는 실감과 함께 다시금 두려움이, 두려움만은 아닌, 호기심만도 아닌 것이 그의 몸속을, 빈집에 불어드는 바람처럼 서늘하게 휘돌았다. 그리고 그는 문득 레오나르도 다 빈치와 그의 날개를 떠올렸다. 아아, 어째서 이런 까맣게 잊고 있던 일까지 기억나는 것일까. 그는 그런 기억이 떠오르는 것마저 두려웠다.

성우는 일어섰다. 고만두십시오. 이제 가서 자야죠. 많이 마셨습니다. 고맙습니다. 그가 일어서려 하자 여자는 얼른 그를 붙잡았다. 그게 뭔 섭섭한 소리여. 그런 말씸 마시게. 여그 집 놔두고 어디 여관방에 가서 주무신단 말이여. 여그서 주무셔야제. 이년 가슴에 못을 박을라고 이러시는가. 어서 앉으시게. 갈 생각 말어. 피곤헌가? 피곤허다믄 나는 내려갈라네. 여자는 완강히 그를 끌어앉혔다. 맘 푹 놓고 여그서 주무시게. 자네 부친도 여그서 주무신 적이 있다네. 한두 번이 아니었제. 아무때나 내려오시라 혀도 요 몇년은 통 내려오신 적이 없지만…… 아이고, 무심헌 양반이제…… 어서 술 더 드시게. 어서. 이년헌테도 한잔 주고.

현정순이 북을 내놓았다. 자네 부친 북이네. 내가 그걸 드린 지가 벌써 십년이 넘었는디 웬일인지 가져가시지를 않데. 자네가 가져가시게. 내가 맹근 북도 아니고 내 살가죽을 벗겨 맹근 북도 아니지만 그래도 좋은 북이여. 한 소년이 골목길에 쭈그리고 앉아 북을 찢고 있다. 오직 북을 찢기 위해 집에서 가지고 나온 과도가 북의 측면을 뚫어 구멍을 내자 뺑, 하는 소리가 텅 빈 골목을 울린다. 소년은 질기고 단단하여 칼날이 먹지 않는 쇠가죽을 이를 악물고 찢고 찢고 또 찢는다. 그가 찢은 것은 북만이 아니었다. 아버지에게는 북은 얼마든지 있었다. 여기에도, 그리고 이 여자의 가슴속에도. 어쩌면 바로 아버지의 가슴속에도. 그날 소년이 찢은 것은 북이 아니었다. 그렇다면 소년이 그토록 힘들여 찢은 것은 도대체 무엇이었을까? 여자는 멀거니 북을 쳐다보고 있다가 북채를 그러쥐어 두둥둥 따닥, 쳤다. 방안에 북소리가 물결처럼 오래오래 흔들렸다. 아비의 음성이 흥얼흥얼 들려오는 듯했다. 명월사창(明月紗窓)에 슬피 우는 저 두견아 네가 울려거든 남의 창전(窓前)에 가 울지 세상을 잊고 사자는 디 앞에 와 슬피 울어 남의 심사를 산란케 허느냐……

아버지가 앉아 있다. 그 앞에 여자가 앉아 있다. 여자가 소리를
한다. 아비는 눈을 지그시 감고 옳지, 잘헌다, 추임새를 넣으며 두
둥 따닥딱, 북을 친다. 거기 내가 앉아 있다. 내 앞에 여자가 앉아
있다. 내가 북을 친다. 따닥딱. 여자가 소리를 한다. 아비가 앉아
있다. 그 앞에 어머니가 앉아 소리를 한다. 내가 앉아 있다. 그리
고…… 낯선 소녀가 앉아 소리를 한다. 아비가 앉아 있다. 거지가
앉아 있다. 거지가 소리를 한다. 아비가 추임새를 한다. 아비가 거
지가 되어 앉아 있다. 여자가 돈을 내놓는다. 여자가 소리를 한다.
아비가 소리를 한다. 내가 소리를 한다. 어머니가 소리를 한다. 여
자가 앉아 있다. 어머니가 앉아 있다. 내가 앉아 있다. 아비가 앉아
있다. 소녀가 앉아 있다. 바람이 분다. 어딘가 깊고 깊은, 어둡고
어두운 구덩이에서 서늘하고 서늘한, 음산하고 음산한, 황홀하고 황
홀한 바람이 불어오고…… 누가 저 거대한 퉁소를 부는 것일까. 그
바람 소리는 퉁소 가락처럼 세상을 떠돌다가 하늘하늘 술상에 떨어
지고 술잔에 흩어지고 나는 술잔을 든다……

　여자가 말하고 있었다. 저그…… 십만억 불토(佛土)를 지나가믄
거그 극락이 있다네. 거그서는 바람이 불믄 나무랑 구슬, 꽃이랑
풀, 지붕이랑 기둥에서 소리가 나는디, 그 소리가 백천가지 음성이
한꺼번에 나오는 것 같아서 그 소리만 들어도 저절로 세상 번뇌에서
벗어나게 된다네. 만나고 헤어지는 괴롬도 없고 태어나고 살고 죽는
괴롬도 없다네. 우리 눈에 눈물이 아니라 꽃이 피고, 우리 입술에
한숨이 아니라 보석이 열리고, 우리 가슴에 한이 아니라 천도(天桃)
가 열린다네. 거그로 가는 길에 우린 여그서 그저 잠시잠깐 만난 거
여. 춤다 봉게 소리도 허고 술도 묵고 미워도 허고 쌈질도 허고 몸
도 섞고 사기도 치고…… 인자 거그…… 거그서 만나서…… 거그서

만나믄…… 거그서 만나야제, 거그서 만나서……

짙푸른 하늘, 다 빈치가 거대한 날개를 달고 날고 있었다. 좋은 바람을 탄 독수리처럼, 다 빈치는 날갯짓도 하지 않았다. 유유히, 아아, 바람처럼, 원래 거기에서 태어나 거기에서 사는 것처럼 그는 편안하게 조용히 흐르고 있었다.

6

어제 어떻게 잠자리에 들었는지도 기억이 나지 않았다. 눈을 뜬 성우는 방안을 둘러보았다. 방은 침침한 어둠에 잠겨 있었다. 벽에 걸린 커다란 시계가 눈에 들어왔다. 열두시가 되어가고 있었다. 그는 화들짝 놀라 일어나 앉았다. 그는 손목시계를 찾아 다시 보았다. 분명히 열두시에서 몇분이 못 미치는 시각이었다. 가야지. 성우는 벌떡 일어섰다. 화장실로 들어간 그는 우선 수도꼭지를 틀어 차디찬 물을 얼굴에 끼얹었다. 그 순간 불현듯 너무나 어린 한 여자아이의 얼굴이 떠올랐다. 붉은 한복, 해맑간 얼굴, 그 보송보송한 얼굴선들. 그 여자아이가 목을 떨며 소리를 하던 것도 생각났다. 어떻게 된 일일까? 현정순이 여자아이를 불러들여 소리를 시킨 것일까? 그 늦은 시간에? 아니, 꿈이었을까? 젊은 현정순과 젊은 아비, 어머니, 그리고 그가 같이 마주앉아 술을 마시고 북 치고 소리를 하는 꿈을? 그러나 그 여자아이의 얼굴은 너무나 또렷했다. 샤워를 마치기까지 그 여자아이의 얼굴은 그의 뇌리에서 떠나지를 않았다.

외투까지 걸치고 방을 나서려다가 그는 방 가운데에 멈춰섰다. 윗목에 놓인 북을 발견했던 것이다. 북, 북채, 그리고 그 옆에는 남색의 북 주머니. 결국 아버지의 북을 찾기 위해 여기까지 내려온 셈인가. 혹은 여전히 그의 등짝에 올라앉아 그를 타누르고 있었다. 이게 아니었다. 아직도 뭔가 하지 않은 일이 남아 있다. 이 혹을 벗어던지기 위해 여기까지 아비의 여자를 찾아왔으나 그것은 여전히 남아 있었다. 뭘 해야 하는 것인가? 어떻게 해야 이 혹을 벗어던질 수 있는 것인가?

그는 북을 주머니에 넣어 들고 방을 나섰다. 가지에, 이파리에 눈이 가득 쌓인 소나무가 눈에 들어왔다. 그 희디흰 빛이 눈 속을 파고들었다. 눈두덩이 갑자기 한근이나 되는 느낌이었다. 그는 기둥을 짚으며 구두를 찾았다. 사람은 보이지 않았다. 사람의 기척도 없었다. 바깥 골목에 차가 달리는 소리뿐이었다. 그는 뜰을 비스듬히 가로질러 조벽(照壁) 앞을 지나 일각문(一角門)을 지났다. 한 여자가 속곳 바람으로 마루 끝에 앉아 햇빛 아래에서 눈썹을 뽑고 있었다. 그를 발견하자 여자는 깜짝 놀라며 드러난 다리를 속곳과 함께 싸안아 감추는 듯하더니, 그러나 그뿐, 배시시 웃으며 빤히 그를 넘겨다보았다. 이제 일어나셨어요? 가시게요? 방문이 열렸다. 안에서 또 다른 한 여자가 얼굴을 내밀었다. 목을 가리는 붉은 스웨터를 입은 그 여자를 발견한 순간, 그는 아, 하고 짤막하게 신음했다. 어머. 그 여자아이는 곧 방문을 닫아버렸다. 그가 꿈이라고, 환상이라고, 현정순의 젊은 모습이리라고 생각했던 바로 그 얼굴이었다. 열여덟 쯤이나 되었을까. 아니, 그보다도 더 어려 보였다. 저 어린아이가 여기에서 무얼 하고 있는 것일까. 다시금 어제 부산까지 태워다 준 두 아이들 가운데 여자아이가 생각났다. 그 여자아이와 이제 방문 틈으로 얼핏 얼굴을 내밀었다가 사라진 여자의 얼굴이 너무나 흡사

하다는 생각이 들었다. 성우는 그러나, 얼른 그 자리에서 달아나고
싶었다. 그는 현정순이 어디 있느냐고 물었다. 마담언니요? 마담언
니. 그것이 현정순의 호칭이었다. 여자는 따라오세요, 하며 일어나
려다가 얼른 주저앉으며 속곳으로 다시 다리를 감쌌다. 그녀가 다시
그를 쳐다보며 배시시 웃었다. 그 웃음에서 짙은 붕괴의 냄새가 났
다. 맑은 햇빛 아래 그 냄새는 화장품 냄새처럼 짙었다. 물으면서도
여자의 수작을 들으면서도 성우는 그 너머의 방문이 다시 열리기를,
그 여자아이가 다시 얼굴을 내밀어주기를 바랐다. 그러나 방문은 열
리지 않았다. 속곳 바람의 여자는 손을 들어 그가 이제 막 나온 안
채를 가리켰다. 저기 맨 안쪽 방이에요. 잠깐만 기다리시면 옷 좀
입고 제가 안내해드릴 텐데. 성우는 아닙니다, 하고 말하며 되돌아
서서 걷기 시작했다.

　일각문을 넘어, ‘鴻喜’라는 글자가 양각된 조벽 앞을 지나, 뜰을
가로질렀다. 현정순의 방문 앞에 이르자 그는 헛기침을 한번 했다.
안에서 현정순의 음성이 들렸다. 누구여? 들어와. 성우는 미닫이를
밀었다. 쨍한 한낮의 햇빛 아래 서 있었던 탓일까. 방안은 어둑했
다. 그보다 더 먼저 그가 의식한 것은 화장품과 향수 냄새와 어우러
진 좋다고도 나쁘다고도 하기 힘든 이상한 냄새였다. 방은 작았다.
벽에 기대어 세워진 가야금이 보였다. 민화(民畫)로 만든 여덟 폭
병풍 속의 맨드라미와 잉어, 개와 닭. 아직 이부자리가 펼쳐져 있었
고, 속옷 바람의 현정순이 무릎 밑으로는 이불을 덮은 채 앉아 있었
다. 이부자리 바로 앞에 작은 소반이 놓여 있었고, 그 위에는 머리
가 깨어져나간 작은 증류수 앰풀, 그리고 희게 번쩍거리는 가루가
담긴 봉투가 놓여 있었다. 그를 발견한 그녀의 얼굴이 뻣뻣이 굳은
듯했다가 처참하게 일그러졌다. 주름살이 가득한 시커먼 얼굴, 퀭한

눈, 검은 입술, 헝클어진 긴 머리칼은 등께에 구불구불 늘어져 있었고, 그녀의 한팔 상박부에는 노란색 고무줄이 묶여 있었으며, 다른 한손에 쥐어진 주사기는 그 팔을 겨냥하여 비스듬히 기울어져 있었다. 그녀의 피부에 꽂히기 직전의 바늘이, 방안이 무덤 속처럼 침침했는데도 불구하고, 너무도 희고 또렷하게 성우의 눈 속을 파고들었고, 그는 눈이 시었다. 현정순은 얼어붙은 듯 감출 생각도 하지 못한 채 무의미하게 뚫린 구멍 같은 눈으로 그를 쳐다보고 있었다.

7

　이제 어디로 가야 하는 것인가. 다시금 그는 길을 잃었다는 느낌에 사로잡혔다. 아직 그가 하지 않은 일이 무엇이 있는 것일까. 혹은 더욱 커지고 더욱 무거워져 있었다. 현정순에 대하여 알게 되고, 그리하여 아비에 대하여 좀더 알게 되었으며, 두 사람 사이의 관계가 어떤 것이었는지를 짐작하게 된 것은 사실이었다. 소득이라면 소득이었다. 그러나 적어도 그가 짊어진 혹에 관한 한 그것은 해결이 아닌 것 같았다. 더이상은 갈 곳도, 해야 할 일도 생각이 나지 않았다. 집으로 돌아가는 길뿐이었다. 그러나 앞으로 언제까지 이 혹을 짊어지고 살아야 하는 것일까.
　성우는 높은 파도가 부서지는 광안리의 바닷가를 오랫동안 서성거렸다. 아비는 며칠 동안 집을 나갔다가 만취한 채 집에 돌아오면 어머니가 살아 있을 때는 어머니를 붙들고, 어머니가 죽은 뒤에는 아무도 그의 얘기에 귀기울여주지 않았으므로 허공에 대고 투덜거렸다. 이건 사는 게 아니여. 이렇게 살라는 게 아니여. 이런 건 분명히 아니여. 그때마다 성우는 혐오감을 품고 혼자서 야유했다. 이런 게 아니라면 도대체 뭐란 말인가? 자식의 돈을 훔쳐 집을 나가는 게 사는 거란 말인가? 처자를 배신하는 것이 사는 거란 말인가? 도대체 저 아비는 삶이 무엇이기를 바라는 것인가?

아비의 북을 찢으면서 그는 아비와의 인연 역시 그렇게 찢어냈다고 생각했다. 결코 돌아오지 않는다. 나는 저 아비의 아들이 아니다. 그에게 계획이 있다면 단 하나, 집에 돌아가지 않는 것이었다. 집에 돌아가지 않을 수만 있다면 무슨 일이라도 할 각오였다. 평생 선원으로 바다에서 살다 죽어도 좋다. 막노동판에서 막걸리 한사발, 쌀 한됫박으로 사는 하루살이가 되어도 좋다. 공장에 들어가 하루 열다섯 시간씩 기계 앞에 붙어앉아 있어도 좋다. 어물전에서 하루 온종일 생선비늘을 뒤집어쓰고 살면 또 어떠랴. 혼자 몸, 어디 간들 견디지 못하랴. 그러나 나이 열일곱의, 객지 생활이라고는 전혀 해본 적이 없는 그에게는 일자리를 구한다는 것은 쉬운 일이 아니었다. 시장과 공단을 헤매고 다니다가, 돈이 떨어지자 손목시계를 전당포에 잡히고, 그 돈 역시 떨어진 뒤에야 그가 얻어낸 일자리는 여관이었다. 그나마 애걸복걸한 끝에 겨우 얻어낸 자리였다. 봉급은 일금 만원. 밥은 먹여주고 잠도 재워줄 테니, 벌이는 팁으로 요령껏 하라는 것이 주인의 말이었다.

그가 이제까지 보아온 도시나 사람, 세상과는 전혀 다른 낯선 도시를 발견하기 시작한 것은 그때부터였다. 그리고 새로이 발견한 도시의 모든 것들은 오직 혐오스러울 뿐이었다. 비좁은 골목 가운데에 자리잡은 여관 바로 뒤에는 교회가 있었고, 교회의 종은 시도 때도 없이 울려댔으며, 여관 현관문에도 작은 종이 매달려 있었고, 그 작은 종을 울리며 손님들과 매춘부들이 드나들었다. 남자들은 성우에게 돈을 주며 말했다. 여자 한나 불러온나. 소주 한병 사온나, 하는 것처럼. 처음에는 여관 주인이 어딘가로 전화를 하여 여자들을 주문했다. 그러나 그가 조금 일에 익숙해지자 여관 주인은 그에게 일을 맡겼고, 그때부터는 여자를 주문하는 일도 그의 몫이 되었다. 짜장면을 주문하듯 여기 세 사람만요, 혹은 한 사람요, 하고 그는 말했다. 여자와 손님이 떠나고 나면 그 방을 청소했다. 그는 이부자리에 묻은 정액과 거웃과 머리카락을 닦고 치우고 쓰레기통을 비웠다. 그러면 잠시 후에 또 다른 남자가 나타나 여자 하나 불러온나, 하거나 또 다른 남자 여자가 들어와 비슷한 자취를 남기고 떠나갔다. 여관 주인은 매춘부 몫의 돈 가운데 일부를 차지했다. 여관 주인이 없을 때는 그 자신이 여자들의 돈 가운데에서 여관 주인 몫의 돈을 챙겨야 했다. 어느날, 한 여자가 그가 내미는 지폐를 주머니에 쑤셔넣고 돌아서며 뚜쟁이 자식, 하고 중얼거리는 소리를 그는 들었다. 그렇다. 그는 충격 속에서 깨달았다. 그는 뚜쟁이였다. 천하기 이를 데 없는 아비가 보기 싫어 집을 나왔는데, 그는 어느새 아비보다 더 천한 자가 되어 있었다. 아비 같은 이들에게 여자를 불러다 주는 일을 하고 있지 않은가. 겨우 이런 일을 하기 위해 집을 나왔단 말인가. 그곳을 떠나야 했다. 집으로 돌아가야 할지도 모른다는 생각이 들었으나, 그는 곧 마음을 돌이켰다. 집이라 하여 이곳과 무엇이 얼마나 다르단 말인가? 하루에도 몇번씩 당장 그곳에서 떠나고 싶다는 충동에 시달리면서도 그는 일자리를 구하기 위해 이곳저곳을 기웃거릴 만한 시간을 얻을 수 없었다. 오전중에는 여관을 찾는 손님들이 많지 않았으나, 그 시간은 숙박 손님들이 떠난 방을 치우기에도 바빴다. 그래야 곧 한낮에 잠깐씩 찾아드는 손님들을 맞을 수 있었다.

그는 여전히 여관에 매여 뚜쟁이 노릇을 계속하는 수밖에 없었다. 그는 이미 알고 있었던 것이다. 이 도시에서 직장을 구한다는 것이 얼마나 힘든 노릇인지를. 진정 그는 천하고 혐오스러운 자였다. 아버지보다도, 등록금과 생활비를 걱정해야 했던 가난보다도 아예 세상이 싫어졌다. 그러나 더이상 가출할 곳이란 없었다. 이제 그는 세상에서 떠나야 했으니까. 세상에서 떠나는 방법이란 없다고 생각했으나 그 방법을 가르쳐준 것도 그 여관이었다. 어느날, 여관방에서 한 남자가 자살을 했던 것이다. 그 사람이 여관의 달력 종이를 찢어 남긴 유서에는 "세상이 싫다, 사람이 싫다, 나도 싫다"라고 씌어 있었다. 아아, 세상에서 가출하는 방법도 있었던 것이다. 집에서 나왔듯이 세상에서 나가면 되는 것이다. 가출, 자살. 자살, 가출. 별로 다를 게 없는 것 같았다. 가족이라는 집에서 나왔듯이 '인간(人間)', 즉 세상이라는 집에서 나가는 것에 불과하지 않은가. 자살을 망설이고, 망설이며 방법을 생각해보고, 죽기 전에 어머니에게 편지를 할 것인지 말 것인지를 생각하고 있을 때에 그가 만난 것이 다 빈치였다.

숙박비를 내지 않은 채 달아난 사람이 남긴 책이 있었다. 레오나르도 다 빈치의 전기였다. 우연히 그 책을 집어들었다가 그는 단번에 열중하여 그 자리에서 고스란히 다 읽어냈다. 그는 처음으로 다 빈치가 단순히 '모나리자'나 '최후의 만찬'을 그린 화가가 아니라는 것을 알았다. 그가 화가인 동시에 빼어난 과학자였다는 것도, 그가 사생아로 태어났다는 것도, 사생아였기 때문에 온전한 교육을 받지 못한 채 어린 나이에 장인(匠人)의 공장에 들어가 일을 배워야 했다는 것도, 그가 왼손잡이였다는 것도, 그 때문에 평생 악마의 자식이라는 소리를 들으며 살았다는 것도, 돌덩이 하나, 구리덩이 하나를 얻을 수 없었기 때문에, 얻었다가도 다시 빼앗겼기 때문에 구상이 모두 끝난 작품을 만들어낼 수 없었다는 것도 그 책을 통해서 알았다. 그리고 그가 날개를, 비행기를 만들었다는 것을 알았다. 캄캄한 여관방에 엎어져 있다가 현관문이 여닫힐 때마다 울리는, 깨어져나가는 듯한 종소리가 들리면 벌떡 뛰쳐나가 손님들을 방으로 안내하고, 술과 담배와 김밥과 여자를 사다 주고, 여자에게서는 몸값의 일부를 빼앗는 일을 하면서, 자살을 생각하면서 그는 다 빈치가 날개를 달고, 프로펠러를 달고 하늘을 나는 모습을 상상했다. 다 빈치가 만든 날개도, 비행기도 결코 하늘을 날지 못했다는 것은, 언제나 땅에 처박히고 말았다는 것은 그에게는 문제가 되지 않았다. 그의 상상 속에서 다 빈치는 언제나 날개를 달고 푸른 하늘을 바람처럼 날고 있었다. 상상 속에서 그는 다 빈치와 더불어 날개를 한껏 펴고 하늘을 날았다. 어디로 갈까. 다 빈치가 물으면 그는 대답했다. 피렌쩨로, 밀라노로, 앙브와즈로. 그는 다 빈치의 날개가 무엇을 뜻하는지를 깨달았다. 그의 날개가 세상에서 나가는 방법이었다는 것을, 조각할 돌덩이 하나를 허용하지 않는 이 세상에서 가출하는 방법이었다는 것을, 그가 그토록 징그러운 인체의 해부에 몰두한 이유를, 그것이 이곳의 세계가 아니라 저곳의 세계를 탐구하기 위해서였다는 것을, 그가 거울에 비춰 보아야만 비로소 읽을 수 있는 글자로 일기를 쓴 까닭을, 그것 역시 거울 이편의 세계에서 벗어나 거울 저편의 세계로 건너가기 위한 그의 날개였다는 것을, 그의 모든 것을 깨달았다.

자살을 결행하기 전에 그 여관에서 쫓겨나는 것으로 결국 그 생활은 끝장이 났다. 도난사건이 발생했는데, 여관 주인이 그를 범인으로 지목하는 바람에 경찰서에 끌려가 조사를 받은 끝에 혐의는 벗었으나, 그 와중에 그가 가출 학생이라는 것이 밝혀졌고, 오지랖 넓은 형사가 집에 연락을 하였으며, 그리하여 어머니가 한달음에 부산으로 내려왔던 것이다. 어머니와 더불어 서울로, 저 진흙탕 같은 집으로 돌아오는 밤 열차 속에서 그는 다 빈치와 그의 날개를 생각하고 또 생각했다.

8

그가 금정의 지하철 공사장 앞에 닿은 시각은 네시 반이었다. 그는 차에서 내려 주위를 둘러보았다. 생선횟집에, 자동차 대리점에, 다방과 가게에 하나둘 불이 들어오고, 흐린 하늘은 벌써 어둑어둑 저물어오고 있었으며, 차들은 전조등을 번쩍이며 사방에서 끝도 없이 밀려들었고, 그 한가운데에 어제 본 적이 있는 키가 작은 경찰관 한 사람이 대책 없는 재난을 마주한 사람처럼 외롭게 서 있었다. 그 아이들은 보이지 않았다. 그들은 오지 않을 것이다. 차에서 내리자 황급히 골목 안으로 사라지던 그들의 모습이 떠올랐다. 성우가 그 시절 그랬듯이 그들에게도 가출 외에는 길이 보이지 않았을 것이다. 성우와 마찬가지로 아이들 역시 제 발로 집으로 돌아갈 생각 따위는 전혀 없을 것이다. 성우는 알면서도 그들과 약속한 다섯시 반까지는 기다릴 작정이었다. 왜? 왜 기다리는 것인가? 왜 그 아이들이 집으로 돌아가주기를 바라는 것인가? 만일 그가 지금 고교 시절 그 시절의 입장이라면 그는 다시금 가출을 결행할 것이다. 그러면서도 왜 그는 아이들이 여기 와주기를 바라는 것인가?

고스란히, 한 여관방이 생각났다. 좁고 습기 찬 여관방에 엎드려 있다가, 여관 현관문에 매달린 종이 울릴 때마다 나가서 손님을 맞아 노란 양은 물주전자와 플라스틱 컵과 양은 재떨이와 휴지를 양은 쟁반, 얼룩덜룩한 꽃이 그려져 있으나 매일 아침의 수세미질로 거의 긁혀나가버린 양은 쟁반에 올려 받쳐들고 앞장서서 방으로 안내하고, 손님이 청하는 대로 술과 담배와 화투와 김밥과 여자를 사다 바치는 한 어린 소년이 생각났다. 언젠가 아내에게 그 얘기를 해주었을 때에 그녀는 그가 결국 어떻게 집으로 돌아오게 되었는지를 알게 되자 천만다행이지, 하고 말했다. 그는 그렇게 생각하지 않았다. 그때 집으로 돌아오지 말았어야 했다는 생각이 드는 것이었다. 그날 어머니를 따라 서울로 돌아오면서 그가 뭔가 중요한 것을 잃었다는, 아니 어쩌면 저버렸다는 생각이 들었던 것이다.

누군가가 차창을 두들겼다. 성우는 창 밖을 내다보았다. 소년이었다. 성우는 자신도 우스울 만큼 반색을 하며 얼른 차의 문을 열어주었다. 그런데 소년은 혼자 서 있었다. 성우는 아직 밖에 서서 이쪽저쪽을 둘러보며 머뭇거리는 소년에게 어서 들어오라고 손짓했다. 소년이 배낭을 벗어 뒷좌석에 밀어넣은 다음 앞자리에 올라탔다. 짓눌린 표정이었다. 어딘지 겁에 질린 것처럼 보였다. 왜 혼자일까. 소년은 묵묵히 앞쪽만을 쳐다보았다. 한참을 기다려도 소년은 말이 없었다. 성우가 물어보았다. 왜 혼자냐? 여자친구는 어디 있어? 소년은 대답하지 않았다. 문득 성우는 '온천별장'의 나이 어린 여자를 떠올렸다. 성우는 다시 물었다. 여기에서 만나기로 한 거냐? 소년은 차 안의 시계를 끈질기게 훔쳐보다가 다섯시 반이 가까워지자 비로소 입을 열었다. 아저씨, 시간 있으시면 조금만 더 기다려보면 안돼요? 성우는 그렇게 하자고 했다. 궁금했다. 언제 어디에서 어떻게 하여 여자친구와 헤어지게 된 것일까? 그러나 소년은 입을 열 생각이 없는 것 같았다. 성우는 추궁하는 것처럼 보이기는 싫었다. 여섯시가 지났다. 언제까지 기다려야 하는 것일까? 소년은 차에서 내려 사방을 둘러보았다. 시간이 갈수록 그의 얼굴에 초조감이 더해 갔다. 날은 이제 완전히 어두웠고, 거센 바람까지 불기 시작했다. 돌출 간판들이 뒤흔들렸고 비닐봉지가 높다랗게 하늘로 날아올랐다. 바람은 소년의 길지 않은 머리칼을 있는 대로 헝클어댔다. 소년은 그 바람 속에서 비질비질 진땀을 흘렸다. 여섯시 반이 되었다. 마침 내 소년이 차에 올랐다. 가요, 아저씨. 안 올 모양이에요. 그러나 성우는 시동을 걸지 않았다. 가출신고라도 해야 하는 것 아닐까. 아니, 어쩌면 실종신고를 해야 하는 건 아닐까. 성우는 어떻게 된 거냐고 물었다. 소년은 묵묵히 어둠속을 넘겨다보고 있다가 이렇게 말했다. 그냥…… 어쩌다가 헤어지게 됐어요. 싸웠냐? 소년은 고개를 저었다. 성우가 만일 그녀와 어떻게 만났는지를 묻는다면 소년은 그렇게 대답할지도 모른다. 어쩌다가 만났어요.

더이상 기다린다는 것이 무의미한 짓이라는 것이 분명해지자 비로소 성우는 시동을 걸었다. 달리는 동안 그들이 나눈 말은 몇마디에 불과했다. 소년이 갑자기 울기 시작했던 것이다. 집이 서울 어디냐? 돈암동이요. 집 나온 지는 얼마나 됐어? 소년은 대답하지 않았다. 잘 생각한 거야. 집으로 돌아가는 게 좋아. 확신도 없이 그가 말했다. 소년은 대답이 없었다. 여자친구는 어떻게 됐어? 소년이 머뭇거렸다. 무슨 생각을 하고 있는지 알 수가 없었다. 소년이 갑자기 울기 시작한 것이 그때였다. 성우는 왜 그러느냐고 물었다. 대답이 없었다. 무슨 일이 있었던 거야? 그가 다시 물었으나 이번에도 소년은 대답하지 않았다. 울기만 했다. 그저 꺽꺽 울 뿐이었다. 무슨 말로 어떻게 위로를 해야 할지 알 수가 없었다. 성우는 기다리는 수밖에 없었다. 소년이 울음을 그친 뒤에도 성우는 말을 붙일 수가 없었다. 소년의 눈빛은 불안정했다. 너무나 침울해 보였다. 성우는 어두운 여관방에 엎드려 자살을 궁리하던 한 소년의 모습을 떠올렸다. 불현듯, 몸이 부르르 떨려왔다. 마음속 깊은 곳으로부터 소름이 끼쳤다. 문득, 소년과 함께 부산으로 내려온 소녀는 요정 '온천별장'에 남았다는 생각이 들었던 것이다. 젠장, 이 무슨 터무니없는 생각이냐.

한참 뒤에야 소년이 마침내 스스로 입을 열었다. 저희 어머니는요…… 성우는 기다렸다. 저희 어머니는…… 소년은 마른기침을 쿨럭쿨럭 하고, 머뭇거리다가, 생각을 해보다가, 다시 입을 열었다. 저희 집은…… 저는 도저히…… 소년은 말을 잇지 못했다. 그는 쿨럭쿨럭, 마른기침을 내놓았다. 그리고 그만이었다. 소년은 다시는 입을 열려 하지 않았다. 그가 소년의 말문을 터주기 위하여 궁리해낼 수 있는 말은 이런 것뿐이었다. 좀 쉬다 갈까? 소년은 고개를 끄덕이며 대답했다. 네.

추풍령휴게소로 들어선 성우는 주차장에 차를 세우자 화장실에 갈 생각 없느냐고 물었다. 소년은 고개를 저었다. 그냥 여기 있을래요. 성우는 화장실에 들렀다가 깡통커피와 깡통식혜를 사들고 차로 돌아왔다. 소년이 보이지 않았다. 뒷좌석의 배낭도 없었다. 성우는 영문을 알 수가 없었다. 어떻게 된 것일까. 배낭을 메고 화장실에 갔을 리는 없었다. 잠깐 뒤에야 그는 깨달았다. 소년은 떠난 것이다. 어제 하행선의 망향휴게소에서 성우의 차를 얻어탔듯이 이곳에서 또 다른 사람의 차를 얻어탔을 것이다. 소년은 서울로도, 집으로도 돌아갈 생각이란 없었던 것이다. 어쩌면 소년은 성우가 집으로 돌아가라고 강요할지도 모른다는 것이 걱정스러웠는지도 모른다. 그래서, 달아나는 것이 낫다고 판단한 것이리라. 아니, 돌아올지도 모른다. 갑자기 할 일이 생각났을 수도 있다. 전화를 하러 갔거나 화장실에 갔는지도 모른다. 배낭 안에 당장 필요한 물건이 들어 있었을지도 모르고, 어쩌면 그가 없는 사이에 성우가 그 배낭을 실은 채 혼자서 떠나버릴지도 모른다는 우려 때문에 배낭을 메고 간 것인지도 모른다. 성우는 좀더 기다려보기로 했다. 그러나 소년이 떠났다는 증거가 곧 눈앞에 드러났다. 계기판 앞에 놓아두었던 몇장 천원짜리 지폐가 보이지 않았다. 동전꽂이의 동전 역시 하나도 남아 있지 않았다. 얼핏 입맛이 썼으나 그는 곧 스스로를 위로했다. 괜찮다. 아무렇지도 않다. 소년이 청했더라면 그보다 더 큰 돈이라도 주었을 것이다. 도둑질은 뚜쟁이 짓보다는 낫다고 해야 할지도 모른다.

휴게소에서 빠져나와 달리기 시작한 지 얼마나 되었을까. 어둠속에서 희끗희끗 눈발이 날리기 시작했다. 배낭을 멘 소년이 눈보라 속으로 성큼성큼 걸어들어가는 모습이 떠올랐고, 문득 그 아이가 부러워졌다. 갑작스럽게 외로움을 느끼며 그는 가속기를 밟은 발에 더욱 힘을 주었다. 카세트를 켰다. 바하의 무반주 첼로가 흘러나왔다. 그는 볼륨을 한껏 높였다. 차 안에 바하가 가득 차 출렁거렸다. 거지꼴이 되어 돌아온 아비가 극락에 다녀왔다고 말했을 때에 젊은 성우는 그를 비웃었다. 아비가 이게 사는 게 아니라고 한탄할 때에도 그는 아비를 야유했다. 이제 그는 더이상 아비를 비웃을 수도 야유할 수도 없었다. 아비가 가고 싶었던 극락은 무엇이었을까? 아아, 지상의 절벽에서 날개를 달고 날아올랐을 때에 다 빈치가 가고 싶었던 곳은 어디였을까? 거울 저편으로 넘어들어가 닿고자 했던 곳은 어디였을까? 그리고, 내가 가고 싶었던 피렌쩨, 밀라노, 앙브와즈는 어떤 곳이었을까? 현정순은 말했다. 십만억 불토를 지나면 극락이 있고, 거기에서는 바람이 불면 세상 삼라만상이 그 바람을 따라 신묘한 음악을 연주하며, 우리 눈에 눈물이 아니라 꽃이 피고 우리 입술에 한숨이 아니라 보석이 열리며 우리 가슴에 한이 아니라 천도가 열린다고. 그리고 지금 현정순은 무덤 같은 방에 홀로 앉아 혈관에 마약을 찔러넣고 있다…… 나는 지금 어디에 와 있는 것일까? 어디로 가는 것일까? 눈발이 더욱 짙게 흩날렸다. 그 눈발 속에서 환상처럼, 어제 망향휴게소에서 만난 소녀의 얼굴이 떠올랐고 거기에 아침에 요정에서 본 어린 여자아이의 얼굴이 겹쳐졌으며, 그 어린 여자아이가 사랑가를 하는 모습이 떠올랐고, 그와 더불어 옷 한 조각 걸치지 않은 희디흰 몸이, 둥근 어깨가, 작은 가슴과 거기 돌기처럼 솟아 있던 작은 젖꼭지가, 그리고 둥글고 흰 배가 선명히 떠올랐다. 그 어린 여자아이의 가슴을 더듬는 두툼한 손이 있었다. 한 사내가 그 여자아이의 입술과 목덜미와 가슴을 탐식하는 것이 보였다. 여자아이가 비명처럼 신음하는 소리가 들렸다. 성우는 온몸이 얼어붙는 듯했다. 저게 누구일까. 누가 저런 짓을 하는 것일까. 이건 환상에 불과한 것일까, 아니면…… 그 남자의 얼굴이 드러난 순간 성우는 으윽, 하고 비명을 질렀다. 성우였다. 그 여자아이의 몸을 거칠게 피고드는 사내는 다름아닌 그 자신이었다. 그는 머리가 갈라지는 것만 같았다. 숨이 막혔다. 내가? 내가? 내가? 갑자기 아득히 시야가 멀어지는 것 같았고, 그 가운데 현정순의 말소리가 들렸다. 이건 여그 풍습이네. 풍습엔 옳고 그른 게 없는 법이네. 그렇게 내가 허라는 대로 허시게나. 이년 맘 편허게 허주믄 얼매나 고마우꼬. 손발이 부들부들 떨려왔다. 성우는 황급히 차를 갓길에 세웠다. 아니다, 그럴 리가 없다…… 먹먹한 기분으로 그는 눈발이 흩날리는 어둠속을 바라보았다. 알 수 없는 격정으로 가슴이 꽉 막혀왔다. 모르는 사이에 눈물이 흘러내리기 시작했다. 그는 엎드려 두 팔에 얼굴을 묻었다. 슬픔이 파도처럼 그를 덮쳐 쓰러뜨렸다. 눈물이 거침없이 쏟아졌다. 억억, 울먹임이 목구멍을 타넘어왔다. 그는 거리낌없이 소리지르며 울었다. 자신에 대한 혐오감이, 그리고 후회가 가슴을 무너뜨렸다. 그러나 기이한 일이었다. 언제부터인지 그를 결박하고 있던 정체를 알 수 없던 것들이 그 눈물과, 그 혐오감과 더불어, 후회와 더불어 씻겨가는 것처럼 여겨졌고, 좀더 오래, 될 수 있는 한 오래도록 울고 싶어지는 것이었다. 비로소 아비가 죽었다는 것을 확인한 기분이었다. 아비의 장례식은 이제야 비로소 끝이 났다는 생각이 들었다.

아직도 울먹이며 그는 차에서 내렸다. 트렁크를 열었다. 거기, 현정순이 그에게 준 북이 있었다. 그 북이 문득 무서워졌다. 그 무서움에 대한 반발이 목구멍을 치받았다. 그는 북을 꺼내 들고 고속도로변의 어둠을 향해 돌아섰다. 그는 잠깐 망설였으나, 그 잠깐 사이에 골목에 쪼그리고 앉아 북을 찢는 소년이, 극락에 다녀왔다, 하고 말하던 아비의 얼굴이, 그년은 갈보여 갈보, 하고 발악하는 어미의 얼굴이, 현정순이 팔뚝에 주사바늘을 겨누고 있던 모습이 어둠속에 스쳐갔으나, 그는 이를 악물고 한걸음 더 고속도로변으로 걸어가 어둠속으로 힘껏 북을 내던졌다. 그것은 그의 것이 아니었다. 아비의 것이거나 어쩌면 현정순의 것에 불과했다. 만일 그에게 북이 필요하다 해도 그 북은 아니었다. 비탈진 숲속으로 북은 떼굴떼굴 굴러 사라졌다. 등 뒤에서 커다란 15톤 트럭 한대가 헤드라이트 불빛으로 그를 새하얗게 도려내며, 경적과 굉음을 울리며 치달려갔다. 다시 어둠이 뒤덮여왔고, 돌풍과 함께 눈보라가 얼굴을 때렸다. 그는 어둠속을 들여다보았다. 그는 비로소 짐작하고 있었다. 아무 소용이 없는 짓이리라는 것을. 북을 버리고 찢어도, 세상의 모든 북을 태워도 아무 소용이 없을 것이다. 오랫동안 잊고 살았던 다 빈치의 날개가, 그리고 이해하게 되리라고는 한번도 생각해본 적이 없는 아버지와 현정순의 극락이, 누가 만든 것인지도 모르는 북 하나가 어느새 그의 가슴속에 들어와 있었다.

그는 차에 올라 다시 달리기 시작했다. 그것은 이미 집으로 가는 길이 아니었다. 그는 길을 잃었다. 어제오늘의 일이 아니었다. 그는 길을 잃은 지 벌써 오래였다. 그것을 이제야 깨닫고 있었다.

<1996, 문학동네 가을호>

숨은 길

1

승강기에서 내리자 나는 재빨리 복도를 위아래로 훑어보았다. 복도는 비어 있었다. 그러나 나는 안다. 복도 한쪽에 줄줄이 늘어선 문들에는 각기 하나씩 스파이홀이 뚫려 있으며, 안에서는 그 스파이홀을 통하여 밖을 얼마든지 내다볼 수 있다는 것을. 복도 천장에 띄엄띄엄 사이를 두고 켜진 형광등 불빛은 안에서 바깥의 동정을 살피는 데에는 어려움을 느끼지 않을 만큼 충분히 밝았다. 그러나 나는 당당히 그 복도를 걸어내려갔다. 나는 그 문 너머에 숨은 자들의 감시의 눈 따위를 두려워할 필요가 없다. 왜냐하면 지금부터 내가 하는 짓을 신고하는 사람은 없을 테니까. 자신있게 말하건대, 적어도 피해자는 결코 신고 따위는 하지 않을 것이다. 오히려 그녀는 고마워할지도 모른다. 그녀가 까맣게 잊은 존재가, 그녀가 '그리운 미망(迷妄)'이라고 부른 것이 갑자기 그녀 앞으로 걸어나오는 것을, 그것이 더이상 그리운 것도 아니요, 미망도 아니라는 것을 알게 될 테니 말이다.

　나는 817호의 문 앞으로 걸어갔다. 다시 한번 복도 저편을 살펴보았다. 인기척은 없었다. 나는 주머니에서 굵은 바늘을 꺼내 문 손잡이의 열쇠 구멍에 꽂았다. 바늘 끝에 잠금장치의 단단한 돌기가 느껴졌다. 나는 바늘 끝으로 그 돌기를 다부지게 압박하며 손잡이를 비틀었다. 짤깍. 경쾌한 소리와 함께 문이 열렸다. 나는 안으로 들어서서 재빨리 등뒤로 문을 닫았다. 승강기에서 내려서 방 안으로 들어서기까지 걸린 시간은 1분 18초. 마음은 지극히 평온했다.

　예상했던 대로 방안은 비어 있었고 어두웠다. 나는 불을 켰다. 나는 불빛이 밖으로 새어나가는 것을 두려워할 필요가 없다는 것을 안다. 그녀는 자정을 넘긴 뒤에야, 어쩌면 새벽 두시쯤이나 되어야 돌아올 것이다. 어쩌면 밤을 새울지도 모른다. 그러나 그런 것도 걱정할 필요는 없다. 나는 내일까지라도, 만일 그녀가 갑자기 여행이라도 떠났다면, 그녀가 돌아올 때까지라도 기다릴 수 있다. 나에게는 넉넉한 것이란 시간뿐이니까. 돈도 친구도 나에게는 없다. 오직 시간이 있을 뿐이다.

　원룸 아파트였다. 모든 창은 닫혀 있었다. 대부분의 창들이 아예 열리지 않는 구조였다. 에어컨이 설치되어 있었던 것이다. 마포대로 바로 옆의 건물이었음에도 불구하고 차소리도 들리지 않았다. 책상, 책장, 그리고 여기저기 벽에도 책장에도 함부로 쌓인 책들. 침대 위에는 널린 옷가지들. 방바닥에 나뒹구는 슬리퍼와 구두짝. 오디오와 텔레비전, 비디오 카세트. 그리고 싱크대 옆에는 커다란 냉장고. 나는 냉장고를 열었다. 깡통맥주와 치즈와 버터와 오렌지 주스와 생선과 쇠고기와…… 나는 맥주 깡통 하나 따 들고 마시기 시작했다.

　책상 위에는 컴퓨터가 놓여 있었다. 나는 컴퓨터가 뭐에 쓰는 물건인지 알지 못한다. 요즘 배운 놈들은 다들 컴퓨터를 쓴다는 것은 안다. 배운 부모들 밑에서 크는 자식들은 어릴 때부터 컴퓨터를 쓴다는 것도 안다. 나와는 별로 인연이 안 닿는 물건이라는 것도 안다. 사실대로 말하자면 나는 컴퓨터가 두렵다. 그놈이 눈에 띄면 불편하다. 그놈에게 위협당하는 기분, 풀 방법이 없는 과제를 받은 것 같은 무력감에 사로잡히는 것이다. 저 컴퓨터 안에는 김정자의, 아니 작가 이수정의 모든 작품들, 자료들, 생각들이 내장되어 있을 것이다. 나는 욕실로 들어가 욕조에 뜨거운 물을 틀었다. 물이 쏟아지기 시작하자 나는 먼저 컴퓨터의 자판을 가지고 와서 그 물 속에 쳐넣었다. 이어 모니터도 물 속에 던져버렸다. 본체도 물 속에 간단히 쑤셔넣었다. 이것으로 내가 적어도 컴퓨터를 다루는 한가지 방법은 알고 있다는 것이 입증된 셈이다. 즉 나는 컴퓨터를 망가뜨릴 줄은 아는 것이다.

　이 집을 찾아내는 일은 간단했다. 출판사에 전화를 하여 이수정의 전화번호와 주소를 알아내는 것으로 충분했다. 그녀는 마포대로 바로 옆의 커다란 원룸 아파트에 살고 있었던 것이다. 나는 일주일 동안 그 건물 출입구가 보이는 다방에 자리잡고 앉아서 그녀가 드나드는 것을 관찰했다. 그리하여 그녀에게 차가 있다는 것도 알아냈다. 흰색 소나타였다. 『마드모아젤 서울』이라는 월간 잡지를 통하여 나는 그녀가 1년 전에 이혼을 했고, 그후 혼자 산다는 것도 알아냈다. 1년 동안이나 그녀는 혼자 살아온 셈이다. 흐으, 어쩌면 그녀는 나 같은 놈이 나타나기를 기다리고 있었는지도 모른다. 그녀의 인터뷰가 실린 바로 그 여성지에는 「홀로 선 여성의 깊은 밤 깊은 곳—그녀들의 상상」이라는 제목의 기사가 있었는데, 그 기사에서 나는 혼자 사는 여자들이, 특히 지적인 활동에 종사한다는 여자들이 가끔 거칠고 기운차고 야만적인, 하층계급 출신의 남자에게 강간당하는 공상을 한다는 얘기를 읽었다. 그렇다. 충분히 이해할 수 있는 일이다. 더구나 남편과 이혼을 하고 혼자 살기 시작한 지 벌써 1년, 독수공방에 얼마나 외롭고 쓸쓸했으랴. 김정자가 그 따위 잡지와 인터뷰를 하다니.

그러나 내가 그 때문에 그녀를 강간하려는 것은 아니다. 내가 이수정을 강간하려는 데에는 훨씬 더 유서 깊은 사연이 있다. 그것은 나만의 사연이 아니다. 내 아우의 사연이기도 하다. 아아, 그러나 어찌 그것이 또 나와 아우의 사연이기만 할 것인가. 어쩌면 그것은 내가 아는 거의 모든 사람들의 사연이라고 해야 할 것이다. 내가 아는 사람들이란 거의 모두가 나와 비슷한 천덕꾸러기들, 하층계급, 그녀가 좋아하는 표현을 쓰자면 무산계급, 노동계급, 프롤레타리아들이니까 말이다.

나는 이수정을 강간할 것이다. 생각만 해도 내 살들이, 특히 사타구니 사이에 달린 살덩이가 부들부들 떨린다. 그것은 사실은 이미 오래 전에, 내가 아니라 내 아우가, 내 아우도 아니라면 우리들 가운데 어느 누군가가 해치웠어야 할 일이었다. 그것을 이제까지 미뤄왔던 셈이다. 그때는 나는 아직 그런 생각은 꿈에도 해보지 못했었다. 상상도 할 수 없었다. 그런 생각을 해내기 위해, 그 결심을 하기 위해 지난 오륙년의 시간이 필요했던 모양이다.

나의 아우여, 기다려라. 이제 그녀가 올 것이다. 이제 그녀가 세상 모든 소음을 차단한, 이 아늑하고 고요한 창작의 밀실로 들어오면, 나는 내가 누구인지, 나의 아우가 누구인지, 그리고 그 아우가 지금 어떻게 살아가고 있는지를 당당히 밝히고 그녀의 몸 속 가장 깊은 곳으로 나의 가장 뜨거운 살덩이를 쑤셔넣어 그녀를 작가 이수정이 아닌 김정자로 되돌려놓을 것이다.

나는 냉장고에서 깡통맥주를 모조리 꺼내들고 침대로 가서 그 위에 널린 옷가지들을 바닥에 떨어뜨리고 거기 올라앉았다. 불을 껐다. 캄캄해졌다. 상관없었다. 나에게는 어둠속에서도 몇시간쯤은, 아니 하루이틀쯤은 불편없이 지낼 수 있을 만큼 충분한 기억들이 있었다.

2

어린 소년이 내 앞으로 걸어나왔다. 열살쯤 되었을까. 낯이 익었다. 어디에서 보았던가. 아이를 자세히 쳐다보는 사이에 나는 가슴이 미어지는 것 같은 슬픔에 사로잡혔다. 나는 아이에게 물었다. 너 뭐 하냐? 놀아. 아이 특유의 높은 음성에 어리광부리는 듯한 어조였다. 혼자? 응. 왜? 동무 없어. 골목에만 나가면 동무들이 얼마든지 있을 텐데? 동무 아니야. 어째서? 내가 물었다. 아이는 고개를 들어 나를 신중한 얼굴로 쳐다보았다. 아이의 눈이 뜻밖에도 어른스러운 그늘, 외로움과 고통으로 질식할 듯한 어둠으로 차 있는 것을 보고 나는 깜짝 놀랐다. 그런 눈으로 아이는 대답을 할 것인지 말 것인지를 궁리하는 듯했다. 순간 아이의 얼굴이 일그러졌다. 나는 아이가 비명을 지르려 한다고 생각했다. 아이가 곧 울음을 터뜨릴 것이라고 생각했다. 그러나 아이는 비명을 지르지도 않았고, 울음을 내놓지도 않았다. 아이의 눈이 한층 더 어두워졌을 뿐이었다.

아이의 입에서 마침내 그 말이 나왔다. 나는 첩의 새끼야.

나는 깜짝 놀랐다. 아이는 바로 나 자신이었다. 아이도 깜짝 놀라 입을 다물었다. 나는 첩의 새끼야. 그렇게 말해서는 안 되는 것이었다. 적어도 첩의 아들이야, 하고 말해야만 했다. 그러나 나는 첩의 새끼야, 하고 말했다. 나를 등뒤에 돌려세우고 동네 어른들이 말하는 것과 똑같이.

그렇다. 나는 한때 자신을 첩의 새끼라고 믿은 적이 있었다. 동네 사람들이 어머니를 첩년이라고 불렀고, 동네 아이들이 나와 아우를 첩의 새끼라고 놀려댔기 때문이었다. 나는 첩이 무엇인지 알지 못했다. 결혼하여 아이를 낳았으면서도 남편이 없는 여자를 첩이라고, 아버지가 없는 아이를 첩의 새끼라고 하는 것이리라고 짐작할 뿐이었다. 나는 왜 어머니가 첩이라 불리고, 나와 아우 순우가 첩의 새끼라고 놀림을 받는지 이해할 수가 없었다. 왜냐하면 어머니에게는 남편이 있었고, 나와 순우에게는 아버지가 있었으니까 말이다. 또한 나는 왜 어머니가 첩이라 불리고, 나와 순우가 첩의 새끼라 놀림을 받는지 이해할 수 있었다. 왜냐하면 일년을 통틀어 어머니의 남편이, 나와 순우의 아버지가 집에 와 있는 날은 한달이 채 안 되었기 때문이었다.

어머니는 나와 순우를 데리고 교회에 다녔다. 나에게는 교회를 가는 일은 잔치, 소풍 같았다. 어머니는 세수를 하고 화장까지 하고 깨끗한 옷으로 갈아입었으며, 나와 순우 역시 세수를 깨끗이 하고 누추한 대로 깨끗한 옷으로 갈아입고 어머니를 따라나서는 것이다. 교회로 가는 길목에는 철 따라 온갖 꽃들이 피고 졌다. 첫봄의 목련에다가 개나리와 진달래, 아카시아와 철쭉, 그리고 봄이 겨우면 피어나기 시작하여 겨울이 되기까지 내내 줄기줄기에 감춰두었던 수많은 꽃망울들을 끝도 없이 터뜨리는 장미, 까맣게 잊고 지냈는데 어느날 갑자기 키가 커다래져서 노란 얼굴로 열심히 해를 쳐다보고 서 있는 해바라기, 바람이 불 때마다 따라갈 테야, 따라가고 싶어, 하고 외치는 것처럼 몸부림치며 무더기로 흩날리는 코스모스. 바람이 부는 날이면 그 길은 꽃길이 되었다. 꽃잎이 흩날리는 그 길을 걸으면 그 꽃잎들과 같이 떨어져 길 위에 쓰러져 뒹굴어도 좋을 것 같았다. 비가 내린 다음날이면 그 검은 흙길 위에 젖은 꽃잎으로 무수한 글자들이, 무수한 그림들이 그려졌다. 순우는 거기 쪼그리고 앉아 비와 바람이 그린 글자와 그림을 판독해내기 위해 애썼다. 나는 어머니의 손을 잡고 그 길을 걸으며 이 길이 낙원으로, 천국으로 통하는 길이라고 상상했다. 나의 낙원에는 아버지는 존재하지 않았다. 어머니와 나, 순우가 함께 살았다. 물론 나와 순우를 첩의 새끼라고 손가락질하는 사람들도 없었다. 교회 울타리는 탱자나무였고, 나에게는 예수 그리스도가 십자가에 못박혀 죽을 때에 머리에 썼던 가시 면류관은 바로 그 탱자나무 줄기로 만들어진 것이었다. 간혹 나는 꿈속에서 바로 그 탱자나무 줄기로 만든 가시관을 쓴 순우가 커다란 십자가를 메고 골고다 언덕을 올라가는 꿈을 꿨다. 순우에게 채찍질하는 로마 병정들은 다름아닌 아버지이거나 학교 선생님들이거나 동네 상점 주인 아저씨이거나, 때로는 놀랍게도 목사이기도 했다.

어머니는 교회의 성가대원이었다. 어머니가 찬송가를 부르는 모습을 나는 취하여 바라보았다. 교회에서는 어머니는 시장의 청소부가 아니었다. 더러운 타월로 머리와 얼굴을 가리고 엎어져서 생선 대가리와 배추 줄거리를 주워 모으는 가난뱅이도 아니었다. 찬송가를 부르는 어머니의 얼굴은 스스로 타오르는 듯 눈부셨다. 그러나 어머니의 그런 모습은 얼마 후부터는 더이상 볼 수 없게 되었다.

예배가 끝나자 목사가 어머니를 그의 방으로 불러들였다. 어머니가 그의 방으로 들어갔을 때에 그 방 안에는 햇빛이 가득 들어차 있었고, 목사는 최후의 심판날의 대천사 미카엘과도 같이 그 햇빛 속에 우뚝 서 있었다. 그리고 우렁우렁한 목소리로 이렇게 물었다.

"십계명에 간음하지 말라는 말을 아십니까?"

어머니는 그때 이미 목사가 무슨 얘기를 하려는 것인지를 짐작했고, 이미 이런 날이 오면 하리라고 마음먹었던 얘기들을 찾기 위해 머릿속을 뒤적거렸다. 그러나 말이 나오지 않았다. 어머니는 목사의 기세에 눌려 그저 안다고만 대답했다.

"간음의 의미를 아십니까?"

어머니는 안다고 대답했다. 목사는 더이상 아무 말도 하지 않고 엄격한 눈길로 어머니를 쏘아보았다. 어머니에게 어서 변명을 해보라는 듯한 눈길이었다. 어머니는 변명, 아니 설명을 해야 한다고 생각했다. 오해를 불식시켜야 했다. 그리고 어쩌면 지금이야말로 그 오해를 불식시킬 기회였다. 목사와 교인들에게까지 그런 오해를 받고 싶지는 않았다. 그러나 설명하기가 싫었다. 그 설명 자체가 치욕이었다. 어머니는 말없이 돌아서서 목사의 방을, 그리고 교회에서도 걸어나왔다.

나는 교회 마당에서 아이들과 놀고 있었고, 순우는 계단에 우두커니 쪼그리고 앉아 있었다. 순우는 세워두면 그 자리에, 앉혀두면 그 자리에 몇시간이고 꼼짝도 않고 기다리는 아이였다. 나는 어머니가 사무실에서 나오는 것을 보았다. 어머니의 얼굴은 불꽃처럼 타오르는 것이 아니라 바위처럼 굳어 있었다. 나와 순우를 발견하자 어머니는 손을 내밀며 명령했다.

"가자!"

나는 어머니에게 손을 내밀었다. 어머니는 먼저 순우의 손을, 그리고 이어 나의 손을 낚아채고 걸음을 재촉했다. 꽃길이 나왔다. 어머니는 선언했다.

"이놈의 데 다시는 안 온다."

이놈의 데. 그 행복하고 천국 같던 교회가 갑자기 이놈의 데가 되었다. 나는 혼란에 빠졌다. 순우도 마찬가지였을 것이다. 그것은 나와 순우가 어느날 갑자기 첩의 새끼가 되었을 때에 느낀 것과 다름없는 혼란이었다. 붉은 장미 꽃잎들이 길 위에 핏방울처럼 또박또박 떨어져 있었다.

"너희들도 이놈의 데 다닐 거 없다."

나는 교회와 이놈의 데 사이에 멈춰섰다. 순우도 나와 함께 멈춰섰다.

나중에 순우가 새로운 낙원과 거기 이르는 길을 발견하자 거침없이 그 길을 가기 시작한 것은 아마 거기에서 그의 발걸음이 멎어 있었기 때문이었을 것이다. 또한 새로운 낙원과 거기 이르는 길을 발견했을 때에 내가 짙은 의구심에 사로잡혀 머뭇거린 것은 아마 어느날 갑자기 낙원이 이놈의 데로 돌변하는 것을 이미 목격한 적이 있었기 때문이었을 것이다.

3

순우는 국민학교 4학년 때 어머니의 유서를 받아쓴 적이 있다고 한다. 그날, 그 순간은 한 편의 영화나 꿈 같다고 한다. 일단 그 일이 기억나면 아무리 생각하지 않으려고 발버둥쳐도 그의 어두운 기억의 창고에 새하얀 스크린이 떨어지고 거기 희고 검은 영상이 하나 가득 펼쳐지며, 그 영상은 마침내 어머니의 시신이 눈앞에 하나 가득 떠오르기까지 중단되는 법이 결코 없다는 것이다. 방에서 숙제를 하는 순우를 마루로 불러내던 어머니의 음성까지도 귀에 쟁쟁하다고 한다. 순우야, 볼펜 하나 가지고 이리 나와봐라.

비좁은 월세집 뜰 한가운데를 가로지른 빨랫줄에는 젖은 옷들이 아직 물을 뚝뚝 떨어뜨리고 있었고, 그 너머로 펼쳐진 짙푸른 하늘이 눈이 부셔 순우는 잠깐 현기증을 느꼈다. 그는 아직은 심약하고 내성적인 아이였고, 어머니는 억세고 무지한 아낙이었다. 어머니는 색이 바랜 푸른 치마 저고리를 입고 있었다. 허드레옷과 외출복이 따로 없는, 그 시절 어머니가 늘 입고 살던 옷이었다. 순우가 어머니 앞에 앉자 어머니는 편지지를 한장 그의 앞으로 밀어놓았다. 그 무렵 가게에서 흔히 팔던, 32절지에 붉은 줄이 쳐진 괘선지였다.

"내가 부르는 대로 받아적어."

그렇게 어머니는 유서를 쓰기 시작했다. 어머니는 문맹이었다. 그러니까 유서를 남기기 위해서는 어머니에게는 다른 선택의 길이 없었을 것이다. 어머니는 어째서 나를 부르지 않은 것일까? 그 시절 늘 그랬듯이, 내가 아마 골목에서 아이들과 놀고 있었기 때문일까? 아니면 나는 순우보다 두살이 위였기 때문에 어머니가 불러주는 것이 유서라는 것을 눈치챌지도 모른다고 염려했기 때문이었을까? 순우는 그것이 유서라는 것을 알지 못했다. 종종 어머니가 외삼촌에게 보내는 편지를 받아쓴 적이 있기 때문에, 이번에도 역시 그런 편지려니, 하고 생각했을 뿐이었다.

편지는 아닌 것 같았다. 어머니는 '오빠에게 올립니다'라는 말로 시작하지 않았던 것이다.

"장롱 서랍에 금반지 두 돈. 제일 밑바닥이다."

순우는 물었다.

"'제일 밑바닥이다'도 써?"

"너희들이 알아보기만 하면 돼. 가겟집에 외상이 이천삼백원. 영식이 에미한테 보리 서 되 빌려준 게 있고……"

순우는 부지런히 어머니의 입에서 나오는 말들을 받아썼다.

"돼지 엄마한테 빌려준 돈이 이천원……"

그렇게 어머니는 재산이랄 것도, 귀중품이랄 것도, 빚이랄 것도 없는 집안 살림의 내용을 시시콜콜히 불러주었고, 순우는 고스란히 그것을 받아적었다. 순우의 받아쓰기가 끝나자 어머니는 읽지도 못하면서 순우가 써내려간 글줄들을 차근차근 훑어보았다. 그리고 또 하나의 괘선지를 내놓았다.

"내 입에서 나오는 대로 쓰기만 해."

순우가 종이 위에 엎드리자 어머니는 중얼중얼 늘어놓기 시작했다. 십년도 넘게 혼자 새끼들 키우면서 말 갈 데 소 갈 데 다 다니고, 할 일 못할 일 다 했소. 하지만 날이 갈수록 새끼들은 대갈통이 굵어지고, 세상은 점점 더 힘들어서 참말 이제 어떻게 살아야 할지 캄캄헙니다. 요새는 아침에 눈을 떠도 당최 일어나고 싶은 생각이 안 듭니다. 나 때문에 자식새끼들까지 애비 없는 호로자식으로 만드는 것은 아닌지 모르겠습니다. 내가 없어지면 자식들이야 애비가 맡아주지 않겠습니까……

마지막으로 순우가 받아적은 것은 가리봉동에 사는 외삼촌의 주소, 그리고 용두동에 사는 아버지의 주소였다.

어디 좀 보자. 어머니는 다시 한번 괘선지를 집어들어 한참 동안

이나 들여다보았다. 아직 그럴 나이가 아니었는데도 어머니의 얼굴
에는 벌써 기미가 얼룩덜룩했다. 그 눈이 젖어드는가 했더니 갑자기
붉게 물들었고, 다음 순간 어머니는 몸을 일으켰다.

"니가 잘 갖고 있어. 알았어?"

순우는 방으로 들어가 숙제를 계속했다.

그로부터 며칠이나 지났을까. 집으로 들어서던 순우와 나는 깜짝
놀랐다. 동네 아주머니, 아저씨 들이 비좁은 뜰 가득 웅성거리고 있
었던 것이다. 아주머니들이 우리를 돌아보더니 눈물을 훔쳤다. 아이
고, 저 불쌍헌 것들을 두고…… 애비가 어떤 작잔지 천벌을 받아 싸
지. 허어, 아아들 앞에서 그런 소리 허는 거 앙이요. 나는 마루로
다가섰다. 순우가 내 뒤를 따랐다. 동네 아저씨가 우리 앞을 막아섰
다. 내가 그를 쳐다보자 그 아저씨는 무슨 말을 할 듯하다가 고개를
꼬았다. 그의 입에서 술냄새와 썩은 냄새가 짙게 풍겼다. 우리 집에
서 기르던 개 쫑아가 쥐약을 먹고 죽었을 때에 쫑아를 뒷산으로 가
지고 가서 불에 그을리고, 토막을 내어 삶아먹은 바로 그 아저씨였
다. 내가 물었다. 왜요? 그 아저씨는 아무 대답도 않고 안에 대고
외쳤다. 다 끝나가? 놀랍게도 방 안에서는 다른 아저씨들의 음성이
들렸다. 그래. 인자 들어와도 되겠네. 어머니의 음성은 들리지 않았
다. 그제서야 나는 어머니에게 무슨 일이 벌어진 것이 분명하다는
것을 처음 깨달았다. 아저씨가 비켜나주었다. 눈이 아파왔다. 눈앞
의 세상이 갑자기 동굴 속 풍경처럼 좁고 길고 멀고 어두워졌다. 나
는 마루로 조심스럽게 올라섰다. 두어 걸음밖에 되지 않는 방문까지
의 거리가 너무나도 멀었다. 나는 천천히, 신중하게, 곧 무너지리라
는 것을 뻔히 알면서 어쩔 수 없이 거기 들어서는 사람처럼 조심스
럽게 방문을 밀고 안으로 들어섰다. 순우가 내 손을 꼭 잡아쥐고 내

뒤를 따랐다. 두 아저씨가 방문 양쪽에 서 있었다. 그리고 방 가운데에 이부자리가 펼쳐져 있었으며, 거기 어머니가 누워 있었다. 엄마. 나는 불러보았으나, 내 귀에도 내 음성은 들리지 않았다. 엄마, 하고 나는 다시 불렀다. 어머니는 대답도 하지 않았고, 움직이지도 않았다. 나는 어머니 앞으로 다가갔다. 어머니는 입을 벌리고 있었다. 어머니의 열린 입 밖으로 밀려나온 시커먼 혓바닥은 몸뚱이의 일부가 아니라 어머니의 입 속으로 파고든 커다란 쥐, 아니면 난생 처음 보는 징그러운 괴물 같았다. 내가 순우를 돌아보았을 때 그 아이는 벽에 기대어 서서 어머니의 얼굴을, 마치 이해하기 힘든 물체를 처음 대한 듯한 낯으로, 그러나 열중하여 쳐다보고 있었다.

순우의 자폐증이 심각한 증상으로 발전한 것은 아마 그때부터였을 것이다.

4

아버지는 상을 당한 사람이 아니라 조문객처럼 나타났다. 깨끗한 양복에 흰 와이셔츠와 넥타이, 머리에는 기름을 발라 반듯이 갈라붙이고 있었던 것이 기억난다. 아버지는 동네 사람들과 마주치기만 하면 미국의 총잡이 영화에서 총을 뽑아드는 보안관처럼 안주머니에서 지갑을 꺼내 명함을 내밀었는데, 그 명함에는 모 정당의 지구당 사무장이라는 직함이 찍혀 있었다. 마침 국회의원 선거철이었다. 아버지는 술상을 받아놓고 앉아서 그 사람은 무식해서 안돼, 그 사람은 빨갱이야, 하며 머리를 흔들어댔다.

"찍어줄 만한 사람은 1번뿐이야. 찍어준댔자 낙동강 오리알로 떨어져버릴 사람 찍어주면 뭐 해? 표만 아깝지. "

순우와 나는 방 안에 숨은 채 문틈으로 아버지를 훔쳐보았다. 아직 상 위에 고기와 술이 남아 있는데도 지갑에서 돈을 뽑아들고 형수님, 여기 술하고 고기하고 좀더 사와야겠습니다, 하고 소리지르는 아버지를 지켜보며 나는 '우리 엄마는 첩이 아니다. 우리는 첩의 새끼가 아니다. 아빠와 엄마는 이혼을 했을 뿐이다' 하고 끝도 없이 뇌고 또 뇌었다. 피로에 지쳐 잠깐 잠이 들었던 것일까. 내가 눈을 떴을 때에는 이미 아버지는 보이지 않았다.

그날 아버지가 나와 순우를 만나볼 생각은 하지도 않았으며, 눈물을 흘리지도 않았다는 것을, 오히려 동네 사람들과 함께 웃고 떠들며 선거운동만 하다 떠나버렸다는 것을 나는 나중에, 어른이 된 뒤에 순우를 통해 알았다. 순우는 그날 내내 아직도 낯이 선 아버지를 지켜보고 있었다는 것이다.

장례식이 끝난 뒤 순우와 나는 가리봉동에 사는 외삼촌 집으로 옮겨졌다. 고등학교를 졸업하자마자 나는 영등포의 형광등 공장에 취직을 했고, 취직을 하자마자 나는 말도 표정도 없어져버린 순우를 데리고 외삼촌 집에서 나왔다. 외삼촌 부부가 자기네 아이들과 우리를 차별하는 것은 얼마든지 견딜 수 있었다. 그러나 외숙모와 외사촌들이 순우를 학대하고 놀려대는 것만은 참을 수 없었다. 나는 영등포의 벌집에 방을 얻었다. 내가 출근을 하면 순우는 그 좁은 방 안에서 하루 종일 만화책을 보고, 책을 읽고, 라디오를 들으며 나를 기다렸다. 내가 잠든 뒤에도 순우는 계속해서 책을 읽었다. 한밤중에 깨어났다가 나는 순우가 하얗게 불을 켜놓은 채 책을 읽고 있는 것을 발견하곤 했다. 반찬값을 주면 순우는 반찬보다 책을 먼저 사들였다. 그 때문에 나에게 꾸중을 들으면서도 순우는 그 버릇을 고치지 못했다. 이웃집에서 빌려다 읽었고, 책방에 나가서 선 채로 읽어내려갔고, 간혹은 훔쳐다가 읽기도 했다.

나는 순우를 잘 보살펴주고 자폐증도 고쳐주리라, 마음먹었으나, 그것은 마음뿐이었다. 하루 열두 시간의 작업에 지쳐서 나는 집에 돌아오기만 하면 쓰러져 잠들기 바빴다. 봉급은 순우와 내가 근근히 굶지 않고 살아나가는 데에도 빠듯했다. 순우의 병 치료도, 순우를 학교에 보내는 일도 꿈도 꿀 수 없었다. 순우는 중학교를 졸업했을 뿐, 고등학교에는 진학하지 못했다. 자폐증 때문이었다. 성적이 엉망이기도 했으나, 무엇보다도 외삼촌 부부가 그것을 쓸데없는 낭비에 불과하다고 생각했기 때문이었다. 나는 지금도 그 일을 생각하면 가슴이 아프다. 내가 외삼촌을 졸라야 했던 것은 아닐까. 강하게 항의했어야 했던 것은 아닐까. 치료는 고사하고라도 고등학교만은 마치게 해줘야 할 거 아니냐고 애걸이라도 해야 했던 것은 아닐까. 외삼촌이 넌 이제 학교는 그만둬라, 하고 말했을 때에 나는 그에게 한마디도 항변하지 못했다. 물론 순우 역시 그에 대해 한마디도 하지 않았다. 순우는 집에서도 학교에서도, 어느 누구에게도 입을 열지 않았으니까. 그 아이가 한두 마디나마 말을 건네는 사람은, 눈빛으로나마 의사를 전달하기 위해 쳐다보는 사람은 세상에 나 하나뿐이었다.

순우의 눈, 아아, 그것은 너무나 깊고 너무나 맑았다. 그리고 너무나 어두웠다. 그 눈을 가만히 쳐다보고 있으면 거기 내가 빠져드는 것만 같았고…… 어머니가 생각났다. 어디론가 무작정 가고 싶어졌다. 한번도 행복하게, 편안하게, 기분좋게 살아본 적이 없으면서도, 꼭 언젠가 그렇게 살아본 적이 있는 것 같은 착각과 더불어 그 시절로 되돌아가고 싶어졌다. 존재한 적도 없는 그 시절로 되돌아가고 싶어지는 것이다…… 공장에서 퇴근하여 피로에 지쳐 집에 돌아왔다가 내가 아침에 먹고 나간 밥상이 윗목에 그대로 놓여 있고, 내가 벗어던진 옷가지들이 그대로 방바닥에 떨어져 있으며, 이부자리마저 고스란히 펼쳐진 채 거기 누워 책을 읽고 있는 순우를 발견하면 짜증이 치밀 때가 있었다. 내가 짜증을 낼라치면 순우는 문득 고개를 들어 나를 쳐다보았다. 그러면 거기 그 아이의 눈이 있었다. 그 눈을 볼 때마다 나는 부끄러움을 느꼈다. 나라는 자가 형편없이 더럽고 유치하고 상스러운 인간인 듯 여겨지는 것이었다. 순우의 눈을 쳐다보면 그 아이가 내가 하고 다니는 모든 더러운 짓을 훤히 알고 있는 것만 같았다. 이를테면 그 무렵 내가 먹고 사는 데에도 부족한 돈을 헐어, 한달에 한번 봉급날마다 매춘굴에 드나드는 일이나 술자리에서 공장 동료들과 지껄이는 터무니없는 음담패설, 지나다니는 짧은 치마의 여자아이들을 쳐다보며 품는 욕정 같은 것 말이다. 나는 얼른 고개를 숙이고 혼자서 투덜거리며 방을 치우고, 밥을 짓는 수밖에 없었다.

돌이켜보면 순우의 그 눈은 사실은 나도, 바깥 세계도 보고 있지 않았던 것 같다. 그 아이는 자기 자신의 내면만을 들여다보고 있었다. 그 눈은 바깥이 아니라 내면만을 향하고 있었다. 바깥 세상을 보기 위해서가 아니라 자신의 내면을 들여다보기 위해 열린 눈, 그것이 순우의 눈이었다. 나는 어디에서도 순우의 눈처럼 순결한, 아니다, 순결하지도 불결하지도 않은, 도무지 그런 것과는 아무런 인연도 없는, 그처럼 '아무렇지도 않은' 눈을 본 적이 없다.

그러니까 어느날 퇴근하여 집으로 들어선 나에게 순우가

"취직하고 싶어."

하고 말했을 때에 나는 깜짝 놀라지 않을 수 없었다.

5

　내가 김정자를 처음 본 것은 1988년 봄이었다. 퇴근하여 집으로 돌아갔을 때에 방문 앞에는 신발들이 가득 뒤엉켜 있었다. 나는 문을 열었다. 담배 연기가 자욱했고, 그 비좁은 방이 사람들로 가득 차 있었다. 담배 연기 속에서 순우가 고개를 내밀었다. 형. 순우는 그 한마디뿐, 다른 설명은 하지 않았다. 그와 함께 낯선 남녀들이 이곳저곳에서 인사를 건네왔다. 안녕하세요. 미안합니다. 어서 들어오십시오. 순우하고 같은 직장에 다니는 친구들입니다. 이거 주객이 바뀌었습니다. 웃음소리도 들렸다. 비좁은 방, 자욱한 담배 연기와 술과 김치찌개 냄새, 찢어진 벽지와 그 자리에 발라붙인 신문지 조각, 벽에는 주렁주렁 걸린 누추한 옷가지들, 그 사이에 아홉 명이나 되는 젊은 남녀들이 빼곡히 앉아 있었다. 그들 사이에 김정자가 역시 무릎을 맞대고, 어깨를 붙이고 끼여 앉아 있었다. 나는 그녀를 오래 쳐다보고 있을 수 없었다. 그녀와 눈이 마주친 순간, 나는 가슴이 뜨끔해지는 것을 느꼈고, 그래서 곧 말씀들 나누십시오, 하는 말을 남기고 돌아서서 나와버렸다. 만일 그렇게 잠깐 눈이 마주친 것도 본 것이라고 할 수 있다면 내가 김정자를 본 것은 지극히 짧은 순간에 불과했다. 그러니까 내가 그날 본 정자의 모습이라고 기억하고 있는 것은 틀림없이 기억의 마술에 불과할 것이다.
　그녀는 그렇게 한번 쳐다본 것만으로도 나에게 너무나 생생하고 강렬한 인상을 주었다. 사과처럼 발간 얼굴에 선명한 선의 입술과 콧날, 뒤꼭지에 한데 묶어 볼펜을 꾹 눌러 쪽을 찐 머리. 그녀가 남성용 남방셔츠를 소매를 걷어 입고 있었다는 것도 기억난다. 그러나 그런 것보다도 나를 당황하게 만든 것은 내 눈을 관통하는 듯한 그녀의 깊은 시선이었다. 왠지 나는 순간적으로 투시당하고 있는 것 같은 느낌이 들었고, 그래서 얼른 숨고 싶었던 것이다.

한두 시간 동안 시장거리에서 혼자 밥을 사 먹고, 시장을 봐서 집으로 돌아갔을 때에는 방은 놀랄 만큼 깨끗이 정리되어 있었고, 순우가 혼자 엎드려 책을 읽고 있었다. 순우가 화장실에 간 사이에 나는 그 책의 제목을 얼른 훔쳐보았다. 『노동법 해설』이었다. 그 아이가 우리 공장 근처의 '한성튜브'에 입사한 지 여덟 달 만의 일이었다.

순우의 말문이 트인 것이 그때부터였다. 그 아이가 '새로운 세상'이라는 말을 열에 들떠 입에 올리기 시작한 것이 그때부터였다. 우리 방에 가득 들어차 있던 그들과 더불어 순우는 임금인상과 노동조합 결성을 위한 파업과 농성에 휩쓸려다녔다. 결국 '한성튜브'에는 노동조합이 결성되었다. 그러나 그와 더불어 순우를 비롯한 몇몇 직원들은 해고를 당했다. 김정자는 다름아닌 학생운동권 출신의 위장취업자였다는 것이 밝혀졌다. 당연히 노동조합에서는 출근 싸움을 벌였으나, 거의 모든 출근 싸움이 그렇듯이, 뚜렷한 성과도 없이 지리하게 계속되다가 흐지부지 끝이 났다.

거기까지는 나도 순우와 약간의 시차를 두고 겪은 비슷한 사건들이었다. 그러나 해고를 당한 뒤에 순우가 나타낸 반응은 나와는 딴판이었다. 나는 다른 직장을 알아보기 위해 여기저기 이력서도 제출해보고 면접에도 응해보았으나, 순우는 그럴 생각은 하지도 않았다.

그는 이미 다른 직장에 다닐 생각 따위는 없었다. 그는 나에게 말했다. 형, 나는 여기서 이대론 살 수가 없어. 세상을 바꿔야 비로소 살 수 있어. 이 세상에선 난…… 모래처럼 파삭파삭해져서 죽고 말 거야…… 말하기 위해 뚫린 입은 고장난 문처럼 한번 열어보지도 못한 채 그냥…… 나는 어떻게든, 그 녀석과 다투는 한이 있어도, 그 녀석을 두들겨패서라도 그런 생각을 그 녀석의 머리에서 지워주고 싶었으나, 그 마지막 말이 내 말문을 막았다. 그 '새로운 세상'은 순우의 마음속 깊은 곳에 감춰져 있던 어떤 원망을 자극하여, 그 원망을 포기한 채 세상을 등지고 돌아앉아 있던 그를 세상을 향해 마주서게 한 것처럼 보였다. 이제 그 생각을 버리게 되면 어쩌면 순우의 자폐증은 더욱 깊어질지도 모른다는 생각이 들었던 것이다. 순우는 숨도 안 쉬고 얘기를 계속했다. 1년 전까지만 해도 하루 종일 입 밖에 내는 말이 한두 마디에 불과했던 것을 생각하면 그것은 자폐증에 관한 한 놀라운 치유였다. 그러나 그것이 치유였을까? 그것은 어쩌면 새로운 질병, 나와 순우가 같이 앓았던 질병 같은 것은 아니었을까? 알아, 형? 자본주의 세상의 질서는 사실은 질서가 아니야. 승부, 싸움, 사냥이야. 탐욕의 승부. 승부로 시작해서 승부로 끝나는 거야. 모두가 모두에게 적이고 경쟁자고 짐승이야. 우린 모두가 타인을 사냥하는 사냥꾼들이야. 그런데 우린 사냥당할 뿐 사냥꾼으로 나설 기회가 없어. 우린 패배자야. 패배자는 노예야, 형. 봉건사회에서는 문자 그대로 노예였던 것이 자본주의 사회에서는 임금노예로 바뀐 것뿐이야. 사용자들이, 그리고 잘사는 사람들이 어째서 우리를 무시하고 경멸하는지 알아? 우리가 노예이기 때문이야. 노예들에게 글자를 가르치지 않았던 것은 본질적으로는 오늘날에도 다를 게 없어. 우리에게는 말이 없으니까. 우린 벙어리야. 우리가 말을 해도 아무도 들어주지 않아. 말이 뭔데? 서로 소통하는 거야. 하지만, 우리의 말은 아무도 들어주지 않아. 우리의 말을 들어주는 사회적 장치가 존재하지 않아. 사회적으로 우리는 존재하지 않아. 왜? 우린 노예로서, 사물로서만 존재하는 거니까. 우린 팔리는 물건이야. 그것도 불량품이라구. 난 이렇겐…… 살기 싫어.

그러니까 순우에게는 그 '새로운 세상'은 이념이 아니었다. 혁명도 아니었다. 그것은 그 아이에게는 말, 그리고 생존이었다.

나? 나의 경우는 그와는 조금 달랐다. 나 역시 공장에서 노동조합을 결성하기 위해 애쓰는 동료들을 만났고, 그들을 통하여 노동해방이니 자본가 타도니 하는 얘기들을 들었다. 파업이 벌어졌을 때에는 주동적 역할을 하지는 않았지만 적극적으로 참여하여 규찰대의 일원으로 활동했다. 바리케이드 밖에서 고함을 지르고 눈알을 부라리며 바리케이드를 치우라고 발악을 하는 관리자들을, 뻣뻣이 선 채 아무런 대꾸도 하지 않고, 시선을 회피하지도 않고, 당당히 쳐다봐주는 맛은 아닌게아니라 통쾌하기는 했다. 그들은 늘 우리들에게 이래라저래라 명령을 하고, 욕설을 하고, 간혹은 주먹질까지 서슴지 않던 자들이었다. 그러나 일단 우리가 공장을 점거하고 바리케이드를 치자 그들은 공장 안으로 감히 들어오지를 못했다. 그때 나는 힘을 느꼈다. 나에게, 우리에게 이런 힘이 있을 수 있다는 것을 최초로 깨달았다. 그리고 그 힘이 우리를 늘 부려먹고 무시하던 저들 관리자들, 그러니까 주동자 가운데 한 사람인 박진구의 표현을 빌자면, 자본가들에게도 실체로 인정받을 수 있다는 것을 최초로 깨달았다. 그것은 놀라운 깨달음이었다.

박진구는 우리가 바리케이드를 친 공장 안을 해방구라고 불렀다. 나는 해방구라는 말을 처음 들었고, 그에 대한 설명을 들은 적도 없었지만, 그것이 어떤 의미인지를 그 순간 온몸으로 이해했다. 그렇다. 진정 그곳은 해방구였다. 늘 지시받은 대로, 남들이 정해놓은 규칙대로 복종하고 따라야만 했던 우리들은, 그래야만 비로소 굶어죽지 않고 밥이나마 얻어먹으며 살 수 있었던 우리들은 바리케이드 안에서는 어느 누구의 지시도 받지 않아도 좋았다. 매사를 우리가 제안하고 우리가 토의하고 우리가 결정했다. 공장 바닥에서 밤을 새우며 농성을 한 지 며칠째였던가. 진구는 이런 얘기를 한 적이 있다. 우리가 돈 몇푼 더 받자고 이 고생을 하는 것이 아니다. 동지 여러분들 가운데에는 이런 해방구 체험을 처음 하는 사람들도 있을 것이다. 궁극적으로는 바로 이런 해방구를 바리케이드 안쪽만이 아니라 전세계로 확장시키기 위해 우리들은 싸우는 것이다. 이 바리케이드 안에서 우리는 백여명에 불과하다. 그러나 저 바리케이드 밖에는 이 나라에만 천만 노동자 동지들이 있다. 그들이 우리를 지켜보고 있다. 이 싸움은 그 천만 노동자 동지들과 더불어 착취가 없고 차별이 없는 노동해방의 세계를 건설하기 위한 싸움이다.

나는 정말 그런 세상이 온다면 참 좋겠구나, 하고 생각했다. 그러나 그런 세상이 올까? 그런 세상이라는 게 있을 수 있을까? 아무튼 우리의 해방구는 싱겁게 파괴되었다. 전투경찰들이 쳐들어온 것이다. 나는 저것들이 어째서 우리 일에 간섭을 할까, 하고 처음에는 의아스러웠으나, 곧 이해할 수 있었다. 저들은 결국 자본가들의 전투경찰인 것이다. 그들은 그야말로 전투하는 경찰다웠다. 그들은 우리를 향해 최루탄을 쏘고, 곤봉을 휘두르고, 사과탄을 던졌으며, 방패로 우리의 얼굴을 내리찍었다. 자본가들의 전투경찰에 비하면 우리는 진정 오합지졸에 불과했다.

해방구는 깨졌으나 우리에게는 노동조합이 남았다. 그리고 나에게는 해방구의 기억, 그와 더불어 힘의 체험이 남았다. 나는 사실 박진구가 얘기하던 노동해방의 세계보다는 바로 그 힘에 매료되었다. 그 힘의 체험 때문에 나는 적극적으로 노동조합 활동에 나섰고, 문제가 발생하면 늘 강경하고 폭발적인 해결방식을 주장했다. 박진구는 그런 나를 좋아했다. 그는 노조 간부들 중에 두엇, 그리고 대의원들 가운데 두엇만으로 이념을 공부하는 써클을 만들고, 거기에 나를 참여시켰다. 나는 쎄미나니 주제발표니 하는 말을 그때 처음 들었다. 변증법이니, 유물론이니 하는 얘기는 고교 시절 반공교육 때에 몇번 들어본 적은 있지만, 그것이 구체적으로 어떤 것을 의미하는 것인지는 그때 처음 배웠다. 그리고 혁명 이후에 올 새로운 세계에 대해 알게 되었다. 박진구는 한마디로 사유재산이 없는 세계라고 말했으나, 나는 그런 삭막한 말, 그의 표현을 빌자면 ‘과학적인 정의’보다는 누구나가 하고 싶은 일을 하고 필요한 만큼 소유하는 세계라는 표현이 더 마음에 들었다. 또 하나, 프롤레타리아 독재라는 말이 마음에 들었다. 나는 그 힘을, 그 힘의 말단을 이미 체험한 적이 있었던 것이다.

그래서 그로부터 서너 달쯤이 지난 어느날 조회시간에 공장장이 노동조합 간부 박진구가 위험한 사상, 즉 공산주의 사상을 지닌 위장취업자였으며, 그래서 경찰에 구속되었다고 발표했을 때에도 나는 조금도 놀라지 않았다. 공장장은 박진구의 대학 성적증명서와 그의 진짜 주민등록증을 복사하여 배포했다. 주민등록증에서 나를 쳐다보는 사람은 분명히 박진구였으나, 그의 이름은 박진구가 아니라 서영진이었다. 나는 놀라지 않았다. 공장 동료들의 반응도 비슷했다. 우리들 역시 소문처럼 떠도는 위장취업자들의 눈부신 활약에 대해 들어본 적은 있었던 것이다. 아니, 나는 놀랐다. 그가 나에게까지 본명을 감추고 살았다는 것이 놀라웠다. 그리고 무서웠다. 어쩌면 나 역시 공산주의자로 몰리는 것은 아닌가, 나 역시 경찰에 붙들려가는 것은 아닌가, 하는 생각이 들었던 것이다.

그러나 그런 일은 벌어지지 않았다. 노동조합에 대한 탄압이 시작된 것뿐이었다. 노동조합 간부들이 줄줄이 해고되거나 다른 지역의 공장으로 전출되었다. 나는 경비과로 발령받았다. 회사의 야간 경비원으로 일하라는 것이었다. 우리는 부당노동행위로 사용자를 고발하고 계속해서 공장으로 출근했다. 그러나 우리들의 출근부는 이미 치워져 보이지 않았다. 공장으로 출근한 지 일주일 만에 나는 해고통지서를 받았다. 해고사유는 무단결근이었다. 즉, 내 출근부가 있는 곳, 경비과로 출근하지 않은 것이 무단결근이라는 것이었다. 어쩌면 정말 우리들은 노예나 다름없는 존재들이었다.

물론 우리는 출근투쟁을 했다. 그러나 성과는 없었다. 간부들이 떠난 뒤 새로이 구성된 노동조합의 집행부는 현저히 약화되어 조합원들을 장악하지 못하고 있었고, 조합원들 역시 그들을 크게 신임하지 않았다. 노동자들은 차츰 출근투쟁에 진력을 내며 일상생활로 되돌아가기를 원했다. 나 역시 동료들에게 미안했다. 그러나 위장취업자였던 노동조합의 전 사무국장 권유선은 그렇게 생각하지 않았다. 그는 출근투쟁이란 경제투쟁을 정치투쟁으로 발전시킬 수 있는 계기라고 설명하면서 현장노동자가 단 한 사람이라도 참여하는 한 해고자들은 일치단결된 모습으로 진지하게 출근투쟁에 임해야 한다고 주장했다.

인근 공장의 해고자들이 함께 모여 간담회를 했던 것이 그 무렵이었다. 봉천동 산동네에 있는 작은 교회였다. 누가 어떻게 하여 교회를 빌린 것인지는 모르지만, 나는 어머니와 더불어 교회에서 쫓겨난 이래 교회에 들어선 것은 그것이 처음이었다. 후줄그레한 차림의 사람들이 사오십명 가량 모여들었다. 그 가운데에서 나는 다시 김정자를 보았다. 그리고 순우도 만났다. 나는 순우 옆으로 다가가 교회에 오는 게 얼마 만이냐, 하고 말을 건넸으나, 그는 내 얘기가 무슨 뜻인지도 모르겠다는 듯 흘끔 돌아보고는 김정자와 더불어 무슨 얘기인지를 열심히 주고받으며 먼저 예배실 안으로 걸어들어갔다. 왠지 집에서 보는 순우와는 다른 느낌, 낯선 사람을 보는 것 같은 느낌이었다.

그날 순우가 하는 발언을 듣고 나는 충격을 받았다. 그는 출근투쟁에 소극적으로 임하는 사람들을 격렬한 어조로 질타했다. 또한 지도부에 대해서는 출근투쟁을 위한 뚜렷한 전술을 개발하지 못한 채 무작정 매일매일 직장으로 나가 정문 앞에서 농성하는 것으로 일관함으로써 현장의 대중을 장악하지 못한 것에 대해서, 그리고 투쟁의 열기가 사라지고 대중들의 관심권으로부터 멀어져가는 것을 뻔히 지켜보면서도 아무런 대책도 마련할 생각을 하지 않은 것에 대해서 눈총을 쏘아가며 비난했다. 그는 모두 자아비판합시다, 하는 말로 얘기를 끝냈다. 저 아이가 순우일까. 저 아이가 온종일 입을 다문 채 사람들과 눈도 마주치기를 회피하며 방바닥만을 내려보고 살던 바로 그 아이란 말인가.

그날의 간담회는 뜻밖의 결론으로 끝났다. 이튿날은 모든 출근투쟁을 유보하고 시위 도중에 전투경찰에게 뭇매를 맞고 숨진 어떤 대학생의 시신이 안치되어 있는 명동의 백병원으로 가서 조의를 표한 다음, 그곳 안팎에서 벌어지고 있는 시위에 참여하자는 것이었다. 간담회의 열기가 다소 가라앉아 사람들이 몇몇 무리로 나뉘어 의견을 교환하고 있을 때였다. 무슨 기계공장에 다니다 해고되었다는 한 사람이 제안하자 서너 사람이 여기저기서 좋습니다, 그렇게 합시다, 찬성입니다, 재청입니다, 하고 소리쳤고, 나는 그때 보았다. 순우와 얘기를 주고받던 김정자가, 순우가 열중하여 한참 동안 얘기를 하고 있는데, 갑자기 고개를 돌리고 재청입니다, 하고 소리치며 박수를 치는 것을. 권유선 역시 그 얘기가 나오기를 기다렸다는 듯이 갑자기 벌떡 일어서서 좋습니다, 하고 외치며 열렬히 박수를 보냈다. 다소 과장스러운 동작이었다. 그들의 태도에서는 어딘가 주위의 눈치를 살피는 듯한 기미가 엿보였다. 박수를 치는 사람들은 찬성이다 재청이다, 하고 소리친 바로 그 사람들이었다. 이어 여기저기에서 산발적으로 박수가 이어졌으며, 그러자 제안했던 사람은 반대하는 사람 있습니까, 하고 물은 다음, 곧 그럼 결정된 걸로 하겠습니다, 하고는 집결지와 시간을 발표했다.

나는 그들이 하나같이 위장취업자들이라는 것을 알아보았다. 그들의 발언과 태도로, 그들이 주고받는, 나로서는 이해하기 힘든 몇마디 말들과 그들 사이에 오가는 눈빛을 통해 나는 그들을 구별할 수 있었다. 그들이 아무리 우리들 노동자와 비슷한 모습으로 위장해도 그들에게서는 우리들과는 다른 냄새가 났다. 그들의 태도는 우리들의 태도와는 달랐다. 그들은 자신이나 자신의 주변만이 아니라, 그런 것보다는 늘 사회와 나라, 세계 전체를 상대로 생각하고 살아온 당당한 태도, 자신들이 가는 길이 곧 나라와 세계가 가는 길이라는 자신감을 지니고 있었다. 그리고 그런 태도가 우리들에게는 얼마나 낯설고 기이해 보이는지를 알지 못했다. 늘 자신의 문제, 주변의 문제마저 당당히 상대하지 못하고 남들의 결정에 따라, 다른 사람들이 만들어놓은, 대개의 경우 부당하고 어처구니없는 법과 규칙에 따르고, 그들이 내리는 명령과 지시에 복종하며, 그 사이에 작은 틈이나

마 생기면 그것을 통해 겨우 숨통을 틀 수 있게 된 것을 큰 복으로 여기며 근근히 명맥을 유지하고, 그런 것을 의심할 여지 없는 단 하나의 삶의 방법으로 알고 살아온 우리 같은 사람들과 그런 이들의 태도가 달라지는 것은 당연한 일이었다. 우리가 가는 길은 나라나 세계가 가는 길과는 별로 상관이 없었다. 나라도 세계도 우리가 가는 길 따위는 돌아보지 않고 제 갈길만 가고 있었고, 그것을 우리는 잘 알고 있었으며, 그에 대해 우리는 어떤 의문도 품어본 적이 없었다.

그들이 하나같이 위장취업자들이라는 것과 더불어, 그들 사이에 미리 이런 결정을 내리기 위한 모종의 사전 의견조정이 있었으리라는 것도 짐작할 수 있었다. 어쩌면 오늘의 간담회는 사실은 바로 그것을 결정하기 위한 모임이었을지도 모른다는 생각도 들었다. 그러자, 공장에서 처음 파업이 벌어졌을 때에 박진구와 권유선을 비롯한 몇몇 주동자들이 의사를 처리하던 모습이 눈에 떠올랐다. 동료 노동자 여러분, 사용자들과의 협상이 타결될 때까지 철야농성을 계속하기로 하는 게 어떻습니까? 좋습니다. 찬성입니다. 그렇게 합시다. 동료 노동자 여러분, 저희들이 협상 대표로 나서는 것에 찬성하시는 겁니까? 좋습니다. 그렇게 해주십시오. 찬성입니다. 그들이 그날의 파업을 위하여 오래 전부터 끈질긴 준비를 해왔다는 것은 나중에 알게 된 일이었다. 그때는 알지 못했다. 그러나 이제는 알 수 있었다. 나 역시 대의원이 된 뒤부터는 다음날 있을 회의를 위한 토의에 참가한 적도 있고, 실제로 예행연습을 한 적도 있으니까. 언젠가 박진구가 한 얘기가 떠올랐다. 충분히 계획되고 미리 준비되어 결과를 완전히 예측, 장악할 수 없는 경우에는 회의를 열어서는 안 된다. 그때는 그거 그렇겠구나, 하고 그저 들어넘긴 말이었다. 그러나 만일 그렇다면 오늘의 이 간담회 역시 어딘가에서 저들 위장취업자들 몇몇이 결과를 완전히 예측, 장악할 수 있도록 충분히 계획하고 미리 준비한 것은 아닐까. 그들 몇몇을 제외한 나머지 사람들은 저들이 미리 내린 결정에 아무것도 모르는 채 동원된 어리석은 군중들은 아닐까.

내가, 순우가, 그리고 우리들 같은 부류들이 말려든 이 싸움이 어쩌면 우리들의 싸움이 아니라 저들 사이의 싸움에 불과한 것인지도 모른다는 생각이 들었다. 저들 사이의 힘을, 아아, 그 멋진 권력을 차지하기 위한 싸움에 불과한 것인지도 모른다. 근본적으로는 부르조아냐 프롤레타리아냐가 아니라, 평등이냐 불평등이냐도 아니라, 불의냐 정의냐가 아니라, 우리 같은 것들을 동원한 저들 먹물들 사이의 싸움, 책을 읽고 쓰고 만드는 자들 사이의 싸움, 세상과 역사를 저들의 뜻대로 좌지우지할 수 있다고 믿는 자들 사이의 권력 싸움에 불과한 것인지도 모른다는 생각이 들었다. 파업 첫날, 내가 차지했다고 믿은 그 힘은 사실은 신기루에 불과했는지도 모른다는 생각이 들었다. 어쩌면 그것 역시 미리 계획되고 미리 연습되어 결정된, 내가 차지한 것이 아니라 회사가 나에게 준 봉급처럼 회사 못지않게 거대한 어떤 조직이 나에게 제공한 것에 불과했던 것인지도 모른다. 그리고 어쩌면 바로 저들 위장취업자들 역시 저들보다 훨씬 더 큰 장군들의 소대장들에 불과한 것인지도 모른다. 나는 다시 한 번 순우를 돌아보았다. 저 순진한 녀석이 이런 걸 알고 있을까? 그러나 순우는 이미 자신을 그들 가운데 하나라고 생각하는 듯 당당하고 자신에 찬 얼굴이었다. 아니, 내가 순우를 아직까지도 저 순진한 녀석이라고 불러도 되는 것일까?

간담회가 끝나고 교회 앞의 작은 술집에서 뒤풀이가 벌어졌다. 나는 순우가 김정자를 쳐다보는 눈길이 예사롭지 않다는 것을 발견했다. 어떻게 보면 김정자가 순우를 쳐다보는 눈길 역시 비슷했다. 김정자가 순우의 어깨에 순간적으로 머리를 기대었다가 화들짝 놀라 곧 고개를 바로 세우는 것도 보았다. 나는 가슴이 두근거렸다.

술자리가 끝난 뒤 나는 순우와 함께 집으로 돌아갈 수 있을 것이라고 믿었으나, 순우는 할일이 남았다면서 동료들 곁에 서서 움직이려 하지 않았다. 순우의 옆에는 김정자가 서 있었다. 그녀는 나에게 작고 흰 손을 내밀며 말했다. 앞으로 자주 만나요. 내 눈 속을 깊숙히, 거침없이 들여다보는 그녀의 시선에 나는 또 다시 질려 얼른 고개를 떨어뜨리며 손을 내밀어 악수를 했다. 그들이 멀어져가는 모습을 지켜보며 나는 순우에 대한 부러움과 질투를, 그리고 막연한 불안감을 한꺼번에 느꼈다. 뭐가 뭔지 몹시 복잡하고 억울했다.

집으로 가기 위해 돌아섰다가 나는 문득 교회 건물을 향해 고개를 들었다. 그다지 큰 건물은 아니었다. 그러나 근처의 다닥다닥 붙은 산동네 집들에 비하면 교회는 당당한 자세로 곧추 서 있었다. 높다란 첨탑 꼭대기에 올라앉아 거인의 손가락처럼 하늘을 가리키고 있는 십자가를 쳐다보다가 나는 얼른 고개를 꺾고 걸음을 빨리하여 그곳을 떠났다. 그 십자가 밑에서 내가 다시 첩의 새끼로 되돌아가는 것 같은 기분이 들었고, 어머니가 생각났던 것이다. 그날, 출근투쟁에 대하여 어떤 대안이 나오고 어떤 결론을 얻었었는지에 대해서는 아무리 생각해봐도 기억조차 나지 않는다. 십중팔구 어떠한 결론도 없었을 것이다.

이튿날 나는 백병원으로 가지 않았다. 그리고 그날 이후 출근투쟁에도 참가하지 않았다. 다른 직장을 알아보기 위해 나는 동분서주했다. 그러나 취직은 되지 않았다. 나중에야 나는 블랙리스트라는 것이 있다는 것을 알게 되었고, 거기 내 이름까지 올라 있으리라는 것을 짐작할 수 있게 되었다. 그러다가 고교 시절부터 이미 건달 생활로 들어선 한 선배를 만났으며, 그 선배의 도움으로 새로운 일거리를 찾을 수 있었다. 그 선배는 조직폭력배의 중간 두목이 되어 있었다. 그의 밑으로 들어가면서부터 나의 삶은 훨씬 쉽고 편해졌다. 지난날에 비하면 윤택해졌다고까지 할 수 있었다.

순우는 달랐다. 그에게는 가두투쟁은 일상사가 되었다. 그리고 얼마 후 그는 위조한 주민등록증으로 울산의 다른 공장에 입사했고, 그 공장의 파업투쟁에 휩쓸렸으며, 경찰에게 쫓겨 어떤 건물의 옥상으로 피신했다가 거기에서 뛰어내렸고, 척추를 다쳤다. 다친 채로 구속되어 재판을 받았으며, 감옥살이를 해야 했다. 그가 내가 알지도 못하는 어떤 전위조직의 조직원이었다는 것을 알게 된 것은 신문 보도와 재판 과정을 통해서였다.

독일의 베를린 장벽이 무너지고, 동부 유럽의 사회주의 국가들이 차례차례 붕괴된 것은 재판이 한창 진행중일 때였다. 나는 순우를 위해 바퀴의자를 사서 영치시켰다.

6

내가 그 책을 처음 본 것은 순우를 통해서였다. 꼭두새벽에 퇴근하여 집에 돌아간 나에게 순우가 책을 한권 내밀며 읽어봐, 하고 말했던 것이다. 나는 무슨 엉뚱한 소리인지 알 수가 없었다. 근래 들어 내가 책이라고는 손에 잡는 적이 거의 없다는 것을 잘 아는 순우가 아닌가. 그러나 책 뒤표지에 실린 작가의 사진을 보고 나는 곧 그 이유를 깨달았다. 거기 김정자의 얼굴이 환히 웃으며 나를 바라보고 있었던 것이다. 그러나 작가의 이름은 김정자가 아니라 이수정이라고 되어 있었다. 그것이 공순이 김정자의 본명이었던 것이다.

"넌 알고 있었어?"

내가 순우에게 물었을 때에 그는 그저 고개를 끄덕일 뿐이었다. 나는 피곤했기 때문에 그날 그 책을 읽어볼 생각이란 없었다. 처음에는 그저 신기한 생각뿐이었다. 내가 알던 사람이 소설가가 되었다는, 그 사람이 쓴 책을 여기 내가 들고 있다는, 이유도 없이 조금은 자랑스럽기도 하고 조금은 믿어지지 않는 기분이었다. 그러나 이부자리에 엎드려 책을 뒤적이던 나는 이내 열중하여 읽기 시작했고, 밤을 꼬박 새워 다 읽어냈다.

80년대를 학생운동과 노동운동으로 지새운 남녀 젊은이들이 주인공이었다. 지난날의 공장생활, 노동조합을 설립하기 위한 싸움과 그 와중에서 느낀 깨우침들과 충격들이 선명히 묘사되고 있었다. 고등학교를 다니다 만 여자 노동자와 결혼을 감행하는 것으로 계급이전을 실현했다고 생각하는 청년, 1987년 이후 전반적으로 개량화되는 사회적 분위기와 영원히 계속될 것처럼 보였지만 순식간에 퇴조기에 빠져 자취를 찾아보기 힘들 지경이 되고 마는 변혁운동의 열기, 설상가상으로 세계 사회주의 국가들의 전반적 붕괴와 그 와중에 드러난 사회주의권의 처참한 현실, 그로 인한 좌절감, 더이상 운동현장에 머문다는 것에서 어떠한 의미도 찾기 힘들 만큼 각박해지는 정세, 부부가 같이 현장을 떠나 남편이 직장을 구하여 평범한 봉급쟁이로 생활하기 시작하면서 표면화되는 부부 사이의 갈등, 운동현장에서는 더없이 선진적이고 용기있는 행동으로 여겨져 선망과 찬사의 대상이던 그들의 결합이 현장을 떠나자 매일매일의 숙제와 짐으로 변화되는 과정……

소설은 재미있었다. 나무랄 데 없는 소설이었다. 그러나 나는 책을 읽어내려가면서, 가슴 깊은 곳으로부터 서서히 치미는 울화와 분노, 욕지기를 참아낼 수가 없었다. 나는 그 이유를 알 수가 없었다. 왜 꼭 욕을 먹은 것 같은 기분이 되는 것일까. 왜 누군가에게 영문도 모르는 채 돌연 따귀를 얻어맞은 것 같은 참담한 심정이 되는 것일까. 어째서 그 시절의 나의 행동이 지금 돌연 부끄러워지는 것일까.

나는 그 소설을 읽는 동안 가끔 한번씩 순우를 돌아보았다. 그는 잠을 이루지 못하고 있었다. 그렇다 하여 책을 읽는 것도 아니었다. 눈을 감고 누워 있었으나, 잠은 자지 않았다. 왜 안 자느냐고 물어도 대답도 하지 않았다. 불 꺼줄까, 하고 물어도 아무 대꾸가 없었다. 나는 어쩌면 이미 순우가 어째서 잠을 이루지 못하는지를 알았는지도 모른다. 그 소설의 행간에, 작가의 어조에 이미 그 까닭이 감춰져 있었고, 내가 그런 기분이었다면 순우의 기분은 어떠했을 것인지 충분히 짐작할 수 있는 일이었다. 그러나 구체적으로는 그 이유를 뭐라고 말하기가 힘들었다.

책을 덮으려다가 작가의 후기를 읽으면서 나는 비로소 그 까닭을 이해했다. 그것은 이수정, 아니 김정자가 당시를 돌아보는 시선 때문이었다. 그녀의 시선이 한마디로 집약적으로 표현된 것이 바로 소설의 제목이었다. 『그리운 미망』이라니. 그녀는 그 시절을 '미망'이라고 생각하고 있었다. 평생 동안 거대한 전쟁이라도 치른 듯한 회고의 어조로 그녀는 그 시절을 미망이었다고 얘기하고 있는 것이다. 그녀는 후기를 이런 말로 끝맺고 있었다.

‘옛날 옛날 한옛날 미망이 있었다. 아아, 그리운 미망이여.’

그러나 나는 그때까지도 작가 이수정을 강간하겠다는 생각 따위는 한 적이 없었다. 그저 모욕을 당한 기분, 나이트클럽에서 일하다가 힘도 없는 늙은 술주정뱅이에게서 욕설을 한마디 들은 것 같은, 더러운 기분일 뿐이었다.

나는 그날 잠을 이루지 못했다. 마음속으로 나는 순우를 향해 바보 같은 놈, 하고 중얼거렸다. 그가 김정자와 연애를 했다는 얘기를 들은 적이 있었다. 그러나 순우는 김정자가 여관방에서 가슴을 드러내고 몸을 열어주려는데도 가슴에 입을 맞췄을 뿐이라는 것이었다. 그리고 얼마 후에는 수배령이 떨어지는 바람에 김정자는 도피생활에 들어가야 했고, 순우는 다른 활동가들과 더불어 분주히 현장을 누비고 다녀야 했던 것이다. 여자가 기회를 줄 때 해치워버렸어야 한다는 것이 내 생각이었다. 이제 그 시절을 미망이었다고 얘기하는 여자가 순우에게 다시 몸을 열어줄 리는 없는 일이었다.

나는 미망이라는 것이 구체적으로 무엇을 말하는 것인지 잘 알 수가 없었다. 그래서 순우 몰래 순우의 책꽂이에서 국어사전을 찾아보았다. 거기, 미망은 이렇게 뜻풀이가 되어 있었다. “명사. 사리에 어두워 갈피를 잡지 못하고 헤맴.” 사리에 어둡다니. 사리에 어두워서 그처럼 자신있게, 그처럼 확신에 차서, 그처럼 열정적으로 ‘새로운 세상’에 대해, 혁명에 대해 이야기했던가. 그런 것을 미망이라고 부르는 것인가.

어쩌면 나는 봉천동의 그 교회에서 이미 이런 날이 오리라는 것을, 어머니와 우리들이 교회에서 쫓겨난 그날처럼, 낙원이 어느날 갑자기 이놈의 데로 돌변했듯이, 언젠가는 우리의 꿈이 ‘미망’으로 돌변하는 날이 오리라는 것을 막연히 예상하고 있었다고 해야 할지도 모른다. 하지만 아직 돌이켜봐도 그 시절은 내가 가장 활기차게, 가장 희망에 차서 살던 시절이었다. 무엇인가를 이루어내고 있다고 믿었던 시절, 어딘가 정해진 방향을 향해 내가 움직이고 있다는 것을 실감하던 시절이었다. 그런데 그것이 다름아닌 '사리에 어두워 갈피를 잡지 못하고 헤맴'이었다는 것이다.

그러나 단순히 미망이 무슨 뜻인지를 알게 되었다 하여 내가 그녀를 강간하기로 마음먹은 것은 아니다. 순우가 그 뒤부터 현저히 말을 잃어가고, 책도 잘 읽지 않고, 혼자서 술을 마시며 밤을 꼬박 새우기도 하고, 때로는 그저 멍하니 앉아 생각에 잠긴 채 날밤을 새우는 일도 있다는 것을 알고 있었지만, 나는 아직 이수정을 강간은커녕 만나볼 생각마저도 한 적이 없었다.

순우가 아버지를 만나고 싶다는 얘기를 한 것이 그 무렵이었다. 아버지라니? 갑자기 어째서 아버지를 만나겠다는 것인가? 우리가 가장 필요할 때에 한번도 우릴 찾은 적이 없는 그를 이제 와서 무엇 때문에 찾는단 말인가? 순우는 대답했다. 그래도 아버지니까. 며칠 뒤에는 순우는 갑자기 어머니의 무덤에 가보고 싶다고 했다. 힘든 일은 아니었다. 망우리는 멀다고는 할 수 없는 거리였다. 짬을 내어 같이 가기로 약속을 했으나, 주류 공급권을 싸고 이웃 조직과 분규가 발생하는 바람에 싸움과 협상을 하루에도 몇번씩 번갈아가며 치러내느라고 나는 한동안 정신이 없이 바빴다.

선배를 경호하기 위해 밤을 꼬박 새우고 집에 돌아간 어느날, 나는 순우가 술에 취해 혼자서 횡설수설 떠들어대는 것을 발견했다. 내가 들어서자 순우는 곧 입을 다물었다. 그리고 꾸벅꾸벅 졸기 시작했다. 나는 순우를 바퀴의자에서 끌어내려 이부자리에 눕혔다. 아버지? 코웃음이 나왔다. 순우에게 얘기를 하지는 않았지만, 나는 아버지가 친구들과 어울려 술을 마시는 맥주집의 바로 뒷자리에서 그를 등지고 앉은 채 두 시간 가까이 혼자서 그의 얘기를 엿들은 적도 있었다. 그는 더불어 앉은 어떤 사람보다도 말이 많았고 보수적이었다. 시종일관 말을 그치지 않았다. 그는 현직 국회의원과 정부와 경제정책과 노동정책과 대북(對北)정책을 신랄하게 비판했다. 내가 요 다음 총선쯤에 국회로 나가기만 하면 난 그렇게 안해. 본때를 보여줄 거야. 그 대화를 통해 나는 아직도 그가 모 정당에 몸을 담은 채 변두리 지구당의 사무장으로 일하고 있다는 것을 알 수 있었다.

그날, 나는 순우의 일기장을 발견했다. 나는 반은 호기심 때문에, 반은 그가 요즘 어떤 생각을 하며 사는지 궁금해서 일기를 뒤적이기 시작했다. 김정자는 옛날 옛날 한옛날에 미망이 있었다고 말하지만, 순우의 일기를 통해 다시 마주친 그 시절은 나에게는 바로 엊그제의 일인 것만 같았다. 그리고 일기의 마지막 페이지에서 나는 그의 유서를 발견했다. 가슴이 얼어붙는 것을 느끼며 나는 그것을 읽어내려 갔다.

어머니는 내가 받아쓴 유서를 남기고 죽었다. 어머니는 선견지명이 있었던 것일까. 이제 나는 또 한 사람을 위하여 유서를 써야 한다. 나 아닌 나의 죽음을 위해, 내 안의 나를 죽이기 위해, 내 안의 '미망'을 죽이기 위해.

그녀를 뭐라고 불러야 할까. 김정자라고 해야 할까, 이수정이라고 해야 할까. 내가 노동해방이 무엇이냐고 묻자 눈을 빛내며, 스스로 황홀경에 취한 듯 떨리는 음성으로

"다이아몬드는 땅에서 캐낼 때는 시커먼 돌덩이에 불과해. 그것

을 저 찬란하고 눈부신 보석으로 다듬어내는 것, 그게 바로 노동이야. 시커먼 쇳덩이를 대양을 건너가는 선박으로, 저 막막한 우주를 가로지르는 우주선으로 다듬어내는 것이 바로 노동이야. 노동이 아니면 그런 일은 이루어질 수 없어. 그 위대한 노동의 존엄성을 회복하는 것, 그것이 노동해방이야."
하고 대답하던 여자는 누구인가, 어디 있는가? 이 가슴에 그 뜨거운 열정을, 그 황홀한 희망을 부어넣은 사람은 누구인가, 어디 있는가?

그렇다. 그녀의 말은 옳다. 미망이었다. 그녀와 그녀 부류들이 혁명을 이루어낼 수 있으리라 믿은 것은 틀림없는 미망이었다. 만일 그녀의 꿈이 그런 것이었다면, 나는 비웃으며 얘기할 수 있다, 그것은 미망이었다.

너희들은 아침 참새떼들처럼 우수수, 몰려왔다가 우수수, 떠나가버렸다. 너희들은 전쟁터의 오합지졸들처럼 우르르, 몰려들었다가 찬바람이 한번 불자 우르르, 달아나버렸다. 너희들에게는 갈 곳이 있었으므로. 너희들이 존재이전이니 계급이전이니 하며 비장하게 토로하던 각오들은 한조각 치기였다. 너희들 대부분이 결국 말 그대로 남부여대, 피난민처럼 떠나가버렸다. 벌판에는 우리들만이 남았다.

너희는 싸움을 하기 위해 이곳에 찾아들었다. 그리고 패배했다. 그래서 너희들은 떠나갔다. 그러나 우리는 싸움을 위해 이곳에 찾아들었던 것이 아니다. 너희들에게는 이곳이 싸움터였으나, 우리에게는 싸움터가 아니었다. 삶의 자리였다. 너희들에게는 그것은 한판 싸움에 불과했으나, 우리에게는 한판 싸움이 아니라 삶 자체였다. 어디로 떠날 수 있겠는가?

　그렇다. 너희들은 미망의 덩어리였다. 그리고 그 미망의 덩어리를 우리에게 나누어주었다. 그러나 너희들에게는 끝내 미망으로 남은 그것이 나에게는, 우리에게는 희망의 싹이 되었다. 같은 이슬을 먹어도 뱀에게는 독이, 나리에게는 향기가 되는 것과 같다.
　너희의 독을 가지고 떠나라. 그 독을 미화하지 말라. 우리를 팔지도 말라. 제발 싸구려 유행가처럼 값싼 회고로 우리의 오늘마저 오염시키지 말라.

　그 여관방이 생각난다. 그녀의 드러난 가슴을 바라보다가 거기 입맞췄을 때의 뜨거운 열정은 분명히 욕망, 더도 덜도 아닌 욕망이었다. 잠든 그녀를 안고서 나는 건방지게도 그녀의 어떤 바닥, 공부를 얼마나 했느냐 안 했느냐, 얼마나 똑똑하냐 멍청하냐에 상관없이 어쩌면 모든 인간이 지니고 살 수밖에 없는 바닥 가운데 하나를 보았다는 생각이 들었고 먼데서 흘러오는 꽃향기 같은 서글픔을 느꼈다. 그날 이후 그녀를 바라보는 것만으로도 곧잘 절정감에 이른 듯하던 황홀감은 반감되었다.
　『그리운 미망』을 통해 나는 그녀의 또 하나의 바닥을 보았다. 그녀는 자신의 바닥에 일금 7,500원의 정가를 붙였다. 그녀에게서 배운 대로, 자본주의 세상에서는 모든 것이 매매된다는 것을 입증이라도 하려는 듯이.

　어머니를 보고 싶다. 지금 내가 다시 어머니의 유서를 받아쓸 수 있다면, 어머니의 생명이 아니라 어머니의 슬픔과 고통을 잠재우는 유서를 쓸 수 있을 텐데. 불쌍한 엄마.

뺨을 타고 눈물이 흘러내렸다. 바로 그 순간, 눈물로 부옇게 가려진 시야 속에서 더듬더듬 잠든 순우를 더듬으며 나는 김정자를 찾아내기로 결심했다.

7

자정을 넘긴 지 한 시간. 아직 이수정은 돌아오지 않았다. 맥주는 다 떨어졌다. 그러나 머릿속은 그 어느 때보다도 침착하고 맑다. 나는 책장으로 다가갔다. 그녀의 처녀작 『그리운 미망』이 몇 권 꽂혀 있는 것이 보였다. 나는 그 책들도 모조리 뽑아 욕조 속에 처넣으려다가 그만두었다.

미망이라. 좋다. 나는 이수정이 자신의 인생을 한권짜리 책으로 엮어내건 십회짜리 인터뷰로 지껄이건 그것은 상관하지 않는다. 순우는 아직도 그것을 혁명이니 희망의 싹이니 하고 부르고 있지만, 나는 도대체 이수정이나 박진구 부류가 얘기하는 혁명을 이제는 믿지 않는다. 나는 내 나름으로 그들이 말하는 혁명의 정체를 파악했다고 생각한다. 만일 저들의 혁명이 성공한다 해도, 그리하여 저들이 권력을 장악한다 해도 그것은 우리들이 꿈꾸는 세상과는 다를 것이다. 틀림없이 그 세상에서도 나는 범죄자로 떠돌아야 할 것이요, 내 아우는 고장난 문처럼 입을 다문 채 모래처럼 파삭파삭해져 살아야 할 것이며, 그 세계 어딘가에서도 열살짜리 아들은 글을 모르는 어머니를 위해 어머니의 유서를 받아써야 할 것이다. 그러니까 저들이 그것을 미망이라고 부르고 싶다면, 나는 그에 대해서는 아무런 시비도 하지 않으련다. 그러나 순우의 못 쓰게 된 다리는 결코 미망이 아니라는 것만은 이수정에게 분명히 깨우쳐줘야 한다고 생각한다. 내 아우의 불구의 인생을 미망이라고 부르는 것을 나는 결코 참을 수 없다.

나는 이제 세상에 존재하는 유일한 혁명은 오늘날의 나 같은 자들, 범죄자들, 일탈자들, 건달들, 깡패들, 그러니까 마르크스가 혁명에 유해한 존재라고 규정한 룸펜 프롤레타리아들에 의해서만 이루어질 수 있다고 확신한다. 모든 부패한 공무원들, 모든 더러운 정치인들, 처자식을 버리는 모든 애비들, 모든 미치광이들, 모든 부랑인들, 모든 일탈자들, 모든 마약중독자와 알코올중독자들이야말로 나의 동지들이다. 그들이 열심히 부패하고 열심히 타락하고 열심히 범법행위를 저지르고 열심히 미치고 열심히 중독되고 열심히 부랑하는 것이야말로 체제를 영원히 파괴하는 유일한 길이다. 따라서 그들이야말로 영원한 파괴자들, 가장 위대한 혁명가들이다. 아무런 이념도 없이, 아무런 음모도 없이, 또는 혁명에 대한 아무런 환상도 이상도 미망마저 없이, 저들은 체제를 그 뿌리부터 뒤흔들어 파괴하는 것이다. 스스로 파괴되고 실패하고 병들고 죽어가면서 체제를 붕괴시키는 것이다. 어떤 이념을 기치로 내걸었건 세상에 국가권력이라는 것이 존재하는 한 그것이 국가의 운명이요 동시에 우리 같은 부류들의 운명이다.

어느날, 믿을 수 없을 만큼 성실하고 진지하고 희생적인 모습으로 저들은 나에게 나타났다. 그리고 미망을 나누어주었다. 그 미망이 내 가슴에 뿌리내려 맺은 열매가 바로 이것이다.

<1996, 창작과비평 여름호>

노래에 관하여

1

　하늘은 어둑어둑 저물어오고 있었다. 드넓은 A 연병장 가득 바람이 불 때마다 꾸물꾸물 살아 있는 짐승처럼, 어쩌면 저주처럼, 저녁 어스름은 밑바닥으로만 밑바닥으로만 파고들었고, 그리하여 곧 연병장 안을 가득 채웠다. 연병장 가장자리에 높다랗게 서 있는, 잎을 다 떨군 미루나무들은 늙고 병든 노인의 손가락처럼 앙상한 가지들을 하늘로 치켜올려 매운 북풍이 불어올 때마다 하늘을 할퀴었다. 마침내 저녁놀도 없이 산 너머에서 적군처럼 어둠이 덤벼들어 순식간에 연병장을 점령하였다.

　연병장은 텅 비어 있는 것처럼 아무런 움직임도 없었다. 사열대는 목을 길게 뽑은 마이크가 하나 서 있을 뿐, 비어 있었고, 그 사열대 양쪽 옆으로 트럭들이 연병장 한쪽 끝에서 반대편 끝에 이르기까지 일렬횡대로 늘어서 있었다. 소리 하나 들리지 않았다. 차디찬 바람이 우우, 울부짖는 소리만이, 나뭇가지들이 무력하게 그 바람과 하늘을 할퀴는 소리만이 이따금 그 정적 속에 파문을 만들었으나, 파문은 곧 바람소리에 지워지고 말았다. 그 연병장 가득 병사들이 띄엄띄엄 사이를 두고 늘어서 있었다. 그들은 그 바람에 고스란히 몸을 맡긴 채 꼼짝 못하고 부동자세로 굳어 있었다. 얼룩무늬 군복에, 녹색의 모자, 번쩍이는 검은 군화. 일부는 자동화기를 들고 있었고, 다른 일부는 곤봉을 쥐고 있었다. 그들의 시커먼 얼굴을 바람이 얼어붙이고 있었다. 그들은 그렇게 선 채로 텅 빈 사열대만을 주시하고 있었다. 바람, 바람, 쉴새없이 바람이 덤벼들어 그들의 코와 귀를 떼어낼 듯 물어뜯었다.

어둠이 그들의 발목, 배, 가슴까지 차올랐다. 마침내 연병장 가득 어둠이 뒤덮였다. 바로 앞에 선 동료들의 뒤꼭지마저 보이지 않았다. 바람은 더욱 차가워졌고, 그 소리는 이제 정말 살아 있는 짐승이 목청을 뽑아 울부짖는 소리처럼 들렸다.

어느 순간, 사열대 양쪽 옆에 늘어서 있던 모든 트럭들이 일제히 헤드라이트를 켰다. 순식간에 어둠이 갈라지고 연병장 안을 흰빛이 가득 채웠다. 사람도 없는 텅 빈 사열대 너머에서 부대장의 음성이 확성기를 타고 흘러나왔다.

"이제 곧 그놈들이 도착할 것이다. 이미 지시받은 대로 행동할 것. 내 명령이 있을 때까지 계속할 것. 이상."

부대장의 음성이 끊겼다. 그와 동시에 트럭들의 헤드라이트도 꺼졌다. 한대의 트럭만이 여전히 헤드라이트를 켜놓고 있었고, 그 불빛은 어둠속에 뚫린 빛의 굴처럼 연병장 맞은편을 향해 뻗어나가고 있었다.

그뿐이었다. 다시 정적과 어둠과 바람과 추위가 덤벼들었다. 병사들은 여전히 꼼짝도 않은 채 여전히 텅 비어 있는 사열대만을 주목하고 있었다. 그렇게 또 얼마나 시간이 흘렀을까. 낡은 자동차 엔진 소리가 멀리서 들려오기 시작했다. 병사들의 몸이 긴장으로 뻣뻣해졌다. 그들은 손아귀에 거머쥔 소총을, 혹은 곤봉을 더욱 힘껏 다잡았다. 잠시 후면, 저 트럭들이 도착하여 연병장 안에 들어오면, 마침내 이 지긋지긋한 부동자세에서 해방되어 마음껏 몸을 움직일 수 있을 것이다.

이윽고 트럭이 정문 초소를 통과하여 들어왔다. 헤드라이트 불빛이 연병장의 어둠속을 가르고, 사열대 옆에 홀로 켜져 있던 헤드라이트 불빛과 교차하였다. 소모된 휘발유 냄새가 어둠속을 채웠다. 트럭은 사열대 반대쪽 끝, 그러니까 연병장 북쪽 끝으로 서서히 움직여갔다. 트럭이 멎었다. 소대장이 어둠속에서 병사 한 사람을 그쪽으로 데리고 가서 그 트럭 꽁무니에 세웠다. 병사가 쥐고 있던 곤봉을 두 손으로 들어올려 높다랗게 허공을 찌르며 고함을 질렀다.

"기준!"

곧 이어 소대장의 명령이 날아왔다.

"1소대, 2열종대, 정식간격, 헤쳐모여!"

1소대 병사들이 우르르 대오를 허물고 그쪽으로 치달려갔다. 트럭 꽁무니에 곧 사이를 넓게 띈 이열종대의 대열이 갖춰졌다.

그 트럭 옆으로 두번째의 트럭이 와서 멎었다. 2소대장이 또 한 사람의 병사를 호출하여 그 트럭 꽁무니에 세웠다.

"기준!"

"2소대, 2열종대, 정식간격, 헤쳐모여!"

2소대 병사들이 곧 덤벼들어 그 자리에 새로운 대열이 갖춰졌다. 병사들이 부동자세를 갖추자, 다시 그 다음 트럭이 다가왔고, 새로운 대열이 갖춰졌다.

그렇게 여섯 대의 트럭이 다가왔고, 그때마다 트럭 꽁무니에는 병사들이 새로운 대오를 갖춰 늘어섰다.

"열어."

트럭 꽁무니의 포장이 젖혀졌다. 그와 동시에 안에서 민간인들이 뛰어내리기 시작했다. 트럭 위에서 두 명의 병사들이 고함을 질러대는 소리가 들렸다.

"빨리빨리 뛰어내려, 이 개새끼들아."

그리고 그들 민간인들이 뛰어내리자마자 병사들은 그들을 향해 곤봉과 군화발과 주먹을 휘두르기 시작했다. 비명소리가 어둠속에 어지럽게 흩어졌다. 민간인들은 곧 몸을 구부리고 땅 위에 엎어졌다. 곤봉이 엉덩이와 어깨와 목과 발목을 난타했다. 군화발이 그들의 머리를 밟고 옆구리를 걷어찼다. 억, 숨 막히는 비명과 신음이 어둠속을 채웠다. 병사들은 트럭에서 뛰어내린 사람들이 미처 균형을 회복하기도 전에 덤벼들어 곤봉을 휘둘러 쓰러뜨린 다음, 짓밟아댔다. 그것이 그들이 받은 명령이었다. 그리고 군인은 명령에 살고 명령에 죽는 존재였다. 적어도 그들이 배우기로는 그것이 이상적인 군인이었다. 민간인들은 두 팔로 머리를 감싸고, 두 다리를 끌어올려 무릎으로 배를 가리고 납작 엎드렸다. 그것이 몰매를 피하는 가장 좋은 방법이라는 것은 병사들도 잘 알고 있었다. 그러나 여기에서는 그런 방법은 통하지 않았다. 곤봉과 군화는 그들의 몸 구석구석을 사정없이 파고들었다. 군화발이 옆구리를 걷어찰 때마다, 곤봉이 어깨를 내리칠 때마다 숨이 막혔다 터지고, 그랬다가는 다시 막혔다. 사방에서 비명과 욕설과 고함이 터져나왔다. 기어! 안 기어? 기어, 이 씹새끼들아! 안 기는 놈은 해골을 씹어버린다! 으아! 누군가가 처참한 비명을 올렸다. 몸 위에 떨어지는 곤봉이 내는 둔탁한 소리들, 군화가 배를 짓밟는 소리, 비명, 으으, 공포에 질린 신음……

영우는 문득 이렇게 맞고 있다가는 이대로 고스란히 죽고 말 것이라는 생각이 들었다. 죽음이, 그 시커먼 아가리를 쩍 벌리고 바로 코앞까지 다가와 그를 삼키려 하고 있었다. 이렇게 죽는 수도 있을까, 이렇게 죽을 수도 있는 것일까……

돌연 어둠으로 뒤덮여 있던 연병장 안에 흰빛이 눈부시게 가득 들어찼다. 사열대 양쪽 옆에 늘어서 있던 트럭들이 일제히 헤드라이트를 켰던 것이다. 그와 동시에 병사들은 공격을 중지했다. 곤봉과 군화발이 사람을 내리치고 짓밟던 둔탁한 소리들, 비명과 신음소리들이 씻은 듯 사라지고, 그 자리에 정적이 뒤덮였다. 아이고오…… 누군가가 신음했으나, 곧 다시 곤봉이 그를 내리찍었고, 동시에 그 신음소리는 잘려나갔다.

"일어서, 이 개새끼들아!"

병사들도, 그들에게 짓밟힌 민간인들도 빛 때문에 눈을 뜰 수가 없었다. 한 민간인이 손을 들어 그 빛을 가렸다. 동시에 옆에 서 있던 병사가 그의 머리를 후려쳤다. 움직이지 마. 꼼짝 마, 이 새끼들아. 눈동자 굴리지 말아. 눈깔을 뽑아버린다, 이 새끼들. 눈부신 빛 안에 사로잡힌 채 그들은 꼼짝 못하고 서 있었다. 그 민간인들에게는 그 헤드라이트 불빛과 병사들의 그림자뿐, 아무것도 보이지 않았다. 다만 그곳이 굉장히 넓은 연병장이라는 것, 병사들이 사방을 둘러싸고 있다는 것, 곤봉과 소총을 움켜쥔 병사들이 그들 사이사이에 끼어 서 있다는 것을 알 뿐이었다. 사열대의 모서리들이 그 빛속에서 희게 반짝거리고 있었다. 부대장이 사열대 위로 올라섰다. 그가 헤드라이트 불빛을 등지고 섰기 때문에 사열대 아래 늘어선 병사들

과 민간인들에게 보이는 것은 그의 윤곽뿐이었다. 우렁찬 고함소리
가 터져나왔다. 부대 차렷! 병사들은 본능적으로 부동자세를 취했
다. 열중쉬엇! 차렷! 민간인들도 엉거주춤 부동자세를 따랐다. 부
대장님께 대하여 받들엇총!

충성!

우렁찬 고함소리가 터져나왔다. 어둠속에서, 그들을 사로잡은 눈
부신 불빛 너머의 어둠속에서, 그리고 바로 그들 곁에서, 그 불빛이
비추는 공간만을 제외하고 그 너머 온 세상천지가 다 어둠에 뒤덮여
있고, 그 끝없는 어둠속에 존재하는 것은 오직 병사들뿐인 듯, 그리
하여 그 어둠 전체가, 온 세상 전체가 한꺼번에 고함을 지르는 듯
우렁찬 외침이었다. 천지가 그 고함소리를 메아리로 반복했다.

충성!

불빛을 등지고 선 부대장이 한손을 들어 까딱 움직였다. 그와 함
께 어둠속에서 척, 척, 군화소리가 들려오고, 사열대 양쪽 옆에서
병사들이 일렬종대로 행진하여 들어왔다. 그들은 사열대 앞에 이르
자 정면을 향하고 돌아섰다.

"착검!"

그 병사들은 일제히 칼을 뽑아 총에 꽂았다. 칼날이 희게 번쩍거
리며 불빛을 반사했다.

드르륵 드르륵.

다음 순간, 어둠속 어딘가에서 자동화기가 연사(連射)되는 소리
가 들렸다. 연병장에 새로운 정적과 공포가 한층 더 무겁게 내리덮
였다. 드르륵 드르륵. 그것은 한번도 본 적이 없는, 전설 속에만 존
재하는 어떤 거대한, 흉악한, 무섭고 소름 끼치는 괴물의 울음소리
같았다. 드르륵 드르륵. 그것은 어둠 그 자체가 울부짖는 소리였다.

영우는 문득 이들이 이대로 이 자리에서 그들에게 총을 난사하고, 총검을 휘둘러 모조리 죽여버릴지도 모른다는 생각이 들었다. 다리가 부들부들 떨렸다. 어떤 억센 손가락이 목구멍을 파고들어 목구멍을 열어젖히려는 듯, 꺽꺽 울먹임이 새어나왔다. 아버지 어머니의 얼굴이, 미숙의 얼굴이, 그리고 종적을 알 수 없게 되어버린 공장 동료들의 얼굴이 눈앞에 너무나도 선명히 떠올랐다. 눈물이 흘러내려 얼굴을 적셨다.

부대장이 입을 열었다.

"삼청교육대 입소를 환영한다. 내일 견학하게 되겠지만, 부대 뒷산에는 커다란 구덩이가 있다. 그 구덩이 안에 너희들의 시체가 파묻힐 것이다. 다 파묻히는 것은 아니다. 내 생각 같아서는 지금 당장 한꺼번에 너희들을 모조리 구덩이에 몰아넣고 흙을 덮어버리고 싶지만, 이 나라가 민주국가이기 때문에 그렇게는 하지 않는다. 그러나 명령에 불복종하는 자는 용서없다. 그 자리에서 사살이다. 이틀 전에도 바로 지금 너희가 서 있는 그 자리에서 여섯 사람이 사살당했다. 길은 둘뿐이다. 개과천선하거나 사살당하거나. 왜냐하면 개과천선하지 않는 자는 이곳에서 나갈 수 없기 때문이다. 기한은 4주다. 4주 사이에 개과천선하지 않는 자는 손발을 묶어 구덩이에 던져버릴 것이다. 이상."

부대 차렷! 열중쉬엇! 차렷! 부대장님께 대하여 받들엇총! 이어 또다시 어둠 그 자체가 거대한 입을 열어 외치는 듯한 소리, 충성!

부대장이 사열대에서 내려갔다. 그와 동시에 병사들은 곤봉으로 눈앞에 있는 민간인들의 등줄기를 후려쳤다. 앉아! 일어서! 앉아! 일어서! 민간인들이 명령에 따라 앉고 일어서는데도 곤봉과

군화발은 계속해서 그들을 난타했다. 동작 봐라, 이 새끼들. 앞으로
취침. 뒤로 취침. 대가리 박아. 원위치. 대가리 박아. 원위치. 이
새끼들이 총 맞아 죽고 싶어 이러나, 칼 맞아 죽고 싶어 이러나.
서. 박아. 서. 박아. 병사 한 사람이 몸을 훌쩍 날려 영우에게 두발
차기를 했다. 영우는 끽 소리와 함께 쓰러졌다. 병사는 그를 지근지
근 밟아댔다. 일어서. 그가 일어섰다. 다시 두발차기. 영우는 쓰러
졌다. 일어서. 그가 일어서자 병사는 다시 몸을 날렸고, 그는 다시
쓰러졌다. 총 개머리판이 영우의 얼굴을 내리찍었다. 그는 얼굴을
내리찍은 것이 총검이 아니라는 것을 다행으로 생각하며 그 자리에
쓰러졌다. 일어서. 영우는 벌떡 일어섰다. 주먹이 명치 끝에 내리꽂
혔다. 영우는 다시 쓰러졌다. 일어서. 영우는 벌떡 일어섰다. 입안
에 피가 가득 차 있었다. 뱉고 싶었다. 그러나 그럴 수가 없었다.
그는 피를 꿀꺽 삼켰다. 곤봉이 그의 어깨를 내리쳤다. 영우는 다시
쓰러졌다. 일어서. 영우는 일어섰다. 군화발이 얼굴을 걷어찼다.
그는 쓰러졌다. 일어서. 그는 일어섰다. 곤봉이 그의 오금을 후려쳤
다. 그는 다시 쓰러졌다. 일어서. 그는 일어섰다. 군화가 그의 정강
이뼈를 내질렀다. 그는 쓰러졌다. 일어서. 그는 다시 일어섰다. 병
사들은 곤봉과 소총과 군화발과 주먹을 발악하듯 휘두르며 내질렀
고, 민간인들은 속절없이 쓰러지고 또 쓰러지고, 짓밟히고 또 짓밟
혔다.

　새하얀 헤드라이트 불빛 속에서 그들은 때리고 맞으며, 피를 흘리
고 나동그라지며, 개머리판을 흔들고 곤봉을 휘두르며, 참으로 이상
한 군무(群舞)를 추고 있었고, 검은 하늘은 높다랗게 물러서서 그것
을 내려다보고 있었으며, 그 너머 어둠속에서는 모습을 감춘 짐승들
이 드르륵 드르륵, 울부짖고 있었다.

2

유리창은 하나도 온전히 붙어 있는 것이 없었다. 신문지와 비닐로 가려져 있을 뿐이었다. 그러나 그런 것은 문제가 아니었다. 바닥은 흙이었다. 그 위에 널빤지를 늘어놓은 것이 수용자들을 위한 침상이었다. 널빤지는 양쪽 벽 밑에 두 줄로 늘어놓여 있었고, 그 널빤지 사이에 통로가 있었다. 널빤지 위에 담요를 덮고 누우면 머리가 통로의 흙바닥에 떨어졌다. 그러나 그런 것도 문제가 아니었다. 그 통로 한가운데에 조개탄 난로가 설치되어 있었으나, 한데나 다름없었기 때문에 그 작은 난로 하나로는 난방이란 처음부터 어림도 없는 일이었다. 내무반 안이나 바깥이나 강원도 산골짜기의 추위는 마찬가지였다. 자고 일어나면 벗어둔 작업화가 꽁꽁 얼어 있는 것은 물론이요, 몸이 뻣뻣이 얼어 한동안은 고개를 돌릴 수도 없고, 팔다리를 펼 수도 없을 지경이었다. 그러나 그런 것도 문제가 아니었다. 목운동을 할 때마다, 안간힘을 다해 팔다리를 굽히고 펼 때마다 경첩이 고장난 문을 여닫을 때처럼 어극버극, 삐꺽삐꺽 뼈와 관절이 어긋나는 소리가 들리기는 했지만, 사람의 몸뚱이라는 게 신기하게 만들어져선지 조물주의 재간이 좋아서인지는 몰라도, 한동안 운동을 하면 풀리기는 했으니까. 그 내무반 건물 외곽을 3미터 정도의 높이로 철조망이 에워싸고 있고, 역시 철조망을 엮어 만든 출입구는 물론이요, 그 외에도 삼면을, 실탄을 장진하고 총검을 착검한 자동화기를 쥔 병사들이 하루 24시간 지키고 서 있었으나, 그것 역시 문제가 아니었다. 하룻 밤에도 서너 차례씩 "기상! 기상!" "이 새끼들, 동작 봐라!" "해골 들어!" 하는 고함소리와 함께, 병사들이 군화발로 자는 사람들의 '해골'을 걷어차고, 가슴과 다리를 짓밟고 다니며 들깨워서, 눈이 뒤덮인 연병장에 집합을 시켜 옷을 모조리, 속옷까지 깡그리 벗긴 다음에, 어지럽게 흩날리는 눈보라와 날을 세우고 우우우 덤벼드는 북풍 속에서 하낫, 둘, 셋, 넷, 맨손체조를 시키는가 하면, 눈벌판 위에서 올챙이 포복을 시키는 일은 예사였으나, 그것 역시 큰 문제랄 것은 없었다. 곤봉이나 군화발, 곡괭이 자루, 야전침대 골조, 나아가서는 개머리판이나 야구방망이 따위로 구타당하는 일 같은 것은 애초에 문제랄 것도 없었다. 그곳이 사람을 살게 하기 위해서가 아니라 사람에게 고통을 주고 괴롭히고, 나아가서는 파괴하기 위하여 만들어진 시설이라는 것이 날이 갈수록 더욱 분명해졌으나, 그것 역시 문제라고까지 할 것은 없었다.

차라리 문제는 그곳 역시 사람이 사는 곳이었다는 점, 그리고 고통을 가하는 병사들이나 고통을 당하는 수용자들이나 마찬가지로 사람들이라는 점, 처음에는 병사들에게는 수용자들이, 수용자들에게는 병사들이 사람이 아니라 괴물, 악마, 나찰, 짐승, 그리고 벌레들로 보였으나, 날이 갈수록 서로의 눈에 서로가, 즉 서로를 짐승으로 생각했던 짐승들이 서로에게서 사람을, 그 사람이 사악하냐 착하냐, 나약하냐 강하냐 따위와는 관계없이, 사람을 발견하기 시작하게 되었다는 점이었다. 그리고 서로에게서 사람을 발견하기 시작하면서 수용자와 병사들이 이제 각기 상대방에게서가 아니라 바로 자기 자신에게서 짐승을 발견하게 되었다는 점이었다.

영우는 1소대였다. 1소대 내무반장은 김중연 중사, 얼굴이 시커먼 스물일곱의 젊은이였다. 그는 바지 주머니에 손을 찌른 채 목덜미를 어깨 사이에 깊숙이 파묻고 휘파람으로 유행가를 휙휙 불어젖히며 별볼일 없는 뒷골목의 건달처럼 건들건들 돌아다니다가 삼청교육대에 입소한 수용자들이 눈에 띄기만 하면 얼굴이고 가슴이고를 가리지 않고 닥치는 대로 걷어차며

"B연병장 서쪽 끝 축구골대까지 왕복, 선착순 다섯 명!"

하고 고함을 지르기 일쑤였다. 수용자들이 삼청교육대에 입소한 당일 저녁 점호가 끝난 뒤에 그는 자식새끼 있는 놈들 앞으로 나와, 하고 소리쳤다. 예닐곱 명의 수용자들이 앞으로 나갔다. 김중사는 그들을 모두 벽 앞에 늘어세워놓고 모아발치기, 당수, 태권도, 돌려차기 등 온갖 솜씨와 기교를 발휘하여 자그마치 세 시간 동안을 구타했다. 아니, 그것은 구타가 아니었다. 폭행이었다. 공공연한, 합법적인 폭행이었다. 너희 같은 놈들이 자식새끼는 뭐 하러 낳았어, 이 쓰레기 같은 놈들아. 자식새끼 낳았으면 잘 기를 생각을 해야지 어째서 이런 데는 끌려와, 이 벌레 같은 것들아. 너희 같은 새끼들 때문에 세상에 불량배가 생기고, 그 불량배들 때문에 다른 집 애새끼들까지 팔자 더러워지고, 그래서 세상이 더 지저분해지고, 그래서 이런 삼청교육대라는 게 생기는 거야, 이 새끼들아. 이튿날 저녁 점호가 끝난 뒤에는 그는 이혼한 새끼들 앞으로 나와, 하고 소리쳤다. 두 사람이 앞으로 나갔다. 김중사는 지난밤과 마찬가지로 그들에게 무시무시한 폭행을 가했다. 한번 결혼을 했으면 깨가 쏟아지고 떡이 설설 익도록 잘살아야지 왜 이혼이야, 이 새끼들아. 너희들이 뭐 잘났다고 이혼이야, 이 쓰레기들아. 그 다음날 밤에는 결혼한 놈들이었다. 결혼을 했으면 잘살 궁리나 하지 어째서 이런 데 끌려와, 이 놈들아. 나흘째 밤에는 총각놈들, 닷새째 밤에는 몸에 문신 있는 놈들, 엿새째 밤에는 몸에 문신 없는 놈들, 이레째 밤에는 전과 있는

놈들, 여드레째 밤에는 전과 없는 놈들…… 그런 식으로 매일 밤마다 몇몇 사람들을 끌어내어 두어 시간에 걸쳐 진땀을 뻘뻘 흘리며, 헐떡거리며 폭행을 계속했다.

일주일쯤이 지났을 때 저녁 점호가 끝난 뒤에 그는 소모품을 검사했다. 입소 첫날에 수용자들이 지급받은 치약, 치솔, 비누, 타월, 속옷, 양말, 작업화, 실과 바늘 따위의 소모품들의 상태를 점검한다는 것이었다. 치약 중간을 짜서 쓴 사람, 치솔을 부러뜨린 사람, 세탁되지 않은 양말을 가지고 있는 사람, 비누에 머리칼을 묻힌 사람, 작업화가 더러운 사람, 바늘을 분실하거나 부러뜨린 사람, 즉 거의 모든 사람들이 폭행을 당했다. 검사를 끝마친 김중사는 이렇게 선언했다.

"내일 다시 검사하겠다. 그때까지 완전한 상태로 갖춰놓지 못하는 놈은 각오하라. 분실한 놈은 무슨 수단 방법을 쓰든 찾아놓도록 하라."

그것은 사실은 폭행이라기보다는 고문이었다. 입이 깨어지고, 이가 부러지고, 피가 터지고, 얼굴이 만신창이가 되고, 온몸에 피멍이 들고, 마침내는 사람이 걸레처럼 늘어져 너부러지고마는 처참하고 잔인한 고문이었다. 지극히 사소한 잘못이나 실수, 지극히 사소한 일로도 수용자들은 얼굴이 터지고 뼈마디가 부러졌으며, 간혹은 완전히 발가벗겨 막사 앞 C연병장 한쪽 구석에 철조망으로 설치된 징계감방 안에 수감되었다. 바람이나 추위, 뭇사람들의 시선으로부터 몸을 감출 곳이란 전혀 없는, 서너 평 넓이의 텅 빈 공간이 징계감방이었다. 군인들은 장교와 사병을 가릴 것 없이 그 징계감방 앞을 지나다가 생각이 나면 아무렇게나 쪼그려뛰기 5백회 실시, 하고 고함을 지르거나, 수용자들에게 찬물을 뿌려대거나, 끌어내어 몽둥이질을 했다. 다친 사람들은 의무실로 끌려갔으나, 그곳에서는 상처에 알콜이나 옥도정기를 발라주는 것으로 끝이었고, 재수가 없으면 의무실에 오가는 길에 엉뚱한 병사에게 걸려 엉뚱한 기합이나 폭행을 당하기 일쑤였다.

그래서 어느날 교육장에서 김중사가 무슨 중요한 발견이라도 한 듯 그 커다란 눈을 더욱 크게 뜨고, 갑자기 이렇게 물었을 때에 수용자들은 한동안 어안이 벙벙할 따름이었다.

"노래 잘하는 놈 없냐? 노래 하나 불러라."

노래라니. 수용자들은 그 말이 믿어지지가 않았다. 무슨 노래를 부르라는 것인가. 도대체 어떻게 노래를 부르라는 것인가. 그가 한 수용자의 얼굴에 피칠갑을 하는 것을 목격한 것이 불과 오분 전인데, 코가 터지고 입이 터진 그 수용자가 눈을 뭉쳐 얼굴을 문질러 닦은 후 다시 봉체조를 하기 위해 대열로 끼여들면서도 끙끙, 고통스럽게 신음했는데, 아직도 코끝에 핏덩이가 엉겨 있고, 이마에 벌써 혹이 시퍼렇게 솟아오르고 있는데, 언제 또 다른 한사람 한사람이 똑같은 폭행의 희생이 될지 몰라 공포와 불안에 떠는 그들에게 어떻게 노래를 부르라는 것인가? 어떻게 그런 그들에게 노래를 부르라는 명령을 내릴 생각을 할 수 있단 말인가? 그것은 어쩌면 그들에 대한 폭행이나 학대보다도 더 소름 끼치는 모욕이었다. 노래라니? 이 지경에 빠진 사람들이 노래를 부를 수 있으리라는 생각을, 아무리 철딱서니 없고 생각 없는 사람이기로, 도대체 어떻게 꿈에라도 할 수 있단 말인가?

수용자들은 멍하니 김중사를 쳐다보고 있었다. 불안감이 다시 그 음산한 날개를 펴고 그들의 머리 위를 뒤덮었다. 병사들이 곤봉을 들고, 자동화기를 들고 그들을 위협할 때와 다름없는 불안감, 어쩌면 그보다 더 소름 끼치는 불안감이 그들을 짓눌렀다. 수용자들 중에 한 사람이 작은 소리로 중얼거렸다. 누구 노래 좀 불러라. 어서. 공포에 짓눌린 음성이었다. 그렇다. 병사가 노래를 부르라고 명령하면 노래를 불러야 했다. 병사들의 입에서 떨어지는 말은 수용자들에게는 곧 지상명령이었다.

연병장 한쪽은 산언덕이었고, 다른 쪽은 골짜기였다. 그들은 산언덕 쪽에 대오를 갖추고 주저앉아 있었다. 김중사는 그들을 흘끗 눈 아래로 쏘아보더니 중얼거렸다.

"다섯 셀 때까지 노래하는 놈이 안 나오면 눈앞에 보이는 계곡으로 전원 올챙이 포복이다. 하나, 둘, 셋, 넷, 다……"

그때 한 사람이 벌떡 일어섰다. 그는 일어서자마자 노래를 부르기 시작했다.

"이름도 몰라요 성도 몰라……"

그것은 노래가 아니었다. 발악이었다. 공포에 질린, 처참한 발버둥이었다. 텅 빈 골짜기에 그 발악이 메아리쳤다. 노래를 듣는 김중사의 얼굴이 기묘하게 일그러졌다. 그는 노래를 부르는 사람을 난생처음 보는 괴물처럼 우두커니 쳐다보고 있었다. 그리고 수용자들은 그 김중사의 얼굴을 불안과 공포에 질려 흘끗거렸다.

노래를 부르고 있는 사람은 박동원이라는, 이곳에 수용되기 전에는 서적 외판원으로 일하던 40대의 왜소한 사람이었다. 그는 어느 날, 맡겼던 옷을 찾기 위해 골목 어귀의 세탁소로 갔다가 양복바지 무릎께가 노르스름하게 눌은 것을 발견했고, 그래서 세탁소 주인 한광선에게 항의를 했으며, 말다툼이 벌어졌고, 화가 난 박동원은 다리미를 집어 동댕이쳤는데, 그것이 그만 세탁소 유리창을 깨뜨렸고, 그것을 보고 겁에 질린 한광선의 아홉살짜리 딸이 112에 신고를 했으며, 그러자 곧 순찰차가 달려들어 박동원을 경찰서로 끌어갔으며, 박동원은 싸움의 발단이 세탁소 주인 한광선의 잘못에 있다고 주장했고, 그러자 경찰서에서는 곧 한광선까지 붙들어왔으며, 두 사람을 모두 유치장에 집어넣었다가 며칠 뒤에는 삼청교육대로 가는 트럭에 실었고, 그리하여 지금 한광선은 앞에서 세번째 줄에 쪼그리고 앉아 박동원의 노래를 듣고 있었다.

노래가 끝났다. 수용자들은 불안감에 휩싸인 채 김중사의 반응을 살피고 있었다. 김중사가 갑자기 버럭 고함을 질렀다. 일어서! 앉아! 일어서! 앉아! 일어서! 앉아! 일어서! 앉아! 일어서! 앉아! 일어서! 앉아! 그들은 그의 명령에 따라 자동인형처럼 일어섰다 앉았다 하는 동작을 반복했다.

"이놈들이 오락 군기도 없어. 노래를 부르면 박수를 쳐야 할 거 아냐."

오락이었다. 그들이 지금 하고 있는 것이 오락이라는 것이었다. 수용자들은 일제히 박수를 치기 시작했다. 김중사의 얼굴이 조금은 풀어졌다.

"이제부터 자동이다. 노래가 끝나면 바로 그 뒷사람으로 이어진다. 그 줄이 다 끝나면 그 다음 줄로 계속된다. 별명(別命)이 있을 때까지 자동적으로 언제까지나 계속하는 것이다."

그리하여 박동선의 뒤에 앉아 있던 오성태가 일어났다. 그는 머뭇거리다가 "아아 으악새 슬피 우니 가을인가요……"를 뽑아냈다. 그는 1소대에서 가장 큰 사건을 벌이고 끌려온 인물이었다. 여자친구가 절교를 선언하자 그는 여자친구의 아버지와 담판을 짓기 위해 술을 마시고 여자친구 집으로 찾아갔다. 불행히도 여자친구의 아버지는 집에 없었다. 그는 '장인'이 돌아오기까지 기다리겠다고 고집했다. 그러나 여자친구가 고함을 빽 지르며 밀어내자 속절없이 집 바깥으로 쫓겨나고 말았다. 대문 앞에 서서 오들오들 떨며 '장인'이 귀가하기를 기다리던 그는 지루해진 나머지 시간이라도 보내기 위해 장난을 궁리해냈는데, 그 장난이라는 것이 고함을 지르는 것이었다. 함 사려! 함이요, 함! 함 사려어! 함을 파는 일에는 으레 구경꾼들이 꼬이는 법이었다. 동네 사람들이 여기저기에서 고개를 내밀고, 동네 꼬마들이 우르르 몰려나왔다. 질겁을 한 여자친구의 오빠가 뛰쳐나와 그의 멱살을 틀어쥐고 골목 밖으로 끌어냈다. 그는 끌려가면서도 함 사려, 함, 하고 외쳐댔다. 마침 순찰중이던 방범대원들이 그들을 발견하여 경위를 묻고 답하는 절차가 끝나자 방범대원들은 오성태를 파출소로 끌어갔고, 그리하여 며칠 뒤에는 심판원들이 그의 얼굴도 한번 쳐다보지 않고 그에게 질문 한번 던지지 않은 채로 그를 삼청교육대로 보내기로 결정하였다.

김중사는 곤봉으로 나무 둥치를 툭툭 쳐서 가지 위에 쌓인 눈송이를 떨어뜨리며 눈밭 위를 서성거렸다. 노래가 끝나자 수용자들은 명령에 따라 자동적으로 박수를 쳤고, 그에 이어 자동적으로 그 다음 사람이 일어났다.

"나는 몰랐네 나는 몰랐네 저 달이 날 속일 줄 나는 울었네 나는 울었네……"

구멍가게 외상값을 자그마치 이십여만원이나 갚지 않았다 하여 끌려온 사람이었다. 그 다음 차례는 거의 일년 동안 술을 마시기만 하면 어김없이 어떤 집 쓰레기통 옆에만 계속해서 소변을 봤다는 이유로 붙잡혀온 사람이었고, 그 다음 차례는 술집에서 친구와 술을 마시던 도중에 동네 여자애 때문에 티격태격 말다툼을 벌이다가 유리잔을 깨뜨렸다는 이유로 끌려온 사람이었다. 그 다음은 술에 취하여 집으로 돌아가다가 골목길에서 큰 소리로 노래를 불렀다는 이유로 끌려온 사람이, 그 다음은 아무런 잘못도 없이, 술도 마시지 않고, 싸움도 하지 않고, 노래도 부르지 않은 채, 집에서 얌전히 잠을 자고 있다가, 오직 전과가 있다는 이유 하나만으로 끌려온 사람이, 그 다음은 몇달째 밀린 개런티를 주지 않는 술집 주인과 말다툼을 벌이다가 끌려온, 카바레와 술집을 떠돌아다니던 밤무대 가수 체이스 리가 노래를 불렀다.

"그대 찾아왔네 산장의 여인 아무도 모르게 찾아서 왔네……"

그의 노래는 제법 구성져서 김중사의 주목을 받았다. 김중사는 그의 노래가 끝나자 그에게 노래의 제목을 들어 앵콜을 신청, 아니 명령했고, 체이스 리는 김중사의 명령곡을 몸짓까지 구사하며 멋지게 불러젖혔다.

"어머니 오늘 하루를 어떻게 지내셨나요 십년을 하루같이 이 못난 자식 위해……"

김중사는 마치 베토벤의 교향곡이라도 감상하는 사람처럼 진지하고 엄숙한 얼굴로 그의 노래에 귀를 기울였고, 노래가 끝나자 박수를 아끼지 않았으며, 수용자들은 그의 박수가 끝나기까지 오랫동안 박수를 쳐야 했다. 영우도 차례가 되어 노래를 불렀다.

"나뭇잎 떨어져 길 위에 구르네 바람이 불어와 갈 길을 잊었나……"

그리고 마침내 순식의 차례가 되었다. 그는 벌떡 일어서더니 두 손을 마주잡아 배 언저리에 올려놓고 커다란 목청을 우렁차게 뽑아 올려 노래를 불렀다. 놀랍게도 그 우렁찬 목청에 어울리지 않게, 그가 부른 노래는 동요였다.

"깊은 산 속 옹달샘 누가 와서 먹나요

맑고 맑은 옹달샘 누가 와서 먹나요
새벽에 토끼가 눈 비비고 일어나
세수하러 왔다가 물만 먹고 가지요."

그는 끔찍스러운 음치였다. 음정도 박자도 전혀 맞지 않았다. 오히려 아무런 곡조도 박자도 없이, 노랫말을 낭독하는 편이 그 노래보다는 차라리 나을 것 같았다. 수용자들 가운데에서 한두 사람이 김중사의 눈치를 보다가 쿡쿡 웃음을 터뜨렸다. 영우는 웃지 않았다. 그는 아슬아슬한 기분으로 김중사의 눈치만을 살폈다. 노래가 끝나자 김중사는 어이없다는 표정으로 순식을 한동안 멀거니 쳐다보다가 물었다.

"너 몇살이야?"

"열아홉살입니다."

순식은 큰 소리로 대답했다. 메아리가 되돌아왔다. ……살입니다, ……살입니다, ……살입니다.

"여긴 어쩌다 끌려왔어?"

"식당에서 싸웠습니다. "

"누구하고?"

"식당 주인 아들하고 싸웠습니다."

"니 부모는 너 끌려가는 걸 구경만 하고 있더냐?"

"……부모 없습니다."

"부모가 없어? 왜?"

순식이 머뭇거렸다. 그러자 김중사가 한발 앞으로 다가서며 다시 추궁했다.

"왜?"

깜짝 놀란 순식은 이제까지보다 더 큰 음성으로 빽 고함을 질렀다. 고함을 지르느라 그의 가는 몸이 활처럼 뒤로 휘어졌다.

"고압니다!"

"고아라고?"

김중사는 갑자기 말을 잃고 멀거니 순식을 쳐다보았다. 수용자들은 그의 얼굴이 기이하게 일그러지는 것을 지켜보며 마음을 졸였다. 그가 당장이라도 올챙이 포복, 하고 외칠 것만 같아 불안했다. 그러나 다행히 김중사는 이렇게 말할 뿐이었다.

"열아홉살짜리가 그런 노래밖에 못 불러?"

"다른 노랜 배운 적이 없습니다!"

순식은 국민학교 다닐 때에 음악 시간에 배운 것을 제외하고는 노래를 배워본 적이 없었고, 노래를 불러본 적도 없었다. 그는 국민학교 졸업을 석달 앞두고 고아원을 탈출, 그 이후 이곳저곳을 떠돌며 혼자 살아왔던 것이다. 그러니까 국민학교 시절에 배운 노래야말로 그가 가장 자신있게 부를 수 있는 노래였다.

"그래도 다른 노래 다시 불러봐."

순식은 국민학교 시절의 음악 시간에 배운 노래를 떠올리기 위해 열심히 기억을 더듬었다. 그리하여 다행히 또 하나의 노래를 기억해냈다.

"금강산 찾아가자 일만이천봉 볼수록 아름답고 신기하구나 철 따라 고운 옷 갈아입는 산……"

이번에 역시 마찬가지였다. 그것은 도저히 노래라고 할 수가 없는, 기괴한, 초현실적인, 불협화음의 연속이었다. 그러나 순식은 열심히, 최선을 다해 노래하고 있었다. 그리고 그가 최선을 다할수록 음정과 박자는 더욱 엉망이 되어갔다. 다행인지 불행인지는 모르지만, 그는 노래를 마칠 수가 없었다. 김중사의 곤봉이 그의 등짝을 후려쳤던 것이다.

"앉아, 이 새끼야. 누가 그런 노래 부르라고 했어? 다음 사람."

교육장에서 오락을 벌이는 일은 그렇게 하여 시작되었다. 그 날 수용자들은 이제부터는 생활이 조금이나마 편해질지도 모른다는 기대를 품었다. 지금까지는 김중사가 군기를 잡기 위해 그들을 그악스럽게 다루었으나, 저도 사람인데 언제까지나 그럴 수 있겠는가, 앞으로는 폭행도 덜해질 것이요, 징역살이도 조금은 편해질 것이다, 라는 것이 수용자들의 기대였다. 그러나 오락이 벌어졌던 바로 그날 밤에 김중사는 점호가 끝나자마자 그들을 발가벗겨서 A 연병장에 집합시켜놓고 올챙이 포복을 시킴으로써 그들의 기대는 다만 어리석은 환상에 불과하다는 것을 입증했다. 다만 한가지, 김중사가 늘 늘어놓던 판에 박은 욕설과 훈계에 한두 가지가 덧붙었는데, 그것은 노래도 제대로 못하는 놈들, 제대로 놀 줄도 모르는 놈들이라는 욕설과 교육받을 때는 화끈하게 교육받고, 놀 때는 화끈하게 놀고, 벌을 받을 때는 화끈하게 받아야 한다는 훈계였다. 그뿐, 그들의 수용소 생활은 전혀 달라지지 않았고, 김중사의 태도에도 전혀 변화가 없었다.

그러나 그들이 알았건 몰랐건 수용자들과 김중사 사이의 변화는 바로 그날 시작된 것이라고 해야 할 것이다. 그들은 김중사가 노래를 좋아한다는 것을 알게 되었다. 그것은 사실은 김중사가 개고기를, 또는 영화를, 또는 권투를 좋아한다는 것을 알게 되었다는 것과 본질적으로는 아무런 차이가 없는 깨달음이었다. 말하자면 그들이 그날 그 오락 아닌 오락을 통해 알게 된 것은 김중사도 무엇인가를, 수용자들이 좋아하는 것과 별반 다를 바 없는 어떤 것을 좋아하기도 하고 싫어하기도 하는 사람이라는 점이었다. 그가 "어머니 오늘 하루를……"로 시작되는 노래를 좋아한다는 것, 그리고 어쩌면 거기에는 어떤 사연이 있을지도 모른다는 것이었다. 그가 그런 것을 좋아하기도 하는 사람이라는 점, 그리고 어떤 사연에 시달리기도 하는 사람이라는 점을 알게 되었다. 다시 말하자면, 김중사 역시 그에게 벌레처럼 짓밟히는 그들 모두와 마찬가지로, 어찌 보면 누추하고 어찌 보면 하잘것없는, 그러면서도 마음에 즐거움이 되기도 하고 짐이 되기도 하는 그런 사연의 그늘에서 한치도 벗어나지 못하는 사람이라는 점을 알게 되었던 것이다. 그때까지는 그들에게는 김중사는 사람이 아니라 오직 김중사, 그들을 언제 어떻게 폭행할지 모르는 내무반장 김중사에 불과했으며, 그가 김중사인 한 그가 사람이냐 아니냐 따위는 그들에게는 관심의 대상이 아니었던 것이다.

어쩌면 바로 그 한 시간 남짓의 오락회, 그리고 어느 누구도 입밖에 내어 말하지 못했지만, 그 어느 누구도 명시적으로 깨달은 것은 아니었지만, 그 오락회를 통해 얻은 어쩌면 작고 사소한 그 깨달음이야말로 나중에 발생한 저 끔찍스러운 사건의 시초였을 것이다. 그리고 그것은 그 사건이 안겨준 엄청난 충격에 비하면 너무나 조용하고 너무나 보잘것없는 발단이었다.

아니다. 어쩌면 그것보다는 차라리 그들이 그런 벌레 같은 형편에서, 오직 짓밟히기 위해 존재하는 한마리 벌레와 다름없는 형편에서도, 그것이 아무리 하찮고 형편없고 유치한 노래였다 할지라도, 노래를 부를 수 있다는 것을 깨달은 것이야말로, 비록 강요에 의해서였다 할지라도, 실지로 노래를 부르기 시작했고, 삼청교육대에 입소한 이래 최초로 웃을 수 있었다는 것이야말로 그 끔찍스러운 사건이 시작된, 가장 중요한 발단이었는지도 모른다.

3

소모품검사는 사나흘에 한번꼴로 느닷없이 반복되었다. 그리하여 단 하나라도 오점이나 분실, 혹은 트집거리가 발견되면 김중사는 수용자들을 가차없이 발가벗긴 다음 연병장으로 내몰아 올챙이 포복을 시켰다. 가장 많은 수용자들이 걸려드는 것은 바늘 때문이었다. 옷이나 양말을 꿰매다가 바늘을 부러뜨린 사람도 있었고, 실패나 옷섶에 꽂아두었던 바늘을 분실한 사람도 있었다. 그것을 보충할 방법이란 애초에 없었다. 수용자들에게는 면회도 금지되어 있었고, 돈을 소지하는 것도 금지되어 있었을 뿐만 아니라, 물건을 구입할 기회도 없었다. 수용자들에게는 도대체 사적으로 물건을 소유하는 것이 금지되어 있었다. 그들이 지니고 온 사물(私物)들은 그들로서는 너무나 멀어 접근이 불가능한 창고에 처박혀 있었고, 지금 그들이 몸에 걸친 모든 옷과 신발, 그들이 사용하는 모든 물건들은 이곳에 와서 배급 받은 물건이었다. 그리고 그 물건들은 그들이 처음 입소할 때 단 한번 배급되었을 뿐, 두번 다시 배급된 적이 없었다. 그럼에도 불구하고 김중사는 분실 또는 망실된 물건을 보충해놓으라고 명령하고, 보충이 되지 않았다는 이유로 그들을 폭행하고 짓밟았다.

"이 쓰레기들아, 나라에서 준 물건을 벌써 잊어버려? 자기 물건을 소중히 여기지 않으니까 남의 물건도 소중히 여기지 않고, 그러니까 도둑질하고 강도질하는 버릇이 생기지, 이 벌레 같은 새끼들."

1소대만이 아니었다. 같은 일이 모든 소대에서, 모든 내무반에서 벌어지고 있었다. 어쩌면 그것은 단순히 수용자들을 폭행하고 짓밟기 위한 또 하나의 핑계에 불과했는지도 모른다. 그러나 단순히 그것뿐이었을까? 김중사를 비롯한 모든 내무반장들이 개인 배급품에 대한 관리를 그토록 강조하고 그토록 집요하게 추궁한 것은 어쩌면 또 다른 이유, 너무나 단순하면서도 너무나 잔인한 또 다른 이유가 있었던 것은 아닐까?

영우와 순식은 소대에서 가장 나이가 어렸다. 영우가 스무살, 순식이 열아홉살이었다. 두 사람은 침상에서도 바로 이웃하는 자리였고, 일인당 두 장씩 배급되는 넉 장의 모포를 같이 깔고 덮고 잤으며, 불침번도 같이 섰다. 나이가 한살 차이였는데도 불구하고 순식이 영우를 형이라고 부르고, 영우가 순식을 한참 어린 동생처럼 취급하며 돌본 것은 아마도 순식이 하는 짓이 매사에 너무나 어수룩하고 서툴렀기 때문이었을 것이다. 또한 순식을 그처럼 돌보는 것 자체가 영우에게 적지 않은 위안이 되었기 때문이었을 것이다.

어느날 교육을 마치고 돌아온 직후, 김중사는 돌연 내무반에 나타나 개인비품을 검사하겠다고 고함을 질렀다. 영우는 가슴이 철렁 내려앉았다. 순식이 바로 어제 바늘을 부러뜨린 것을 알고 있었기 때문이었다.

김중사는 침상 저편 끝에서부터 검사를 시작해오고 있었다. 한 가지라도 비품이 부족한 사람에게는 김중사는 벗어, 하고 고함쳤다. 벌써 예닐곱 사람이 벌거숭이로 시커먼 거웃 속에 벌레처럼 움츠러든 성기를 드러낸 채 부동자세로 서 있었다. 비품을 꺼내 침상 위에 늘어놓던 영우는 깜짝 놀랐다. 작업복 밑 판자 틈에 찔러두었던 바늘이 보이지 않았던 것이다. 누가 가져간 것일까. 그는 차곡차곡 접

힌 작업복을 몽땅 뒤집고 찾아보았으나, 바늘은 끝내 나타나지 않았
다. 마침내 김중사가 그의 앞으로 다가왔다.

"다 있어, 없어?"

"바늘이 없어졌습니다."

"벗어."

영우는 옷을 벗었다. 김중사는 순식 앞으로 다가갔다.

"다 있어, 없어?"

순식은 우렁차게 외쳤다.

"다 있습니다."

다 있다니? 영우는 깜짝 놀랐다. 어제, 바로 그의 옆에서 찢어진
작업복을 꿰매다가 바늘을 부러뜨리고 난감해하던 순식의 얼굴이 떠
올랐다. 영우는 순식 때문에 비품검사가 벌어지지 않기를 바라지 않
았던가. 영우는 믿어지지 않았다. 그러나 순식이 꺼내 놓은 치약과
비누와 타월 옆에는 휴지에 감긴 실뭉치가 놓여 있었고, 그 실뭉치
에는 분명히 흰 바늘이 꽂혀 있었다. 불현듯, 영우는 그 바늘이 바
로 자신의 바늘이라는 것을 깨달았다. 그렇다. 순식은 영우의 바늘
을 몰래 훔쳐가서 검사에 대비하고 있었던 것이다. 아아, 어떻게 그
런 일을, 다른 사람도 아닌 순식이 나에게 이런 일을 할 수 있단 말
인가……

"나머지는 비품 정리하고, 하자 있는 놈들은 막사 앞으로 집합."

우르르, 벌건 살덩이들이 뛰쳐나갔다. 영우는 순식의 얼굴을 들여
다보았다. 순식이 그와 눈을 마주치지 않기 위해 고개를 꼬았다. 그
리고 그 순간 김중사의 군화발이 영우의 턱을 내질렀다. 빨리 나가,
이 벌레 같은 놈들아! 영우는 허겁지겁 막사 앞으로 뛰쳐나갔다.
이미 벌건 살덩이들이 대오를 갖추고 늘어서 있었다. 김중사는 막사

에서 나와 서자 곤봉을 휘두르며 고함을 질러댔다. 대가리 박아!
원위치! 대가리 박아! 원위치! 대가리 박아! 원위치! 그들은
머리를 땅바닥에 들이받았다가 일어서고, 그랬다가는 다시 들이박는
짓을 반복했다. 앞으로 취침! 뒤로 취침! 호 밖에 수류탄! 호 안
에 수류탄! 앞으로 취침! 두 손을 등에 갖다 붙인다. 실시! 그
자세로 포복 앞으로! 그들은 송충이처럼, 지렁이처럼 얼음이 깔린
연병장 위를 배로 기기 시작했다. 사람이란 저 까마득한 옛날에는
손도 발도 없었는지도 모른다. 벌레들처럼, 지금의 그들처럼 배로
기어다녔는지도 모른다. 그러니 이처럼 빠르고, 이처럼 어렵지 않게
배로 길 수 있는 것이 아니겠는가. 김중사가 다시 고함을 질렀다.
포복간에 군가한다. 군가는 진짜 사나이. 요령은 우렁차게, 절도 있
게, 화끈하게, 악으로. 하나, 둘, 셋, 넷! 영우는 고함을 질러댔
다. 싸나이로! 태어나써! 할 일도 많다만…… 바람이 불어와 숨이
턱턱 막혔고, 추위 때문에 이빨이 딱딱 마주쳤다. 김중사의 곤봉이
어깨를, 엉덩이를, 종아리를 내리칠 때마다 온몸이 터져버리는 것만
같았다. 그러나 영우는 통증도, 추위도, 모욕감도 느낄 수 없었다.
오직 순식이 자신에게 그런 짓을 했다는 사실만이, 배신감만이 뼈에
사무쳤다.

　한 시간 남짓 연병장을 기고 돌아왔을 때에는 그 배신감은 증오가
되어 있었다. 그는 순식을 쏘아보았다. 순식은 멍하니 그를 쳐다보
고 있다가 머뭇머뭇 중얼거렸다.

　"찾았어. 다시 찾았어……"

　찾다니? 순식은 바늘을 분실했던 것이 아니라 부러뜨렸던 것이
다. 그것을 영우가 바로 옆에서 목격했던 것이다. 그리고 영우가 목
격했다는 것을 순식도 알고 있지 않은가. 그런데 찾다니? 그게 무

슨 소린가? 무슨 터무니없는 헛소리인가? 그러나 영우는 순식에게 아무 말도 하지 않았다. 생각 같아서는 그를 두들겨패고 싶었다. 그러나 그럴 수는 없었다. 싸움을 하면 이유를 막론하고, 당사자는 물론 소대원 전원이 저 막사 앞의 징계감방에 수용되는 것이 이곳의 규칙이었다.

"정말이야. 다시 찾은 거야……"

영우는 말없이 옷을 걸쳤다. 몸 여기저기가 찢어져 아프고 쓰라렸으나, 그보다 더 견디기 힘든 것은 몸에서 부글부글 끓어오르는 배신감과 증오심, 꽃인 줄 알고 손을 뻗었다가 뱀에 물린 것 같은 어처구니없는 당혹감, 그리고 그것을 처리할 방법이 없다는 사실이었다. 영우는 냉랭히 그를 쏘아보다가, 닥쳐, 하고 한마디 내뱉고 주저앉았다. 그의 옆에 앉아야 한다는 것도 고통스러웠다. 그가 지금 절대로 앉고 싶지 않은 자리가 있다면 바로 그 자리였다. 그러나 물론 수용자들에게 자리를 마음대로 옮길 자유가 있을 리 없었다.

영우는 그때부터 순식이 오락 시간에 부르는 동요마저도 혐오스럽고 소름이 끼쳤다. 그것 역시 언제 독아(毒牙)를 내밀지 모르는, 꽃으로 위장한 뱀의 달콤한 유혹 같은 것으로 여겨졌다. 그는 순식의 독에 다치지 않기 위해 조심해야 한다고 생각했다. 그가 꽃이 아니라 뱀이라는 것을 잊지 말아야 한다고 생각했다.

그에게 한가지 좋은 생각이, 어쩌면 잔인한 생각이 떠오른 것은 그 이튿날 잠자기 위해 누웠을 때였다. 순식은 그의 바늘을 훔쳐냈다. 그렇다면 영우 역시 순식의 바늘을, 아니 원래는 자신의 소유였던 그 바늘을 훔쳐낼 수 있지 않겠는가. 그리하여 자신이 오늘 받은 것과 똑같은 처벌을 순식이 받게 만들 수 있지 않겠는가. 그렇다. 그것은 당연한 일이었다. 그처럼 비열한 짓을 한 자는 응당 그에 대한 대가를 받아야 하는 법이었다.

그는 순식의 바늘, 아니 원래는 자신의 소유였던 그 바늘을 훔쳐내기로 결심했다. 그리고 그 결심을 한 뒤에야 비로소 부글부글 끓어오르던 배신감과 증오심이 적어도 조금은 가라앉는 것 같았다.

그러나 그때 영우가 미처 생각지 못했던 것이 있었다. 어쩌면 순식이 그날 소모품검사 때에 내민 바늘은 전혀 그의 바늘이 아닐 수도 있다는 점, 순식이 다른 곳에서 바늘을 훔쳐냈을 수도 있다는 점이었다. 또 있었다. 그는 앙갚음을 한다는 명분으로, 순식을 처벌한다는 명목으로, 그들을 벌레처럼 짓밟고 있는 김중사의 참혹한 폭행 앞에 의도적으로 순식을 고깃덩이처럼 내던지려 하고 있었다. 그것만이 아니었다. 그가 잊고 있는 것은 자신이 김중사에게 그런 참혹한 폭행을 당한 것은 그가 바늘을 분실했기 때문도 아니고, 순식이 그의 바늘을 훔쳐갔기 때문도 아니라는 점, 오히려 그가 삼청교육대에 끌려와 있기 때문이라는 점이었다. 바늘을 분실하지 않아도 김중사는 얼마든지 그들을 난타할 수 있었다. 그들을 난타하기 위해서 김중사에게 어떤 특별한 이유가 필요한 것은 전혀 아니었다. 그는 언제라도 마음만 내키면 그들을 구덩이에 쑤셔넣을 수도 있었고, 그들의 머리를 뽑아 엉덩이에 박을 수도 있었다. 그가 증오해야 할 것은 김중사와 그의 폭행, 그의 그런 폭행을 떠받치고 있는, 그런 폭행을 더 큰 규모로 조직하고 교사하고 지시하는 이 세상의 생김생김이라는 점을 그는 미처 생각지 못했다. 그런 것은 도외시한 채, 그에 대해서는 증오심이나 혐오감, 복수심이나 정의감은커녕 공포심 외에는 그 어떤 감정도 감히 품지 못한 채로 오직 순식이 무력하다는 이유로, 순식이 비열하다는 이유로 그를 증오하고 있고, 그에 대한 배신감과 복수심에 사로잡혀 있다는 것을 영우는 전혀 깨닫지 못하고 있었다.

무엇보다도 영우가 잊고 있는, 어쩌면 일부러 그 사실을 깨우치지 않으려 애쓰는 가장 중대한 맹점은 그 자신의 순식에 대한 그 증오심과 배신감과 복수심, 그리고 그를 김중사의 잔인한 폭행 앞에 고깃덩이로 내던져주려는 그 음모야말로 순식이 만일 그의 바늘을 훔쳤다 할지라도, 그런 짓과는 비교할 수도 없을 만큼 훨씬 더 비열한 행위인지도 모른다는 점이었다. 나아가서는 어쩌면 저들이 삼청교육대를 통하여 성취해내고자 한 가장 큰 목적은 바로 그런 것, 즉 그들의 몸뚱이를 벌레로 만드는 것보다도 바로 그들의 정신을 벌레로 만드는 것인지도 모른다는 점이었다.

4

순식이 내무반장 김중사의 밀대, 첩자라는 소문이 퍼진 것은 그 무렵이었다. 소문에 따르면, 각 소대마다 한 사람씩 그런 사람이 있다고 했다. 밀대와 내무반장 사이에는 은밀한 의사소통의 수단이 있으며, 그 가운데 하나가 바로 반성문이라고 했다. 반성문이란 그들이 매일매일 써야 하는 일기였다. 무엇을 반성해야 하는 것인지도 모르는 채로 그들은 매일 반성문을 써서 저녁 점호 때에 제출해야 했다. 영우는 그런 소문을 믿지 않았다. 순식이 그런 짓까지 하리라고는 도저히 생각할 수 없었고, 그런 생각도 하고 싶지 않았다. 비록 그가 영우의 바늘을 훔쳐내어 그 때문에 끔찍스러운 처벌을 받기는 했지만, 그것은 순식이 오직 김중사의 폭행과 올챙이 포복에 대한 공포에 질려 저지른 짓에 불과하다고 생각하고 싶었다.

그러나 영우 역시 머지않아 순식에 대해 크나큰 의혹에 사로잡혀야 했다. 그것은 그가 순식에게서 바늘을 훔친 뒤의 일이었다. 그는 순식이 바늘이 사라진 것을 발견하면 당연히 안달복달을 하리라고 생각했다. 그러나 순식은 바늘이 없어졌다는 것을 알고 나서도 지극히 태연했다.

"어? 내 바늘이……"

하고 흘끗 영우를 쳐다보고 나서는 그만이었다. 놀라지도 않았고 두려워하지도 않았다. 기이한 일이었다.

놀라운 일은 몇시간 뒤에 또 벌어졌다. 내무반장 김중사가 비품검사를 실시했을 때에 순식이 늘어놓는 비품 가운데에는 보란 듯이 바늘이 놓여 있었던 것이다. 영우는 믿을 수가 없었다. 가슴이 곤두박질을 쳤다. 어떻게 이런 일이 있을 수 있는 것일까? 영우는 이제는 순식이 무서워졌다. 저 순진한 얼굴, 저 해말간, 의지박약처럼 보이는 미소 뒤에 무엇이 감춰져 있는 것인지 도무지 종잡을 수가 없어졌다. 어쩌면 소대에서 분실한 모든 바늘을 바로 순식이 훔친 것인지도 모른다는 생각까지 들었다. 바늘을 분실하는 경우, 혹은 바늘을 부러뜨렸을 때에 대비하여 그 모든 바늘을 어디엔가 은밀히 감춰두고 있는 것인지도 모른다는 생각이 들었다. 그리고 만일 그렇다면 영우가 분실한 바늘은 순식이 훔쳐낸 것이 아니었을지도 모른다. 다른 사람의 바늘을 훔친 것인지도 모른다. 그렇다면 영우가 순식에 대해 품은 배신감이나 복수심은 근거 없는 것이었는지도 모른다. 아니, 정말 순식은 내무반장의 밀대인지도 모른다……

영우는 반성문을 쓰는 시간이면 은밀히 순식의 공책을 훔쳐보았다.

“이제 나라의 은혜를 받아 무사히 사회에 복귀하게 되면 나는 국법을 준수하고 어른을 공경하며, 나라를 사랑하고 질서를 존중하며 성실하게 살아가겠습니다……”

아무리 훔쳐봐도 별다른 내용은 눈에 띄지 않았다. 그러나 어쩌면 그들은 암호를 사용하는지도 모른다. 이를테면, ‘국법’은 소대 내의 누군가를 가리키는 암호명인지도 모르고, ‘어른’이란 수용자들 사이에서 발생하는 어떤 은밀한 사건을 지칭하는 것인지도 모른다……

영우는 그 일을 어느 누구에게도 얘기하지 못하고 혼자서만 마음에 담아두고 있었다. 그러나 그 사실은 오래지 않아 공개되고 말았다.

박동원이 무엇 때문인지는 모르지만, 순식의 관물대를 뒤적이다가 휴지에 싸여 있는 다섯 개의 바늘을 찾아낸 것이다. 바늘은 한 사람 앞에 하나씩, 오직 한번 배급된 적이 있을 뿐이었다. 따라서 바늘 다섯 개를 가지고 있다면, 나머지 네 개는 누군가에게서 훔쳐낸 것이라고 생각하는 수밖에 없었다. 박동원도 바늘 때문에 벌써 다섯 차례나 한밤중에 벌거숭이 몸으로 올챙이 포복을 하여 연병장을 긴 적이 있는 사람이었다. 그는 분개하여 순식을 다그쳤다. 순식은 아무 말도 하지 못했다. 바늘을 분실한 다른 사람들도 순식에게 따졌다. 순식은 아무 대답도 하지 못하고 고개를 숙인 채 묵묵히 앉아 있었다. 박동원이 순식의 얼굴을 후려쳤다.

“빨리 사실대로 말 못해, 이 자식아? 훔친 거지?”

“훔친 건 아니에요.”

“그럼 어디서 났어, 이 많은 바늘을?”

“훔친 건 아니에요.”

순식은 그 말만을 반복했다. 그러나 그의 죄스러운 표정만으로도 그가 거짓말을 하고 있다는 것은 명백한 것 같았다. 수용자들이 갑자기 순식 앞으로 덤벼들었다. 순식의 관물대 앞에서 난투극이 벌어졌다. 그리고 다섯 개의 바늘은 순식간에 사라져버렸다. 바늘을 차지하지 못한 사람들 몇이 순식을 한두 대씩 두들겨팼다. 순식의 코가 깨지고 입술이 터졌다. 영우는 그것을 말리지 않았다. 지켜보고만 있었다. 마음속의 무엇인가가 말려야 한다고 그에게 재촉했으나, 그는 말릴 수가 없었다. 순식이 한 짓이 매를 맞아도 당연한 짓이라는 생각이 들었기 때문이었다. 그런데도 불구하고, 그는 알 수 없이 지금 벌어지고 있는 짓이 순식이 한 짓보다도 더 부당한 짓이라는 생각을 뿌리칠 수가 없었다. 순식에게서 바늘을 빼앗아간 사람 중 한둘은 바늘을 분실한 것이 아니라 부러뜨렸을 것이라는 생각을 뿌리칠 수가 없었다. 그들이 지금 한 행위는 어쩌면 강탈에 불과하다는 생각을 뿌리칠 수가 없었다.

그날 밤에 김중사의 비품검사가 있었다. 그가 순식에게

"다 있어, 없어?"

하고 물었을 때에 순식은

"바늘을 분실했습니다!"

하고 대답했다. 그 순간, 김중사는 깜짝 놀라 순식을 쳐다보았다. 그의 얼굴이 무섭게 일그러졌다.

"벗어!"

하는 그의 음성이 부들부들 떨리고 있었다. 그리하여 순식은 벌거숭이가 되어 막사 밖으로 뛰쳐나갔고, 한 시간 남짓 뒤에는 다른 몇몇 수용자들과 더불어 온몸이 얼고 터져 돌아왔다. 그날의 일과는 그것으로 끝나지 않았다. 새벽 네시 무렵, 그들이 한참 잠에 빠져 있을 때에 갑자기

"기상! 기상, 이 개새끼들아!"

하는 고함소리가 들렸다. 김중사가 술에 취하여 군화발로 그들의 머리를 걷어차며 고함을 질러대고 있었다.

"옷 다 벗고 막사 앞에 집합!"

그들은 벌거숭이로 막사 앞에 집합했다. 김중사는 몸을 가누지 못할 정도로 취해 있었다. 그는 앞으로 취침, 뒤로 취침을 반복하다가 마침내 올챙이 포복을 시켜 수용자들을 A 연병장까지 끌어냈다. 수용자들은 올챙이 포복으로 연병장을 기고 또 기었다. 그 다음에는 구보로 부대 뒤의 야산을 뛰어넘었다. 벌거숭이 몸으로 바람과 눈보라가 덤벼들었고, 몸에 묻은 땀과 눈이 얼었다가 녹았고, 그랬다가는 다시 얼기를 반복했다. 그들은 꽁꽁 얼어붙은 저수지의 얼음을 깨고 올챙이 포복으로 그 속으로 기어들어갔다. 그들의 몸뚱이 위에서 김중사의 곤봉이, 군화발이 춤을 추었다.

어느새 기상 시간이 지났다. 그리고 그 사이에 김중사는 술이 깨었다. 그는 시뻘겋게 충혈된 눈으로 수용자들을 표독스럽게 쏘아보았다. 그것은 도저히 사람의 눈으로는 보이지 않았다. 먹이를 사냥하는 짐승의 눈처럼 살벌한 눈빛이었다.

"작업 출장 시간이 임박하여 이것으로 중단한다. 쓰레기들에게는 쓰레기 취급이 있을 뿐이다. 그것이 나의 철칙이다. 앞으로 5분 안으로 식사 완료하고, 10분 안으로 작업 출장 집합하라. 작업장에 도착해서 계속하겠다."

식사는 진정 5분만에 끝났다. 수용자들은 진정 십분 안에 삽과 곡괭이 따위를 들고 막사 앞 사면에서 작업 출장을 위해 대열을 갖추고 부동자세로 대기하고 있었다.

5

　교육이 가끔 작업으로 대치되는 일이 있었다. 수용자들은 교육을 받는 것보다는 작업을 하는 편이 더 낫다고 생각했다. 소위 교육이라는 것은 봉체조나 모래주머니 지고 달리기나 피티체조와 폭행이 교차하는 벌과 고문에 불과했던 것이다. 작업은 대개의 경우 부대 주변의 군사도로에 두텁게 뒤덮인 눈을 치우고 수로를 정리하는 일이었다. 그러니까 봉체조와 폭행에 시달리는 것보다는 삽질이나 하는 편이 덜 고생스러웠고, 시간도 더 빨리 갔다. 그러나 그날만은 적어도 1소대에는 교육이 작업으로 대치된 것을 다행으로 여기는 수용자가 없었다.

　그들은 김중사의 명령에 따라 부대를 떠나는 순간부터 작업장에 도착하기까지 잠시도 쉬지 않고 구보를 하며 군가를 불러젖혔다. 군가소리가 조금만 작아지거나 산만해지면 김중사는 그들에게 올챙이 포복을 시켰다.

　작업장에 도착하자마자 김중사는 수용자들에게 옷을 모조리 벗으라고 명령했다. 다시 올챙이 포복이 시작되었다. 김중사는 계곡 사면으로 수용자들을 내몰았다. 고꾸라지고 미끄러지고 나둥그라지고 떼굴떼굴 구르며 수용자들이 계곡 밑바닥에 도착하면 김중사는 다시 올챙이 포복으로 계곡을 올라가라고 명령했다.

　두 시간 남짓이 지난 후에야 김중사는 수용자들에게 옷을 입으라고 명령했다. 수용자들이 옷을 다 입고 대오를 갖춰 늘어서자 김중사는 기나긴 이야기를 시작했다.

"나는 고아다. 부모형제도 모른다. 내가 화끈하게 말하겠다. 강순식이 고아였기 때문에 나는 바늘을 열두 개 가져다주었다. 그것은 내 잘못이었다. 나는 내무반장으로서 모든 소대원들을 공평하게 대우해야 한다는 규율을 범했다. 그러나 내가 강순식이에게 해준 일은 오직 그것뿐이었다. 아직 어린 놈이 이런 데 끌려와 고생하는 게 안쓰러워서 밤에 비품검사에 끌려나오는 일 없이 잠이라도 편히 자라고 그 바늘을 준 거다, 이 새끼들아. 그 외에는 내가 강순식에게 전혀 특별대우를 하지 않았다는 것은, 오히려 강순식을 더욱 가혹하게 대했다는 것은 어젯밤에 연병장에서 같이 구른 놈들이 더 잘 알 것이다. 그런데 너희들이 한 짓은 뭐냐? 뭐라고? 강순식이 너희들의 바늘을 훔쳐갔다고? 이 개새끼들아, 너희들이 뭐가 그렇게 잘나서 고아라면 무작정 도둑놈 취급, 거지 취급이냐? 너희들이 나보다, 강순식이보다 잘난 게 뭐가 있냐? 너희들이 뭐가 그렇게 대단하냐, 이 새끼들아? 결혼해서 애새끼들 낳고 살다가 이혼해서 애새끼들 고아로 만들어놓는 놈들, 너희들이 뭐가 그렇게 대단하냐? 애새끼 낳고 살다가 이런 데나 끌려들어와 애새끼들 고아꼴로 내팽개쳐두는 너희들이 뭐가 그렇게 잘났냐, 이 새끼들아? 부모형제 다 있는 집에서 태어나 자란 새끼들이 기껏 이런 데 끌려와서 나같이 새파란 놈한테 욕질이나 당하고 얻어터지기나 하는 주제꼴에 뭐가 그리 잘나서 고아라면 주는 것 하나 없이 도둑놈 취급이고 거지 취급이냐, 이 개새끼들아."

김중사의 눈에 몇차례나 눈물이 고였다가 흘러내렸다. 그것은 기이한 순간이었다. 이제껏 가혹한 폭력을 휘두른 가해자였던 김중사가 돌연 피해자로, 그 잔인한 폭력 앞에 벌레처럼 짓밟히던 피해자들이 돌연 가해자로 돌변했다. 나아가서는 김중사는 피도 눈물도 없는 수용자들에 맞서 한 사람의 고아를 보호하기 위해 안간힘을 다하는 선량하고 인정 많은 박애주의자와 같은 태도로 그들 앞에 버티고 서 있었다. 수용자들을 짓밟은 그가, 지금도 수용자들을 짓밟고 있는 그가, 나아가서는 수용자들의 생사여탈권을 쥐고 있는 것과 다름없는 그가 바로 그 수용자들의 비인간적인 행위로 인한 피해자가 되어 있었다. 이 1소대라는 공간만을 한정하여 들여다보면 절대적인 권력을 휘두르고 있는 그가, 더이상의 권력이란 있을 수 없을 만큼 막강한 힘을 소유한 그가 지금 실상 한마리의 벌레보다도 못한 참혹한 처지의 수용자들을 새벽 4시부터 이제까지, 아니 수용소에 입소한 그날부터 이제까지 바로 그 자신의 잔인하고 가학적인 폭행 앞에 노출되어 죽음의 고비를 넘기며 공포에 시달려온 그들을 잔인하고 무자비한 가해자로 몰아세우고 있었다.

그리고 그 앞에서 수용자들은 용서받을 길 없는 범죄라도 저지른 사람들처럼 깊숙이 고개를 숙이고 참회의 표정을 짓고 있었다. 아니, 진정 그들 수용자들은, 적어도 그 일부는 자신들이 가해자라고 생각하면서 깊은 참회에 젖어 있었다. 그들은 순식에게서 바늘을 빼앗은 것을 후회했고, 바늘을 빼앗는 사람들을 말리지 않은 것을 후회했다. 어쩌면 수용자들이 그것을 후회하는 것은 당연한 일이었다. 바늘을 빼앗지만 않았다면 지난 새벽부터 이제까지 이 처참한 폭행을 당하지는 않았을 것 아닌가. 그러나 참회라니? 아니, 그들은 참회도 할 수 있었다. 매일매일 밤이면 밤마다 반성문을 써서 제출하듯이 그들은 필요하다면 얼마든지 참회도 할 수 있었다. 고통을 덜받을 수만 있다면 그들은 얼마든지 참회를 해도 좋았다.

김중사는 손수건을 꺼내 눈물을 닦았다. 그는 손수건을 주머니에 쑤셔넣자 곧 허리에 차고 있던 권총을 뽑아들었다.

"너희 같은 새끼들, 내가 죽여버려도 아무 일 없어, 이 새끼들아. 지난번 삼청교육대 새끼들 몇명이 죽었는지 아냐? 다섯 명이 죽었어, 이 새끼들아. 부대장이 전두환 장군한테서 몇놈 죽여도 무방하다고 벌써 밀명을 받아놓고 시작한 것이 삼청교육대다, 이 새끼들아."

김중사는 철컥, 하고 권총의 안전장치를 풀어내자 총구로 수용자들을 겨누었다. 으윽, 수용자들 사이에서 공포에 질린 신음소리가 새어나왔다.

"죽는 건 무섭냐? 벌레 같은 것들, 쓰레기 같은 놈들. 좋다. 마지막 기회를 주겠다. 오늘 작업 끝내고 귀대하는 즉시 강순식이에게서 바늘 빼앗아간 놈들, 훔쳐간 놈들은 즉시 돌려줄 것. 열두 개 모두 반납되어 있기를 바란다. 만일 일석 점호 때까지 바늘이 반납되지 않는 경우에는 그 즉시 너희들을 끌어내 사살해버리겠다. 너희들 말대로 어차피 난 고아새끼다. 부모형제도 없어. 일가친척이라는 게 없어. 너희들 죽여버리고 나도 죽어버리면 그것으로 끝이다."

김중사는 자신의 길고 뼈아픈 연설의 효과를 음미하는 듯 묵묵히 서서 수용자들을 쏘아보았다. 수용자들은 꼼짝도 않고 서 있었다. 고개를 들고 있는 수용자는 하나도 없었다. 그들은 모두 국립묘지에서 '애국선열에 대한 묵념'이라도 하듯 고개를 떨구고 서 있었고, 그들의 머리와 어깨 위를 정적과 공포와 불안이 짓눌렀다. 바람이 불어와 쌓인 눈을 흩날려 그들의 길게 늘어뜨린 목덜미에 떨어뜨렸다. 수용자들은 추위 때문인지 공포 때문인지 몸을 부들부들 떨고 서 있었다. 김중사는 그들을 싸늘하게 쏘아보며 내뱉았다.

"작업 개시."

　수용자들은 부지런히 삽질을 시작했다. 누군가가 속삭였다. 오늘 밤에 또 곡(哭)소리 나겠어. 제기랄. 순식이라는 놈이 내무반장 밀대였다는 게 확실해졌어. 안 그래? 영우는 꼭 그렇게 결론을 내릴 수는 없다고 생각했다. 내무반장은 자기 말대로 다만 순식이 고아라는 것 때문에 바늘을 여유있게 내주었던 것이고, 그 두 사람 사이의 관계는 진정 오직 그것뿐이었는지도 모른다. 만일 순식이 밀대였다 해도 그가 내무반장에게 무엇을 알릴 수 있었겠는가? 소대에서는 규칙에 위반되는 아무런 행위도 벌어진 적이 없었다. 수용자들에게는 도대체 규칙에 위반되는 행위를 꾸미거나 시도할 만한 여유마저 없었다. 그들은 오직 살아남기 위해, 죽지 않기 위해, 김중사의 무자비한 폭행의 표적이 되지 않기 위해 부들부들 떨며 지냈을 뿐이었다. 아니, 어쩌면 밀대가 김중사에게 밀고할 일이 전혀 없었던 것은 아니었다. 수용자들은 가끔 김중사의 잔인성을 욕하고, 재판도 없이 그들을 삼청교육대라는 최악의 감옥에 끌어넣은 자들을 욕한 적이 있었다. 만일 그런 것을 순식이 밀고했다면 그것은 어쩌면 치명적인 보복으로 되돌아올지도 모르는 일이었다…… 어쩌면 수용자들이 밀대를 두려워하는 것은 당연한 일이었다.

　그러나 영우는 우선은 순식이 김중사의 밀대냐 아니냐 하는 것보다는 바늘 때문에 걱정이 앞섰다. 바늘을 순식에게 돌려줘야 하는가 아닌가가 문제였다. 순식은 당초에 그의 바늘을 훔친 적이 없다고 생각해야 할 것 같았다. 바늘이 그처럼 많은데 그가 영우의 바늘을 훔쳤을 리가 없었다. 그렇다면 바늘을 훔친 것은 순식이 아니라 영우였다. 당연히 바늘을 돌려줘야 했다. 그러나 그 다음은 어떻게 할 것인가? 비품검사가 있을 때마다 벌거숭이로 올챙이 포복을 하여 A 연병장을 돌아야 하는 것인가? 영우는 결정을 내릴 수가 없었다.

어쩌면 바늘을 돌려주지 않아도 되리라는 생각도 들었다. 어젯밤 수용자들이 순식에게서 다섯 개의 바늘을 빼앗은 것은 소대 안의 모든 사람들이 목격했다. 그들은 당연히 순식에게 그 바늘을 돌려줘야 할 것이다. 그러나 영우가 순식의 바늘을 몰래 훔친 것을 목격한 사람은 없었다. 어쩌면 돌려주지 않아도 될지도 모른다……

그러나 어쩌면 그런 것은 문제도 되지 않을지 모른다. 김중사는 열두 개의 바늘이 모두 순식에게 반납되어 있기를 바란다고 말했던 것이다. 열두 개의 바늘, 그것을 지금 어디에서 구할 수 있단 말인가. 영우는 순식이 밀대라는 소문이 어디에서 퍼져가기 시작했는지를 짐작할 수 있을 것 같았다. 누군가가, 영우처럼 순식에게서 바늘을 훔쳤고, 영우처럼 바로 그날 밤의 비품검사에서 순식이 새로운 바늘을 버젓이 내놓고 있는 것을 목격한 것이요, 영우처럼 충격 속에서 의혹에 사로잡히기에 이르렀고, 그리하여 어쩌면 그에 대해 설명이 가능한 단 하나의 결론, 즉 순식이 밀대라는 추측을 한 것이었다. 그러니까 그에게서 바늘을 훔친 사람들만이 그가 밀대라는 혐의를 품을 수 있었다. 그리하여 그들은 그에게서 바늘을 훔친 행위는 선반에 얹어둔 채 순식이 밀대라며 그를 비난하고 혐오하는 데에만 열중했던 것이다. 그리고 이제 김중사가 순식에게 바늘을 열두 개 주었다는 사실을 알게 되자 수용자들은 기의 모두가 순식이 밀대일지도 모른다고 생각하기에 이른 것이었다.

김중사가 고아라는 사실에 대해 이야기하는 사람은 없었다. 또한 그가 어쩌면 얘기하지 않는 것이 더 좋았을 너무나 개인적인 얘기를 수용자들에게 털어놓았다는 것에 대해서도 이야기하는 사람은 없었다. 오히려 수용자들 사이에서는 순식이 밀대가 확실하다는, 밀대는 어떤 방법으로건 처벌해야 한다는 합의가 암암리에 이루어져 가고 있었다.

만일 정말 그들이 순식에게 어떤 처벌을 가했다면, 김중사의 성질로 보아, 그리고 수용자들의 허약한, 벌레 같은 처지로 보아 크나큰 사건으로 돌변하고 말았을 것이다. 어쩌면 정말 김중사가 수용자들을 사살하는 사건이 벌어졌을지도 모른다. 그러나 다행히 그런 일은 벌어지지 않았다.

6

그날 밤, 저녁 점호가 시작되기 직전에 수용자들은 뜻밖의 사람으로부터 방문을 받았다. 군종하사 권성진이었다. 내무반장 김중사는 그를 못마땅한 눈길로 쏘아보며

"여긴 안 와도 되는데……"

하고 말했으나, 권성진은 조금도 굽히지 않고 막사 안으로 들어왔다. 그는 통로 가운데에 서자 환한 얼굴로 웃으며 수용자들에게 인사를 건넸다.

"안녕하세요? 나는 군종하사 권성진입니다. 고생 많으시죠?"

수용자들은 어리둥절하여 권하사와 김중사의 얼굴을 번갈아가며 쳐다보았다. 그들에게 존대말을 쓰는 사람이 있다는 것은, 더구나 그 사람이 군인이라는 것은 그들에게는 전혀 예상밖이었다. 그들은 김중사의 눈치를 살폈다. 수용자들은 그의 표정과 반응에 따라 무난한 태도를 취할 만반의 준비를 갖추고 있었다. 김중사의 속내를 파악하기까지는 어떤 태도도 취할 수 없었다. 따라서 그들의 얼굴에는

아무런 표정이 없었다. 마치 가면이라도 뒤집어쓴 듯한 얼굴, 표정이 죽어버린 얼굴들이었다.

"기독교인 있으십니까?"

머뭇거리다가 몇몇 사람이 손을 들었다. 권하사는 이번에는 이렇게 물었다.

"교회 한번이라도 가 보신 분은요?"

이번에는 거의 모든 사람들이 손을 들었다.

"그럼 됐습니다. 기독교인이셔도 좋고 아니셔도 좋습니다. 저는 여러분들과 간단히 찬송을 드리기 위해 왔습니다. 그 자리에 조용히 앉아주십시오."

군종하사건 내무반장이건 병사는 병사였다. 수용자들은 옥내 교육을 받을 때처럼 재빨리 대열을 갖춰 침상 위에 앉았다.

"아닙니다. 굳이 대열을 갖출 필요는 없습니다. 편한 대로 아무렇게나 앉으시면 됩니다."

권하사는 한동안 그들을 물끄러미 쳐다보고 있다가 입을 열었다.

"형제 여러분, 먼저 다 같이 기도드리십시다."

김중사는 고개를 숙이지도 않았고, 눈을 감지도 않았다. 수용자들은 고개를 숙이고 눈을 감았다. 권하사가 그렇게 명령했기 때문이었고, 김중사가 그 명령에 이의를 제기하지 않았기 때문이었다. 권하사는 낭랑한 음성으로 기도를 인도했다.

"하늘에 계신 아버지 하나님, 여기 당신의 아들들이 한자리에 모여 간곡한 기원으로 고개 숙입니다. 우리는 하나님 아버지와 주 예수 그리스도의 약속을 잊지 않고 있습니다. 선인과 악인을 구별하여 선인은 들어올리시고 악인은 지옥에 던지시는 아버지 하나님, 껍질과 알곡을 분리하여 껍질은 불 속에 던지고 알곡은 소중히 거둬들이

시는 주님, '수고하고 무거운 짐 진 자들아, 다 내게로 오라. 내가 너희를 편히 쉬게 하리라'라고 약속하신 주님, 우리를 속죄케 하기 위해 독생자를 주신 아버지 하나님, 우리를 속죄케 하기 위해 가장 비천한 인간의 몸으로 태어나시고 가장 비천한 인간들 속에 거하시다가 가장 비천한 인간들과 더불어 세상 권세에게 처형당하여 대속의 피로 우리를 정결케 하시고 아버지 하나님 곁으로 돌아가신 주님, 간곡히 원하옵고 바라옵나니, 우리를 구원하소서, 우리를 구원하소서."

그 말을 듣는 순간 영우는 몸이 부르르 떨렸다. 가장 비천한 인간의 몸으로 태어나시고 가장 비천한 곳에서 인간들 속에 거하시다가 가장 비천한 인간들과 더불어 세상 권세에게 처형당하여…… 그 말이 종소리처럼 그의 귓전을 울렸다. 그 종소리에 그의 심장이 메아리처럼 반향했다. 가장 비천한 인간들이란 바로 그들 자신을 지칭하는 말인 것 같았다. 온몸에 소름이 훑어내렸다. 그것은 이제까지 그들이 익숙해진, 공포나 추위로 인한 떨림과는 다른 떨림이었다. 뱃속이 서늘해지는, 머릿속이 횅해지는 것 같은 느낌, 감당하기 어려운 적을 맞아 그 적에 대적하기 위한 결의를 다질 때에 느껴질 법한 전율이었다. 영우는 저 사람 저러다가 다치면 어쩌려는 것일까, 하고 생각했다.

"우리에게 이 시련을 견디고 악귀의 시험을 이겨낼 힘을 주소서."

그 말 앞에서는 이번에는 다시 공포가 느껴졌다. 악귀라니. 눈을 감은 채로 영우는 내무반장 김중사가 지금 어떤 표정일까, 두려웠다. 아니, 만일 그 말을 부대장이 듣는다면 그는 또 어떤 반응을 나타낼까, 두려웠다. 그러나 권하사의 기도는 거침없이 이어지고 있었다.

"우리로 하여 세상을 호령하는 거짓 권세에게 굴복하지 않게 하소서. 넘어지지 않게 하소서, 이겨내게 하소서, 아버지 하나님."

영우는 뱃속부터 떨려오기 시작했다. 거짓 권세라는 말이 그의 귓속에 이명처럼 길고 긴 메아리로 남아 있었다. 그 이명 속으로 권하사의 기도가 파고들었다.

"우리는 아이처럼 약하고 아이처럼 어리석습니다. 저 세상의 권세가 모진 폭풍우라면 우리는 일개 잡초에 불과합니다. 그러나 우리는 압니다. 저 폭풍우가 사탄의 폭풍우라면 저희들은 비록 잡초일지언정 아버지 하나님과 주 예수 그리스도의 잡초이나이다. 또한 우리는 주 예수 그리스도께서 '너희가 가장 비천한 자, 가장 보잘것없는 자에게 행한 바가 곧 나에게 행한 바와 같으니라'라고 하신 말씀을 잊지 않고 있나이다. 우리에게 사탄의 폭풍우를 이겨낼 힘을 주소서. 다시 한번 간곡히 원하옵고 바라옵나니, 넘어지지 않게 하소서, 이겨내게 하소서. 그리하여 아버지 하나님과 주 예수 그리스도의 이름을 다시 한번 거룩하게 하소서. 아멘."

영우는 자신도 모르는 사이에 떨리는 음성으로 아멘, 하고 큰 소리로 외치고 고개를 들어 권하사를 쳐다보았다. 권하사의 눈은 결의와 의지로, 용기를 잃지 않으려는 안간힘으로 경련하듯 번쩍거리고 있었다. 영우는 이번에는 김중사를 쳐다보았다. 난로 앞에 접는 의자를 놓고 앉아 있는 김중사는 오직 지루하고 못마땅한 얼굴일 뿐, 특별히 분개하거나 모욕을 당한 얼굴은 아니었다. 김중사에게는 권하사의 기도는 다만 기독교도의 장식적인 미사여구로만 여겨졌을지도 모른다. 아니, 진정 권하사의 기도는 단지 한 기독교도의 장식적인 미사여구에 불과했는지도 모른다. 그 장식적 미사여구가 영우에게 그런 식으로 해석된 것은 전혀 그의 임의에 따른 확대해석이었는지도 모른다……

그러나 권하사의 눈에는 바람 앞의 촛불처럼 펄럭이는, 용기를 잃지 않으려는 안간힘이 경련하고 있었고, 그 안간힘이 무엇을 의미하는지는 굳이 설명을 듣지 않아도 명백했다.

"이제 우리 다 같이 찬송 하나 부르십시다. 제가 한줄씩 선창을 할 테니까, 형제 여러분들은 따라 불러주시기 바랍니다."

수용자들은 권하사가 처음 들어섰을 때보다도 훨씬 더 열중하여 그를 쳐다보며 그의 얘기에 귀를 기울이고 있었다. 내무반 안이 갑자기 팽팽한 긴장감으로 위태롭게 부풀어올랐다. 몇몇 수용자들의 눈에 눈물이 고이기 시작했다. 그들은 안간힘으로 그 눈물을 참고 있었다. 그들도 알고 있었다. 눈물을 흘리면 안 된다는 것을, 더구나 그 눈물을 김중사에게 들켜서는 안된다는 것을.

권하사가 먼저 찬송가를 선창했다.

"그때 그 무리들이 예수님 못박았네."

"그때 그 무리들이 예수님 못박았네."

수용자들의 음성은 초기 기독교도들이 로마의 지하묘지에서 부르는 찬송 같았다. 그처럼 음산하고, 그처럼 떨렸으며, 그처럼 아슬아슬했다. 그 찬송을 통하여 권하사와 수용자들 사이에는 차마 입밖으로 내어 말할 수 없는, 그렇기 때문에 더욱 진정하고 더욱 간절한 얘기들이 오가고 있었다.

"녹슨 세 개의 그 못으로……"

"녹슨 세 개의 그 못으로……"

권하사의 음성은 점점 더 커지고, 점점 더 격렬해졌다. 그의 눈이 이글이글 타오르는 것 같았다.

"망치 소리 내 맘을 울리며 흔들었네."

"망치 소리 내 맘을 울리며 흔들었네."

권하사의 눈은 이제는 더이상 안간힘으로 경련하고 있지 않았다. 그의 눈에 반짝 눈물이 고이는 것을 영우는 보았다고 생각했다. 그러나 그는 다행히 끝내 눈물을 흘리지 않았다.

"그 피로 내 죄 씻었네."

"그 피로 내 죄 씻었네."

찬송가는 가사도 곡조도 박자도 아주 단순했으며 친근했다. 전형적인 A-B-A-B′ 구조의 곡이었다. 따라 부르기도 쉽고 배우기도 쉬웠다. 여럿이 같이 부르면 부르기도 더욱 좋고, 듣기도 더욱 좋은 노래, 듣기보다는 같이 부르는 것이 더욱 좋은 노래, 놀이 노래와도 흡사한 곡이었다.

권하사는 처음부터 다시 한번 부르자고 제안했다. 이제 내무반 안의 모든 수용자들이 그를 주목하고 있었다. 꼭 한번 선창하고 후창한 것만으로도 그 노래를 부르는 데에는 별로 어려움이 없었다. 김중사는 잊혀졌다. 적어도 그 순간, 김중사는 그들에게는 존재하지 않았다. 불안도 공포도 존재하지 않았다. 그들의 가슴에는 지금 설명될 수 없는 용기, 설명하기 힘든 의지, 그리고 크나큰 위안이 있었다.

"그때 그 무리들이 예수님 못 박았네
녹슨 세 개의 그 못으로
망치 소리 내 맘을 울리며 흔들었네
그 피로 내 죄 씻었네."

영우는 옆에 앉은 순식이 훌쩍이는 소리를 들었다. 그의 얼굴이 눈물로 젖어 있었다. 영우는 순식의 손을 잡았다. 순식이 그를 쳐다보았다. 영우는 작은 소리로 속삭였다. 미안해. 순식의 손이 그의 손을 마주잡았다. 순식이 울먹이며 속삭였다. 아니야, 형. 내가, 내가 미안해…… 난로 앞에 어깨를 웅크리고 앉아 있는 김중사는, 언제나 거인처럼 보이던, 날이 갈수록 점점 더 거인이 되어가던 김중사는 지금은 더없이 작고 초라하고 쓸쓸해 보였다.

그는 한마리 벌레 같았다.

7

예배가 끝나자마자, 그리고 저녁 점호가 채 시작되기 전에 영우는 순식에게 바늘을 내밀었다. 그것을 본 박동원을 비롯한 다른 수용자들 다섯이, 그러니까 전날 그에게서 바늘을 빼앗아갔던 사람들이 저마다 바늘을 꺼내 놓았다. 다른 수용자들은 그것을 물끄러미 지켜보고 있었다. 박동원은 돌아서서 그들을 향해 말했다.

"나머지 바늘 여섯 개도 어서 돌려줍시다. 순식이 바늘 가져간 사람들 모두 돌려줘요. 우리들 자신을 위해섭니다."

한 사람이 머뭇머뭇 순식 앞으로 다가섰다.

"미안하다, 순식아."

그는 면구스러운 얼굴로 바늘을 내려놓자 고개를 숙인 채 뒤로 물러났다. 그 뒤를 이어 세 사람이 바늘을 순식 앞에 갖다 놓았다. 이제 그의 앞에는 열 개의 바늘이 놓여 있었다. 순식은 고개를 숙인 채 말없이 앉아 있었다. 바늘은 두 개가 더 있어야 했다. 태양세탁소 주인 한광선이 말했다.

"하나는 내가 가져갔는데……"

그러나 한광선은 지난번 비품검사 때에도 바늘 때문에 걸려서 올챙이 포복을 한 사람이었다. 그는 입안엣소리로 덧붙였다.

"또…… 부러졌어……"

박동원이 투덜거렸다.

"세탁소 하던 사람 바느질 솜씨가 어찌 그 모양이야."

한광선은 고개를 재빨리 돌려 그를 쏘아보았다. 그 바늘을 훔쳐간 사람이 그것을 부러뜨렸건 분실했건 상관없었다. 그들 전원이 김중사에게 잔인한 폭행을 당하지 않기 위해서는 두 개의 바늘이 더 필요했다. 이제 바늘을 들고 다가오는 사람이 없었다. 수용자들은 낙심하여 고개를 떨어뜨렸다. 한 사람이 중얼거렸다.

"어차피 벌을 받을 건데, 저거나 하나씩 다들 나눠가지지, 뭐."

몇몇 수용자들의 눈에 번쩍 불이 들어왔다. 곧 그 바늘을 향해 덤벼들 수 있도록 그들은 한걸음 앞으로 다가섰다. 그들은 목에서 손이 나올 것 같은 얼굴로 순식의 무릎 앞에 놓인 바늘을 쏘아보고 있었다. 한 사람이라도 그 바늘을 향해 손을 뻗으면, 그 순간 곧 난장판이 벌어지고 말 순간이었다. 그 와중에 또다시 두어 개의 바늘은 분실되고 말 것이 뻔했다. 그러나 그들은 두어 개의 바늘이 분실되더라도 내가 하나의 바늘을 차지할 수 있다면 그것으로 그 모험은 시도할 만한 가치가 있는 것이라고 생각할 것이 분명했다.

그때였다.

"기다려봐."

밤무대 가수 체이스 리였다. 뒤쪽에 서 있던 그가 침상을 쿵쿵 건너왔다. 수용자들은 그의 손가락에서 반짝이는 바늘을 보았다. 그는 순식 앞에 바늘을 놓았다. 그리고 나머지 사람들을 둘러보며 중얼거렸다.

144

“포복 몇번 더 한다 해서 죽지야 않겠지.”

그것으로 난장판이 벌어질 위기가 한순간 넘어갔다. 영우는 자신에게 바늘이 또 있다면 내놓고 싶었다. 누구든지 그렇게 해주기를 바라는 심정이었다. 그러나 그 어느 누구에게도 그렇게 해달라고 권할 수는 없었다. 그것이 어떤 대가를 지불해야 하는 행위인지를 그는, 수용자들은 너무나 잘 알고 있었다.

수용자들은 기다리고 서 있었다. 마지막 하나의 바늘을 누군가가 내놓기를, 한차례, 아니 몇차례의 올챙이 포복을 무릅써줄 사람을.

그러나 끝내 그 한 사람은 나타나지 않았다. 다행히 다시 바늘을 나눠갖는 게 어떠냐는 소리도 더이상은 나오지 않았다. 그날 밤, 순식을 포함한 1소대 수용자 전원은 새벽 두시 무렵에 김중사의 고함소리에 잠에서 깨어나 벌거숭이 몸으로 막사 앞 사면에 집합했고, 그리하여 올챙이 포복으로 A연병장으로 기어갔으며, 연병장을 기고 또 기며 맞고 짓밟혔다.

처벌은 네시 무렵에 끝났다. 아니, 그것은 끝이 아니었다. 김중사는 그들을 내무반으로 들여보내기 전에 이렇게 말했던 것이다.

“내일 다시 검사하겠다. 강순식이 바늘이 모두 나타날 때까지 너희들의 취침 시간은 올챙이 포복 시간으로 대체될 것이다.”

내무반으로 뛰어든 수용자들은 후들후들 떨며 부지런히 옷을 입기 시작했다. 순식도 옷을 입고 있었다. 그가 팬티 위에 막 두꺼운 내복을 껴입는 순간, 오성태가 다가와 그의 앞에 우뚝 버티고 섰다. 순식은 고개를 떨어뜨렸다. 오성태는 순식의 손을 잡았다. 그 손에 힘이 가해졌다. 순식은 아파서 고개를 들어 그를 쳐다보았다. 오성태는 순식의 눈을 똑바로 들여다보며, 그의 손등에 바늘을 쿡 찔러 넣었고, 순식이 아야, 하고 소리치는 순간, 그는 이미 순식을 등지고 제자리로 돌아가고 있었다.

그렇게 하여 강순식의, 아니 차라리 김중사의 열두 개의 바늘은 모두 모아졌다.

8

그들이 열두 개의 바늘을 모두 모을 수 있었던 것은, 그리하여 그로 인해서는 더이상 혹독한 김중사의 폭행을 당하지 않을 수 있게 된 것은 어쩌면 권하사와의 예배 때문이었다. 예배 이튿날 모을 수 있었던 마지막 한개의 바늘은 모르지만, 적어도 예배 직후에 잠깐 사이에 열한 개의 바늘을 모을 수 있었던 것은 권하사와의 예배 덕분이었다고 해야 할 것이다.

그러나 그 한번의 예배로 수용자들이 돌연 양처럼 변했다고는 할 수 없었다. 그 한번의 예배로 수용자들이 기독교도로 개종했다거나 기독교를 받아들이기로 결심했다고도 할 수 없었다.

권하사와의 그 예배는 수용자들에게는 예배였다기보다는 위로였다. 만일 그날 밤 그들을 찾아온 사람이 기독교도가 아니라 불교도였다 해도, 기독교도도 불교도도 아닌 단순한 어떤 사람이었다 해도, 그리고 그들이 같이 부른 노래가 찬송가가 아니라 한마디의 유행가나 동요였다 해도, 그가 그들을 권하사처럼 대해주기만 했다면 수용자들에게는 똑같은 변화가 나타났을 것이다. 그들은 참으로 오랜만에 그들을 사람으로 바라보아주는 따뜻한 눈을 만났으며, 쓰레기나 벌레가 아니라 사람으로 말을 걸어주는 사람을 만났던 것이요,

그리하여 스스로가 사람이라는 것을 참으로 오랜만에 깨우쳤고, 그 깨우침이 그들에게 힘과 용기가 되어주었으며, 나아가서는 그 깨우침은, 가장 중요한 것이라면, 위안이 되어주었던 것이다. 그리고 그때 비로소 그들은 자신들이 이제까지 스스로도 의식하지 못하는 사이에 쓰레기로, 벌레로 변해왔다는 것을 깨달았다. 당연한 노릇이기는 하지만, 그러나 그 당연한 노릇이 곧잘 잊혀지기는 하지만, 벌레에게는 벌레가 벌레로 보이지 않는 법 아닌가.

게다가 그들은 이미 벌레들의 오락 시간에 노래를 불러본 적이 있었다. 비록 그 노래가 아무리 하찮은 것이었다 할지라도, 비록 그들이 강요와 위협 때문에 그 노래를 불렀다 하더라도, 그들은 자신들이 노래를 부를 수 있다는 것을 이미 알고 있었다.

그러니까 이튿날 작업장에서 내무반장 김중사가 수용자들에게 노래를 부르라고 명령했을 때에, 비록 전부는 아니라 할지라도, 몇몇 사람들이 부른 노래가 이제까지와는 판이하게 달라진 것은 어쩌면 너무나 당연한 일이었다. 그들이 이번에도 역시 비록 강요에 의해 노래를 부르기 시작한 것은 사실이었으나, 이제 그 노래는 더이상 단순히 강요 때문에 부르는 노래가 아니었다. 그들은 이미 노래가 그들에게 주는 위안의 맛을 보았던 것이다.

김중사가 먼저 지명한 사람은 체이스 리였다. 그는 벌떡 일어나 지그시 눈을 감았다. 그의 입에서 노래가, 흥얼흥얼 중얼거림 같은 노래가 흘러나왔다.

아하, 누가 푸른 하늘 보여주면 좋겠네
아하, 누가 은하수도 보여주면 좋겠네
구름 속에 가리운 듯 애당초 없는 듯

아하, 누가 그렇게 하여주면 좋겠네……

　노래는 거기에서 그치지 않았다. 수용자들이 박수를 치려 하자 체이스 리는 지그시 눈을 감은 채로 두 손을 허공으로 들어 박수를 막았다. 그리고 흥얼흥얼 중얼거리듯이 노래를 계속했다. 이제야말로 그의 노래는 흥에 겨워 허공으로 풍선처럼 두둥실 떠오를 듯했다.

　　아하, 누가 나의 손을 잡아주면 좋겠네
　　아하, 내가 너의 손을 잡았으면 좋겠네
　　높이높이 두터운 벽 가로놓여 있으니
　　아하, 누가 그렇게 잡았으면 좋겠네……

　그의 음성은 놀라울 만큼 정겨웠고 따뜻했다. 바람도 높다란 가지 끝에 올라앉아 잠시 숨을 죽이고 그의 노래에 귀를 기울였다. 산골짜기에 정적이 뒤덮였고, 그 정적 위로 그의 노래는 흥겹게 날아올랐다.

　　아하, 내가 저 들판에 풀잎이면 좋겠네
　　아하, 내가 시냇가에 돌멩이면 좋겠네
　　하늘 아래 저 들판에 부는 바람 속에
　　아하, 내가 그렇게 되었으면 좋겠네……

　박수가, 강요에 의한 박수가 아니라 자발적인 박수가 터져나왔다. 김중사는 당혹감에 빠진 듯 그들을 쏘아보았다. 그러나 박수는 그치지 않았다. 노래가 끝날 때마다 요란한 박수를 치라고 명령한 사람은 바로 그 자신이었다. 박수가 끝나기도 전에 체이스 리의 뒤에 앉아 있던 사람이 일어섰다. 그렇게 명령한 사람도 바로 김중사 자신이었다. 그들은 김중사의 강요에 의한 오락을 바로 그들 자신의 자발적인 오락으로 변화시키고 있었다. 태양세탁소 주인 한광선이 부른 노래는 이런 것이었다.

두 바퀴로 가는 자동차 네 바퀴로 가는 자전거
물속으로 가는 비행기 하늘로 가는 돛단배
복잡하고 아리송한 세상 위로 오늘도 애드벌룬은 떠 있는데
태공에게 잡혀가는 참새만이 한숨을 내쉰다……

수용자들 사이에서는 제법 웃음소리까지 흘러나왔다. 김중사는 뭔가 분위기가 이제까지와는 사뭇 다르다는 것을 깨달은 듯 긴장한 눈빛으로 수용자들을 눈여겨 살펴보고 있었다. 그러나 한광선은 아랑곳하지 않고 노래를 계속했다.

남자처럼 머리 기른 여자 여자처럼 머리 긴 남자
시장에서 구두를 사는 사람 백화점에서 쌀을 사는 사람
복잡하고 아리송한 세상 위로 오늘도 애드벌룬은 떠 있는데
포수에게 잡혀가는 잉어만이 눈물을 삼킨다……

박수가 터졌고, 이제는 제법 크게 웃음소리가 흘러나왔다. 그 박수소리는 수용소에서 수용자들이 치는 박수소리답지가 않았다. 차라리 인사동 뒷골목의 어떤 조용한 한식집 또는 독립문 언저리에 자리잡은 소주집 같은 데에서 술이 거나해진 친구들끼리 둘러앉아 노래

를 부르다가 젓가락으로 탁자를 두들기며, 발장단을 맞추며, 와아와
아, 잘한다, 옳지, 하고 추임새를 넣어가며 치는 박수소리 같았다.
  그 뒤를 이어 일어나 노래를 부른 사람은 영우였다. 그는 처음부
터 산골짜기의 정적을 일깨우며 큰 소리로 울부짖었다.

  어디로 갈거나 어디로 갈거나
  내 님을 찾아서 어디로 갈거나……

  그는 내 님이라고 부르면서 집과 아버지와 어머니를 생각했다. 쫓
겨난 공장의 동료들을 생각했다. 여자친구 미숙을 생각했다. 비록
잠깐이었으나, 박정희 대통령이 죽은 뒤에 꿈처럼 이루어냈던, 그러
나 이제는 풍비박산이 나버린 도금공장의 노동조합을 생각했다. 그
러자 울먹임이 목구멍을 치받았다. 그러나 그는 울지 않았다. 더욱
크고 우렁찬 소리로 노래를 계속했다.

  저 산을 넘어도 내 쉴 곳은 아니요
  저 강을 건너도 머물 곳은 없어라
  어디에 있을까 어디에 있을까
  내 님은 어디에 어디에 있을까……

  그 다음 차례가 순식이었다. 그는 머뭇거리지도 않고 기다렸다는
듯 벌떡 일어섰다. 눈으로는 맞은편 산봉우리 너머 하늘을 쳐다보며
그는 노래하기 시작했다.

  저 멀리 하늘에 구름이 간다……

아주 느린 곡조였다. 역시 동요 같았다. 그러나 그것뿐, 그것이 무슨 노래인지는, 어떤 곡조와 어떤 박자와 어떤 정조(情調)의 노래인지는 전혀 알 수가 없었다. 제대로 알아들을 수 있는 것은 오직 노랫말뿐이었다. 순식이 그 노래를 부르는 데에 너무나 열심이라는 것은 누구나가 알 수 있었다. 그리고 그럴수록 곡조와 박자는 점점 더 엉망이 되어갔다. 그러나 순식은 그런 것에는 아랑곳없이 스스로 취하여 노래하고 있었다.

　　외양간 송아지 음매음매 울 적에
　　어머니 얼굴을 그리며 간다……

차츰 그들은 순식의 노래에 취해갔다. 음정도 박자도 더이상 필요치 않았다. 한 사람의 혼이 담긴 노래에 음정과 박자가 무엇이 그리도 중요한 것인가. 아니, 그들이 부르는 노래는 이미 음정이나 박자 따위에 제한을 받을 필요가 없었다. 그들의 노래는 이미 그들 자신이었다. 음정도 박자도 그들의 것이었다. 그들이 지금 눈으로 뒤덮인 산 속에서, 김중사의 폭행의 위협 아래 부르는 노래에는 그들 자신의 삶과 소망과 꿈이, 그들 자신의 이야기가 담겨 있었다. 아무리 서투른 노래일지언정 순식의 노래 역시 마찬가지였다. 그는 자신의 모든 것을 그 노래에 담아 그들에게 이야기하고 있었다. 서투르다, 서투르지 않다, 못 부른다, 잘 부른다 따위는 더이상 아무런 문제도 될 수 없었다.

　　고향을 부르면서 구름은 간다……

박수가 터져나왔다. 그러나 순식은 그 박수 속에서 계속해서 노래
했다.

저 멀리 하늘에 구름이 간다
외양간 송아지 음매음매 울 적에
어머니 얼굴을 그리며 간다
고향을 부르면서 구름은 간다
저 멀리 하늘에 구름이 간다
외양간 송아지 음매음매 울 적에
어머니 얼굴을 그리며 간다……

순식은 계속해서 같은 노래를 반복해 부르고 있었다. 그러나 아무
도 그것을 알지 못했다. 그들은 순식의 노래에 취하여, 김중사 따위
는 까맣게 잊고, 자신들의 온몸을 결박하고 있던, 저 철조망이나 김
중사의 폭행 따위보다도 훨씬 더 강하고 잔인하게 그들을 결박하고
있던 무엇인가로부터 이미 해방되어 있으면서도, 그것도 의식하지
못하는 채, 취한 듯 홀린 듯 순식의 노래에 귀를 기울이고 있었다.

9

그날 밤, 영우와 순식은 불침번 당번이었다. 새벽 2시부터 4시까
지였다. 그들에 앞서 불침번 근무를 한 두 사람의 수용자가 그들을

깨운 것은 새벽 2시 5분전이었다. 영우와 순식은 일어나 작업복을 입고, 작업화를 신고 근무에 들어갔다. 근무라고 해봐야 침상과 침상 사이의 통로를 오락가락하거나 침상에 쪼그리고 앉아 꾸벅꾸벅 조는 것이 전부였다. 막사 밖으로는 나갈 수가 없었다. 그들의 근무 영역은 막사 안이었다. 그 밖은 병사들의 영역이었고, 그 병사들이 하는 일은 바로 그들 수용자를 감시하는 일이었다.

순식이 이야기를 시작한 것은 2시 30분 무렵이었다. 그는 갑자기 영우에게 이렇게 중얼거렸다.

"우린 사람이 아니야, 형."

영우는 대답하지 않았다. 지난 며칠 사이에 벌어졌던 일들이 순식에게는 몹시 견디기 힘든 일이었으리라는 것은 충분히 짐작할 수 있었다. 영우는 순식이 하려는 말은 그 과정을 통해 그들이 얼마나 비참한 처지에 놓여 있는지를 발견했다는 의미일 것이라고 생각했다.

"이번에 확실히 그것을 깨달았어. 우린 사람이 아니야, 형."

"얼마 안 남았다. 일주일만 지나면 어차피 여긴 떠나는 거야. 석방이 되건 다른 노동수용소로 이감을 가건, 아무튼 여기하고는 끝이야. 그때까지만 참아."

하루하루가 10년의 지옥 같던 날들이 어느새 3주가 흐른 것이었다. 그들은 죽지도 않았고, 구덩이에 던져지지도 않았다. 영우는 이곳에 수용되었을 때보다도 자신이 몸도 정신도 훨씬 더 강하고 견고해졌다고 생각했다. 저들은 그의 몸도 정신도 깨뜨리지 못했다. 벌레로 만들지도 못했다.

"알아, 형? 그러니까 여긴 사실은 세상도 아니야. 이번에 분명히 깨달았어."

순식의 음성은 작았다. 큰 소리로 얘기할 수도 없었다. 동료 수용자들이 곤한 잠에 빠져 있었다. 코 고는 사람이 둘쯤 있을 뿐, 내무반 안은 깊은 잠에 빠진 사람들의 규칙적인 호흡소리로 가득했다.

“세상이 아니면 뭔데?”

“우린 사람이 아니라……”

순식은 열중한 눈빛으로 영우를 바라보았다. 갓을 내린 백열전등 불빛 아래 그의 얼굴은 열에 들뜬 사람처럼 붉게 달아올랐다.

“곰 아니면 호랑이야.”

이게 무슨 소릴까? 영우는 불현듯 순식이 정신이 이상해진 것은 아닐까, 걱정이 되었다.

“곰? 호랑이?”

“이곳은 세상이 아니라 동굴이고.”

점점 알 수가 없는 소리였다.

“우린 아직 사람이 아니야. 여긴 아직 세상이 아니야……”

순식의 눈에서 소리도 없이 눈물이 흘러내리기 시작했다. 영우는 그의 어깨를 감싸안았다. 그는 영우의 팔을 가만히 밀어냈다.

“괜찮아. 우린 아무 일 없을 거야. 넌 일주일만 지나면 석방이야.”

순식은 고개를 저었다.

“석방? 어디로?”

눈물을 흘리면서도 순식의 음성은 고요했다. 흐느낌도 울먹임도 없었다. 그의 눈물은 눈물이 아니라 마치 매끄러운 유리 표면에 아무런 의미 없이 흘러내리는 빗물 같았다.

“어딜 가건 우린 아직 사람이 아니고, 이 세상은 아직 세상이 아닌데.”

영우는 아직도 그가 무슨 얘기를 하는 것인지 알 수가 없었다. 그러나 그는 무슨 얘기를 하는 거냐고 물을 수가 없었다. 두려웠다. 그의 얘기를 오래 들으면 들을수록 그가 미쳤다는 것을 확인하게 될 것만 같았고, 그리고……

한동안 침묵이 흘렀다. 순식도 입을 열지 않았고, 영우도 아무 말도 하지 않았다. 밖에서는 바람이 전선줄을 울리는 소리가 매서웠다. 바람은 막사지붕을 날려버릴 듯 거칠게 휘몰아쳤고, 무엇인가가 쓰러지고 뒤집히고 동댕이쳐지는 소리가 요란했다. 그렇다. 어디로 가야 하는 것일까? 만일 노동수용소로 이감되지 않고 석방이 된다 하더라도, 어디로 가야 한단 말인가? 그것은 영우에게도 막막한 질문이었다. 어디로 가서…… 무엇을 해야 하는 것일까? 무엇을 할 수 있을까?

갑자기 순식이 다시 입을 열었다.

"형, 이런 얘기 들어봤어? 옛날 옛날 한옛날에…… 호랑이하고 곰이 있었어. 그런데 사람들을 사랑하게 되었어. 그 호랑이하고 곰은 사람들의 신랑이 되고 싶었고, 신부가 되고 싶었어. 그러려면 우선 사람이 되어야 했어. 그래서 사람들에게 가서 물어봤어. 어떻게 하면 사람이 될 수 있느냐고. 그랬더니 사람들이 대답해주었어. 쑥하고 마늘을 마련해서 굴속으로 들어가라, 거기 들어가서 그 쑥과 마늘만 먹으면서 석달 열흘만 참고 견뎌라, 그러면 사람이 될 수 있다, 하는 게 그 대답이었어."

그것은 단군설화였다. 순식은 그것이 단군설화라는 것을 아는지 모르는지, 그것을 기묘하게 변형시켜 이야기하고 있었다. 영우는 처음으로 순식이 아까 한 이야기가 어떤 의미였는지를 어렴풋이 이해할 수 있었다.

"호랑이하고 곰은 기대에 부풀어 쑥과 마늘을 마련해서 굴속으로

들어갔어. 그런데…… 아직도 사람이 되지 못한 거야. 그 석달 열흘
이 아직 안 지난 거야, 형. 그 호랑이와 곰은 그 굴속에서 새끼를
쳤고, 그 새끼들이 또 새끼를 쳤고, 그 새끼들이 또 새끼를 쳤고
…… 그래서 우리가 생겨난 거야. 여긴…… 아직도 그 굴속이야.”

영우는 먹먹한 기분으로 우두커니 앉아 있었다. 대꾸할 말이 생각
나지 않았다.

“이번에…… 깨달았어…… 우리가 짐승이 아니라면 이게 도대체
……”

순식은 제 몸을 둘러보았다. 영우는 숨이 차올랐다. 무슨 말이든
해야 한다는 의무감이 그를 사로잡았다.

“짐승 같은 생활이었어. 하지만 밖에 나가면 달라져. 기분도 생각
도 다 달라질 거야. 걱정 마.”

순식이 이해할 수 없다는 눈빛으로 그를 돌아보았다.

“밖? 어디가? 다 굴속인데……”

“적어도 김중사 같은 놈은 없겠지.”

하고 영우가 말했다. 순식은 답답하다는 듯, 못마땅하다는 듯 그를
쳐다보았다.

“있어. 형도 알면서.”

영우는 순식의 눈 속을 들여다보았다. 그의 눈빛은 너무나 침착하
고 고요했다. 이제까지 순식의 눈은 늘 불안과 공포에 젖어 있었다.
그러나 지금은 아니었다. 거의 평화스러워 보이는 눈빛이었다. 그는
침상에서 일어나 동쪽 출입구로 다가갔다. 그쪽으로 나가야 화장실
이었다. 그는 영우를 등진 채 잠시 문 앞에 서 있다가 그 문을 밀고
어둠속으로 나가 문을 닫았다. 병사들 몰래 재빨리 화장실까지 달려
갔다가 일을 처리하고 또다시 재빨리 달려서 돌아와야 하는 것이 그

들의 야간 용변처리법이었다. 공식적으로는 일단 취침에 들어가면 기상 시간까지는 그 어느 누구도 막사 밖으로 나갈 수 없었다. 그것이 수용소의 규칙이요, 김중사의 명령이었다. 그러나 사실상 그것은 지킬 수 없는 명령이었다. 자다 일어나 용변을 보는 사람이 어디 한두 사람이요, 그런 경우가 어디 한두 번인가. 그래서 내무반장들도, 철조망 밖에서 야간 감시 근무를 하는 병사들도 수용자들이 밤에 재빨리 화장실에 뛰어갔다가 막사로 뛰어돌아오는 것을 다 알면서도 모르는 체하고 있었다.

영우는 난로 앞에 마주앉아 꾸벅꾸벅 졸기 시작했다. 시간이 얼마나 흘렀을까.

드르륵 드르륵.

짐승의 울부짖음이 들려왔다. 몸서리가 나는, 소름이 끼치는 소리. 영우는 깜짝 놀라 깨어났다. 그리고 그제서야 순식이 보이지 않는다는 것을 깨달았다. 화들짝 놀라 영우는 의자에서 벌떡 일어섰다. 그는 그럴 리가 없다고 생각하면서도 순식의 잠자리를 살펴보았다. 물론 그 자리는 영우 자신의 잠자리와 더불어 텅 비어 있었다. 비로소 순식이 아까 화장실에 갔다는 것이 생각났다. 왜 돌아오지 않는 것일까. 대변을 보는 것일까. 설사라도 난 것일까. 아니, 내가 얼마 동안이나 존 것일까.

드르륵 드르륵.

영우는 자신의 가슴이 그 울부짖음에 뻥뻥 관통을 당하는 느낌이었다. 순식아, 순식아…… 불현듯 눈앞에 피투성이가 되어 쓰러진 순식의 모습이 떠올랐다.

다음 순간 그의 머리 바로 위에서, 아니 저 바깥에서, 아니 어딘지도 알 수 없는 곳에서, 저 어둠속에서 천지를 뒤집어엎을 듯 요란한 비상 사이렌 소리가 울려퍼졌다. 한밤의 정적을 일시에 찢어발기며, 그 소리는 화살처럼 영우의 고막과 가슴을 꿰뚫었다. 아니, 그 소리는 영우의 심장 한복판에서 터져나오고 있었다. 영우는 침상에 털썩 주저앉았다. 무슨 일이 벌어졌다, 무슨 일이 벌어졌다, 무슨 일이 벌어졌다…… 그 생각말고는 다른 생각은 할 수가 없었다. 숨이 가빠오고, 진땀이 흘러내려 일시에 온몸이 흠뻑 젖어버렸다. 흑흑, 이유도 모르는 채 눈물이 꾸역꾸역 밀려나왔다. 멀리에서 문이 여닫히는 소리, 다급한 고함소리, 발자국 소리들이, 까마득한 과거의 일인 듯, 그는 다만 여기 앉아 지난 일들을 회상하고 있을 뿐인 듯, 그래서 실제로는 그와는 아무런 인연도 없는 일인 듯 아득하게 들려왔다. 대오를 갖춰 구보하는 병사들의 규칙적인 발자국 소리들이 금속과 금속이 맞부딪는 소리와 함께 먼 곳에서 들려왔다. 머나먼 허공에서 고함소리, 욕을 하는 소리, 대답하는 소리, 명령을 내리는 소리들이 어지럽게 교차했고, 충성, 충성, 외치는 구호소리들이 비명처럼 터져나왔다.

갑자기 막사의 문이 벌컥 열렸다. 김중사였다. 그는 고개부터 들이밀며 버럭 고함부터 질렀다.

"이상 없나?"

영우는 아무 대답도 하지 못한 채 두 눈만 휘둥그레 뜨고 그를 쳐다보고 있었다. 김중사는 군복 상의의 단추도 미처 채우지 못한 채, 바지의 허리띠도 미처 매지 못한 채 고무신을 끌고 뛰어들었다.

"이상 없지?"

영우는 대답을 해야 한다고 생각했다. 그러나 말이 나오지 않았다.

"이 개새끼."

김중사의 주먹이 날아들었다. 피비린내가 입안 가득 밀려드는 것을 느끼며 영우는 그 자리에 나자빠졌다. 김중사가 침상으로 올라서자 어느새 허리띠를 풀어 함부로 휘두르며, 수용자들을 짓밟으며, 버럭버럭 고함을 질러대고 있었다.

"기상! 기상! 이 개새끼들아, 기상! 어서 못 일어나!"

10

그렇다. 어쩌면 그들은 아직 사람이 아니었다. 어쩌면 이곳은 아직 세상이 아니었다.

그들은 이튿날 하루 종일 그곳에 수용된 모든 수용자들과 더불어 봉체조와 모래주머니 지고 달리기와 피티체조와 공수낙하 훈련, 그리고 개머리판과 곤봉과 탄띠가 춤을 추는 무자비한 폭행과 올챙이 포복을 당했다. 예닐곱 사람이 입에 거품을 물고 쓰러졌고, 두 사람의 노인이 피를 토하며 나자빠졌으나, 병사들은 외눈 하나 깜빡이지 않고 가혹한 폭행을 계속했다. 아니, 그것은 폭행이 아니라 차라리 능욕이었다. 수용자들은 그들의 체계적이고 무자비한 폭행 앞에 인간도 짐승도 아닌, 벌레도 아닌, 이름붙일 수 없는 미물로, 통증과 비굴함만으로 이루어진 미물로 화했고, 그 체계적이고 무자비한 폭행을 휘두르며 병사들 역시 증오와 잔인성만으로 이루어진 미물로 화했다.

병사들 가운데에서도 가장 광적으로 탄띠를 휘두른 사람은 다름아닌 김중사였다. 그는 입에 거품을 물고 특히 1소대 수용자들을 난타했다. 이 개새끼들아, 그 어린놈을 죽여놓으니까 기분이 좋으냐. 이 인정사정 없는 새끼들아. 이 더러운 새끼들아. 이 쓰레기들아. 이 벌레들아. 그의 눈이 번득이는 것을 본 수용자들은 그의 탄띠보다는 차라리 그의 그 눈빛이 더 무서웠다. 그것은 사람의 눈빛이 아니었다. 미쳐버린 짐승의 눈빛이었다.

밤 아홉시에야 수용자들은 내무반에 돌아왔다. 그들은 순식의 탈옥 시도나 죽음보다도 오히려 이제부터 다시 김중사에게 당해야 할 폭행을 더욱 걱정하고 있었다. 그러나 김중사는 뜻밖에도 그들에게 더이상의 폭행을 가하지 않은 채, 더이상 아무런 위협도 가하지 않은 채 취침을 명령하고 나가버렸다. 그는 지친 얼굴이었다. 어쩌면 그가 지친 것은 당연했다. 증오로 발정한 미친 수컷처럼 온종일 수많은 수용자들을 능욕하고 다녔으니까. 온종일 사람에게 폭행을 휘두르는 데에는 어마어마한 힘이 소모될 것이 틀림없었다. 어쩌면 맞는 사람 못지 않는, 어쩌면 그보다 더 큰 힘이 소모될지도 모른다. 아니, 어쩌면 그는 진정 순식의 죽음을 슬퍼하고 있는지도 모른다.

수용자들은 담요를 펴고 누웠다. 그동안 말 한마디 내놓는 사람이 없었다. 불침번이 끙끙 신음하며 의자 위에 올라가 전등갓을 내렸다. 내무반 안이 전등갓 아래 어둑한 그림자로 뒤덮였다. 아무도 입을 여는 사람이 없었다. 이따금 여기저기에서 고통스러운 신음소리가 새어나올 뿐이었다. 어쩌면 그들은 너무나 지쳐 슬퍼할 여유도 없는 듯했다. 장례식 절차에 지쳐 순간순간 슬픔을 잊고 마는 유족(遺族)들처럼, 그들은 고문에 가까운 훈련과 폭행으로 녹초가 되어 순식의 죽음 따위는 그만 잊어버린 것 같았다.

으으, 누군가가 신음인지 울음인지 모를 소리를 냈다. 그뿐, 이내 무거운 정적이 그들을 짓눌렀다. 으으, 그 소리가 계속되었다. 그것이 울음소리라는 것이 차츰 분명해졌다. 그러나 여전히 입을 여는 사람은 없었다. 그들은 모두 입을 다문 채, 아니 할말을 잃은 채 먹 먹하게 그 울음소리에만 귀를 기울이고 있었다. 그때 구석 쪽에서 한 사람이 말했다.

"차라리 순식이란 놈이 부럽다."

그 말끝에 울먹임이 실려 있었다. 그때였다. 아주 작은, 지극히 조심스러운, 숨죽인 속삭임이 흘러나왔다.

"아하, 누가 푸른 하늘 보여주면 좋겠네……"

체이스 리였다.

"아하, 누가 은하수도 보여주면 좋겠네

구름 속에 가리운 듯 애당초 없는 듯

아하, 누가 그렇게 하였으면 좋겠네……"

한두 사람이, 역시 숨죽인 속삭임으로 그 노래를 따라 부르기 시작했다. 거기 다시 한두 사람의 속삭임이 더해지고, 거기 또 다른 사람들의 속삭임이 더해졌다. 그리하여 오래지 않아 내무반의 모든 사람들이 그 노래를 합창하고 있었고, 그것은 차츰 외침이 되어갔다.

"아하, 내가 저 들판에 풀잎이면 좋겠네

아하, 내가 시냇가에 돌멩이면 좋겠네

하늘 아래 저 들판에 부는 바람 속에

아하, 내가 그렇게 되었으면 좋겠네……"

그들은 아직 사람이 아니었다. 이곳은 아직 세상이 아니었다.

<1995, 실천문학 여름호>

深海에서

1

비좁은 골목, 그 골목 양쪽으로 여관, 여인숙 간판을 붙인 집들이 즐비하다. 작고 더러운 건물들, 이층, 또는 삼층짜리 콘크리트 건물들이다. 건물 사이사이, 골목 여기저기에 여자들이, 새빨간 미니스커트에, 배꼽티에, 팔과 어깨를 모조리, 엉덩이는 반 이상을 드러낸 차림의 여자들이 서 있다. 화장을 한 건지 빨레뜨를 얼굴에 문지른 건지 잠시 혼동을 일으킬 지경의 짙고 현란한 화장에 손톱 발톱에는 시뻘건, 시퍼런, 시커먼, 간혹은 허연 매니큐언지 페디큐언지를 칠하였다. 담배를 피우는 여자가 있는가 하면 껌을 씹는 여자, 얼굴 가득 풍선을 불어올렸다가 아슬아슬하게 터뜨리면서도 얼굴에는 껌 조각 하나 묻어나지 않도록 재주를 부리는 여자, 스낵 과자를 봉지째로 들고 우물우물 씹는 여자, 술에 취한 건지 약에 취한 건지 벌써 초점을 잃은 눈동자 위로 자꾸만 눈을 누르며 내리덮이는 눈꺼풀

을 들어올리기 위해 안간힘을 다하며 비틀거리는 여자…… 골목 저
편에서 남자들이 나타나면 그 여자들은 일제히 휘파람을 불거나, 서
방님 어서 와요, 여기로 들어와요, 자기 나 몰라? 하며 반색을 하
고, 성미 급한 여자는 아예 남자의 허리춤을 붙잡고 매달린다. 남자
들은 못이기는 체 여자들에게 붙들려 어두운 현관 안으로 끌려들어
간다.

  우신장이라는 간판이 붙은 집 현관문을 박차고 한 남자가 뛰어나
왔다. 그는 한손에는 반쯤 마신 맥주병을 들고 있었는데, 골목으로
나서자마자 맞은편 벽을 향해 있는 힘을 다해 그 맥주병을 내던졌
다. 맥주병은 요란한 소리를 내며 박살이 났고, 그와 함께 목청이
찢어지는 듯한 고함소리가 터져나왔다. 야 이년아, 너 이리 안 와?
그 남자는 한 여자를 손가락질하며 휘청휘청 다가갔다. 터질 듯 팽
팽한 청바지를 사타구니 바로 밑까지 잘라 던지고, 게다가 엉덩이께
에는 구멍까지 몇개 뚫어 아슬아슬한 반바지, 혹은 팬티 비슷한 것
을 만들어 걸친 여자였다. 그 여자는 피우던 담배를 다가오는 그 남
자를 향해 내던졌다. 담배는 그러나, 그 남자의 발치께에 떨어졌다.
이 새끼가 누구한테 이년 저년이야? 싸움이 시작된 것이다. 여자들
은 더러는 흥미로운 눈길로, 더러는 심드렁한 눈길로, 더러는 더럭
혐오감을 드러내며 그 싸움을 지켜보았다. 누가 어떤 눈으로 쳐다보
거나 말거나 두 남녀는 악에 받친 고함과 욕설을 내뱉으며 싸움을
계속했다. 너 들어온다고 하고 왜 안 들어와? 니가 들어오라고 했
지 내가 들어간다고 했어? 별 미친 새끼 다 보겠네. 그럼 너 돈은
왜 받았어? 누가 니 돈을 받아, 이 새끼야? 안 받았어? 안 받았
다, 이 새끼야. 저년이 몸 팔아 처먹고 사는 년인 줄 알았더니 사기
까지 쳐서 먹고사는 년이네. 내 돈 내놔, 이년아. 야 이 새끼야, 니

가 내가 몸 파는 거 봤어? 사기 치는 거 봤어? 심심한데 잘 걸렸
다, 이 새끼. 어어, 이거 안 놔! 이어, 아이쿠, 하는 남자의 신음
소리. 이년이 사람 치네. 바로 너 같은 새끼를 두고 맞아 싸다고 하
는 거야, 이 새끼야. 이런 상년!

　그것은 놀라울 것도 새삼스러울 것도 없는, 오늘 몫의 싸움이었
다. 아마 예수 그리스도가 이곳 주민들에게 가르친 기도문은 '일용
할 양식을 주시옵고……'가 아니라 '일용할 싸움을 주시옵고……'였
을 것이다. 그러기에 이곳에서는 단 하루도 싸움 없이 조용히 지나
가는 날이 없지 않은가.

　건물 벽에 높다랗게 붙어 있던 가로등이 그 싸움을 구경하고 있었
고, 건물과 건물 사이에 검은 하늘의 파편 한 조각이 나직하게 내려
앉아 골목 안에서 벌어지는 일을 넌덜머리를 내며 들여다보고 있었
다.

　그 싸움에 넌덜머리를 내고 있는 사람이 또 하나 있었다. 그 남자
가 뛰쳐나온 우신장 맞은편에 이마에 동신장이라는 간판을 붙인 더
러운 이층짜리 콘크리트 건물이 하나 서 있었다. 그 건물 이층, 좁
고 어두운 복도 끝에 달린 작은 방, 그 방안 한쪽 구석에 놓인 책상
앞에 앉아 영어 단어를 외우고 있던 선영이었다. 선영은 귀를 틀어
막았다. 아아, 이놈의 싸움. 아아, 이놈의 골목, 이놈의, 이놈의,
이놈의 더럽고 참혹한 동네…… 나이보다 유난스레 어려 보이는 여
자아이, 입술 선이 여리고 콧날도 아직 덜 발달한 소녀의 얼굴이었
다. 그러나 그 얼굴에 떠오른 혐오감에 찬 표정, 그 혐오감의 강도
는, 누가 본다면 가슴이 철렁 내려앉을 만큼 독하고 야멸쳤다. 방에
는 골목 쪽으로 눈곱만한 창문이 하나 뚫려 있었다. 창문에는 철망
이 덧대어져 있었고, 그 철망은 어린아이의 팔목 하나가 겨우 들락

거릴 수 있을 만큼 촘촘했다. 그래서 그것은 사람이 그 안에서 살아가기 위한 창문이라기보다는 사람을 그 안에 가둬두기 위해 마지못해 뚫어둔 구멍 같았다. 그러나 그 작은 창문으로 골목의 소리들은 잘도 기어들었다. 선영은 그 소리에 대항하듯이 영어 단어를 소리까지 내어 중얼거리기 시작했다. 해버태트 해버태트, 서식지 생육지 환경. 해버태트 해버태트…… 지난해 가을까지만 해도 선영의 책상 역시 온 세상의 거의 모든 방에 놓인 온 세상의 거의 모든 책상들과 마찬가지로 창문 밑에 놓여 있었으나, 이제는 그렇지 않았다. 그녀의 책상은 창문 쪽이 아니라 창문을 등지고 반대편 벽 쪽에 놓여 있었다. 책상 위에 작은 책꽂이가 하나, 책상 옆에도 작은 책꽂이가 하나. 책꽂이에는 중학교 3학년용의 교과서와 참고서, 그리고 몇권의 소설책, 시집, 세광출판사의 유행가요 책, 잡지 몇권. 그리고 녹음기 겸용의 라디오 하나와 카세트 테이프 몇개. 창문 쪽 구석에 놓인 것은 서랍장이었다. 서랍장 위에는 이부자리와 베개가 올려져 있었다. 벽에는 달력. 고호가 보았더라면 이번에는 자신의 귀가 아니라 눈을 뽑아내고 말았을 것처럼 조잡한 인쇄의 자화상 속에서 고호는 그 표정과 기이하게도 잘 어울리는 방안을 시무룩하게 쳐다보고 있었고, 그 옆에는 조그만 쪽거울이 붙어 있었다. 다리가 삐꺽이는 의자에 올라앉은 선영은 공책 위에 단어를 거듭해서 옮겨써가며 중얼거렸다. 해버태트 해버태트 해버태트, 서식지 생육지 환경…… 싸움은 더욱 집요하게 창문을 타넘어들어왔다. 무엇인가가 깨어지고 쓰러지는 소리, 남자와 여자가 번갈아가며 지르는 비명소리와 신음소리…… 그러나 선영은 책상 앞에서 일어나지 않았다. 어렸을 때부터 한두 번 보아온 광경이 아니었다. 그녀에게야말로 그런 싸움은 일용할 싸움이었다.

골목에서는 이제 막 남자의 바지가 찢어지고 있었다. 남자의 스웨터 소맷자락은 이미 뜯겨나갔다. 여자의 옷은 아직도 말짱했다. 그런데도 비명소리는 여자가 더 크게 질러댔다. 이 새끼가 사람 죽인다! 이 새끼가 불쌍한 여자 패 죽인다! 비명을 지를 때마다 여자는 남자의 얼굴과 팔을 할퀴고 쥐어박고 걷어찼다. 구경하던 여자들은 깔깔, 낄낄, 호호, 해해 웃어댔다. 남자가 여자의 팔을 잡아 쥐었다. 남자는 한 주먹을 불끈 쥐어 허공으로 치켜들었다. 그러나 웬일인지 남자는 그 주먹으로 여자의 얼굴을 내리치지 못했다. 아니, 잠깐 망설였을 뿐인지도 모른다. 그 잠깐 사이를 놓치지 않고 여자는 남자의 손을 깨물어뜯었다. 남자가 다시 비명을 질렀으나, 여자는 아랑곳없이 그를 차고 할퀴고 때리며 목청껏 비명과 고함을 질러댔다.

선영은 결국 볼펜을 공책 위에 내던졌다. 아아, 떠나야 한다. 이 골목에서 벗어나야 한다…… 그녀는 이를 악물었다. 무슨 수를 써서라도 이놈의 골목에서 벗어나야 한다. 그러나 그 방법이 뭐란 말인가? 어떻게 벗어난단 말인가? 창문을 타고, 새로운 여자의 고함소리가 들려왔다. 선영은 곧 그것이 누구 목소리인지 알 수 있었다. 수미 어머니였다. 그렇다면 수미네 집에서 일하는 여자와 그 집에 들어온 손님 사이의 싸움이리라. 선영은 다시 책상 앞으로 다가앉아 단어장을 붙들었다. 해버태트 해버태트, 서식지 생육지 환경…… 나의 생육지는 어디인가? 나는 어디에서 살고 있는가? 선영은 영어 시간에 내야 하는 숙제를 떠올렸다. 자신이 살고 있는 해버태트를 주제로 200단어짜리 영작문을 써서 제출해야 했다. 뭐라고 써야 할까? 매음굴은 영어로 뭘까? 매음굴이 영어로 뭐냐고 물으면 영어 선생님은 어떤 얼굴이 될까?

　수미는 알고 있었을까? 알고 있었을 리가 없다. 학교 성적은 늘 꼴찌를 맴돌았으니까. 그것을 전혀 부끄러워하지 않았으니까. 시험지가 분배되고 시험 시간이 시작되면 그 즉시 답안지에 이름만 써서 감독 교사에게 제출하고 가장 먼저 교실에서 빠져나가는 것을 자랑스러워한 아이였으니까. 하지만 어쩌면 매음굴이 영어로 뭔지는 알고 있었을지도 모른다. 온갖 이상한 것들을 다 알고 있었으니까. 이를테면 어디를 찾아가면 우리 같은 아이들에게 옷도 주고 돈도 주고 화장품도 주며 일을 시키는 곳이 있는지, 어디로 가면 다방 같은 데에 취직할 수가 있는지, 어디 가면 밥도 사주고 술도 사주고 영화도 보여주는 남자애들을 만날 수 있는지 따위를 수미는 다 알고 있었다.

　수미는 선영보다 한살 위였다. 수미가 가출한 것은 작년, 그러니까 중학교 3학년 때였다. 지난 봄에 그녀가 초미니 스커트에 배꼽티, 종아리까지 끈을 칭칭 휘감은, 굽이 높은 구두 차림에 화장까지 한 얼굴로 학교 앞으로 친구들을 만나기 위해 찾아온 적이 있었다. 선영은 먼발치에서 그녀를 보았으나, 아는 체하지 않았다. 행여나 수미가 아는 체할까봐서 얼른 고개를 돌려 외면하고 집으로 향했다. 그러나 수미는 일부러 그녀를 쫓아와서 말을 걸었다.

　"우리 엄마 잘 계시지? 잘 계실 테지, 그 꼰대. 넌 이제 삼학년이지? 그 동네 여전하니? 여전하겠지. 제기랄. 잘 가."

　그녀는 한동안 혼자 묻고 혼자 대답하다가 돌아섰다. 그러나 이내 다시 선영을 불러세우더니 핸드백에서 루주를 하나 꺼내 내밀었다.

　"너 가져. 난 많아."

　선영은 고개를 저었다. 수미에게서는 아무것도 받고 싶지 않았다. 더구나 선영이 루주 같은 것을 쓸 데가 어디 있단 말인가. 그러나 수미는 루주를 치우지 않았다. 선영이 그 루주를 받은 것은 오직 그녀가 수미와 같이 서 있는 것이 선생님이나 다른 아이들의 눈에 띄는 것이 두려웠기 때문이었다. 루주를 받아들자마자 그녀는 뒤도 돌아보지 않고 그 자리를 떠났다. 그 루주는 아직도 책상 서랍 어딘가에 뒹굴고 있을 것이다.

선영은 수미와 한 동네에서 산다는 이유만으로 동류로 취급되는 것이 싫었다. 아니, 수미와 한 동네에 산다는 것이 누구에게든 알려지는 것마저 싫었다. 수미는 가출학생, 돌이킬 수 없는 불량학생이었다. 그런 수미와 동류로 취급된다는 것은 참을 수 없는 일이었다. 생각만 해도 혐오스러웠다. 선영이 이 동네에 사는 그 누구와도 친해지기를 기피하는 이유는 바로 그것이었다.

수미는 가출하기 전부터 학교에서 소문난 불량학생이었다. 아직도 학교를 장악하고 있는 폭력써클 '백상어'의 두목이었다. 수미를 여자애들은 캡틴이라고, 남자애들은 퀸이라고 불렀다. 멋진 호칭이었다. 그러나 선영은 그렇게 생각하지 않았다. 어처구니가 없고 혐오스러울 뿐이었다. 이런 골목에 사는 포주의 딸이 캡틴이라니, 퀸이라니. 수미는 학생들에게 폭력을 휘두르고 돈을 빼앗았다. 말을 잘 듣지 않는 아이들을 끌어다가 때리고 위협하고 담뱃불로 허벅지를 지졌다. 그것이 발각이 나서 정학처분을 당했다. 정학 기간이 끝나 다시 학교에 등교한 날, 수미가 가장 먼저 한 짓은 고자질한 아이를 붙잡아 변소로 끌고 가서 담뱃불을 붙여 아이의 팔뚝을 지져댄 것이었다. 또 일러라. 이번에는 얼굴을 지져주마. 코를, 눈을, 혓바닥을 지져주마. 어서 가서 일러. 니 에미 애비한테 일러라. 선생들한테 일러.

그 일이 알려졌다. 수미는 자신이 한 짓을 영웅담처럼 떠벌리고 다녔다. 그래서 학생들도 교사들도 다 알게 되었다. 그러나 수미는 정학을 당하지 않았다. 그 짓을 당한 아이가 교사들에게도 부모에게도 결코 입을 열지 않았기 때문이었다. 그럴수록 수미는 오히려 제 쪽에서 기회만 생기면 그 일을 떠벌리고 다녔다. 그리하여 그 뒤로는 수미가 하는 짓을 감히 교사나 부모에게 알리는 아이는 단 하나도 없었다. 그리하여 수미는 학생들에게서 돈을 빼앗고, 남자친구들을 시켜서 윤간하겠다고 위협을 하고 다녔다. 그리하여 모든 학생들이, 심지어는 일부 교사들까지도 수미를 두려워하기에 이르렀다. 학생들은 교사들보다도 수미를 더 무서워했다. 교사 한두 사람의 눈밖에 난다 해서 학교에 다니기가 힘들어지는 법은 없었다. 그러나 수미 눈밖에 났다가는 학교 다니기가 힘들었다. 수미는 악착스럽고 잔인했다. 지금 골목에서 한 남자의 머리칼을 움켜쥐고 휘두르는 저 여자처럼. 아마 수미가 그런 생리를 터득한 것은 저런 것들을 보고 들으며 이 골목에서 성장했기 때문일 것이다. 이 골목은 그 안에 포함된 모든 것들을, 사람을 포함한 모든 것들을 한편으로는 부패시키고, 다른 한편으로는 악독하게 만든다. 녹슨 구리가 독극물이 되듯, 부패한 감자가 독(毒)이 되듯, 사람마저 부식하여 타인에게 치명적인 독이 되고 마는 곳이 이 골목의 생리다. 사람은 사람에게 서로 독이다. 어쩌면 사람의 이마에도, 담배 포장지에 그러는 것처럼 경고문을 새겨넣어야 할지도 모른다. "사람은 사람에게 독이 되며, 특히 임산부와 청소년에게는 치명적인 해독을 끼칩니다." 그런 경고문은 이 골목 입구, "청소년 출입금지 구역"이라고 쓰인 팻말이 서 있는 자리에도 나란히 세워둬야 할지도 모른다.

수미가 가출했을 때에 학교의 선생님들은 차라리 잘됐다는 반응이었다. 교사들은 수미를 교정이 불가능한 문제아로 꼽고 있었다. 학교란 문제아를 몰아내는 곳이 아니라 교정하고 교육해야 하는 곳이라는 명분 때문에 퇴학을 시키지 못했을 뿐이었다. 교사들의 기대대로, 수미가 가출한 뒤에 학교는 훨씬 조용해졌다. 그러나 골목은 조용해지지 않았다. 골목에는 수미가 아니라 해도 싸움과 소란을 빚을 사람들이 얼마든지 있었으니까. 사실 수미는 이 골목에서는 중학교 3학년짜리 여학생에 불과했다. 수미가 빚어내는 말썽 따위는 이 골목에서는 장난이었다. 이 골목은 진짜 도둑놈들, 진짜 강도들, 진짜 범죄자들, 진짜 조직폭력배들이 출몰하는 곳이었다. 그들 모두가 손님이거나 보호자였다. 그들은 단순히 협박이나 싸움 정도가 아니라 진짜 칼질을 했고, 매춘부들을 놓고 패싸움을 벌였으며, 흔치는 않았지만 살인까지 저질렀다.

　수미가 가출했는데도 수미 어머니 오정숙은 딸을 찾기 위한 노력을 별로 기울이지 않았다. 애를 태우는 것 같지도 않았다. 망헌 년, 배고프면 돌아오겠지. 그것이 오정숙이 소주 한잔에 취하여 중얼거린 말이었다. 그뿐, 오정숙은 늘 하던 일을 계속했다. 데리고 있는 여자들에게 욕설을 퍼붓고, 남편과 골목까지 뛰쳐나와 싸움질을 벌이고, 일숫돈을 빌려가서 갚지 않는 여자들을 찾아가 행패를 부리고……

　선영 어머니 안경자는 그런 오정숙에게 눈을 흘겼다. 딸년 그 꼴로 만들어놓고도 속이 편한지, 저놈의 여편네. 어찌 기세가 그리 요란한지 몰라. 그 말을 들은 선영은 안경자에게 수미가 어디에서 뭘 하고 있는지 아느냐고 물었다. 그러자 안경자는 그런 거 알 거 없다, 하고 고함을 빽 질렀다.

　그러나 묻지도 않는 선영에게 그 얘기를 해준 사람은 결국은 안경자였다. 이 골목에서 싸움을 벌이는 것은 매춘부와 그 고객들만이 아니다. 포주와 매춘부도 싸우고, 포주와 포주도 싸우고, 매춘부와 매춘부도 싸우고, 고객과 고객도 싸운다. 그날의 일용할 싸움은 포주와 포주 사이에서 벌어졌다. 안경자네 집으로 들어서려는 (적어도 안경자네 집에서 일하는 경순이 보기에는) 손님 하나를 수미네 집에서 일하는 숙희가 자기네 집으로 끌어갔다. 그것을 본 경순이 숙희에게 시비를 따졌고, 둘이 주먹다짐을 시작하자 그것이 포주와 포주의 싸움으로 확대되었다. 포주와 포주는 주먹다짐은 벌이지 않았다. 그것은 아마도 두 포주가 모두 같은 건달의 보호 밑에서 장사를 하는 탓이었을 것이다. 그들은 말싸움만 벌였다. 이 골목 사람들은 싸움이 벌어져도 별로 말릴 생각을 하지 않는다. 그저 웬만한 거리를 두고 떨어져 서서 멀거니 구경이나 할 따름이다. 붕어빵 안에 붕어 대신 가끔 털을 넣어 구워 파는 털보 아저씨도, 구멍가게를 하는 교장 선생(물론 이 사람은 진짜 교장 선생은 아니다. 별명이 교장 선생일 뿐이다. 커다란 운동장에 여남은 명쯤 되는 국민학교 아이들을 모아놓고 조회를 하는 시골 작은 분교의 교장 선생처럼 언제나 바리톤의 굵고 낮은 음성으로, 근엄하고 위선적인 말투로 껌과 두부와 콩나물을 파는 탓으로 그런 별명이 붙었다.)도 멀뚱멀뚱 구경만 하고 서 있었다. 옆에서 히죽히죽 웃어가며 싸움을 구경하는 두 젊은이들은 십중팔구 그 골목의 고객들이었다. 아무리 이런 장사를 해먹고 살아도 상도의가 있는 법이지 어째 손님만 보면 다 욕심이야? 저년이 누구한테 훈계야? 니 딸년 걱정이나 해, 이년아. 뭐가 어쩌고 어째? 니 딸년 어디에서 뭐 하고 있는지 알기나 하냐? 니가 동네 창피해서 얼굴 못 들고 다닐까봐 차마 말은 안한다만 딸년 그렇게 만들어놓고 참 속도 편하겠다. 내 딸년이 너한테 밥을 달랬냐, 옷을 달랬냐. 니가 무슨 상관이냐, 이 찢어죽일 년아. 내 말이 그 말이다. 남이야 장사를 어떻게 하건 상관말고 니 딸년 교육이나 걱정하란 말이야, 이 더러운 년아. 집안 어두운 복도에 서서 그 싸움을 내다보고 있다가 어머니의 그 말을 들은 선영은 얼굴이 화끈거렸다. 어머니가 거침없이 쏟아내는 욕설 때문이 아니었다. 딸년 교육이니 뭐니 하는 말 때문이었다. 그것은 매춘부를 일곱이나 거느리고 매춘업소를 운영하는 포주가 할 수 있는 말로는 생각되지 않았던 것이다.

그 말을 들은 오정숙이 갑자기 눈에 독이 올라 두 손을 치켜들고 안경자에게 덤벼들었으나, 그리하여 마침내 싸움이 주먹다짐으로 발전할 기세였으나, 때마침 이 골목의 건달 중에 한 사람인 대포가 나타나 오정숙을 가로막았다. 꼰대들 어서 못 들어가? 시끄러워 잠을 잘 수가 있나, 이거. 대포는 정말 자다 나온 것 같았다. 뒤꼭지 머리칼은 거꾸로 곤두선 채 뒤엉켜 있었고, 티셔츠 밑으로는 시커먼 속옷이 차에 치여 죽은 짐승의 내장처럼 비어져 나와 있었다. 꼰대, 당장 들어가! 대포 때문에 안경자에게 덤벼들지 못하게 된 오정숙은 갑자기 땅바닥에 털썩 주저앉더니 통곡을 내놓았다. 안경자는 그 통곡이 승리의 나팔소리인 양 의기양양 그 거대한 두 팔로 허공을 휘저으며 집안으로 들어섰다. 어두운 현관에 서 있던 선영과 눈이 마주치자 안경자는 골목까지 들리도록 큰 소리로 외쳤다. 수미란 년 화양동에 있는 무슨 술집에 나가서 술 판단다. 그런 년도 딸이라고. 모르지. 술만 파는지 뭣도 파는지. 선영은 한마디 대꾸도 않고 그대로 돌아서서 이층 구석방까지 뛰어올라갔다. 방으로 들어서자 그녀는 문을 힘껏 닫아걸고, 책상에 머리를 틀어박고 엎드렸다.

아아, 선영은 어머니가 싫었다. 어머니가 창피했다. 자신이 그 어머니의 딸이라는 것이 저주스러웠다. 자신이 이곳에서 살고 있다는 것이 처참했다. 어머니가 증오스러웠다. 여기에서 살다가는 그녀 역시 수미나 어머니 꼴이 되고 말 것만 같아 소름이 끼쳤고, 혐오스러웠다. 때로는 정말 그렇게 되고 말리라는 생각이 들어 무섭고 소름이 끼쳤다.

선영이 생물 시간에 심해(深海)와 심해에 사는 심해어에 대한 얘기를 들은 것이 그 무렵이었다. 교실 창 밖에서는 이산화탄소와 아황산가스와 질소가스로 뒤덮인 서울의 하늘 너머 태양이 병든 병아리처럼 꾸벅꾸벅 졸고 있었으며, 텅 빈 운동장 가득 병균으로 오염된 침 같은 햇빛이 흘러내렸다. 심해어에 대한 선생님의 설명을 듣고 있던 어느 순간, 선영의 온몸으로 감전이라도 당한 듯 전율이 흘러내렸다. 눈앞이 새하얗게 타오르고 온몸이 부들부들 떨렸다. 자신도 모르는 사이에 눈물이 흘러내렸다. 선영은 울었던 것이 아니다. 그저 눈물이 흘러내렸을 뿐이다. (눈물이라는 것이 그런 식으로도 흐른다는 것을 선영은 그때 처음 알았다.) 아아, 그것은 바로 선영의 얘기, 선영이네가 사는 골목 얘기였던 것이다. 온몸에, 머리칼 끝부터 발톱 끝까지 소름이 훑어내리는 가운데 선영은 온몸이 귀가 되어 숨쉬는 것도 잊고 선생님 얘기를 들었다. 귀를 기울일 필요도 없었다. 선생님의 얘기는 몽둥이처럼 선영의 온몸을 난타했다. 선영은 선생님의 말 한마디 한마디에 북처럼 난타당했다.

그리고 그때 선영은 온몸을 부들부들 떨며 결심했다. 어떻게 해서든지 이놈의 골목에서 벗어나야 한다. 무슨 수를 써서든 이곳에서 나가야 한다.

그날, 선영이네 골목은 사냥을 당했다. 사냥꾼들은 경찰과 구청 직원들이었다. 매춘부들은 이리 뛰고 저리 뛰며, 창문을 넘어, 털보 아저씨의 수레와 붕어빵 틀과 구워놓은 붕어빵들을 뒤엎고, 교장 선생네 구멍가게 앞에 내놓은 호빵 온장고를 걷어차며 달아났고, 경찰과 구청 직원들은 곤봉과 가스총을 휘두르며, 호루라기를 휙휙 불어대며, 고함을 질러대며, 무전기에 대고 똥개 두 마리가 창문으로 도주했다, 하고 주고받으며, 아따 저것들 옷도 안 입고 잘도 뛴다, 하고 감탄하며, 매춘부들이 달아나면서 뒤엎은 붕어빵과 호빵과 사과와 배와 귤을 짓밟으며 몰이를 했고, 그렇게 하여 잡은 똥개들을 눈곱만한 창문에 철망이 쳐진 크고 시커먼 차 안에 처넣었으며, 건물과 건물 사이로 병든 얼굴을 디민 검은 하늘은 무력하게 그것을 구경하고 있었다.

선영은 다시 한번 그 골목에서 벗어나야 한다고, 그것도 속히 벗어나야 한다고 다짐했다. 그녀는 책상에 엎드려 공책을 꺼내놓았다. 이곳에서 벗어나는 방법을 차근차근 궁리하기 위해서였다.

그것은 길지 않은 선영의 일생 가운데 최초의 결심, 그리고 중대한 결심이었다. 그 결심이 선영에게 무엇을 의미하는지, 선영의 부모에게는 또 무엇을 의미하는지는 아직 선영은 알지 못했다. 그런 결심을 한 순간 그녀가 무엇을 시작한 것인지, 그리고 그것이 무엇을 가져다줄 것인지도 알지 못했다. 마찬가지로 그것이 세상의 모든 사람들이 다른 곳에서, 다른 때에, 각기 다른 방법으로 하는 결심이라는 것, 까마득한 옛날부터 무수한 사람들이 그런 결심을 해왔다는 것도 그녀는 알지 못했다. 그리고 그런 결심을 한 사람 앞에 어김없이 나타나는 것이 있다는 것, 그것은 이 세상에서 가장 깊고 큰, 가장 참혹하게 굶주린 구덩이라는 것, 밑바닥이라고는 없는 그 구덩이는 온 세상을 집어삼켜도 채워지지 않을 굶주림으로 헐떡거리며 그런 결심을 한 사람을 향해 시커먼 아가리를 떡 벌리고 덤벼들게 마련이라는 것도 아직은 알지 못했다.

공책 위로 기울인 소녀의 열중한 얼굴을, 이제 막 그 첫 페이지 위에 '1. 가출'이라고 써넣고 혼자서 당혹감과 두려움에 사로잡혀 먹 먹하게 질려가는 소녀의 눈빛을, 이미 오래 전에 그와 비슷한 결심을 하고 살다가, 그런 결심 속에서 귀를 자르고, 나중에는 정신까지도 잘라 팽개치고 죽어버린 한 남자의 자화상이 걱정에 잠겨 한편으로는 시무룩하게, 한편으로는 걱정스럽게 쳐다보고 있었다.

2

선영이 가장 먼저 떠올린 방법은 가출이었다. 그러나 그녀는 곧 그 방법은 포기하고 말았다. 거기에는 여러가지 이유가 있었으나, 무엇보다도 가장 큰 이유는 가출이 불량학생들이 흔히 저지르는 짓이라는 것 때문이었다. 선영과 그들 사이에는 비슷한 점이란 단 하나도 없었다. (적어도 선영이 생각하기에는 그랬다.) 그런 아이들은 성적이 좋지 않았다. 출석률도 나빴다. 교우관계도 좋지 못했다. 담배를 피우고 술을 마시는 것은 보통이었다. 교사들이 불시에 가방 검사를 하면 그런 아이들의 가방에서는 담배나 피임약, 콘돔이 나오는 경우도 있었다. 수업이 끝나 학교에서 나간 뒤에도 집으로 돌아가지 않은 채 남자애들과 어울려 영화관이나 까페, 술집, 심지어는 여관 따위를 떠돌며 밤늦게까지 시간을 보냈다. 그런 아이들이 결국은 모든 간섭과 규제와 금제를 벗어던지기 위해, 학교와 가정의 울타리에서 완전히 탈출하기 위해 택하는 방법이 가출이었다.

그러나 선영은 그런 아이들과는 달랐다. 성적은 좋았고 담배나 술

에 손을 대본 적도 없었다. 하교한 뒤에 남자애들과 어울려다닌 적
도 없었고, 까페나 술집, 여관 따위에 드나든 적도 없었다. (아니,
선영은 매일 여관에 드나들어야 했다. 그녀의 집이 여관이었기 때문
이었다.) 선영이 가장 먼저 떠올린 방법이 가출이었지만, 그것은 결
코 부모와 선생님의 간섭에서 탈출하기 위해서가 아니었다. 이 골목
에서 탈출하는 것이 그녀의 목표였다. 이 불결하고 부패하고 사악한
곳에서 벗어나 깨끗하고 맑고 아름다운 곳, 아니 깨끗하지도 맑지도
아름답지도 않은 곳이라 해도, 적어도 조금이나마 인간다운 곳에서
살고자 하는 것이었다. 오직 그것뿐이었다. 부모나 선생님의 간섭
같은 것은 관심 밖의 일이었다.

불량학생들이 좋지 못한 목적을 위해 악용하는 방법을 쓰기는 싫
었다. 아아, 선영이 극력 기피해야 할 일이 있다면 그녀가 불량학생
들, 특히 가출하여 학교에서 퇴학당한 뒤 1년이 지났건만 아직까지
도 불량학생의 대명사처럼 되어 있는 수미와 자신이 동일시되는 일
이었다. 선영은 남들이 자신을 그들과 동일시할지도 모른다는 우려
속에서 살았다. 교사들이 그녀를 수미와 비슷한 부류로 볼지도 모른
다는 생각에 시달린 나머지 그녀는 가장 얌전한 차림, 즉 가장 바보
같은 차림, 가장 얌전한 머리 모양, 즉 가장 바보 같고 가장 멋없는
머리 모양으로 학교에 다니기를 주저하지 않았다. 그런 우려를 이제
야 겨우 씻어냈는데, 가출을 하여, 가까스로 빠져나온 그 함정으로
스스로 뛰어들 수는 없었다. 다른 방법이 있어야 했다.

어떤 방법이라야 할까? 새로운 방법은 며칠 만에야, 그러나 뜻밖
에도 어렵지 않게 발견되었다. 이사였다. 이사를 가면 그만 아닌가.
선영은 어머니가 이놈의 동네 지긋지긋하다고 입버릇처럼 뇌까리는
소리를 들은 것이 한두 번이 아니었다. 따라서 어머니도 반대하지

않을 것 같았다. 아버지? 아버지 한씨는 이래도 그만 저래도 그만일 것이다. 한씨는 어디에서 살아도 술과 화투와 경마만 있다면 좋다고 생각할 것이다.

이사. 그러나 선영이 생각해봐도 그 방법은 어딘지 싱거웠다. 어딘가 미진했다. 어머니가 이사를 가자고 선뜻 응해줄 것인지 자신이 없었다. 그러나 선영은 부딪쳐보기로 했다.

선영이 이사를 가자고 했을 때 안경자가 나타낸 반응은 싱거웠다. 별소리 다한다. 그뿐이었다. 그래서 선영은 설명을 해야 했다.

"여긴 환경이 너무 고약해요."

안경자는 어이없다는 얼굴로 멍하니 선영을 쳐다보았다.

"여기서 먹고살면서 어디로 이사를 가?"

"어디든지요. 여기만 아니면 돼요. 다른 장사를 해요. 가전제품 대리점이든지 하다 못해 구멍가게라도요."

안경자는 아무 대꾸도 하지 않았다. 뭔가 생각에 잠기는 것 같았다. 선영은 어머니가 망설이는 것이라고 생각했다. 그래서 한마디를 더 덧붙였다.

"엄마, 생각해봐요. 나 여자예요. 여자를 이런 데서 키우는 게 좋은 일이라고 생각해요?"

경자는 다시 한번 선영을 쳐다보더니 자리에서 일어나며 이렇게 말했다.

"그런 소리 들으니까 내가 딸년을 잘못 키우지는 않은 것 같다."

그것으로 끝이었다. 경자는 밖으로 나가버렸고, 선영은 이층의 구석방에 틀어박혔다. 그러나 선영은 포기하지 않았다. 포기할 수가 없었다. 떠나야 한다는 생각이 든 날로부터 선영에게는 이미 이곳은 사람이 살 수 있는 곳이 아니었고, 이곳 주민들은 사람이 아니었다.

저주받은 곳, 가장 더럽고 가장 타락하고 가장 사악한 곳이었다. 모든 악의 뿌리가 이곳에 있는 것 같았다. 그러기에 살인이나 강도짓을 한 숱한 범죄자들이 이곳에 몸을 숨기고 있다가 체포되지 않던가. 이곳에서 자란 아이들은 또 어떤가. 고등학교나마 온전히 마치는 아이들이 몇이나 되던가. 그리고 가출한 아이들이 어떤 길에 빠지던가. 명식이는 나이가 스물하난데 벌써 두번째 교도소 생활을 하고 나왔다. 차라리 명식이는 나은 편이다. 명식이 친구 동철이는 나이 스물에 이미 네번째로 교도소에 들어갔다. 순식이는 가출했다. 머지않아 교도소에서 편지가 오는 것으로 순식이 부모는 자식이 사는 곳을 알게 될 것이다. 수미도 가출했다. 명자도 고1 때에 가출했다. 다방에서 일하고 있다고 한다. 그처럼 얌전하던 영숙이도 학교를 그만두더니 가출하여 벌써 2년이 지났건만 편지 한번, 전화 한번 없다고 한다. 어째서 어머니 아버지는 이곳을 떠날 생각을 하지 않은 것인가. 어떻게 이곳에서 떠날 생각을 하지 않은 채로 수십년을 살 수 있었을까. 이해가 되지 않았다.

선영은 기회만 생기면 이사를 가자고 졸랐다. 경자는 번번이 딸의 말을 묵살했다. 아직은 경자는 선영에게 그 일이 얼마나 중요한 것인지를 알지 못했다.

일요일 아침이었다. 모처럼 아버지 한씨까지 세 가족이 둘러앉아 아침 식사를 하다가 선영은 얘기를 꺼냈다.

"어머니 아버지는 이 장사가 좋아요? 떳떳해요?"

"우린 도둑질해서 먹고사는 게 아니야. 떳떳하지 못할 게 뭐냐?"

경자가 도전적으로 받았다.

"그럼 어째서 학교에서 내준 가정환경 조사 설문지에는 업종을 가전제품 대리점이라고 썼어요?"

한씨는 무슨 말인지 알지 못했다. 그는 도대체 가정환경 조사니 설문지니 하는 것들이 무엇인지를 몰랐다. 멀뚱멀뚱 딸과 마누라를 번갈아 쳐다볼 뿐이었다.

"얘가 그 소리 그만두라니까 어째서 자꾸⋯⋯"

경자는 눈을 부라렸다. 아아, 저 표정. 선영은 소름이 끼쳤다. 경자가 여자들에게 호통을 할 때의 얼굴이었다. 야 이년들아, 너희들이 이 집 손님들이냐? 아이고, 이년들이 이제 보니 공주님들이네. 내가 이제 보니 이 집 주인이 아니라 공주님들 모셔다 놓고 시중드는 여편네야. 시간이 되면 나가서 일을 할 생각을 해야 할 것 아냐. 그러나 그 일이 무슨 일이란 말인가.

"장사 안 하면 뭐 먹고 살래? 니가 에미 애비 벌어먹여 살릴래?"

"어째서 다른 일을 해볼 생각은 안 해요? 식당도 있고, 옷 가게, 책 가게, 레코드 가게⋯⋯ 할일은 얼마든지 있잖아요. 어째서 이 일만 해야 한다는 거에요?"

한씨는 묵묵히 숟가락만 움직였다.

"제발 이사 가요, 엄마 아빠. 제발 부탁이에요. 난 여기서 못 살아요. 여기서 살 수가 없어요. 여기가 사람 살 곳이에요? 이 장사가 사람이 할 장사예요? 난 숨이 막혀요. 창피해요. 학교에서도 이 집만 생각하면 눈물이 나요. 수업이 끝난 뒤에도 이 골목으로 돌아와야 한다는 걸 생각하면 미칠 것만 같아요. 다른 동네에서 사는 아이들이, 아무리 가난한 아이라 해도, 너무나 부러워요."

선영이 눈물을 흘리는 것을 아는지 모르는지 안경자와 한씨는 벽돌처럼 표정도 없이 커다랗게 밥을 퍼담은 숟가락을, 시뻘겋게 양념하여 익힌 돼지고깃점을 상추로 싸서 입으로 가져가 씹어댈 뿐이었다. 우적우적, 그들이 씹는 소리까지도 짐승 같았다.

"내가 죽어버려도 좋아요? 내가 가출해도 좋아요? 내가 수미같이 되어버려도 좋아요?"

"이런 망헐 년!"

한씨의 손이 숟가락을 놓는다 싶더니 어느새 선영의 뺨을 후려쳤다. 그렇게 일용할 싸움이 시작되었다. 아이고, 계집애한테 어째서 손찌검이냐, 이놈아. 아이고, 이놈이 사람 잡네! 허구헌 날 밖으로 싸돌아다니다가 집이라고 보름 만에 돌아와서 사람 잡네! 뭐여, 이년의 여편네가! 안경자가 한씨의 손을 물어뜯는 순간, 선영은 구역질처럼 입안으로 울컥 혐오감이 치미는 것을 느끼며 방을 뛰쳐나갔다. 그러나 문을 밀고 복도로 나섰던 선영은 곧 다시 돌아섰다.

이제 부부의 싸움은 본격적으로 전개되어가고 있었다. 그것은 요즘 들어 한씨와 경자 사이에 벌어지는 전형적인 싸움이었다. 한씨는 안경자를 때리고 걷어찬다. 안경자 역시 남편을 깨물고 할퀴고 차고 그의 머리칼을 꺼들어댄다. 그렇게 한바탕 싸움질을 하고 난 다음 한씨는 안경자의 지갑을 낚아채어 돈을 한줌 뽑아내어 집에서 나간다. 그러나 선영은 이제 아버지와 어머니를 그 꼴이 되도록 내버려둘 수 없었다. 그렇게 내버려둬서는 안되는 일이었다. 선영은 방문을 열어젖혔다. 어머니는 벌써 아버지의 머리칼을 쥐어뜯고 있었고, 아버지의 주먹이 어머니의 머리를 내리치고 있었다. 밥상은 엎어진 지 오래였다. 돼지고깃점이 핏덩이처럼 시뻘겋게 방에 흩어져 있었고, 상추 이파리들은 크고 징그러운 개구리처럼 방석에, 경자의 치마폭에, 한씨의 무릎에도 엎혀 있었다. 아비와 어미는 싸우는 두 마리 미친 짐승보다 더 추했다. 선영은 그 방안에 대고 있는 힘을 다해 소리쳤다.

"나 죽어버려요? 아버지 어머니, 나 죽어버려도 좋아요?"

한씨와 안경자는 싸움을 그치고, 놀란 얼굴로 선영을 돌아보았다.

"이사 가자고 했지 싸우라고 하지 않았어요! 제발 고만 좀 하세요! 차라리 날 때리세요. 두 분 다 날 때려요!"

선영은 쓰러져 울기 시작했다. 한씨는 에라 이 망헌 년의 집구석, 자식 교육 참 잘 시킨다, 하고 부르짖더니 방문을 박차고 나가버렸다. 안경자는 그 등에 대고 악다구니를 퍼부었다. 자식 교육 걱정하는 놈이 패냐? 자식 교육 걱정하는 인사가 허구헌 날 노름질에 계집질이냐? 그녀는 이미 사라져버린 한씨의 등뒤에 대고 온갖 욕설을 퍼부어대면서도, 방바닥에 쓰러져 울고 있는 선영을 난생 처음 보는, 이해가 가지 않는 짐승인 듯 뜨악한 눈길로 이따금 한번, 또 한번 쳐다보기를 잊지 않았다.

3

빛은 수심(水深) 수십 미터 이상은 통과하지 못한다. 그리하여 심해는 늘 어둡다. 암흑의 세계, 빛이라고는 전혀 없는 암흑의 세계가 펼쳐져 있는 셈이다. 또한 춥다. 수심 3천 미터까지는 그나마 섭씨 10도 정도의 수온이 유지된다. 그러나 그 이하는 어디나 섭씨 3도 이하다. 계절의 변화는 심해세계에는 전혀 아무런 영향도 끼치지 못한다. 두꺼운 바닷물이 모든 계절의 변화를 차단하는 탓이다. 따라서 수온에도 변화가 없다. 영원한 추위가 계속되는 것이다. 산소도 희박하다. 빛이 없으므로 광합성도 없고, 따라서

먹을 식물도 없다. 수압은 엄청나다. 심해세계를 뒤덮은 물의 두
께는 얕은 곳이 수백 미터로부터 깊은 곳은 1만 미터에 이른다.
수압은 수심 10미터당 1기압씩 높아진다. 따라서 어떤 심해세계
에 가해지는 수압은 1천 기압에 이른다! 그런 정도의 기압이 어
떤 정도의 압력일 것인지는 여러분의 상상에 맡긴다. 한가지, 다
이어트를 걱정하는 여학생은 그 심해세계로 들어가면 될 것이다.
1천 기압에 달하는 압력이 여러분의 뚱뚱한 몸매를 단숨에 넙치처
럼, 적어도 어느 한 측면으로는, 늘씬하게 만들어줄 것이다. 그런
여학생을 누가 데려갈지 걱정이지만, 그건 나에게 상의하지 말고
어물전에 가서 상의해주기 바란다.

　1천 기압의 수압, 섭씨 3도의 차디찬 수온, 그리고 캄캄한 암흑
의 세계. 경이로운 일이 아닐 수 없다. 이런 악조건 속에서 사는
물고기들이 있다. 심해어들이 그들이다. 이들을 지상의 실험실이
나 얕은 물로 가지고 올라가면 이들은 얼마 살지 못하고 죽어버린
다. 심해의 악조건에 적응해온 결과 더 좋은 조건에서는 오히려
살아남지 못하는 것이다.

　심해어들은 어마어마하게 큰 눈을 가지고 있다. 그러나 이것은
그나마 희박한 빛이 존재하는 수역, 심해세계 중에서는 낮은 수역
에 사는 물고기들의 경우이다. 완전한 암흑 속에서 사는 심해어들
은 대부분 시각 기능을 완전히 상실하였다. 다시 한번 반복한다.
완전한 암흑 속에서 사는 심해어들은 대부분 시각 기능을 완전히
상실하였다. 그러나 놀라지 말라. 암흑에 적응하는 또 하나의 놀
라운 방식이 바로 이 심해세계에 사는 생물들을 통해 발견되었다.
심해어들 가운데 일부는 체내에 스스로 빛을 만들어내는 기관을
발달시켰다. 이를테면 몸 안에 어둠을 비추는 손전등을 지니고 다

니는 셈이다. 몸 안에 발광(發光)기관, 발전기를 가지고 다니는 셈이다.

이 말을 들은 순간부터 선영은 눈물을 흘리기 시작했다. 눈물은 거침없이, 무작정 흘러내렸다. 슬픈 것은 아니었다. 무엇인지 알 수 없는 격정 같은 것이 그녀의 내부에 잠재되어 있던, 이제까지 단 한 번도 자극을 받은 적이 없는, 잊혀져 있던 감각기관을 자극했고, 그 자극이 눈물로 흘러내리는 것 같았다. 자신이 눈물을 흘리고 있다는 것을 선영이 깨달은 것은 이미 눈물이 얼굴을 적신 지 오랜 뒤였다. 그녀는 어째서 눈물이 나는 것인지 영문을 알 수 없었으나, 눈물은 그 동안에도 계속해서 흘러내렸다.

이런 발광기관은 서로의 종을 구별하고, 성별을 구별하는 데에 중요한 역할을 하는 것으로 추측된다. 또한 먹이를 유혹하여 사냥하거나, 공격해오는 적을 격퇴하는 데에 쓰이는 것인지도 모른다는 연구도 있다.

먹이가 부족하다는 조건 때문에 심해어들의 입은 그에 걸맞게 적응하였다. 이들의 입에는 크고 날카롭고 길고 억센 이빨들이 있다. 이들은 한번 입에 걸린 먹이는 이빨로 낚아채어 절대로 놓치지 않는다. 이들 심해어들의 위장은 어마어마하게 크다. 그리하여 자신의 몸뚱이보다 훨씬 더 큰 먹이를 어렵지 않게 삼킬 수도 있고, 소화할 수도 있다. 또 하나 심해세계만의 재미있는 현상이 있다. 수놈이 암놈에게 기생하여 사는 경우가 많다는 것이다. 다시 한번 반복한다. 수놈이 암놈에게 기생하여 사는 경우가 많다는 것이다. 이 역시 먹이가 부족하기 때문에 생긴 현상이라 여겨진다.

먹이가 부족하니까 기운이 없고, 기운이 없으니까 별로 움직이려하지도 않고, 게으르고 굼뜨다. 그러니까 번식이 힘들다. 그리하여 그 문제를 심해어들은 암놈과 수놈이 함께 붙어사는 것으로, 그중에서도 수놈이 암놈에게 기생하는 것으로 적응하여 해결한 셈이다.

선영은 아버지와 어머니를 생각했다. 아버지는 어머니에게 철저히 기생하고 있었다. 아버지 어머니만이 아니었다. 그 골목에는 그렇게 사는 사람들이 수도 없이 많았다. 아버지 어머니 역시, 그 모든 사람들 역시 그런 식으로 적응해야 했던 것일까? 어째서? 그렇다. 그들이 심해에서 살고 있기 때문이었다.

심해어들이 무엇을 먹고 사는지 아는가? 심해세계에는 먹을 것이 별로 없다. 따라서 서로 잡아먹고 산다. 먹이가 따로 없이 내가 곧 먹이다. 누구나 다 먹이다. 먹히는 것이 곧 먹이다. 아까도 얘기했지만, 이들은 자신보다 훨씬 더 큰 먹이까지 잡아 삼킬 수 있다. 또 하나 심해세계의 위쪽, 즉 보다 얕은 해수역에서 떨어져 내리는 먹이, 생물의 시체, 그리고 육지에서 흘러내려 심해세계에 이르는 생물의 시체를 먹고 산다. 역시 먹이가 부족한 탓이겠으나, 이들 심해어들은 대부분이 육식을 한다. 따라서 사납다. 먹이를 구하기 위해서는 목숨을 던진다. 네가 날 잡아먹나 내가 널 잡아먹나 결단을 내보자는 식이다. 먹이가 따로 있는 게 아니라 먹히면 곧 먹이라는 것을 그들은 잘 알고 있는 것이다.

그 골목 사람들 역시 다른 세계에서 떨어뜨려주는 부스러기를 먹고 살았다. 골목 사람들 역시 육식성 동물처럼 사나웠다. 그들의 이 역시 맹수의 이빨처럼 날카롭고 악착스러웠다. 그들 역시 아마도 자신의 몸뚱이보다 더 큰 먹이라도 한입에 삼켜버릴 수 있을 것이다. 그들 역시 네가 날 잡아먹나 내가 널 잡아먹나 결단을 내보자는 식으로 매일매일 싸웠다.

심해어들은 그 생활권역이라는 측면에서는 크게 두 가지로 나누어볼 수 있다. 첫째 종류는 어린 시절에는 심해세계의 비교적 얕은 수역에 올라가서 닥치는 대로 먹이를 먹어치운 다음, 심해세계로 돌아가 나머지 평생은 전혀 먹지 않고 살아가다가 죽는 부류이다. 사람도 이렇게 살 수 있다면 얼마나 좋을까, 하는 생각이 들지 않는가? 먹는 문제 때문에 사람들이 직면하는 갖가지 문제와 고통 등을 생각하면 참 좋은 해결책이라고 여겨진다. 실로 인류의 전쟁의 대부분은 근본적으로는 바로 이 먹는 문제 때문에 발생한 것이다. 물론 어처구니없게 축구 때문에 전쟁을 일으키는 나라도 있다고 하더라만, 다행인지 불행인지 그런 나라는 극히 희귀하다. 이런 식으로 인간의 먹는 문제를 해결하고자 하는 사람은 언제라도 나에게 찾아오기 바란다. 그런 사람은 내가 직접 깊은 심해세계로 안내하여 심해어들에게 먹이로 제공할 용의가 있다. 다음, 두번째 종류는 평생 심해세계를 떠나지 않고 그곳에서만 사는 부류이다. 이들이야말로 진정한 심해어족, 즉 전자의 부류들마저 먹이로 삼는 부류들이라 할 수 있지 않을까 한다.

수압 때문에 심해어들의 몸 생김생김은 보통 물고기들과는 판이하다. 그중에서도 가장 큰 차이점이 발견되는 곳은 아마도 부레일 것이다. 심해어들의 부레는 크게 퇴화하였다. 어떤 종의 심해어에게는 부레가 아예 존재하지 않는다. 부레란 무엇인가? 물고기가 물에 뜨는 데에 꼭 필요한 기관이다. 부레가 없이 어떻게 물에 뜰 수 있는가? 그것은 심해어들의 몸 생김생김이 심해라는 환경에 알맞게 적응한 결과이다. 심해어들의 몸에서는 수분은 증가하는 반면 단백질이나 지방질은 감소한다. 다시 말하자면 최소의 골격만을 지닌 연체동물, 해파리 같은 연체동물 비슷한 몸 구조를 가지게 되는 경향이 있다는 뜻이다. 그리하여 부레에 의존하지 않고도 물에 떠 헤엄칠 수 있는 생김생김이 되어가는 것이다.

그렇다. 선영은 이제야 자신이 흘린 눈물의 의미를 알 것 같았다. 그녀는 생물 선생님의 이야기를 들으면서 비로소 그녀가 지금 사는 곳이 바로 심해라는 것을 깨달았던 것이다. 그들은 암흑 속에서 살고 있었다. 아아, 그녀는 심해에서 캄캄한 어둠속을, 차디찬 물속을 암중모색, 이리저리 헤엄쳐다니는 심해어였다. 그녀가 사는 그 골목은 심해였고, 그 골목에 사는 모든 사람들은 심해어였다.

불행히도 그녀에게는, 그리고 그 골목에 사는 어떤 사람에게도 심해어와 같은 스스로 빛을 만들어내는 기관 같은 것은 없었다. 어쩌면 선영에게 필요한 것은 바로 그런 발광기관이었다. 스스로 빛을 내는 발광기관, 그것만 있다면 그 암흑을 비추어 길을 찾아내어 헤엄쳐가면서, 지금 어디에서 어디로 가고 있는지를 알 수 있을 것 아닌가. 그리하여 마침내는 그 어둠에서 탈출할 수 있는 방법도 찾아낼 수 있을 것 아닌가.

선영은 캄캄한 어둠속을, 시각능력을 완전히 상실한 채로 더듬더듬 헤엄치는 심해어를 생각했다. 어디로 가는지도 모르는 채로 모호하게, 머뭇거리며 꾸물거리는 지느러미를 생각했다. 보는 능력을 완전히 상실한 채 모양만이 남아 있는 서글픈 심해어의 눈을, 아니 그 눈의 흔적을 생각했다. 그것이 선영 자신의 모습이었다. 그것이 아버지와 어머니의 모습이었다.

그렇게 싸움을 하다가 집에서 뛰쳐나간 한씨는 스무날이 넘도록 집에 돌아오지 않았다. 안경자는 보름을 넘기면서부터 초조히 남편을 기다렸다. 열이레째에 경자는 파출소로 가서 한씨에 대한 실종신고를 냈다. 이 인간이 어디서 무슨 일을 당한 거야. 돈도 안 가지고 나간 인사가 지금까지 어디에서 뭘 하고 다닐 수가 있겠어. 틀림없이 남의 노름에 끼어들었다가 매를 맞아 인사불성이 됐거나 외상 술 내놓으라고 어느 술집에서 행패 부리다가 맞아 식어버린 거야. 아이고, 이년의 노릇을 어쩌나. 이년의 팔자를 어째.

한씨가 돌아온 것은 스무이틀 만이었다. 일층 현관 앞 사무실 방에서 돈을 세고 있던 안경자는 한씨가 그 앞을 말없이 지나쳐 계단으로 올라가는 것을 발견하자 곧 뒤를 쫓았다. 어디 갔다 왔소? 경자는 그녀가 낼 수 있는 가장 상냥한 음성으로 물었다. 한씨는 계단 중간에 멈춰서서 경자를 돌아보았다. 경자는 한씨가 술에 취해 있다는 걸 그제서야 발견했다. 경자는 조금 더 대담하게, 애교까지 부려가며 한마디 덧붙였다. 아이고, 저놈의 술만 조금만 덜 먹고 다니면 얼마나 예쁠까. 한씨는 엉뚱하다 싶을 만큼 큰 소리로 힐문했다. 뭐? 뭐가 어쩌고 어째? 왜 그래? 돈? 아내의 말이 들리는지 안 들리는지 그는 게슴츠레한 눈으로 아내를 한동안 쳐다보더니 이 주머니 저 주머니를 뒤적거렸다. 그가 주머니에서 손을 뽑을 때마다 아무렇게나 쑤셔넣어 구겨진 천원짜리 지폐들이 우수수, 서너 장씩 함부로 떨어졌다. 여깄다, 돈. 내가 몽땅 따버렸다. 마침내 한씨가 뒷주머니에서 꺼내 내민 돈은 천원짜리가 아니었다. 만원짜리, 그것도 한묶음이었다. 너 다 가져라. 한씨는 그 돈다발을 담배꽁초처럼 계단 중간에 툭 떨어뜨리고, 비닐주머니만을 덜렁거리며 계단을 올라갔다. 경자는 손으로는 남편에게서 참으로 오랜만에 받아보는 돈을 계단에서 집어들면서도 눈으로는 걱정스러이 남편의 뒤를 쫓았다. 저 인사가 또 어떤 년 방으로 들어가서 밥도 시켜먹고 술도 시켜먹으며 한 석달 열흘을 뒹굴다가 나오려는 거나 아닌가 몰라.

　그러나 한씨가 올라간 곳은 이층 복도 맨 끝 구석에 처박힌 선영의 방이었다. 소주 한병, 콜라 한병, 오징어 두 마리, 그것이 한씨가 들고 온 것이었다. 소주 한병과 오징어 한 마리는 한씨 자신을 위하여, 콜라 한병과 오징어 한 마리는 선영을 위하여 산 것이었다. 그것은 한씨에게는 어울리지 않는 짓, 엉뚱한 짓이었다. 한씨의 엉뚱한 짓은 그것으로 그치지 않았다. 한씨는 선영에게 얘기를 들려주었다. 술주정이나 욕설, 싸움질이 아니면 입을 여는 법이 별로 없던 한씨가 그녀에게 들려준 얘기를 통해 선영은 다시 한번 그곳이 심해이며, 그들이 심해어라는 것을 확인했다.

　내가 니 에미를 어떻게 만났는지 아냐. 바로 이 동네서 만났다. 내 나이 서른넷 때다. 내가 교도소도 들어갔다 나왔다. 배고파서 도둑질했다. 배고파서 죽겠는데, 어쩌다 은행 앞을 지나다가 어떤 사람 하나가 은행 문앞에 서서 돈다발을 세고 있는 걸 봤어. 나도 모르게 손이 나가 그걸 잡아채어 달아나다가 붙잡혔다. 교도소에서 나와 어찌어찌 이 동네까지 흘러들었다. 방값이 싸서 이 동네로 들어왔다. 집도 절도 없이 막노동판에 다니다보니 방값 싼 데가 제일 살기 좋더라. 공사가 있으면 공사판 숙소에서 자고 먹고 하지만, 공사가 없을 때는 방 한칸 없는 나 같은 사람에게는 여기가 제일이더라. 그러다가 니 에미를 만났다. 니 에미는, 지금은 없어졌지만, 저 골목 옆탱이에 해장국집이 하나 있었는데, 그 집에서 식모살이하고 있었다. 그 집 주인 할맘이 어찌나 독하던지 30원짜리 해장국 한 그릇도 외상으로 안 줬다. 그런 독한 할맘 밑에서 일하자니 얼마나 고생이 많았겠냐. 월급? 니 에미는 그때까지 월급 한푼 못 받았다. 그저 밥이나 얻어먹기로 하고 그 집에 들어왔다고 하더라. 그렇지만 그렇게 지독한 할맘 밑에 있었으니까 니 에미가 이런 동네에 살면서도 몸 파는 일에 안 빠지고 식모살이만 하면서 살 수 있었을 것이다.

나중에야 안 노릇이지만, 니 에미는 저기 강원도 어느 산골에서 소박 맞고 쫓겨나 갈 데가 없어 서울로 올라온 사람이다. 청량리에서 내려서 울고 있는 걸 그놈의 영악한 해장국집 할맘이 먹여주마고 데리고 들어와서 월급도 안 주고 몇년 동안 부려먹은 거다. 내가 데리고 나가서 같이 산다니까 그때서야 월급 얼마 줄 테니까 가지 말라고 붙잡더라.

그때부터 니 에미는 월급 받으면 한푼 안 쓰고, 정말 동전 하나도 안 쓰고 돈을 모았다. 나도 니 에미 보고 마음 잡고 돈 모았다. 그렇게 돈 모아서 방 한칸 마련하고, 식도 안 올리고 거기서 같이 살기 시작했어. 그러다가 니가 태어났다.

지금도 마찬가지지만 니 에미나 나나 아는 것도 가진 것도 없었다. 니 에미는 강원도 산골하고, 이 동네, 그것밖에 모른다. 다른 데서는 살아본 적이 없는 사람이다. 늘 보고 살았으니 이 장사나마 그럭저럭 해서 먹고사는 거다. 하다 보니 이력도 붙고. 나 또한 아는 데가 없다. 공사판으로 떠돈 것뿐이니 무슨 세상을 알겠냐. 내가 아는 건 건물이 완공되기 전까지뿐이다. 텅 빈 땅에 기초 파고, 골조 올리고, 배관공사하고, 벽 쌓고, 콘크리트 치고, 내장공사하고…… 그때까지는 내가 안다. 어떤 집이든지 어떤 빌딩이든지 어떤 아파트든지 그게 완공되기 전까지는 내가 다 안다. 모르는 게 없다. 수십년 동안 온갖 놈의 걸 다 지어봤으니까. 지금 서울에서 제일 비싼 아파트, 그거 내가 지은 거다. 중부 고속도로, 내가 놓은 거다. 올림픽대로도 내가 놓은 거다. 잠실 운동장? 올림픽 공원? 다 내가 만든 거다. 그렇지만 완공된 다음에는 난 몰라. 완공된 데에는 한번 들어가본 적도 없다. 그러니 뭘 알아 다른 장사를 하겠냐?

너는 아마 아직까지도 모를지 모르겠다만, 니 에미는 국문도 못 알아본다. 다른 데 가서 어떻게 살겠냐? 무슨 장사를 하겠냐? 나는 촌에서 국민학교 4학년까지는 다녀서 그래도 국문은 알아본다만, 그래도 니 에미랑 다를 거 별로 없다. 어떻게 무슨 장사를 하겠냐? 장사 아무나 하는 거 아니다. 이 동네에서 돈 벌어서 다른 장사 한다고 나갔다가 알거지 돼서 돌아온 사람 내가 여럿 봤다. 더구나 나나 니 에미 같은 사람은 장사 못한다. 내가 니 에미한테 말해서 이사는 어떻게 가보려고 해보겠다만, 니 에미가 요새 내 말에 코방귀라도 뀌는 사람이냐, 어디. 잘될지는 나도 모르겠다.

니 에미는 다른 동네는 무섭다고 나가려고도 안할 거다. 무서운 건 나도 마찬가지다. 나도 세상이 무섭다.

에미 애비 꼴 안 되려거든 공부 열심히 해라. 딴생각 말고.

4

한씨의 눈끝에서 선영은 얼핏 물기를 보았다. 그것이 눈물이었을까? 잘 알 수가 없었다. 눈동자도 없이 늘 퀭하게 뚫린 구멍처럼 보이던 그 눈에서 나온 그것이 눈물이었을까? 그 눈에 눈물이 맺히는 것을 선영은 처음 보았다. 그 눈물 앞에서 선영은 감동이라기보다는 생경함을 느꼈다. 마치 죽은 개구리의 몸에서 꺼낸 심장이 벌떡거리는 것을 보았을 때처럼 징그러웠다. 아버지가 눈물을 흘렸다. 아버지 같은 사람도 눈물을 흘린다. 그것은 선영에게는 새로운 발견이었다. 선영이 이제까지 보아온 눈물은 악에 받친 고함소리, 욕설, 악다구니와 더불어 펑펑 쏟아지는, 추한 것이었다. 그러나 만일 한씨의 눈끝에 얼룩지던 그것이 만일 눈물이었다면, 그것은 그런 눈물과는 달랐다. 낯선 눈물, 그리고 그 눈물 때문에 아버지의 얼굴 자체가 낯설어졌고, 아버지 자신이 낯설어졌다.

그렇다. 아버지에게서 그런 얘기를 들은 것부터가 낯설었다. 그녀는 아버지의 얘기 속에서 아버지가 아니라 한 낯선 남자를 보았다. 또한 한 낯선 여자를 보았다. 어머니가 문맹이었다니. 돌이켜보면 가정환경 조사서를 작성한 것은 늘 어머니가 아니라 선영 자신이었다. 어머니는 늘 무엇인가 다른 일을 하고 있었다. 선영이가 문항을 읽으면 어머니는 배추를 씻으며, 다리미질을 하며, 가전제품 대리점이라고 써라, 자가용 없으면 없다고 써야지, 하고 말했다. 성적표를 가져다주면 어머니는 늘 찬찬히 들여다보다가 잘했다, 한마디로 밀어놓았다. 선영이 도장을 찍어야 한다고 하면 도장 어디 있는지 알잖아, 했다. 선영은 읽지도 못하는 어머니에게 성적표를 내밀었고, 어머니는 읽지도 못하면서 잘했다고 칭찬을 했으며, 선영은 그 칭찬을 당연한 것으로 생각했던 것이다. 진정 그녀의 성적이 좋았으므로.

아니다. 선영은 부모가 그런 사람들이라는 것이 부끄럽지는 않았다. 사람으로서의 아버지 어머니를 좀더 이해할 수 있게 된 것처럼 여겨졌다. 동시에 자신이 좀더 어른이 된 것 같다는 생각도 들었다. 아버지를 한천구로서, 어머니를 안경자로서 이해하려는 노력을 기울여야 한다는 생각도 들었다.

그러니까 만일 한씨가 선영의 방문을 나서자 계단을 내려가면서 신고산이 우르르 화물차 떠나는 소리에…… 하고 노래를 부르기 시작했고, 이어 나이 어린 손님을 달고 올라오는 양자의 엉덩이를 철썩 후려치고는 이년 부지런히 벌어야 고향 간다, 하고 버럭 소리를 지르며 우하하, 하고 커다란, 그리고 공허한 웃음을 터뜨리는 것을 보았다면 자못 실망하고 말았을지도 모른다. 그러나 다행인지 불행인지 선영은 그런 소리는 듣지 못했다. 갑자기 한천구로, 그리고 안경자로 다가온 아버지와 어머니의 생경한 모습 때문에 그녀는 당혹감에 빠져 있었고, 그래서 방안까지 훤히 꿰뚫고 들어온 한씨의 너털웃음 소리는 그녀의 귀에는 닿지 못한 채 방안에서 무의미하게 맴돌다가 먼지와 함께 방구석에 스며들었을 뿐이었다.

한씨는 아내에게 말했다. 지가 대학 가겠다고 하면 대학 보내야 할 것 아닌가. 나이 차면 시집도 보내야 할 것 아닌가. 이런 데서 어떻게 대학인들 제대로 보내고 시집인들 온전히 보내겠는가. 딸년 말이 틀린 거 하나 없어. 이사를 가든지 다른 장사를 하든지 궁리를 해봐야겠어. 경자는 아무 대꾸도 하지 않았다. 그녀는 사람들이 긴 얘기를 할 때면 늘 그렇듯이, 남편의 말을 다 이해할 수가 없었다. 사람들이 분주히 얘기를 주고받을 때에, 텔레비전의 아나운서가 열심히 뉴스를 주워섬기고 있을 때에 흔히 경자는 머릿속이 먹먹해진다. 그들이 무슨 말을 하는지 갑자기 알아들을 수가 없었다. 한국노총이 6월 4대 지방선거를 계기로 본격적으로 정치활동을 시작하겠다고 선언하고 나서자 여야가 대책 마련에 부심하고 있습니다. 민자당은 24일 현 정치 경제 여건으로 보아 노조의 정치활동은 시기상조라는 입장을 나타낸 반면 민주당은…… 단 한마디만이라도 이해할 수 없는 말이 끼어들고 나면 그 다음 말부터는 외국어처럼, 혹은 짐승들의 꽥꽥거리는 울음소리처럼 전혀 이해가 되지 않는다. 그들의 얘기는 소음에 불과하다. 아, 어, 우, 이, 오…… 아무 생각도 할 수 없다. 머릿속이 백지처럼 변해버린다. 아무것도 써지지도 그려지지도 않는 백지. 경자는 그런 때면 그녀로서는 상상하기 힘든 일, 알 수도 없는 일, 별로 상관도 없는 일이 벌어지고 있구나, 하고 생각할 따름이다. 지금도 마찬가지였다. 그녀로서는 상상하기 힘든 일이 벌어지려 하고 있었다. 그런데 이번에는 상관없는 일이 아니었다. 어째서 이사를 가야 하는지, 어째서 다른 장사를 해야 하는지 그녀는 알 수가 없었다. 이 골목에서 학교 다니는 아이들이 하나둘인가. 수미도, 명자도, 명식이도, 순식이도 다 이곳에서 학교에 다녔다. 골목 끝에 살던 대환이는 대학까지 들어갔다. 물론 아이들이 가출을 하거나 불량해지는 일이 있기는 하지만, 그것을 꼭 이 골목 탓이라고 할 수는 없는 일이다. 가출하는 모든 아이들이, 불량해지는 모든 아이들이 이 골목에 사는 아이들이 아니라는 것쯤은 경자도 안다.

이 골목에 사는 모든 아이들이 가출을 하는 것도 불량해지는 것도 아니라는 것 역시 안다. 그런데 어째서 딸년은, 나이도 어린 년이 갑자기 부모에게 대들면서 이사를 가자는 것인가? 어째서 갑자기 다른 장사를 해야 한다는 것인가?

　무슨 일인가 벌어지려 하고 있었다. 그녀는 그것이 무슨 일인지 이해할 수 없었다. 왜 그런 일이 벌어지려 하는지도 이해하지 못했다. 다만 불안감이, 해묵은 불안감이, 이제까지 수십년 동안 까마득히 잊고 살았던 불안감이 저 산골, 그녀가 쫓겨나던 날 새벽 골짜기마다 나무 밑둥마다 꾸역꾸역 밀려나오던 안개처럼 되살아나는 것이 느껴질 따름이었다. 이곳에서도 그렇게 쫓겨나는 것은 아닐까. 그 새벽처럼, 그 무섭던, 그 외롭던 날 새벽처럼, 이곳에서마저, 이번에는 자식에게 쫓겨나는 것은 아닐까. 쫓겨나지 않으려면 어떻게 해야 하는 것일까.

　다른 장사? 무슨 장사를 할 수 있을까? 그리하여 경자는 시장으로 나갔다. 한씨도 따라나섰다. 어느 쪽으로건 길만 건너면 시장이었다. 이 많고 넓은 시장, 이 많은 물건들, 서울에는 사람이 도대체 얼마나 사는 것일까? 한 시간 동안 시장을 돌아다니며 그녀가 산 것은 순대 한 도막, 갈치와 배추, 젓갈, 상추, 돼지고기 두 근이었다. 경자는 순대를 받아들면서는 순대 장사를 할 수 있을까, 갈치를 받아들 때에는 갈치 장사를 할 수 있을까, 배추를 받아들 때에는 배추 장사를 할 수 있을까, 하고 생각했다. 어느 것도 상상이 되지 않았다. 다 먹먹할 뿐이었다. 다 버겁게 여겨질 뿐이었다. 그래서 시장을 나서면서 한씨가 저런 장사는 안 되고 적당한 가게를 하나 얻어서 자리를 잡아야지, 했을 때에 그녀는 그만 버거운 정도가 아니라, 태산이라도 짊어진 것 같은 기분이었다.

청량리역 앞 큰길로는 빽빽이 밀린 각양각색의 차들이 늘어서서 저마다 꽁무니로 배기가스를 뿜어내며 교통신호가 바뀌기를 기다리고 있었고, 양쪽 인도에서는 시장에서 밀려나온 장사치들과 장보러 나온 사람들, 큰 가방과 보따리를 들고 역으로 가는 사람들, 행인들, 버스를 기다리는 사람들, 택시로 뛰어가는 사람들이 뒤엉켜 들끓었다. 경자와 한씨는 비닐봉지들을 주렁주렁 늘어뜨리고 그 사이를 헤치며 걸었다. 길 양쪽에는 구두 가게 옷 가게 레코드 가게 텔레비전 가게 커피 가게 술 가게 화장품 가게 약 가게 병원 가게 은행 가게…… 온갖 가게들이 커다란 유리 진열창 너머로 온갖 물건들을 펼쳐놓고 늘어서 있었고, 하, 가게도 많고 많구나, 하며 새삼스러운 눈으로 그 가게들을, 그것들이 이마와 옆구리에 내붙인 그녀로서는 읽을 수가 없는, 그녀에게는 그저 험상궂게 찌푸린 짐승의 낯짝과 별반 다를 게 없는 간판들을 둘러보는 순간 경자는 걸음걸이마저 비틀비틀, 더욱 기운을 잃었다. 가끔 시장을 가기 위해 드나들던 그 거리가 완전히 낯선 세상으로 변해버린 것 같았다. 험상궂은 괴물들이 도사린, 정체불명의 안개가 무럭무럭 피어오르는, 길도 없는 깊은 산 속, 그녀가 쫓겨나던 날의 진부 산골짜기 같았다. 마침내 낯익은 골목으로 들어서며 비로소 경자는 길게 한숨을 내쉬었다. 그 때까지 경자는 숨도 쉬지 않았던 것이다.

그로부터 이사 얘기가 나오면, 다른 장사를 해야 한다는 얘기가 나오면 경자는 입을 다물었다. 아무 대꾸도 하지 않았다. 적에게 사로잡혀 포로가 된, 그러나 충성스러운 병사처럼, 그녀는 완강한 침묵으로 맞섰다. 한씨도 선영도 그 침묵의 벽을 깰 방법이 없었다. 한씨는 쉽사리 포기했다. 그리고 일상으로 돌아갔다. 그는 아내를 설득하는 일 외에도 다른 할일이 많았다. 이를테면, 저 술과 싸움과 경마와 도박이 그를 기다리고 있었던 것이다.

그러나 선영을 기다리는 것은 없었다. 아니, 있었다. 이층 구석 방, 그녀는 서랍에서 공책을 꺼내 '2. 이사'라고 기록되어 있던 항목에 붉은 줄을 그었다. 그녀의 눈이 그 아래 항목을 더듬어내려갔다.

"3. 방화."

그것이 눈에 들어온 순간 선영의 얼굴이 하얗게 질렸다. 그녀 자신이 써넣은 항목이었다. '3. 방화'라고 써넣으면서도 그녀는 거기까지는 이르지 않아도 목적을 달성할 수 있으리라고 믿었다. 그것을 써넣으면서는 두렵지도 질리지도 않았다. 그러나 남은 길이 그것 하나뿐이라고 생각하며 아랫줄로 눈을 옮긴 순간, 그 한마디 단어가 소름이 끼치도록 두려워졌다. 방화. 방화라니. 내가 정말 이런 생각을 했단 말인가. 어떻게 이런 생각을 했을까. 또 다른 방법은 없을까. 정말 이 길밖에 없는 것일까.

여전히 귀가 잘린 고호는 시무룩한 얼굴로, 그는 이미 다 아는 번민으로 어깨를 웅크리고 있는 한 소녀의 질린 얼굴을, 이제 곧 입을 열어 퉁명스러운 충고라도 던질 듯이 쳐다보고 있었다.

5

그러나 선영은 방화문제로 더이상 고민할 필요가 없었다. 이사가 갑자기 결정되었던 것이다. 일주일 만에 집에 돌아온 한씨는 들어서자마자 경자에게 계약금을 내놓으라고 재촉했다. 무슨 계약금? 무슨 계약금은. 가게 계약금이지. 가게라니? 상계동 아파트단지 안에 있는 종합상가 이층 가게 하나를 보고 오는 길이라니까. 옷도 팔고 스타킹이니 뭐니 하는 양품도 팔고 하는 집이야. 우리 고향 선배가 하던 집인데, 다른 데로 옮긴다고 복덕방에 내놓았다는 거야. 그 대목에서 경자는 입을 다물었다. 그러나 선영은 귀가 솔깃해졌다.

한씨는 경자에게 열심히 얘기를 계속했다. 어려울 게 없는 장사야. 지금 거래선에서 물건들 계속해서 다 갖다줄 거고, 그러면 찾아오는 손님들한테 팔기만 하면 되는 거야. 몇천 가구 정도가 사는 아파트단지 안에 있는 상가고, 바로 코앞에 주택가가 있기 때문에 손님 걱정도 할 필요가 없어. 당신은 그저 앉아 있기만 하면 돼. 나랑 선영이도 도와줄 거고.

선영은 벽처럼 침묵하고 있는 경자를 향해 열심히 고개를 끄덕거렸다. 한씨는 맹렬히 얘기를 계속하고 있었다. 글자 모르는 거 걱정할 필요 없어. 내가 당분간 가게 지켜줄 테니까. 숫자만 알면 되는 거야. 당신 돈 계산은 좀 잘해? 돈 계산만 하면 되는 거야. 이 장사보다 훨씬 깨끗하고 편해. 눈치볼 거 없고, 건달놈들한테 돈 뺏길 것도 없고, 미친년들 상대할 필요도 없고.

경자는 입을 다물고 한마디도 하지 않았다. 그러나 이번에는 그 침묵도 효과가 없었다. 아무리 얘기를 해도 경자가 한마디도 대꾸를 하지 않자 한씨가 갑자기 그녀에게 덤벼들었던 것이다. 그리하여 그날의 일용할 싸움이 벌어졌다. 선영은 싸움을 말리기 위해 한씨와 경자 사이에 들어가 몸부림쳤으나 소용이 없었다. 이내 한씨와 경자는 두 마리 짐승이 되어 물고 치고 찼다.

끝내 경자는 다문 입을 열지 않았다. 한씨가 무슨 얘기를 해도 소용이 없었다. 선영이 참다 못해 한마디 했다.

"엄마, 제발 부탁이에요. 절 위해서요. 제가 이런 데서 커서 이런 장사나 하며 살기를 바라세요?"

경자는 물끄러미 선영을 쳐다보았다. 입술에 피가 흐르고 있었다. 선영은 경자에게 다가가 휴지로 피를 닦아주었다. 경자는 여전히 벽처럼 무표정한 얼굴로 선영을 건너다볼 뿐이었다.

"단칸방이라도 상관없어요. 여기서 나갈 수만 있다면 길거리에서 풀빵 장사를 해도, 시장바닥에서 배추 장사를 하며 살아도 제가 열심히 도와드릴게요."

"딸년 생각도 해얄 거 아냐, 무식헌 년의 여편네."

한씨가 쏘아붙였다. 그 순간 경자의 눈이 한씨를 향하며 차갑게 빛났다. 거기 담긴 증오와 멸시는 참혹했다. 그러나 그 시선을 거둬들이며 경자는 뚜벅 물었다.

"얼마요?"

계약금이 지불되고 중도금이 지불되었다. 물론 한씨가 들락날락하며 모든 일을 처리했다. 경자는 따라나서기는커녕 가게가 어떤지 집이 어떤지 물어보지도 않았다. 한번도 헐어본 적이 없던 경자의 예금통장은 한꺼번에 거의 바닥이 났다. 그 대신 그녀의 손에는 수십 년 만에 처음으로 새로운 주소지가 기입된 두 장의 계약서가 쥐어졌다. 노원구 상계동 ㄷ아파트 종합상가 2층 197호. 노원구 중계동 ㅅ아파트 212동 235호. 가게와 전셋집이었다. 가게 입주는 20일, 전셋집 입주는 15일이었다. 여관은 집주인과 상의하여 내놓기로 하고, 골목에 말을 냈다. 말이 나오기가 바쁘게 수미 어머니 정숙이 덤벼들었다. 그러나 경자는 계약을 미뤘다. 한씨는 뭐가 그리 바쁜지 하루에도 몇번씩이나 들락거리며 잔금을 재촉했으나, 경자의 대답은 한결같았다. 잔금은 이사를 가서 주겠다는 것이었다. 잔금을 치르기 위해서는 하루 빨리 여관에 들어가 있는 전세금을 받아야 했고, 그러기 위해서는 정숙과 계약을 해야 했다. 한씨에게서도, 정숙에게서도 재촉을 받으면서도 경자는 차일피일, 이 핑계 저 핑계로 계약을 미뤘다. 마치 무슨 일이 벌어져서 이사를 가는 일이 깨어지기를 바라는 것 같았다.

14일 아침에야 경자는 수미네 집으로 건너가서 계약을 하고, 계약금만을 받았다. 정숙은 계약금이고 잔금이고 한꺼번에 주고받자고 했으나, 경자는 잔금은 내일 아침 골목을 떠날 때에 받겠다고 했다. 경자가 집으로 돌아오자 한씨는 당장 덤벼들어 가게와 전셋집의 잔금을 내놓으라고 들이댔다. 경자는 돈이 없다, 여관 전세 잔금은 내일 받기로 했다, 내일 아침에 받아서 중계동의 아파트로 짐을 옮긴 다음 집주인에게 건네주면 되지 않느냐고 말했다. 한씨는 화를 버럭버럭 내며 온갖 욕설을 다 퍼부었다. 경자는 눈썹 한번 까딱하지 않고 이삿짐 꾸리는 일에만 열심이었다.

선영은 경자의 시선을 의식하고 땀을 씻으며 고개를 들었다. 경자는 한정신을 놓은 눈길로 멍하니 선영을 바라보고 있었다.

"왜 그래요, 엄마?"

갈라진 음성, 작은 소리로 경자는 말했다.

"난 무섭다."

선영은 무서울 거 없다고 말했다.

"세상이 무섭다. 너도 무섭고 니 애비도 무섭다. 다 무섭다."

역시 옆에서 이삿짐을 꾸리고 있던 한씨는 버럭 성을 내며

"미친 여편네 미친 소리 다 한다. 재숫대가리 없게시리."

하고 부르짖더니 휭 나가버렸다.

이튿날 아침, 지난 저녁부터 페인트공이 이 붓 저 붓을 함부로 빨아댄 물통처럼 시커멓게 찌푸려 있던 하늘이 찔끔찔끔 빗물을 흘리

기 시작했다. 바람까지 장난을 시작했다. 일정한 방향도 없이, 쓰레기통을 뒤엎으며 저쪽으로 불어갔다가, 쓰레기통 옆에 두 줄로 아슬아슬하게 쌓아올린 연탄재를 단번에 쓰러뜨리며 반대쪽으로 불고, 그랬다가는 졸지에 창문으로 덤벼들어 빗방울을 방 안으로 휩쓸어 넣었다.

선영이 눈을 떴을 때에 경자는 문턱 밖으로 한쪽 무릎을 내놓고 앉아 멍한 눈으로 컴컴한 복도를 내다보고 있었다. 복도에 깊은 물처럼 어둠이 차 있었고, 그 물보다 더 깊고 불길한 예감이 집안을 가득 채우고 있었다. 선영이 눈을 뜨자마자

"아빠 들어오셨어?"

하고 물은 것은, 어쩌면 그녀에게도 어떤 예감이 있었기 때문은 아니었을까. 경자는 미동도 않고, 고개도 돌리지 않고, 컴컴한 복도를 향해 쪼그리고 앉은 채 중얼거렸다.

"이런 바람을 촌에서는 도깨비바람이라고 했는데……"

"아빠는?"

경자는 입을 다물었다. 선영은 더이상 묻지 않았다. 그렇게 모녀는 하루 종일을 보냈다. 비는 하루 종일 쉬임없이 쏟아졌다. 정오가 기울 무렵부터 굵직굵직한 빗줄기가 사정없이 창문으로 밀려들었다. 바람도 여진했다. 하늘은 빗줄기와 구름과 바람의 장난기 너머로 모습을 감추고 나타나지 않았다. 때가 되자 경자는 김밥을 사왔다. 모녀는 감방처럼 어둡고 비좁은 방에 앉아 찬물을 마셔가며 꾸역꾸역 김밥을 먹었다. 창문으로 넘어온 빗물이 벽을 타고 흘러내려 벽에 기대어 세워둔 이삿짐 보따리를 적셨으나, 모녀는 그것을 알지 못했다. 바람이 있는 힘을 다해 여관의 아크릴 간판을 기세좋게 뜯어내어 허공으로 달아나 청량리역 광장 앞에 내던졌으나, 그것 역시 모

녀는 알지 못했다. 하늘이 얼핏 나와 쓰레기가 젖어가는 옥상 너머, 비에 젖어 구질구질 떨어지는 희미한 햇빛 사이로, 조각난 창을 통해 어둠보다도 더 어두운 얼굴로 그림자처럼 늘어져 있는 두 모녀를 내려다보다가 혀를 차며 고래를 설레설레 젓고는 얼른 다시 구름 속으로 돌아가버렸으나, 모녀는 그것도 알지 못했다. 바람이 뒤집은 우산을 골목 한쪽에 내던지고 쏟아지는 빗줄기에 몸을 맡긴 채 비탈진 길을 허덕허덕 걸어올라간 한씨가 골목 끝의 집안으로 들어서자 개가 컹컹 짖어댔고, 그 개를 향해 한씨가 이놈의 가이새끼야, 복날이 지났다고 기승이냐 뭐냐, 하고 암호를 외치고 방문을 열어젖혔으며, 방안에서는 짙은 담배연기 속에서 화투장을 손에 쥔 사람들이 그를 흘끗 쳐다보며 잔금까지 받아왔으면 여기 앉어, 하고 자리를 내주었으나, 모녀는 그 역시 알 리 없었다.

날이 저물고 밤이 되었다. 발을 구르며 우는 선영을 물끄러미 쳐다보고 있던 경자는 올 인간이면 벌써 왔다, 할 뿐이었다. 불현듯, 선영은 어머니는 아버지가 돌아오지 않기를 내심 바라고 있었는지도 모른다는 생각이 들었다. 어머니는 돈을 잃고서도 이 골목에 남게 된 것을 다행이라고 생각하는 건지도 모른다. 어머니는 어쩌면 처음부터 아버지가 그 돈을 들고 달아날 작정이라는 것을 알고 있었는지도 모른다……

밤이 깊어진 다음에야 경자는 수미 어머니에게 건너가 어제 받았던 계약금을 내놓으며 계약을 취소해달라고 말했다. 정숙은 이미 한씨가 돈을 들고 뺑소니를 쳤다는 것을 소문으로 듣고 있었다. 그녀가 경자에게 트집을 잡자면 얼마든지 잡을 수 있는 일이었다. 최소한 계약금의 두 배가 되는 금액을 위약금으로 받아낼 수 있었다. 그러나 정숙은 두말 없이 계약금을 돌려받고 계약서를 찢었다. 그녀는 오히려 경자를 위로하려 했다.

“그런 인간도 남편이라고 이제까지 기다렸나. 차라리 없는 게 낫다. 우리 소주나 한잔 먹자. 지난번에 우리가 그렇게 싸움질을 했지만, 어디 서로 악감정이 있어서 싸웠나. 먹고살자니 그래 된 거지.”

그러나 경자는 곧 그곳을 나와 소주 두 병을 사 들고 집으로 돌아갔다. 선영이 이삿짐 보따리 틈에 엎드려 울고 있었다. 그것을 보고서도 경자는 울지 말라거나 듣기 싫다거나 하는 말 한마디 없이 그 옆에 주저앉아 소주를 물잔에 가득 따랐다. 한잔을 단숨에 비우고 또 한잔. 그마저 반쯤 비운 뒤에야 경자는 우는 선영에게 물었다.

“너도 조금 마셔볼래?”

선영의 울음소리가 더 커졌다. 어디선가 갑자기 요란한 음악이 터져나왔고, 우우우, 바람이 웃으며 어둠속으로 치달려갔다. 경자는 그 잔을 마저 마시고 잔을 방바닥에 내려놓았다. 딱, 잔이 방바닥에 부딪는 소리가 깨어질 듯 위태로웠다.

“울지 마라. 그 인간도 무서웠을 거다. 무서워서 그랬을 거다. 그 인간인들 무슨 재주가 있어서 그런 데 가서……”

선영은 믿을 수가 없었다. 분명히 그날, 그녀는 아버지의 눈물을 보았다고 생각했다. 그게……, 만일 그게 눈물이 아니었다면, 그날 아버지가 들려준 말이 진정이 아니었다면, 그런 것은 도대체 무엇이라고 해야 하는 것일까?

우우우, 바람이 다시 미친 듯 웃어대며 어두운 하늘로 날아올랐다.

그렇게 한씨는 영영 그 골목에서 사라졌다. 물론 선영과 경자는 그 골목에 남았다.

6

　문을 밀고 안으로 들어서자 원근법 도형처럼 줄을 그은 듯한 사선으로 복도가 저쪽 끝 출입구까지 말끔히 내다보였다. 선영이 발을 옮길 때마다 발자국 소리가 만들어내는 파문이 그 문 끝까지 밀려갔다가 되돌아왔다. 선영은 창문으로 교실을 들여다보았다. 텅 빈 교실에 책상 걸상들이 벌서는 듯 늘어서서 그녀를 곁눈질했다. 교실 문 앞에 멈춰서자 선영은 문을 열었다. 청소가 끝난 지 얼마 지나지 않은 탓일까. 운동장 쪽 창으로 흘러드는 누런 햇빛 속에서 가느다란 먼지 입자들이 촘촘히 흩날렸다. 선영은 문을 닫았다. 그림자들이 선영과 함께 갇혔다. 선영은 자신의 책상을 찾아가 앉자 영어책을 펼쳤다. 정적이 그녀의 머리끝까지 출렁출렁 차올랐다. 이내 굳어버린 듯 선영은 꼼짝도 하지 않았다. 책을 향해 숙인 머리, 흘러내려 양쪽 뺨을 가린 머리칼, 책상을 향해 굽어든 어깨와 등 위로 꾸물꾸물, 기운 잃은 햇발이 벌레처럼 기어올랐다. 책장은 잊혀져 넘겨지지 않았다. 그녀의 눈은 열려 있었으나, 그 시선은 책상 위의 책이 아니라 그녀의 내면에 닿아 있었다.

　광고에도 나온다. 파괴는 창조라던가. 얼마 전 읽은 『데미안』이라는 헤르만 헤쎄의 소설에도 나온다. 태어나려는 자는 한 세계를 파괴해야 한다고. 어쩌면 선영이 하려는 방화는 그런 파괴일 것이다. 다른 길이 없었다. 그녀가 생각해낼 수 있는 마지막 남은 길이었다.

　한씨가 그렇게 사라진 뒤에 선영과 경자는 상계동의 그 아파트상

가와 중계동의 그 전세 아파트에 가보았다. 한씨가 경자에게 주었던 두 장의 계약서는 가짜였다. 그 상가의 상인도, 그 아파트의 주인도 계약 같은 건 해본 적이 없다는 것이었다. 경자는, 그러나 계약서를 찢지 않았다. 선영이 계약서를 찢으려 하자 경자가 막았다. 선영은 이해할 수 없었다. 아무 소용도 없는 가짜 계약서를 뭐 하러 보관하려는 것일까?

선영은 학교에서 받아왔던 전학 서류를 참담한 심정으로 반납했다. 매일 그 골목과 학교를 오갈 때마다 그녀의 속이 낡은 신발 밑창처럼 닳아 해어졌다. 며칠이 지난 뒤에 선영은 어머니에게 다시 이사를 하자는 얘기를 꺼냈다. 경자는 어이가 없는 듯 딸을 쳐다보더니 그만 입을 다물었다. 그 눈빛을 보며 선영은 어머니가 이삿짐을 싸다 말고 하던 말을 떠올렸다. 난 무섭다. 세상이 무섭다. 너도 무섭고 니 애비도 무섭다. 다 무섭다. 심해어는 더 조건이 좋은 환경으로 옮겨놓으면 오히려 죽어버린다. 어쩌면 아버지도 어머니도 본능적으로 그걸 알고 있는 것이 아닐까. 그러나 선영은 무섭지 않았다. 이 골목이, 이 어둠이 무서웠고, 한씨가 그들 모녀에게 사기를 쳤다는 것을 알게 되었을 때에 그녀의 마음속에 뿌리내린 작고 검은 씨앗, 포기의 씨앗이 무서웠다. 그것은 덩굴식물이 나무를 타고 올라 결국은 나무를 죽여버리듯이, 그녀의 의지를 죽여버릴지도 모른다. 지금도 그녀는 그 씨앗이 뻗어올린 덩굴이 서서히 종아리를 감고 기어오르는 것을 느끼고 있었다.

어쩌면 가출이야말로 그녀가 가장 쉽게, 가장 간단히 의지를 실천에 옮기는 길이었는지도 모른다. 일찌감치 가출을 결행해야 했는지도 모른다. 그러나 이제는 가출마저도 불가능해졌다. 저 어머니를 혼자 두고 어떻게 가출을 한단 말인가? 글도 모르는 어머니, 세상에 아는 세계라고는 오직 이 골목뿐인 어머니를 두고 어떻게 가출을 한단 말인가? 선영은 퇴화되려는, 아니 이미 퇴화가 시작되었는지도 모르는 두 눈을 안간힘으로 부릅뜨고 증오에 차서 어둠속을 노려보며, 그러나 바로 그 어둠속으로 느릿느릿 헤엄쳐들어가는 수밖에 없었다. 수업을 마치고 집으로 돌아가기 위해 그 골목으로 들어설 때마다 그녀는 벌거숭이 몸으로 시궁창 속으로 들어서는 기분이었다. 어둠속으로 계단은 끝도 없이 뻗어 있었고, 그 계단을 그녀는 걸어내려가고 있었다. 그녀가 한 계단을 내려갈 때마다 조금 전 디뎠던 계단은 사라져버렸다. 내려갈 수 있을 뿐이었다. 그것이 그녀에게 허용된 단 하나의 길이었다.

남은 길은 무엇인가? 포기의 덩굴이 그녀의 의지보다 키가 높아지기 전에 길을 찾아내야 했다.

불을 지르면 다 타버릴 것이다. 들키면 선영은 교도소로 끌려가겠지. 그러나 그것으로 이 골목에서 탈출한다는 목적은 완벽하게 달성되는 셈이다. 들키지 않는다면 선영이네는 알거지가 될 것이다. 따라서 이곳을 떠나야 하고, 이 장사를 계속할 수도 없게 될 것이다. 역시 그녀의 목적은 달성되는 셈이다. 그 다음에 어디로 가서 어떻게 살아야 할 것인지는 모른다. 그래도 걱정할 것 없다. 어떻게든 살게 되겠지. 어떻게 살아도 지금보다는 나을 것이다. 파괴는 창조라 하지 않는가.

선영은 그렇게 생각해보려 했다. 생각을 그런 쪽으로 몰아갔다. 그러나 쉬운 일이 아니었다. 어머니를 알거지로 만든다는 것보다도, 혼자 교도소로 끌려간다는 것보다도 더 무서운 일은 어머니가 화재로 불에 타 죽어버릴지도 모른다는 점이었다. 그 집에서 일하는 여자들이 죽어버릴 수도 있다는 점이었다. 어쩌면 화재가 번져서 그 집만이 아니라 그 동네 전체가, 혹은 전체는 아니라 해도 여러 집이 같이 타버릴 수도 있다는 점이었고, 그 와중에 여러 사람이 죽거나 다칠 수도 있다는 점이었다. 그녀가 살인자가 되어버릴 수도 있다는 점이었다.

그러나 그 집이, 그 동네가 불타오르는 광경을 상상할 때마다 선영은 부르르 몸이 떨렸다. 상상만으로도 통쾌했다. 이 더러운, 불결한, 타락한, 부패한, 사악한 동네를 불태우는 것이다. 이 동네가 불에 타 잿더미가 되어버리는 것을 상상하는 것만으로도 이미 반은 탈출에 성공한 것 같은 기분이었다. 생각만 해도 환희로 몸이 떨렸다. 그 환희 속에는 누가 죽건 말건, 어디까지 타건, 불을 질러버리라는 충동적인 유혹이 있었다. 다 타고 나면, 누가 불을 질렀는지 누가 알 수 있겠느냐는 악마적인 목소리가 있었다. 더구나 아직 중학교 3학년밖에 안 된 그녀를 방화범으로 지목할 사람은 없을 것이라는, 이 동네에는 그녀말고도 그런 의심을 받기에 부족함이 없는 결함투성이 인간들이 얼마든지 있다는 교활한 계산도 있었다. 어머니는 슬쩍 밖으로 유인해냄으로써 사고를 당하지 않게 할 수 있지 않겠느냐는 이기적인 술책도 있었다.

그러나…… 그것은 얼마나 무서운 일인가. 사람이 죽는다. 불에 타, 무너지는 건물에, 터지는 프로판가스통에 ……

불이 나준다면 좋을 텐데. 불이 나주기만 한다면.

그 순간 뜨거운 화살이 선영의 머릿속을 꿰뚫고 들어왔다. 그녀는 몸서리를 쳤다. 그녀가 불을 지르지 않아도 불이 날 수 있지 않을까. 시장에서, 공장에서, 산에서 흔히 불이 나듯이. 누전, 담뱃불, 가스 폭발, 번갯불 등의 원인으로 화재가 발생하지 않던가. 그 동네에서도 그런 일이 벌어질 가능성은 얼마든지 있지 않은가. 만일 그렇게 불이 나주기만 하면, 선영 자신이 불을 지르지 않아도 목적은 달성되는 셈이다. 만일 그렇게 불이 나주지 않는다면, 선영 자신이 그런 식으로 불이 나도록 작은, 아주 작은 계기를 만들어줄 수 있을 것이다. 방화하는 것은 결코 아니다. 작은 실수를, 불이 날 수도, 나지 않을 수도 있는 아주 사소한 실수를 저지르는 것뿐이다. 아니, 실수도 아니다. 그녀는 사소한 장난을, 위험할 수도 있는 장난을, 그것이 위험한 짓이라는 것을 전혀 모르는 채로, 불이 날 수도 있는 장난을 하는 것이다. 만일 불이 난다면, 물론 그것은 선영의 책임이리라. 그러나 만일 누군가가 선영이 그 위험한 장난을 하는 것을 목격한다 하더라도, 그녀가 불을 질렀다고 말할 수는 없을 것이다. 불은 그저 난 것이다. 선영은 운이 없어서 엉뚱한 때에 엉뚱한 곳에서 엉뚱한 장난을 한 것뿐이다……

다 타버린다, 다 태워버린다…… 파괴는 창조다. 새는 알을 깨고 나온다. 아아, 심해어는 스스로 어둠을 밝히기 위해 발광기관을 만들어냈다. 선영 역시 발광기관을 만들어내야 한다. 아아, 그녀의 발광기관은 거대하다. 이 동네에서 발생하는 화재가 곧 그 발광기관이니까. 모든 사람들이 그 발광기관을 통해 빛을 볼 수 있을지도 모른다…… 모든 사람들이 그 빛속에서 새로운 길을 발견할 수 있을지도 모른다.

선영은 부르르 몸을 떨며 일어섰다. 교실 안에는 어둑어둑 어둠이 밀려들고 있었다. 그런 생각을 하다니. 그녀는 교실을 나와 운동장으로 나섰다. 운동장 가득 어둠이 범람하고 있었다. 바다처럼 깊고 바다처럼 완강한 어둠속을 선영은 상처 입은 물고기처럼 연약한 지느러미를 꾸물거리며 느릿느릿 헤엄쳐갔다. 저 너머에 암흑의 계단이, 오직 아래로만 내려갈 수 있는 계단이 기다리고 있었다. 그녀는 오늘도 그 계단을 내려가야 한다. 왜? 밑으로, 바닥이 없는 밑으로, 오직 밑으로만 내려가야 한다. 내려가지 않으면 어떤가? 운동장 한가운데에서 선영은 우뚝 멈춰섰다. 그녀의 이마에 차디찬 어둠의 파도가 부딪쳐왔고, 죽은 물고기처럼 나뭇잎이 떨어져내렸다.

죽어버리는 게 나을지도 모른다. 현실이 죽음보다 못하다면, 그리고 그 현실에서 벗어날 수 있는 길이 없다면, 죽을 뿐이다. 기꺼이, 분에 겨운 선물처럼 죽음을 받아들일 수 있다.

교문을 빠져나가는 선영의 발끝에 뒤쪽으로 길다랗게 쓰러진 그림자는 오히려 교실 쪽으로 우쭐우쭐 자꾸 뒷걸음질하고 있었다.

7

"저희 집은 가전제품 대리점을 하는 게 아닙니다. 매음굴을 경영합니다."

선영이 담임 교사 한동환과 마주앉아 꺼낸 첫마디였다. 그녀는 행여 같은 말을 반복해야 하는 일이 벌어질까봐 두려워 일부러 또박또박 끊어 말했다. 동환은 깜짝 놀라 눈을 휘둥그레 뜨고 바보처럼 선영을 쳐다보았다. 매음굴이라니. 바람도 숨을 죽이는 것 같았다. 그들 머리 위에 무수한 가지와 이파리를 늘어뜨린 플라타너스도 깜짝 놀라 행여 누가 들을까, 주위를 두리번거리는 것 같았다. 선영의 눈에는 결의가, 순진한 결의가 담겨 있었다. 그러나 순진한 만큼 그 결의는 단호했다. 가출이건 방화건 자살이건, 택하기 전에 그녀는 담임 선생님에게 카운슬링을 받아보기로 했다. 어쩌면 선생님은 현명한, 지혜로운 해결책을 제시해줄지도 모른다. 그것은 실낱 같은 마지막 기대였다.

"제 엄마는 포주예요. 매춘부를 일곱이나 데리고 있어요."

선영은 매춘부라고 말했다. 동환은 열여섯살 난 소녀의 입술 사이로 너무나 매끄럽고 자연스럽게 흘러나오는 매춘부라는 말에 다시금 충격을 받았다. 가슴이 철렁 내려앉았다. 이런 말을 해야 한다는 결심에 이르기까지 선영이 얼마나 큰 고통과 절망 속을 헤쳐나왔을 것인지 차마 짐작하기마저 조심스러웠다. 선영의 입술은 시커멓게 타서 껍질이 일어나 있었다. 바람이 되살아났고, 플라타너스 나뭇잎들이 부딪는 소리가 쏴아, 운동장 이편에서 저쪽까지 소근소근 그 말을 전했다.

매춘부. 그렇다. 선영은 감히 그들을 매춘부라고 부를 수 있었다. 그 말은 선영에게는 역설적으로 매혹적이었다. 선영은 또한 어머니를 포주라고 부를 수 있었다. 그 말 역시 선영에게는 역설적으로 매혹적이었다. 매음굴이라고, 포주라고, 매춘부라고 말하면서 그녀는 자학적인 쾌감을 느꼈다. 할복하는 일본인 무사가 만일 쾌감을 느낀다면 그것은 이런 쾌감일 것이다. 누군가에게 이렇게 털어놓을 수 있으리라고는 며칠 전까지만 해도 상상하지 못했던 일이었다. 그러나 이제 그녀는 모돈 것을 다 털어놓을 작정이었다. 털어놓아야만 도움을 받을 수 있을 테니까. 그 작정을 하는 데에 일주일이 걸렸다.

선영은 의식하지 못하고 있었으나, 그런 결심의 이면에는 또 하나의 감춰진 동기가 있었다. 자포(自暴)라는 동기였다. 한씨가 돈을 움켜쥐고 달아난 다음부터 그녀의 마음속에서 들려오기 시작한 냉소, 그녀가 의식하지 못하는 사이에도 계속해서 들려오는 그 냉소,

그것은 선영이 그런 결심을 하는 데에 도움이 되었다. 말하면 어떠냐. 선생님이 알면 어떠냐. 어차피 그게 사실인걸. 어쩌면 선생님들은 벌써 아는지도 모른다. 알면서도 모르는 체하는 건지도 모른다. 그런들 어떠냐. 어차피 곧 영영 만나지 못하게 될 사람들인걸. 왜냐고? 가출을 하건 방화를 하건 자살을 하건, 학교를 다닐 일은 더이상 없을 것 아니냐.

선영은 침착하게, 적나라하게 말했다. 수업을 끝내고 집으로 돌아가 2층 구석방으로 가기 위해 복도를 걸어가다 보면 매춘부들의 방 안에서 저 혐오스러운 소리가 들려오는 적이 종종 있다는 것까지도 얘기했다. 그녀는 숙제를 하듯이 성실하게, 정확하고 명료하게 얘기했다. 어머니와 아버지에 대해서도 얘기했다. 그 집이, 그 골목이 심해라고 생각하게 된 경위도 얘기했다. 그 심해에서 탈출하지 않으면 안된다고 생각하게 된 날로부터 이제까지 있었던 일을, 그 탈출의 방법으로 가출과 이사, 방화와 자살을 생각하게 된 일까지도 다 얘기했다. 마지막 말을 할 때는 음성이 떨렸다. 곧 눈물이 흐를 것 같았으나, 그녀는 심호흡을 거듭하여 위기를 넘겼다.

"저희 집은 지옥입니다. 그 골목 전체가 지옥이에요. 집으로 돌아갈 때마다 매번 지옥으로 끌려들어가는 기분이에요. 매번 죽어서 지옥으로 끌려가는 것만 같아요. 더이상은 거기서 살 수 없어요. 나와야 해요."

그 또록또록한 선영의 어조 속에서 동환은 당당해지려 애쓰는, 비굴해지지 않으려 애쓰는 소녀의 자존심을, 눈물을 터뜨리지 않기 위해 안간힘을 다하는 아직은 어린 소녀를 보았다. 그는 두려웠다. 교무실에서 이곳 운동장의 벤치까지 걸어오는 동안 선영이 몇차례나 쓰러질 듯 비틀거리던 것이 생각났다. 잠이나 제대로 잤을까. 그녀

210

의 한쪽 눈에 실핏줄이 터져 충혈되어 있는 것이 보였다. 무슨 말을 해 줄 수 있는가. 무슨 말을 해줘야 하는가. 그는 두려웠다. 선영의 어린 나이가 두려웠고, 그 결심이 두려웠고, 자신이 실지로 아무 도움도 되어줄 수가 없다는 것이 두려웠으며, 그 때문에 이제 선영이 맛보게 될 실망이 두려웠다.

선영은 기다리고 있었다. 이제 동환이 입을 열어야 할 차례였다. 그러나 할말이 생각나지 않았다. 학교 다닐 때에 열심히 들어 모두 A 학점을 받았던 교육심리학도, 화법도 소용이 없었다. 다행히 그때 생각난 것은 기본적인, 그리고 상투적인 카운슬링의 기법이었다.

"수고했다. 그 작은 가슴에 그 많은 얘기들을 담아두느라고 고생이 많았을 거야. 그래. 잘했어. 가출하지 않은 것도, 집에 불을 지르지 않은 것도 잘한 일이고, 자살하지 않은 것도 잘한 일이야. 나에게 이렇게 찾아와준 것도 잘한 일이고. 이사를 못하게 되고, 아버님이 그렇게 된 건 안됐다만."

선영은 묵묵히 앉아 있었다. 무엇이 잘한 일이라는 건지 그녀는 알 수 없었다. 다만 선생님이 그녀를 격려하고 있다는 점을 짐작할 따름이었다. 그러나 그녀에게 필요한 것은 그런 격려가 아니었다. 동환은 얘기를 계속하고 있었다.

"얼핏 생각하기엔 가출이 좋은 방법인 것 같지만 사실은 가장 어리석은 방법이야. 가출해서 어디로 갈 거야? 물론 선영이는 똑똑하니까 그런 길로 들어서지는 않을 줄 알지만, 가출한 여자애들 대부분이 결국은 타락과 부패의 함정으로 떨어지고 말아. 심지어는 네가 지금 심해니 지옥이니 하고 얘기한 바로 그런 생활로 떨어지는 경우도 많아."

그는 지금 자신이 하고 있는 얘기들이 마음에 들지 않았다. 상투적인, 누구나 다 아는, 뻔한 얘기에 불과했다. 선영에게 필요한 얘기는 이런 것이 아니었다. 그렇다면 어떤 얘기일까? 무슨 얘기를 해줘야 하는 것일까? 할 얘기가 없었다. 아니, 할 얘기는 있었다. 그러나 그 얘기는 중학교 3학년짜리 어린아이에게 할 수 있는 얘기가 아니었다. 그는 지금 친구에게 하듯이 흉금을 터놓고 얘기를 할 수 있는 처지가 아니었다. 감출 것은 감춰둬야 했다. 그는 교사였고, 지금 카운슬링을 하고 있었다. 솔직한 것은 중요한 덕목일지는 모르지만, 현명한 전술은 아니었다.

"방화도 마찬가지야. 집을 불태우면 우선 그런 장사는 중단되겠지. 그렇지만 설혹 선영이네 어머니가 그 장사를 더 못하게 된다 할지라도 그런 장사를 하는 집들은 여전히 얼마든지 있어. 그 골목이 다 그런 장사를 하는 집이잖아. 그 골목 전체를 불태운다 하자. 그래도 마찬가지야. 서울에는, 이 나라에는, 이 세계에는 그런 장사를 하는 집들은 얼마든지 있어. 선영이네 집, 선영이네가 사는 동네에 불을 지른다 하여 해결될 수 있는 문제가 아니야. 물론 너는 지금 급한 마음에 '다른 집, 다른 사람들은 모른다. 나 혼자만, 우리 집만 그런 장사 안하면 된다' 하고 생각할지도 몰라. 하지만 그건 정말 너무나 순진한 생각이야. 그 골목은 이 세계 전체와 통해 있는 거야. 이 세계 전체의 한 부분이야. 이 세계가 그 골목을 필요로 하기 때문에 그 골목이 존재할 수 있는 거야. 어떤 의미에서는 그 골목, 그 골목에 사는 사람들은, 네 어머니나 너를 포함해서, 이 세계의 속죄양이라 해도 과언이 아니야. 만일 불을 질러야 한다면 그 골목을 필요로 하는, 그런 속죄양을 필요로 하는 이 세상에 불을 질러야 할 거야. 가해자를 놔두고 피해자를 벌한다는 것은 앞뒤가 맞지 않는 일이잖아."

동환은 자신도 모르는 사이에 감춰둬야 한다고 생각한 얘기를 꺼냈다.

"선영아, 이 세상은 말이다, 이 세상은 참…… 잔인하고 이상한 곳이야…… 어쩌면 너의 심해, 너의 지옥은 사실은……"

동환은 머뭇거렸다. 선영은 기다리고 있었다. 이제야 중요한 얘기가 시작되려는 것 같았다. 그러나 동환은 더 덧붙일 얘기가 있기는 한데 해야 할지 말아야 할지를 망설이는 것 같았다. 선영은 기다렸다. 그러나 동환은 그만 얘기를 원래의 지점으로 되돌렸다.

"자살을 생각한 것도 이해는 돼. 하지만 역시 터무니없는 생각이야."

선영은 실망하여 맥이 풀렸다. '너의 심해, 너의 지옥은 사실은……' 그 다음 얘기는 무엇이었을까?

"넌 지금 현실이 죽음보다 못하다고 했지만, 내가 보기엔 그렇지 않아. 지금 넌 아주 훌륭한 삶을, 평범한 아이들보다 훨씬 더 값진 삶을 살고 있어. 물론 아직 넌 그걸 모르고 있지만. 네가 처한 어려운 환경 때문에 넌 삶과 이 세계에 있어서 아주 중요하고 근본적인 문제에 의문을 품게 된 거야. 고통스럽긴 하겠지만, 그 의문을 품었다는 것 자체가 넌 이미 보통 이상의 가치를 지닌 삶을 살기 시작했다는 것을 뜻해. 보통 이상의 가치를 추구하지 않았다면 그런 의문 자체도 생겨나지 않았을 것이고, 그런 문제로 고통스러워하는 일도 벌어지지 않았을 거야. 그 골목에 사는 대부분의 사람들처럼 말이야. 이 세상 대부분의 사람들처럼 말이야. 그렇지만 넌 의문과 직면하고 있고, 그 의문을 해결하기 위해서 고통스러운 현실에 직면하고 있어. 그건 엄청난, 그리고 중대한 싸움이야. 사실은 넌…… 지금 이 세상 전체와…… 그중에서도 이 세상에서 가장 추잡한……"

　다시 동환은 머뭇거렸다. 하고 싶은 얘기가 입술 끝까지 밀려나와 있었다. 선영도 그것을 느꼈다. 그녀는 기대를 품고 기다렸다. 그러나 동환은 아까처럼 더 얘기를 하고는 싶어하면서도 무엇 때문엔지 주저하고 있었다. 이번에는 그 머뭇거리는 시간은 아까보다 훨씬 더 길었다. 그녀는 이번에는 선생님이 그 얘기를 마저 하려는 거로구나, 하고 생각했다. 그러나 이번에도 동환은 거기에서 그만 말을 돌렸다.

　"넌 파괴는 창조라고 했어. 옳은 말이야. 아마 파괴 욕구를 지닌 짐승은 인간뿐일 거야. 인간은 왜 파괴하고자 할까? 현실이 불만스럽기 때문이야. 왜 불만스러울까? 인간은 현실보다 더 나은 것을 상상할 수 있고, 만들 수 있기 때문이야. 현실에는 존재하지 않는 것, 이 세상 어디에도 존재하지 않는 것, 역사상 한번도 존재해본 적이 없는 것을 인간은 꿈꾸고 추구할 수 있는 존재야. 그 때문에 인간은 파괴하는 거야. 그리고 그런 파괴자들이 인류에게 발전을 가져왔어. 오늘날도 마찬가지야. 현실은 결함투성이야. 그런데 대부분의 사람들은 그냥 그게 결함이라는 것도 모르는 채 살아가기도 하고, 결함이라는 것을 알면서도 그저 결함을 안고 살아가. 하지만 그 결함을 해결하고 뛰어넘기 위해 일생을 바치는 사람들도 있어."

　동환은 얘기를 하면서도 이런 말로 그가 진정 하고자 하는 얘기가 전달될 수 있을까를 생각했다. 안 될 것이다. 그가 진정 하고자 하는 얘기를, 표현을 달리하여 전할 수 있는 방법은 없을까를 생각했다. 그것을 생각하는 동안 그는 어쩌면 쓸데없는 얘기들을 두서없이, 터무니없이 길게 늘어놓고 있었다.

　"그렇지만 무엇을, 언제, 어떻게 파괴해야 할지를 결정하는 것은 지극히 미묘하고 힘든 일이야. 어쩌면 그것이야말로 파괴와 창조가 가장 고통스러워지는 지점일지도 몰라. 너 역시 그런 지점에 마주치게 되는 때가 올 거야. 어쩌면 그것이 지금인지도 모르지만. 무엇을 버리고 무엇을 택할 것인지를 고통스럽게 결정지어야 하는 때가. 사람은 모든 걸 다 가질 수는 없어. 온갖 가능한 것들 중에서 하나씩만을 선택할 수 있을 뿐이야. 지금도 너는 무수한 선택변수 가운데 하나를 택하고 있는 거야. 넌 지금 이 순간, 텔레비전을 볼 수도 있고, 공부를 할 수도 있고, 가출하기 위해 짐을 쌀 수도 있고, 우두커니 앉아서 고민을 할 수도 있고…… 온갖 가능한 선택변수를 다 버리고, 나와 마주앉아 얘기를 하고 있는 거야. 그 모든 다른 가능성을 다 버리고 굳이 나와 마주앉아 있는 거지. 나는 그런 생각을 하면 때로 현기증이 나. 내가 순간순간 버리고 지나치는 그 모든 가능성들, 그 가운데에서 내가 택하는 것들, 과연 내가 버린 그 수많은, 그 모든 가능성들을 능가하는 가치가 내 선택 가운데에 있는가…… 무엇인가를 파괴할 때에도 그외의 모든 다른 가능성들에 대해 심사숙고해야 할 거야."

동환은 마라톤을 끝낸 선수처럼 숨을 몰아쉬었다. 아아, 무슨 한심한 소리들을 지껄이고 있는 것인가. 선영은 아직 동환의 마라톤처럼 긴 이야기 가운데에서 어떠한 해결책도 발견하지 못했다. 그는 어떠한 길도 제시하지 않았다. 여전히 선영의 앞에는 캄캄한 심해가 펼쳐져 있고, 그것이 심해라는 것뿐, 그녀는 심해에 대해 아무것도 알지 못했다. 왜냐하면 그녀에게는 눈도 발광기관도 없기 때문이었다. 어쩌면 담임 선생님에게 카운슬링을 요청한 것은 잘못이었는지도 모른다. 스스로 발광기관을 만들어내는 것만이 유일한 해결책인지도 모른다. 그것만이 이 심해를 헤쳐나가는 단 하나의, 서글픈 방법인지도 모른다.

　운동장 너머 시커먼 건물 옥상에서, 길도 없는 허공을 어둠이 슬멋슬멋 넘어왔다. 바람이 먼저 어둠을 맞아 밑으로 밑으로 깔려들었고, 플라타너스 나뭇잎들이 일제히 손뼉을 쳤다.

　"지금까지처럼 열심히 생각해. 한번 행동하기 전에 두 번, 세 번, 아니, 열 번 스무 번 생각해. 그러면 실제로 길은 행동이 아니라 바로 그 생각에, 그 생각 가운데에, 행동이 아니라 이성(理性) 가운데에 있다는 것을 알게 될 거야. 넌 심해에서 탈출하기로 결심한 이래 이제까지 바로 그 이성의 길을 따라왔어. 앞으로도 그 길을 따라가면 돼. 난 네가 자랑스러워."

　선영은 이해할 수 없었다. 무엇이 자랑스럽다는 것인가. 무엇이 이성의 길이란 말인가. 내가 무슨 길을 따라왔단 말인가. 나에게는 길은 없었다. 어둠, 그리고 끝없이 밑으로, 어둠속으로만 이어진 계단, 그리고 지옥이 있었을 뿐인데.

　동환은 가슴이 아팠다. 자신에 대해 화가 났다. 고작 이런 말밖에 해줄 수 없단 말인가. 결국 이 아이는 가출을 하고 말 것이다. 방화도 자살도 겁이 날 테니까. 반면 가출이란 쉽고 편하니까. 그런 환경에서 보고 듣고 체험한 모든 것들이 이 아이를 그쪽으로 유인할 것이다. 선영은 눈치가 빨랐다. 동환이 더이상 할 얘기가 없다는 것을 곧 알아내고 그녀는 벤치에서 일어나 단정히 고개를 숙였다.

　"고맙습니다, 선생님. 안녕히 계세요."

　"그래. 잘 가라."

　잘 가라. 어디로? 공허한 말이었다. 어둠속으로 선영은 걸어가고 있었다. 동환은 그것을 바라보고 있었다. 바람이 불었고, 플라타너스 잎들이 혀를 찼다. 동환은 선영을 불러세웠다.

　"선영아."

선영이 돌아서서 동환을 바라보았다. 맑은 눈, 그러나 고통과 번민과 상처로 아이답지 않게 이미 깊어져버린 저 눈. 동환은 그 눈앞에서 자신이 한 말들이 부끄러웠다. 이제 부끄럽지 않은 말을 해야 했다. 한마디라도 친구에게 할 수 있을 말을 해야 했다. 카운슬러의 모든 전술을 버리고, 사람으로서, 어리석은 솔직함으로 말해야 했다.

"심해는 그 골목만이 아니야. 이 세계 전체가 심해야. 이 세계 전체가 거대한 매음굴이야. 사람들은 스스로를 팔아 생계를 유지하고, 날카로운 이빨로 자기 몸보다도 더 큰 먹이를 낚아채어 물어뜯어. 자기 몸보다도 더 큰 위장을 가지고 있어. 먹이 앞에서는 이빨을 있는 대로 다 드러내고 짐승보다 잔인하게 싸워. 거기서 살다 보면 결국은 눈도 부레도 잃어버려. 잠시라도 긴장을 풀고 있었다가는 어느새 장님이 되어 있으면서도 자신이 장님이라는 걸 알 수가 없어. 부레를 잃고, 지느러미를 잃고, 헤엄치는 것도 잊었으면서도, 그저 물결 따라 이리저리 흘러다니면서도 그런 것도 의식하지 못해. 네가 만일 가출한다 해도, 그 골목 밖에서 네가 마주쳐야 하는 것 역시 심해야."

그 말을 하고 나자 조금 전 마라톤 같은 모든 얘기를 했을 때보다 훨씬 얘기다운 얘기를 했다는 생각이 들었다. 이제야 비로소 진정한 카운슬링을 했다는 생각이 들었다. 카운슬링의 모든 정석을 벗어난 이제야.

그러나 선영은 여전히 이해할 수 없었다. 어째서 이 세계가 심해란 말인가? 그 골목만 벗어나면 정상적인 생활, 정상적인 사람들이 있지 않은가. 아버지처럼, 어머니처럼 겁에 질리지 않은, 아아, 진정 아무것도 겁낼 것이 없는 떳떳한 생활과 사람들이 있지 않은가.

　"하지만 그건 골목 밖의 세상도 심해니까 가출해봐야 쓸데없다는, 어차피 사람이란 그 심해에서 짐승처럼 사는 수밖에 없다는 뜻이 아니야. 사람이 심해가 아닌 세상을 꿈꿀 수 있다는 것, 사람이 그런 세상을 만들어낼 수 있다는 것, 단숨에는 아닐지라도 차츰차츰일지라도 그런 세상을 만들어낼 수 있다는 것을 잊지 말라는 거야. 사람은 어디에도 없는 세상을 꿈꿀 수 있고, 만들어낼 수 있어."

　선영은 어둠속에 서 있었다. 그 어둠 저편에, 그러나 역시 같은 어둠속에 동환이 서 있었다.

　"고맙다, 선영아. 오랜만에 이런 생각, 이런 얘기를 했어. 니가 내 스승이다."

　동환은 어둠속에서 교사(校舍)를 향해 돌아서 걷기 시작했다. 어둠속에 어둠보다도 더 검은 교사가 몇군데 띄엄띄엄 불을 밝히고 좌초한 여객선처럼 떠 있었다. 선영은 왠지 술 취한 사람처럼 휘청휘청 걷고 있는 동환을 지켜보고 서 있었다. 일년 가까이 보아왔지만, 일년 가까이 칭찬 듣고 꾸중 듣고 배워왔지만 난생 처음 동환의 마음을 보고 그의 얘기를 들었다는 생각이 들었다. 동환과 친구가 된 것 같은 기분이었다. 그가 여전히 걸으면서, 뒤를 돌아다보며 다시 한마디를 던졌다.

　"나도 심해에서 살고 있어, 선영아. 앞이 안 보여."

　선영은 어둠속에 오랫동안 서서 동환이 멀어져가는 것을 바라보고 있었다. 어둠에 묻혀 그가 보이지 않게 되자 선영은 혼자 작게 소리 내어 말했다.

　모르겠어요, 선생님. 왜 저 세계가 다 심해라는 건가요?

8

밤이 깊었다. 선영은 자기 위해 불을 껐다. 잊고 있던 소음이 창문을 타고 고름처럼 찐득찐득 흘러내렸다. 잘해줄 테니까 어서 들어와, 총각. 나 처녀야. 뭐야? 니가 처녀면 난 총각 산신령이다. 아니, 오늘은 처녀라구. 웃음소리. 방문 바로 밖에서는 복도 저편에서 들려오는 매춘부들의 억지 신음소리. 이런 씨발년들이……, 아차, 씨발년들은 여기선 욕이 아닌가. 웃음소리. 꺼져, 이 자식아. 그 가운데 경자가 발악하는 소리가 들렸다. 이년들아, 약만 퍼먹고 늘어져 있으면 다야? 장사를 해얄 거 아냐, 장사를. 그렇게 늘어져 있으면 손님들이 찾아온대? 누군 땅 파서 장사하는 줄 알아? 경자는 한씨가 사라진 이래 여자들을 더욱 악착같이 다그쳤다. 선영은 이불을 뒤집어썼다.

선영은 용기를 내어 다시 한번 어머니에게 이사를 가자고 졸랐다. 그러나 얻어낼 수 있었던 대답은 침묵뿐이었다. 경자는 이제 선영을 원망하는 것 같았다. 한씨가 그렇게 사라진 것을 선영이 이사 가자고, 다른 장사를 하자고 했기 때문이라고 생각하는 것 같았다.

달라진 것은 없다. 나아진 것도 없다. 여전히 선영은 심해 속에서, 1천 기압의 수압을 견디며, 지느러미를 흐느적이며, 보이지도 않는 어둠속을 천천히 헤엄쳐가고 있었다. 어째서 저 바깥의 세계가 다 심해라는 것일까. 그게 정말일까. 어쩌면 어머니 아버지가 저 바깥의 세상을 두려워하는 것이 그 때문일까.

동환은 전과 다름없는 담임 선생님이었다. 어두운 운동장에서 나도 심해에서 살고 있다고 말하던 그 사람은 어디론가 사라져버렸다. 그 일은 없었던 것 같았다. 선영이 혼자서 상상했던 것 아닌가, 하는 생각까지 들었다. 가끔 교실에서, 복도에서 선영과 눈이 마주치면 동환은 얼른 시선을 다른 곳으로 옮겼다. 그것으로 선영은 그가 더이상 그녀와 얘기하는 것을 원치 않는다는 것을 알 수 있었다. 고맙다고, 오랜만에 이런 생각 이런 얘기를 했다고 말하던 사람은 이미 없었다. 어쩌면 그 역시 두려운 것인지도 모른다는 생각이 들었다. 아버지 어머니가 두려움에 사로잡혔듯 그 역시 두려움에 떨고 있는지도 모른다. 왜? 어째서?

열심히 생각하라고 선생님은 말했다. 그것이 길이라고 말했다. 아아, 이 고통속에서, 이 어둠속에서 열심히 생각이나 하며 살라는 것인가. 생각이나 하다가 죽으라는 것인가.

선영은 참기 힘든 순간이 오면 심해어를 생각했다. 빛 한조각 없는 캄캄한 심해, 엄청난 수압으로 온몸이 짓눌리는 심해, 거기에서, 캄캄한 어둠속을 헤드라이트를 켜고 달리는 자동차처럼, 스스로 빛을 내며 천천히 유영하는 물고기를 떠올렸다. 그것이 선영 자신이었다. 어둠속에, 빛의 궤도를 만들고, 그 궤도를 따라 유영하는 심해어, 그것이 그녀였다. 아니, 선영은 그렇게 되고 싶었다. 그러나 지금은 그렇지 못했다. 그녀의 몸에서는 아무런 빛도 나오지 않았다. 빛도 없이, 무용지물인 눈을 껌벅거리며 그녀는 심해 속을 떠돌고 있었다. 물결이 흔들리는 데 따라 흔들릴 뿐, 이미 지느러미도 무용지물이 되었는지도 모른다. 부딪쳐 상처 입은 다음에야 거기 장애물이 있었다는 것을 알고, 부딪쳐 물어뜯긴 뒤에야 거기 적이 있었다는 것을 안다.

처음으로 선영은 수미를 이해할 수 있을 것 같았다. 학교에서 요구하는 모든 규율, 세상이 말하는 온갖 금제를 범하고 깨뜨리는 것으로 일관한 수미의 심정을 알 수 있을 것 같았다. 어쩌면 이 캄캄한 심해에서는, 빛도 길도 없는 심해에서는 그것만이 살아 있다는 것을 스스로에게 확인시키는 유일한 길인지도 모른다. 설혹 그런 짓으로 변화시킬 수 있는 것은 전혀 없고, 오직 스스로 상처 입을 뿐일지라도, 그렇게 하여 자신이 무력하다는 것을, 고통스럽다는 것을, 외롭다는 것을 거듭 확인하고 잊지 않을 수 있다면 자신이 무력하다는 것도, 고통스럽다는 것도, 외롭다는 것도 잊은 채 심해의 일부가 되어 물결 따라 출렁거리기나 하는 것보다는, 바로 얼마 전의 선영 자신의 모습보다는 낫지 않을까. 수미의 그런 무작정한 일탈행위들은 무력하기는 하지만, 자신을 끊임없이 확인하는 저항의 몸짓이 아니었을까. 칭찬할 수는 없으나 그렇다 하여 비난만 할 수는 없는, 안타까운 저항이 아니었을까.

선영은 다시 일어나 불을 켰다. 그녀는 책상으로 가서 서랍을 열었다. 수미에게서 받은 루주는 그대로 들어 있었다. 수미가 쓰던 것일까. 포장은 뜯겨 있었고, 새빨간색, 끝부분이 조금 닳아 있었다. 선영은 거울 앞으로 다가섰다. 창백한 얼굴, 흩어진 머리칼, 입술이 터지고 갈라져 검고 흰 껍질이 일어나 있었다. 선영은 그 입술 위에 루주를 바르기 시작했다. 터지고 갈라진 자리도, 검고 희게 일어나 있던 껍질도 그 짙고 붉은 루주에 덮여 보이지 않게 되었다. 갑자기 그녀의 입술은 깜짝 놀랄 만큼 선정적으로 변했다. 그 입술과 함께 그녀의 얼굴 전체가 침침한 형광등 불빛 아래 새로운 전구처럼 환히 떠올랐다. 그녀는 뺨에도 루주를 조금 발라 문질렀다. 창백하던 뺨이 붉고 매력적인 홍조를 띠었다. 저 골목에 서서 손님을 기다리는 매춘부들과 다를 것이 없는 모습이었다. 이것이 나의 발광 기관이다. 이것이 나의 빛이다. 이 심해를 헤쳐나가기 위한 최소한의 나의 빛, 나의 발광기관. 그녀는 입술에 루주를 칠하고 또 덧칠했다. 다시금 그녀는 차디찬 심해, 캄캄한 어둠속에서 스스로 빛을 내어 붉은빛의 궤도를 뚫고 그 속으로 유영해들어가는 물고기를 떠올렸다. 그녀의 눈에 맺혔던 눈물이 주르르 뺨을 타고 흘러내렸다.

<1995, 문학사상 4월호>

평화의 집

1

그 집 철대문 위에는 커다란 간판이 붙어 있었다. 붉은 벽돌로 쌓아올린 두 개의 기둥 사이에 설치된 그 집 대문 위에는 쇠대롱을 얼기설기 엮어 설치한 아치가 있었는데, 그 아치에 양철 조각을 잘라 글자를 만들고, 그 글자에 녹색의 페인트를 칠하여 붙여놓은 것이 간판이었다. 칠이 떨어지고, 군데군데 녹이 슨 그 간판은 비탈진 언덕 아래쪽에 다닥다닥 붙어선 가난한 동네를 향해 이렇게 말하고 있었다.

"평화의 집."

어느 누구에게도 해로울 것 없는 간판이었다. 그러나 바로 그 간판 때문에 미영은 매질을 당했다. 미영이만이 아니었다. '평화의 집'에 처음 들어오는 아이들은 어느 누구를 막론하고, 바로 그 간판 때문에 적어도 한동안은 매질을 당해야 했다. 그러니까 어쩌면 미영이를 포함한 아이들에게는 그것은 무해한 것이 아니라 위험한 간판이었다고 해야 할지도 모른다.

미영이가 처음 '평화의 집'에 들어간 것은 일곱살 때였다. 그곳에 들어간 첫날, 원장 아버지가 미영을 다른 아이들에게 소개하고 방에서 나가자마자 오빠들이 미영을 불러냈다.

"따라 나와."

바짝 마른 얼굴에 광대뼈가 눈 바로 밑까지 튀어나온 오빠였다. 또 한 오빠는 작달막한 키에 몸집이 오동통했다. 두 오빠들의 눈빛은 이상했다. 눈동자가 없는 것처럼 느껴지는 눈, 눈동자 대신에 이해할 수 없는 어둠이 그 자리를 차지하고 있었다. 한 오빠의 이름은 민웅, 다른 한 오빠의 이름은 천식이었다. 그들은 운동화를 찍찍 끌며 앞장서서 숙소 앞의 어둠속으로 걸어들어갔다. 미영은 낮에 봐서 그 너머에 쓰레기 소각장이, 그리고 다시 그 너머에는 황토흙과 바위와 나무들이 주춤주춤 늘어선 언덕배기가 있다는 것을 알고 있었다. 미영은 방에서 나가 신발을 신자 엉거주춤 멈춰섰다. 어째서 갑자기 두 오빠가 불러내는지, 어째서 어둠속으로 걸어들어가는지 알 수가 없었고, 겁이 났다. 어둠속에서 한 오빠가 소리쳤다. 이 쌍년이 빨리빨리 안 오고 뭐 하고 섰어? 그 말이 채 끝나기도 전에 다른 오빠가 소리쳤다. 빨리 안 와, 이 씨발년아? 미영은 움직일 수가 없었다. 더욱 겁에 질려 발이 떨어지지가 않았다. 욱욱, 울먹임이 넘어왔다. 저런 개같은 년이…… 찍찍, 신발 끄는 소리가 가까워지더니 숙소 기둥에 비끄러매인 작은 알전구가 밝힌 빛의 테두리 안으로 민웅이 들어섰다. 그는 미영의 어깨를 잡아 거칠게 끌어당겼다. 좋은 말로 할 때 와, 이년아. 미영은 앞으로 쓰러졌다. 손바닥으로 땅을 짚을 때에 손바닥이 까졌다. 욱욱, 울음소리가 더 커졌다. 아가리 다물어. 소리 내지 마. 아가리에 똥을 처넣어줄까, 응?
미영이 엉거주춤 일어서자 민웅은 미영의 머리칼을 움켜쥐어 어둠속
으로 끌어갔다. 미영은 소리를 내지 않기 위해 침을 꿀꺽꿀꺽 삼켰
다. 아빠, 아빠…… 미영은 속으로 부르짖었다. 머리가 아파왔다.
머릿속에 커다란 종이 들어 있고, 그 종이 무엇엔가 함부로 난타당
해 요란한 불협화음을 내는 바람에 온몸이 먹먹해지는 것 같았다.
머리 전체가 종이 되어버린 것 같았다. 머리가 아팠다, 머리가 터질
것 같았다……

 빨리빨리 걸어, 이 망한 년아. 어른처럼 천식이 오빠가 나직하게
내뱉었다. 그들은 미영이 보기에는 아빠보다도 더 어른 같았고, 아
빠보다도 더 무서웠다. 민웅이 걸음도 멈추지 않은 채로 성냥을 그
었다. 성냥 불빛에 민웅의 바짝 마른 얼굴이 붉게 드러났다. 그의
입술에 길다란 담배가 물려 있었다. 천식도 담배에 불을 붙였다. 휘
익휘익, 천식이 휘파람을 불었다. 야 이 씨발놈아, 밤에 휘파람 부
는 거 아니야. 민웅이 투덜거렸다. 괜찮아, 이 씨발놈아. 천식이 내
뱉고 계속해서 휘파람을 불었다. 저 씨발놈 말 더럽게 안 듣네. 쓰
레기 소각장을 지났다. 냄새 좆 같다. 짬밥 냄새 같다, 씨발. 빨리
빨리 올라가, 이 얼어죽을 년아. 민웅과 천식은 비탈진 언덕을 올라
가며 얘기를 주고받았다. 오늘 학교에서 꼰대한테 허벌나게 터졌다,
씨발. 왜? 준비물 안 가지고 왔다고. 돈이 없는데 어떻게 찰흙을
사고 수수깡을 사냐? 그 꼰대 개새끼네. 우리가 여기 사는 줄 뻔히
알면서도 그랬단 말이야? 씨발, 알 테지 모르겠냐?

 철조망이 앞을 막았다. 언덕 꼭대기였다. 그 옆에 밑으로 옴파 패
인 평지가 있었다. 내려가, 이년아. 주춤거리는 미영에게 민웅이 말
했다. 앞이 잘 보이지 않아 주춤거리는 미영의 등을 천식이 떠밀었

다. 눈멀었어, 이년아? 왜 더듬어? 미영은 밑으로 나동그라졌다.
다행히 흙바닥이었다. 얼른 일어서는 미영에게 천식이 물었다. 담배
필 줄 알아? 미영은 잠시 멀거니 서 있다가 몰라, 하고 대답했다.
이 새낀 물어볼 걸 물어봐야지. 꼴을 봐라, 담배 피게 생겼나. 민웅
과 천식은 히잉히잉 웃어댔다. 이야웅, 어둠속에서 고양이가 울었
다. 저리 꺼져, 이 새끼야! 민웅이 그쪽으로 담배꽁초를 던졌다.
천식이 두 손을 바지 뒷주머니에 꽂고 미영 앞에 버티고 섰다.
  “내가 지금 한가지 질문만 하겠다. 대답이 똑바로 나오면 안 때릴
거다. 그렇지만 엉뚱한 대답이 나오면 때려죽여버리겠다. 알아들었
어?”
  민웅은 어른처럼, 군인처럼 말했다. 미영은 고개를 끄덕거렸다.
  “말로 해, 이년아.”
  미영은 얼른 대답했다.
  “응.”
  “여기가 어디냐?”
  미영은 무슨 말인지 이해할 수 없었다. 어느새 찾아 쥐었는지 천
식이 몽둥이로 미영의 등줄기를 후려쳤다. 미영은 자지러지게 놀랐
다. 너무나 놀라 아픈지 안 아픈지도 알 수가 없었다.
  “어서 대답해, 이년아.”
  “여기가 어디야?”
  여기가 어딜까? 여기가 어딜까? 여기가, 여기가 어딜까? 고아
원일까? 그러나 미영은 자신이 없었다. 자신은 분명히 고아가 아니
었다. 아빠가 있었다. 아빠가 있는 자신이 여기 들어온 것을 보면
고아원은 아닌 것 같았다.
  “어서 대답 안 해?”

천식이 다시 몽둥이를 들고 덤벼들었다. 미영은 얼른 대답했다.

"고아원."

천식이 다시 미영을 후려쳤다. 민웅이 말했다.

"이년아, 고아원이 대한민국에 한두 군데냐? 여기가 어디야?"

미영은 아직 학교에 다닐 나이가 아니었다. 그러나 글자를 알아볼 수 있었다. 얼른, 미영은 대문 위에 붙어 있던 글자들을 떠올렸다. 평, 화, 의, 집. 그렇게 써 있었다.

"평화의 집."

미영은 자신있게 대답했다. 그러나 천식의 몽둥이가 다시 미영의 엉덩이를 비스듬히 후려쳤다. 퍽 소리가 났다. 처음으로 미영은 고통을 느꼈다.

"난 그 말만 들으면 화가 치밀어, 이년아. 여기가 어디야?"

눈물이 찔끔찔끔 비어져나오기 시작했다. 소리는 나오지 않았다. 목구멍이 꽉 막힌 것 같았다. 고아원도 아니라면, 평화의 집도 아니라면, 여기는 어디일까?

"여기가 어디야, 이년아?"

머리가 아팠다. 머릿속에서 종소리가 요란하게 울렸다. 머리가 터질 것 같았다. 다시 천식의 몽둥이가 미영의 엉덩이를 내리쳤다.

"어디야, 이 멍청한 년아?"

"펴…… 평화의 집."

생각나는 대답은 그것뿐이었다.

"내가 그 말만 들으면 화가 치민다고 얘기했어, 안 했어? 이년이 미친년이네. 어린 년이 벌써 대가리에 녹이 슬었어."

"이렇게 얻어터지면서도 여기가 평화의 집이냐, 이 죽일 년아?"

"평화 맛 좀 실컷 봐라."

천식은 위아래로 가릴 것 없이 미영을 난타하기 시작했다. 미영은 울음소리도 내지 못한 채 고스란히 그 매를 다 맞았다. 죽을 것처럼 겁이 나고, 머리가 아프고, 몸이 부들부들 떨렸다.

"그래도 여기가 평화의 집이야?"

민웅이 물었다. 미영은 대답했다.

"아니."

"다시 묻겠다. 여기가 어디냐?"

미영은 입이 열리지 않았다. 무슨 말을 할지를 알 수가 없었다. 누가 잡아 흔들기라도 하는 것처럼 몸이 떨렸다. 아니, 떨리는 것이 아니라 그것은 흔들리는 것 같았다.

"좋아. 오늘은 이 정도만 해두겠다."

"하나 둘 셋 셀 때까지 사라져. 재빨리 방으로 내려가서 숨소리도 내지 말고 꼬라박힐 것."

"하나, 두울……"

미영은 허겁지겁 공터에서 빠져나오자 어둠속을 달리기 시작했다. 뒤에서 민웅과 천식이 외치는 소리가 들렸다. 저년 봐라, 저년 봐. 그게 뛰는 거야? 빨리빨리 못 뛰어? 저게 매를 덜 맞았어, 아직. 미영은 구르듯이 언덕을 달려내려갔다. 뒤에서 민웅과 천식이 히잉 히잉 웃어댔으나, 미영에게는 그 웃음소리 역시 그들의 욕설과 위협처럼 들렸고, 그래서 더욱 힘껏 내달았으며, 나무 줄기에 팔이 긁히고 발가락이 돌부리에 부딪치는 것도 모르는 채 미친 듯이 치달렸다. 소각장을 지나, 뜰을 지나, 마루 위로 뛰어올라, 방으로 들어서서 이불을 뒤집어쓴 다음에야 미영은 소리를 내지 않기 위해 애쓰며 울었다. 아빠 얼굴이 떠올랐다.

그곳은 고아원이 틀림없었다. 그리고 분명히 '평화의 집'이었다.

그런데 어째서 아빠가 있는 미영이 고아원에 와 있는 것일까? 아빠가 혹시 죽은 것일까? 그래서 동네 어른이 나를 여기로 데리고 온 것일까? 어째서 대문 위에 커다란 글자로 '평화의 집'이라고 써 있는데, 오빠들은 이곳이 평화의 집이 아니라고 말하는 것일까? 평화의 집이 아니라면 무엇일까? 아아, 아빠는 정말 죽은 것일까? 술 마시고 돌아다니다가, 엄마처럼 죽어버린 것일까? 엄마…… 아빠…… 평화의 집……

여기가 어디일까?

2

헌구는 한때는 적지 않은 농토를 지닌데다 남의 논까지 소작을 맡아 농사를 짓던 부지런한 농사꾼이었다. 3년 전까지만 해도 아내까지 거느린, 제법 단란한 가정의 가장이었다. 그의 술병이 도진 것은 아버지가 죽은 뒤였다. 그 전부터 말술을 마다 않는 호주가였던 그는 아버지가 죽고 그 술버릇을 나무랄 사람이 없어지자 매일 원수진 듯 술을 퍼마셨고, 술만 마시면 아버지, 아버지, 하고 외치며 목을 놓아 울거나 마누라를 두들겨팼다. 논에 나가서도 술만 퍼마시다가 돌아왔다. 얼마 뒤부터는 아예 논에도 나가지 않았다. 이듬해가 되자 논 주인이 소작을 빼앗아 다른 사람에게 넘겼다. 그것이 속이 상해 더욱 술을 퍼마셨고, 이제는 술에 취해도 아버지를 목놓아 부르며 통곡하는 일은 없어지고, 마누라만 두들겨팼다. 그리하여 가을이 채 되기 전에 그의 마누라는 어디론가 달아나버렸다.

  그는 아내를 찾기 위해 집을 나섰다. 먼저 해남의 처갓집으로 갔다. 장인도 장모도 없는 처갓집에서는 그를 반겨줄 사람이 없었다. 그는 물 한잔 얻어마시지 못한 채 쫓겨나듯 되돌아나와야 했다. 마누라가 어디로 간 것인지는 알 수가 없었다. 그때부터 그는 마누라를 찾는다는 명목으로 며칠씩 집을 비운 채 세상을 떠돌며 술을 퍼먹고 다녔다. 며칠에 한번, 몇주일에 한번 집에 돌아올 때 보면 그 꼴이 거지도 상거지가 되어 있었다. 거지는 그 혼자만이 아니었다. 아이도 거지가 되어갔다. 아비가 돌아오면 아이는 오히려 겁에 질렸다. 마누라가 달아난 뒤로 술만 먹으면 마누라 대신 아이를 두들겨 팼던 것이다. 술이 깨면 그는 더없이 착하고 부지런한 사람이었다. 보다 못해 동네 어른들이 꾸중을 하면 헌구는 그 자리에서는 고분고분하기 이를 데 없었다. 말도 잘했다. 예. 인자 안 그럴라요. 아이고, 나도 인자 술이 징허요. 그나저나 동네 어르신들헌테 이렇게 걱정을 끼쳐서 어쩔까요잉? 참말 죄송허고 미안허요. 그러나 돌아서는 길로 술을 퍼먹고 다시 나타나서는 그 집 대문을 걷어차고, 항아리를 깨뜨리고, 신발을 신은 채 마루 위로 올라가 방문을 걷어차며 행패를 부렸다. 야 이것들아, 느그들 살림살이나 잘혀. 내가 내 돈으로 내 술 묵는디, 느그들이 뭣 났다고 콩이네 팥이네 잔소리여? 별 똥 겉은 꼴을 다 보겄네. 그런 짓이 한두 번 반복되자 동네에서는 어느 누구도 그를 사람 취급 하지 않았다.

  돈을 손에 쥐기만 하면 그는 밖으로 나돌았다. 누가 어디 가능가, 하고 물으면 이 망헌 년 잡아와야제라, 하고 대답했다. 그러나 동네 사람들 보기에는 그것은 밖으로 싸돌기 위한 핑계에 지나지 않았다. 그는 인천으로, 서울로, 부산으로, 포항으로 싸돌았다. 돈이 떨어지면 막노동판에도 기웃거리고, 배가 고프면 아무 데에나 들어가 술과 음식을 퍼먹고 달아나다가 붙잡혀 무전취식으로 구류도 살았다. 그 사이 손바닥만하다고는 해도 집안 식구들 양식과 찬거리가 되어주고, 아쉬울 때는 몇푼 돈과도 바꿀 수 있는 곡식과 채소가 자라던 논밭은 잡초만이 우거진 황폐한 꼴이 되어갔다. 헌구가 집을 비우는 기간도 점점 더 길어졌다. 한달은 보통이었다. 석달, 넉달 만에 돌아오는 일도 생겼다. 아이는 완연한 거지꼴이 되어갔다. 이웃에 사는 남원댁이 쌀도 가져다주고, 밥도 가져다주었으나, 그도 하루이틀이었다.

어느날 밤, 남원댁은 부엌에서 이상한 소리가 들리는 바람에 잠에서 깨어났다. 도둑놈 같았다. 아니, 쥐새끼인지도 모른다. 남원댁은 살그머니 일어나자 부엌으로 통하는 문을 벌컥 열어젖히며 고함을 질렀다. 누구여! 어둠속에서 무엇인가가 깨어져나가는 듯 요란한 소리가 들렸다. 씩씩, 덫에 치인 짐승의 숨소리 같은 것도 들렸다. 남원댁은 불을 켰다. 미영이었다. 밥과 김치와 생선 대가리를 입 안에 함부로 쑤셔넣은 미영이 눈을 휘둥그레 뜨고 겁에 질려 이쪽을 쳐다보고 있었고, 그 발치에 밥주발과 접시가 깨어져 뒹굴고 있었다. 남원댁은 따끔하게 혼을 내주고, 배가 고프면 언제라도 찾아와 밥을 달라고 하라고 일러서 돌려보냈다. 그러나 미영은 남원댁을 찾아오지 않았다. 또 다른 집의 부엌에서 비슷한 꼴로 발각되는 일이 며칠 간격으로 벌어졌다.

동네 사람들이 모여 상의를 했다. 이장도, 지서의 임순경도 와서 의견을 내놓았다. 처음에는 주민들이 하루씩, 또는 일주일씩 돌아가면서 헌구의 아이에게 밥을 먹이자는 얘기도 나오고, 그럴 게 아니라 아예 쌀과 찬을 대주자는 의견도 나왔다. 그러나 그런 의견에는 반발하는 사람도 많았다. 모르겠네, 나는. 언제까지 그러라는 것인

지. 글씨 말이여. 헌구란 놈이 나라일이나 허러 댕김서 애를 그 모
냥으로 내던져뒀다믄 우리가 거둬먹이는 것이 도리겄제. 금매 그놈
이 돈도 없고 일도 못 허는 놈이라믄 우리가 두말도 안 허제. 근디,
그놈 허고 댕기는 거 좀 보소. 사대육신 멀쩡헌 놈이 논이니 밭이니
내팽개쳐두고 술 퍼묵고 댕기는디, 아, 우리가 뭣 났다고 그런 놈
뒷바라지를 혀? 술 더 잘 퍼묵고 댕기라고 뒷바라지를 혀? 내가
쌀이 아까워서 허는 얘기가 아니여. 까짓거 요새 쌀값 몇푼이나 헌
다고 그것 땜시 우리가 이러겄는가. 글고 미영이가 인자 겨우 일곱
살인디, 그 어린것이 밥만 묵으믄 사는 거여? 옷도 입혀야제, 또
금방 내년인디, 핵교도 보내야제…… 그건 또 누가 헐 거여? 그렇
게 하여 그들은 아이를 고아원에 들여보내기로 합의를 했고, 고아원
을 찾는 일은 이장과 임순경에게 일임했다. 동네 사람들은 모두 아
이를 위해서 그것이 최선이라고 믿었다. 정말 그랬을지도 모른다.
아이에게 아비는 없는 것과 마찬가지라고 여겨졌으니까. 아니, 없느
니보다 못한 아비로 보였으니까.
  헌구는 석달 만에 집에 돌아왔다. 집이 비어 있었다. 아이가 보이
지 않았다. 그는 정신이 번쩍 났다. 남원댁을 찾아가 물어보았다.
우리 새끼 어딨소? 남원댁은 대답하지 않고 이장댁에 가보라고 말
했다. 헌구는 헐레벌떡 이장집으로 달려갔다. 이장이 자초지종을 얘
기했다. 헌구는 말 한마디 하지 않고 묵묵히 앉아서 얘기를 듣다가
눈물을 흘렸다. 내가 쥑일 놈이요. 내가 죽어야겄지라. 그래 어느
고아원으로 보냈소? 이장이 얘기해주었다. 목포 '평화의 집'이라
네.
  헌구는 얘기를 듣자마자 이장집에서 뛰쳐나갔다. 이장은 그가 당
장 딸을 찾으러 가는 줄만 알았다. 그러나 헌구는 두 시간 뒤, 이장

집으로 돌아왔다. 술에 잔뜩 취한 그는 이장집 대문을 걸어차고, 짖어대는 개를 걸어차고, 그것도 부족하여 몽둥이로 개를 난타하고, 장독을 깨뜨리며 고함을 질러댔다. 야 이놈들아, 내 새끼 내놔라, 내 새끼 내놔. 미우믄 내가 밉지 그것이 무슨 잘못을 혔다고 고아원에 처넣는단 말이냐, 이 개같은 것들아. 애비가 두 눈 시퍼렇게 뜨고 살아 있는데 고아원이라니, 이 상년의 새끼들아. 느그 새끼들이나 고아원에 처넣어라, 이것들아…… 그는 통곡을 했다. 이장은 얼른 지서의 임순경에게 연락을 했고, 임순경이 달려왔다.

"당장 일어나, 김헌구!"

헌구는 일어나지 않았다. 계속해서 발악을 했다. 임순경은 처음에는 헌구에게 겁을 주었다. 그는 난장판이 되어버린 뜰안을 둘러보고 이장에게 다짐을 받았다.

"이거 다 이놈이 헌 짓이 맞지요잉? 증인들도 있지요잉? 다들 증언헐 수 있지라우? 됐습니다. 이놈 걱정은 인자 안 혀도 되겠소. 내가 이놈을 감옥에 처넣어서 다시는 세상 구경 못 허게 헐 텡게. 어서 못 일어나, 김헌구?"

임순경은 헌구를 데리고 이장댁에서 빠져나와 마을을 벗어나기까지 계속해서 욕을 퍼부었다. 천하에 쥑일 놈의 인사 겉으니. 굶어죽어가는 자식새끼를 마을 사람들이 밥 멕여, 쌀 퍼다줘, 허다허다 못해 고아원에다가 데려다줬으믄 고마운 줄을 알어야제, 행패가 무신 행패여? 니가 그려, 애비라믄 애비 노릇을 혔냐, 이웃이라믄 이웃 노릇을 혔냐? 이런 순 똥강아지만도 못한 놈의 인사 겉으니.

마을을 벗어나믄 큰길 주유소 옆에 작은 술집이 하나 있었다. 임순경은 헌구를 데리고 그 집으로 들어갔다.

"아줌씨, 여그 소주 좀 주쇼."

임순경은 큰 소리로 외친 다음, 헌구에게 말했다.

"이놈아, 술이 그렇게 좋으믄 실컷 퍼묵어라. 퍼묵고 죽어부러라. 니가 퍼묵고 죽는다믄 내가 빤쓰까지 팔아서라도 사줄란다. 사람이 죽어야 게우 인간 노릇 헐 수 있는 때가 있다더라. 니가 지금 바로 그땐갑다."

헌구는 술을 마시며 끝도 없이 울었고, 임순경은 끝도 없이 욕을 퍼부었다. 니가 이놈아, 눈꼽만큼이라도 정신이 있는 놈 겉으믄 니가 그렇게 천지사방 헤매는 동안에 자식새끼를 누가 거둬멕였는지 한번 궁금이라도 혔을 것이다. 자식새끼가 굶어죽는지 도둑년이 되는지 돌아보도 않던 놈이 인자 나타나서 뭔 행패여, 행패가? 짐승들도 지 새끼들은 돌본다드라, 이놈아. 니가 짐승도 아니여.

헌구는 대꾸 한마디 없이 눈물을 흘리며 술만 퍼마시다가, 어느 순간 갑자기 그 자리에서 뒤로 나동그라졌다. 임순경은 그를 떠메고 지서로 돌아와 숙직실에 처넣었다.

이튿날 아침, 남원댁은 비어 있는 줄만 알았던 헌구네 집에서 인기척이 들리자 궁금증을 이길 수 없어 안을 기웃거려보았다. 헌구의 집 뜰에 무성히 자랐던 잡초가 말끔히 뽑혀나가 깨끗했다. 방문이 훤히 열려 있었다. 안에서 헌구가 웃통을 벗어부치고 걸레질을 하고 있었다. 마루 끝에는 더러운 옷가지들이 수북이 쌓여 있었다. 창호지에 온통 구멍투성이였던 문짝도 떼어져 벽에 기대어 세워져 있었다. 어디에서 구했는지 둘둘 말린 창호지도 그 옆에 놓여 있었다.

남원댁은 부리나케 뛰쳐나가 이장댁으로 달려갔다. 남원댁을 통하여 헌구가 돌아왔으며, 무슨 생각인지는 모르지만 지금 온통 집을 뒤엎어 청소를 하고 있다는 소식이 온 동네에 알려졌다. 그리하여 그로부터 한 시간이 채 지나지 않아 일손이 한가한 사람들 예닐곱이 저마다 풀에, 신문지에, 못과 망치에, 빗자루에, 막걸리 따위를 들고 헌구네 집으로 모여들었다. 헌구는 처음에는

"내비둬. 나 혼자 다 헐 수 있응게."

하고 통명을 부렸으나, 마을 사람들은 막무가내로 일에 덤벼들었다. 방으로 들어간 사람들은 비질과 걸레질을 시작했다. 마루에서는 문짝에 창호지를 발랐다. 비질과 걸레질이 끝난 방에서는 여기저기 뜯겨나가고 얼룩이 진 벽지를 뜯어내고 신문지로 도배를 시작했다. 깨어져나간 굴뚝을 누가 눈여겨 보았는지 어느새 시멘트 몇줌에 모래를 섞어 미장질을 하는 사람도 있었다. 어긋나 있던 경첩도 떼어내 자리를 찾아 다시 박았다. 비스듬히 쓰러졌던 댓돌도 밑에 돌을 박아넣고 올바로 세웠다. 떠들썩한 웃음소리에 집안에 사람 사는 기운이 돌았다.

"하이고, 옆집이 귀신 나올 듯 조용혀서 쳐다볼 때마다 가슴이 뜨끔뜨끔허드니, 인자 좀 나도 마음놓고 살겄네잉."

헌구는 일을 모두 뺏겨 손이 비자 부엌으로 들어가서 설거지를 시작했다. 씻지 않은 그릇들이 엉망으로 쌓여 있었다. 아궁이에는 쓰레기가 가득했다. 음식이라고는 남은 것이 없었다. 쌀 한톨, 고구마 한알, 김치 한가닥이 없었다. 그는 무엇을 하겠다는 작정도 없이 가마솥을 닦아내자 물을 가득 들이붓고 아궁이에 불을 지폈다. 어느새 남원댁이 쫓아들어와 그를 밖으로 내몰았다.

"막걸리 한잔씩들 헌다요. 영이 애비도 후딱 나가보쇼."

마당에서 사람들이 김치와 막걸리를 놓고 둘러앉아 있었다. 그러나 헌구는 그들에게 다가가지 않고 마루 끝에 걸터앉았다. 최씨가 그를 불렀다.

"어이 술 귀신, 와서 한잔 혀. 자네 거그 두고 우리가 어떻게 술

을 먹겠는가?"

그러나 헌구는 고개를 흔들었다.

"나 술 끊었소."

주민들은 믿어지지 않아 서로의 얼굴을 돌아보았다. 술을 끊었다? 헌구가 술을 끊어? 박씨가 웃음을 터뜨렸다.

"그리 말고 어서 와서 한잔 혀. 막걸리가 농사꾼 양식인디, 막걸리가 무신 죄여? 애기를 팽개쳐놓고 댕깅게 그것이 죄제."

헌구는 대꾸도 않고 방으로 들어가 옷을 갈아입자 휑 밖으로 나가버렸다.

그날 밤, 큰길에서 버스를 내린 그의 손끝에는 짐 보따리처럼 미영이 매달려 있었다. 미영이 '평화의 집'에 들어간 지 두 달 만의 일이었다.

3

그날 이후, 헌구는 정말 술을 끊었다. 한잔도 마시지 않았다. 그의 술버릇을 아는 주민들은 잔칫집 같은 곳에서 만나도 그에게 술을 권하지 않았다. 누가 술을 권해도 헌구는 고개를 저을 뿐, 받으려 하지 않았다. 그는 온종일 일에만 매달렸다. 그의 밭에서 어느새 배추와 무가, 상추와 쑥갓이, 호박과 고구마가 자라났다. 동네에 일이 생기기만 하면 그는 가장 먼저 덤벼들었고, 그렇게 하여 몇푼씩의 품삯을 챙겼다. 그는 그악스레 술을 퍼먹었듯이, 그악스레 일을 했다. 꼭두새벽에 집에서 나오면 밤늦게까지 집에 돌아가지를 않고 미친 듯이 일만 했다. 술 생각을 떨어내고, 달아난 마누라 생각도 떨어내고, 한심한 꼴로 뒹구는 아이 생각을 떨어내기 위해서는 일을 하는 수밖에 없다는 듯 잠시도 숨을 돌리지 않았다.

그는 아이를 돌볼 줄 몰랐다. 아이는 때가 되면 헌구가 차려놓고 나간 밥상에 덤벼들어 밥을 먹고 혼자 놀았다. 옷이 지저분하기는 아이나 헌구나 매한가지였다. 잠시 짬을 내어 빨래를 할 수도 있으련만, 그는 아예 그럴 생각을 내지 않았다. 아이는 허구한 날 한 가지 옷만 입고 살았다. 그 옷을 입고 자고, 그 옷을 입고 놀았다. 헌구는 그나마 아침 저녁으로 세수는 하고 살았다. 일을 하느라고 땀을 흘리다 보면 씻게 마련이었다. 그러나 아이는 씻지를 않았고, 헌구 역시 아이를 씻길 생각을 하지 않았다. 아주 가끔 헌구가 보기에도 아이가 너무나 지저분하다 싶으면, 씻어주는 것이 아니라,

"이년아, 나가서 씻어. 그 꼴이 뭐여? 거지새끼여?"
하고 내쫓았고, 그러면 아이는 혼자 우물로 나가서 얼굴과 팔다리에 물칠만 하고 되돌아왔다.

이듬해에 미영이 국민학교에 입학했으나, 헌구는 여전히 아이를 돌보지 않았다. 숙제를 하는지 공부를 하는지 돌아보지도 않았다. 자신의 논과 새로이 얻은 소작논에만 매달려 살았다. 그는 도무지 잠을 잘 때 외에는 집에 돌아가려 하지 않았다. 일이 끝난 뒤에도 될 수 있는 대로 집에 돌아가지 않은 채 남의 집 뜰에서 벌어지는 한담에 끼여들어 앉아 있거나, 마을회관에서, 또는 술집에서 남들은 술을 마실 때에 혼자서 사이다나 냉수를 홀짝거리며, 잡담을 늘어놓으며 시간을 보내다가 그 자리에서 가장 늦게 일어서는 축에 끼여 마지못해 집으로 돌아갔다.

아이는 아이대로 학교에 다녀오면 가방을 마루 끝에 휙 내던지고

다시 밖으로 뛰쳐나갔다. 아이들과 놀다가, 어둑어둑해져서 아이들이 모두 집으로 돌아가면 미영은 혼자 동네를 돌아다니기도 하고, 이 집 저 집을 기웃거리고 다니기도 했다. 동네 사람이 왜 왔냐, 하고 물으면 아빠 찾으러요, 하고 대답했다. 느그 애비 여그 없다, 하면 말없이 돌아서 나갔다. 간혹 그런 식으로 애비와 딸이 마주치는 적이 있었다. 그러면 헌구는 아이를 데리고 집에 돌아갈 생각은 않고, 욕을 퍼부어 몰아냈다. 배가 고프다고 울어대면 니가 밥혀 묵으믄 될 거 아녀, 하고 고함을 질렀다.

아이들은 놀라운 적응력을 발휘한다. 미영은 머지않아 거기 습관이 되었다. 고아원에서 오빠들의 매질에 적응하고, 외로움에 적응하고, 원장 선생님을 아버지라고 부르는 일에 적응했듯이, 미영은 텅 빈 집에도, 냉정한 아버지에게도 적응했다. 학교에 다녀오면, 아버지가 차려놓은 밥상이 있으면 먹고, 없으면 먹지 않는 일에도 적응했고, 배가 고프면 혼자서 라면을 끓여먹는 일에도, 라면도 없으면 생쌀을 씹어먹는 일에도, 그리고 생쌀마저 없을 때면 굶는 일에도 적응했다. 혼자서 어두워질 때까지, 밤이 깊어지기까지 아무도 나다니지 않는 동네 안길을 간혹은 달빛을 밟으며, 간혹은 도둑고양이의 시퍼렇게 번득이는 눈을 쫓으며 돌아다니는 일에도 적응했다. 뒷산을, 때로는 큰길까지 돌아다니다가 지치면 집으로 돌아와 아무렇게나 쓰러져 잠드는 일에도 적응했다.

다만 아버지에게 아무리 욕을 먹고 매를 맞아도, 하루 저녁에 두어 번씩 아버지가 어디 있는지를 확인하기 위해 동네를 돌아다니고, 이 집 저 집을 기웃거리는 일만은 그만둘 수가 없었다. 아버지가 어디 있는지를 모르면 불안했다. 아버지가 사라지면 또다시 '평화의 집'으로 끌려가야 하는 것이요, '평화의 집'으로 끌려가면 또다시 이상한 놀이를 강요당하며 오빠들에게 얻어맞아야 할 것이다. 그것은 생각만 해도 숨이 가쁘도록 소름 끼치는 일이었다.

어쩌면 악몽에도 그럭저럭 적응했다고 할 수 있을지 모른다. 이제 그 꿈이 시작되어 정말 무서운 순간이 다가오면 이건 생시가 아니라 꿈이라는 것을 알 수 있었고, 눈을 뜨면 된다, 잠에서 깨어나면 그만이다, 하고 생각할 줄 알게 되었으니까. 그러나 그 꿈, 그것은 언제나 너무나 생생하여 그게 꿈이라는 것을 깨닫고 눈을 떠도 공포의 체험, 그 소름 끼치는 순간의 느낌이 이미 미영의 마음에 깊은 상처를 낸 다음이었다.

그 이상한 놀이 가운데 하나가 미영이 처음 '평화의 집'에 들어간 날로부터 한동안 모질게 겪어내야 했던 "여기가 어디냐"였다. 그러나 가장 무섭고 소름 끼쳤던 것은 바로 "누가 무섭냐"였다. 그 놀이를 시작하는 사람도 언제나 민웅과 천식이었다. 미영보다 나이가 세 살 많은 그 오빠들은 틈만 나면, 기회만 생기면 미영을 괴롭혔다. 그 두 오빠가 가까이 다가오기만 해도 미영은 몸을 떨었다.

처음에는 그것은 장난처럼 시작되었다. 미영이 '평화의 집'에 들어간 지 한달쯤이 지났을 때였다. 한달 내내 "여기가 어디냐"라는 질문으로 그들이 미영을 괴롭히고 두들겨패던 장소인 야산도 아니고, 창고 안도 아니었다. 뜰이었다. 원장 아버지가 성경 말씀을 이야기해주는 뜰, 교회에서 온 아주머니랑 아저씨, 언니와 오빠 들이 과자랑 사과를 나눠주는 뜰, 오빠들이 축구도 하고 자치기도 하는 뜰이었다. 민웅과 천식이 미영에게 다가왔다. 두 오빠는 빙글빙글 웃고 있었다. 천식이 물었다.

"민웅이하고 나하고 누가 더 무서워?"

그것은 처음에는 정말 아무렇지도 않은, 재미있는 장난 같았다.

미영은 조금 생각해보고 민웅을 가리켰다. 별다른 이유는 없었다. 민웅이 천식보다 체구는 작았지만, 왠지 그렇게 여겨졌던 것뿐이었다.

"뭐? 이 새끼가 나보다 더 무섭단 말이여?"

천식이 덤벼들어 그 자리에서 미영을 한바탕 두들겨팼다. 그리고 다시 물었다.

"민웅이하고 나하고 누가 더 무서워?"

이번에는 미영은 천식을 가리켰다.

"뭐여? 이년이 겁대가리도 없어."

이번에는 민웅이 덤벼들어 미영을 난타했다. 그리고 이번에는 민웅이 물었다.

"누가 더 무서워?"

미영은 민웅을 가리켰다. 천식이 미영을 한참 난타하고 다시 물었다.

"누가 더 무서워? 똑바로 대답해."

미영은 이번에는 천식을 가리켰다. 민웅이 미영을 한참 동안 두들겨팬 다음, 다시 물었다.

"누가 더 무서워? 이번에도 똑바로 대답 안 하면 완전히 갈아마셔버릴 거여."

미영은 어찌할 바를 알 수가 없었다. 함정이었다. 어떤 대답을 해도 매질을 피할 수가 없었다. 어느쪽을 택해도 기다리는 것은 매질이었다. 함정에 빠지지 않는 것이 최선일 뿐, 일단 빠지고 나면 이쪽으로 가도 저쪽으로 가도 닿는 곳은 같았다. 공포, 고통, 이해할 수 없는 증오심이 그것이었다. 다른 오빠와 언니 들은 싱글싱글 웃으며 그런 미영을 구경할 뿐이었다. 모두가 그 놀이를 아는 것 같았다. 모두가 재미있는 것 같았다. 오직 미영 혼자만이 고통스러워할 뿐, 다른 사람들 모두가 그것을 즐기고 있는 것 같았다.

"왜 대답을 않는 거여, 이년이?"

민웅은 위악적으로 어깨를 들먹이고 얼굴을 일그러뜨리며 으르릉거렸다. 미영은 식은 땀이 났다. 대답을 할 수가 없었다. 입이 열리지를 않았다. 천식과 민웅은 번갈아가며 추궁했다. 누가 더 무서워, 엉? 대답 안 허믄 우리 둘이 같이 때려줄 거여. 이것이 정말로 죽어봐야 말을 헐랑가? 입을 벌려도 목구멍에서 말이 나오지를 않았다. 방안에 들어섰는데 사방 벽이 점점 그녀를 향해 다가드는 것 같았다. 그 벽에 몸이 끼어 압박당하는 것 같았다. 짓눌리는 것 같았다. 숨이 막혔다. 몸이 갑자기 불덩이가 된 듯 홧홧거렸다. 천식과 민웅이 험상궂은 표정으로 같은 말을 반복하는 것을 쳐다보다가 미영은 그만 정신을 잃고 쓰러지고 말았다.

꿈속에서 그런 일이 되풀이되는 것이었다. 꿈속에서는 미영은 언제나 아직도 '평화의 집'에 있었다. 그리고 민웅과 천식이 다가와 묻는다.

"누가 더 무서워?"

그 순간, 미영은 덫에 치인 듯 꼼짝도 할 수가 없게 된다. 자신이 사로잡혔다는 것을 알 뿐이다. 달아날 길이란 없다. 회피할 방법도 없다. 선택의 여지도 없다. 어느 순간 갑자기 엄마가 사라졌다는 것을 알게 되었듯, 어느날 갑자기 아빠도 사라졌듯, 어느날 갑자기 '평화의 집'으로 끌려갔듯, 돌이킬 수 없는 순간은 그렇게 돌연 미영의 이마를 들이받으며 나타나는 것이다. 미영이 아무리 발버둥치며 저항해봐도 소용이 없다. 사자에게 목이 물린 영양(羚羊)처럼 오직 무력하게 먹힐 수 있을 뿐이다……

언제 다시 그런 일이 벌어질지 모른다. 언제 돌연 그 함정이 아가리를 벌리고 단번에 미영을 삼켜버릴지 모르는 것이다. 예측하는 것도, 대비하는 것도 불가능한 공포, 그것은 어쩌면 애초에 적응이 불가능한 것, 그리하여 속수무책으로 사지를 벌린 채 받아들이는 수밖에 없는 것인지도 모른다. 아무리 조심하고 아무리 걱정을 해도 쓸모없는 짓이었으나, 미영은 아직 그런 것까지는 알 수 있는 나이가 아니었다. 그래서 미영은 '평화의 집'이 생각나기만 하면 그 순간부터 공포에 쫓겨 아버지를 찾아나섰고, 있을 만한 곳에서도 아버지가 보이지 않으면 징징 울며 어두운 마을 고샅을 헤매고 다녔다.

4

아침 햇빛은 희다. 저녁 햇빛은 노랗다. 아빠의 흰색, 엄마의 노랑색.

이미 엄마의 기억은 미영에게는 없었다. 그냥 엄마를 생각하면 희미하게 떠오르는 한가지 기억, 또는 영상이 있을 뿐이다. 들판, 시계꽃이 끝도 없이 깔려 있다. 노란 햇빛이 부서져내리고 있다. 엄마와 아빠가 앉아 있다. 아빠의 얼굴은 선명하다. 그러나 엄마의 얼굴은 희미하다. 미영은 엄마의 무릎에서 아빠의 무릎으로 오락가락하며 시계꽃을 꺾어 엄마 아빠에게 갖다준다. 엄마 아빠는 시계꽃으로 집을 짓는다. 어느 틈에 지붕이, 부엌이, 방이 생기고, 엄마와 아빠는 넉넉한 얼굴로 환히 웃고 있고, 미영이는 시계꽃을 꺾는다……그런데 묘한 것은 그 기억의 끝에 언제나 누군가의 음성이 들린다는 것이다. 그 음성은 "오래오래 잘먹고 잘살았대……" 하고 말한다. 그렇게 오래오래 잘먹고 잘살 수 있으면 얼마나 좋을까.

창밖으로 흰 햇빛이 부서지고 있었다. 햇빛은 교실 안까지 쏟아져 들어왔다. 창 쪽을 바라보면 눈이 부셨다. 아이들이 칼싸움을 한다고 책상 위로 뛰어다니며 고함을 질러대고, 윽, 악, 쓰러지는 흉내를 냈다. 요즘 아이들 사이에서는 텔레비전 만화영화에 나오는 꼬마 소년 로보트가 꺼내어 악당들을 무찌르는 칼을 휘두르며 전쟁놀이를 하는 것이 대유행이었다. 남자아이들은 칼이 되기도 하고 광선 총알을 발사하는 총이 되기도 하는 그 칼을 동네에서는 물론이요, 학교에까지 가지고 나와서 장난을 했다. '데몬킬러'라 불리는 그 칼은 목포의 문방구점이나 장난감 가게에 가야 살 수 있었다. 아이들은 떼를 써서 부모에게서 그 칼을 얻어내면 골목에서도, 학교에서도, 수업중일 때에도 그 칼을 꺼내 자랑을 못 해 안달을 했다. 비좁은 통로를 아슬아슬하게 치달려가며, 남자아이들은 쫓고 쫓겼다.

담임 선생님과 옆반 여자 선생님이 풍금을 맞잡고 교실로 들어왔다. 두 선생님은 풍금을 교단 옆에 올려놓았다. 여자 선생님이 나가자 담임 선생님은 따라나가며 엉거주춤 고개를 숙여 고맙습니다, 하고 인사를 했다. 몇몇 아이들은 여전히 책상 사이 통로를 오가며 장난질을 하고 있었다. 선생님이 교단을 쿵쿵, 울리며 외쳤다. 조용히 해. 자리에 앉아. 아이들이 제 자리로 찾아가 앉았다. 미영은 『즐거운 생활』 책을 꺼내 책상 위에 올려놓았다. 그러나 책은 필요치 않았다. 선생님은 칠판 옆에 괘도를 세웠다. 「형제 별」이라는 노래의 악보가 펼쳐져 있었다.

"교과서에는 없는 노래다. 선생님이 한번 불러볼 테니까, 너희들은 우선 괘도를 보면서 잘 듣도록."

선생님이 풍금을 치며 노래를 시작했다.

　날 저무는 하늘에 별이 삼형제
　반짝반짝 정답게 지내이더니

　미영은 아, 하고 하마터면 비명을 지를 뻔했다. 선생님이 노래를
시작하여 한 소절을 불렀을 때에, 미영의 가슴에서 무엇인가가 꾸물
거리기 시작했다. 미영은 놀라 귀를 기울였다. 노래에 따라 미영의
마음이 밭이랑처럼 골골이 파이는 것 같았다. 이 느낌, 그렇다. 그
것은 아버지가 우는 것을 보았을 때의 느낌이었다.

　웬일인지 별 하나 보이지 않고
　남은 별이 둘이서 눈물 흘린다.

　"다시 한번 들어봐. 그 다음부터는 한 소절씩 따라 부르기로 하
자."
　선생님이 다시 노래를 시작했다. 미영은 홀린 듯 선생님의 노래와
풍금소리에 귀기울였다. 노래는 바람 같았다. 그리고 미영의 마음은
연못 같았다. 노래에 따라 미영의 마음에 물결이 일렁거렸다. 뱃속
이 간질간질한 느낌, 아버지가 우는 것을 볼 때 외에는 한번도 경험
한 적이 없는 느낌. 그런데 어떻게 이렇게 꼭같은 느낌일까.
　선생님이 한 소절을 부르고 풍금을 치며 고개를 까딱 움직였다.
아이들이 노래를 따라 불렀다. 노래는 중구난방이었다. 그러나 미영
에게는 아이들의 노래는 들리지 않았다. 오직 선생님의 풍금소리와
자신의 목소리, 그리고 마음속에서 일렁거리는 물결만을 의식하며

미영은 노래를 불렀다. 틀리지도 않았다. 이미 미영의 마음속에 노래가 들어 있었다. 노래가 미영의 마음에 만드는 잔물결을 따라 미영은 열심히 노래했다. 눈물이 날 것 같았다. 왜일까? 지금 아빠가 울고 있는 것도 아닌데. 지금 미영이 아빠가 우는 걸 보고 있는 것도 아닌데.

흰 햇빛이 땟국물이 얼룩덜룩한 미영의 얼굴에 흘러내리다가 눈가에 맺힌 눈물에 반사되어 반짝 빛났으나 미영은 그것을 알지 못했다.

그 수업이 끝나고, 쉬는 시간이 지난 다음에도 음악 수업은 계속되었다. 이번에는 선생님은 아이들을 한사람 한사람 앞으로 불러내어 「형제 별」 노래를 부르게 했다.

미영이 차례가 되었다. 미영은 학교에 들어온 이래 난생 처음 자신있게 앞으로 걸어나갔다. 땟국물이 낀 얼굴도, 더러운 옷도 부끄럽지 않았다. 미영은 다만 그 노래를 잘 부르고 싶다는 생각뿐이었다. 선생님이 풍금을 치기 시작했다. 전주가 끝났다. 미영은 숨을 한껏 들이쉬고 큰 소리로 노래를 시작했다.

"날 저무는 하늘에 별이 삼형제……"

미영은 어느날 밤 문득 잠에서 깨어났을 때에 어둠 저편에서 들려오던 아버지가 흐느끼는 소리를 생각했다. 아버지가 우는 소리를 듣자 미영 자신도 울고 싶어졌다. 이유도 없이 그냥 울고 싶어지는 것이었다. 그러나 미영은 울지 않았다. 참았다. 바로 그 느낌이었다. 울고 싶은 것을 참고 있을 때에 미영의 마음속에서 꼬물거리던 낯선 느낌. 무엇인지 알 수 없는, 벌레로 친다면 무당벌레 같은 것이 미영의 마음속 가장 깊고 가장 민감한 곳을 꼬물꼬물 움직이고 다니는 것 같은 느낌이었다. 그 노래는 바로 그런 느낌이었다. 미영의 가슴속에서 알 수 없는 벌레들이 꼬물꼬물 기어다녔다.

"반짝반짝 정답게 지내이더니……"

선생님은 깜짝 놀란 눈길로 미영을 주목하고 있었으나, 미영은 그것도 모르는 채 열중하여 노래를 계속했다.

"웬일인지 별 하나 보이지 않고

남은 별만 둘이서 눈물 흘린다……"

노래를 마치고 책상으로 돌아가려 하자 선생님이 미영을 불렀다. 미영은 놀라 멈춰섰다. 고개를 숙이고 허리를 조금 앞으로 기울인 채 미영은 눈만 들어 선생님을 쳐다보았다. 뭘 잘못한 것일까. 그러나 선생님은 미영을 꾸중하지 않았다.

"이리 나와. 다시 한번 불러봐."

미영은 돌아서서 교단 위로 올라갔다.

"이리 와. 내 옆으로."

미영은 선생님 곁으로 조금 다가갔다.

"더 가까이."

미영은 한걸음 더 다가섰다.

"더 가까이. 풍금 옆으로."

미영은 풍금 옆으로 다가갔다. 선생님의 길고 흰 손가락이 건반을 눌렀다. 페달 밟는 소리가 씩씩 들려왔다. 전주가 끝나고 선생님이 고개를 들어 미영을 쳐다보며 고개를 끄덕였다. 미영은 놀랐다. 이제까지 선생님이 미영을 그런 눈길로 쳐다본 적은 한번도 없었다. 그것은 선생님이 공부 잘하는 아이들, 말 잘 듣는 아이들, 예쁜 아이들을 쳐다볼 때의 눈길이었다. 미영은 눈이 부셔 얼른 고개를 돌렸다. 그 바람에 노래를 시작할 순간을 놓쳤다. 선생님은 반주를 그쳤다.

“다시.”

선생님은 화를 내지 않았다. 다시 전주가 울려퍼지고, 선생님이 다시 그 부신 눈길로 미영을 쳐다보며 고개를 까딱 움직였다. 미영은 노래를 시작했다. 얼마든지 부를 수 있었다. 노래를 부를 때마다 미영의 가슴속에서는 수많은 무당벌레가 꼬물거렸고, 미영은 이제 그 느낌이 무척이나 황홀했다.

5

술자리는 끝장이 났다. 마지막까지 엉덩이를 깔고 앉아 목포로 나가면 밤새워 장사하는 술집이 얼마든지 있다고 호기를 부리던 최씨마저 하품을 꺼꺽 해대더니 아이고, 인자 자야 될랑갑다, 하며 일어섰다. 헌구도 그 뒤를 따라 일어섰다. 박씨네 집을 나서자 최씨는 정색을 하고 말했다.

“헌구야, 이놈아. 아까 사람들이 헌 말 곰곰히 생각혀봐. 언제까지 어린 새끼 데꼬 혼자 살 거여? 후딱 장가들어.”

헌구가 장가는 무신, 하고 중얼거렸으나, 최씨는 이미 돌아보지도 않고 혼자서 흥얼흥얼 노래를 부르며 어둠속으로 터덜터덜 멀어져가고 있었다. 헌구는 막막한 기분으로 어둠속을 넘겨다보았다. 이제 갈 곳은 집뿐이었다. 집에 돌아가는 것을 미룰 핑계란 이제 없다. 텅 빈 집으로, 들어서면 한숨소리와 마누라의 악에 받친 고함소리와 아이의 울음소리가 떠도는 집으로 돌아가야 한다. 어둠속으로 농약과 산성비 속에서도 아직껏 살아남은 반딧불 몇마리가 높다랗게 날아올랐다가 그가 쳐다보는 사이에 순식간에 사라져버렸다. 하루가 또 어둠속으로 꼬리를 사렸다. 내일 해가 밝아 다시 사람들 속으로 끼여들 수 있기까지 할일은 잠을 자는 것뿐이다. 아이도 보지 않는 편이 낫다. 마누라도 생각지 말아야 한다. 헌구는 터덜터덜 어둠속으로 걸어들어갔다.

오늘도 술자리에서 술 한잔 마시지 않은 채로 물만 마시며, 찌개 국물만 떠먹으며 일곱 시간을 견뎌냈다. 이제 술은 얼마든지 참을 수 있었다. 그는 영원히 술을 마시지 않겠다고 생각한 적은 한번도 없다. 한잔만 참으면 되는 것이다. 하루만 참으면 되는 것이다. 영원히 참아야 한다고 생각하면 안 된다. 아니, 두 잔만, 이틀만 참겠다고 생각해도 숨이 가쁘고 답답해지고 포기해버리고 싶어진다. 한잔만, 하루만 참겠다고 생각해야 한다. 그는 언제나 단 한잔만, 단 하루만 참을 것이다. 그 한잔을 넘기고 나면, 다시 다음 한잔만 참을 것이고, 그 하루를 넘기고 나면 다시 하루만 참을 것이다. 그의 집에 한되짜리 소주가 한병 감춰져 있다는 것을 아는 사람은 아무도 없을 것이다. 그가 가끔 그 술병을 꺼내놓고 한참 동안이나 쏘아본다는 것을 아는 사람도 없을 것이다. 그때마다 그의 몸 깊은 곳에서 무엇인가가 자석에 끌리는 금속처럼, 그 맑은 소주를 향해 끌려든다는 것을 아는 사람도 없을 것이요, 그때마다 그가 너한테 안 진다, 하고 부르짖고는 술병을 다시 벽장 속에 쑤셔넣는다는 것을 아는 사람도 없을 것이다. 아아, 그런 때마다 아무리 참아도 언젠가는, 도저히 참을 수 없는 어떤 순간이 닥쳐오고, 그러면 그가 이빨로 그 술병 뚜껑을 깨물어 던지고 그 달디단 술을 단숨에 벌컥벌컥 들이켜는 때가 올 것만 같은 불길한 예감에 몸을 부르르 떤다는 것도 아는 사람이 없을 것이다. 그런 유혹을 가장 뿌리치기 힘들 때가 아이를

볼 때, 그리고 마누라 생각이 날 때, 집에 있을 때라는 것을 아는 사람도 없을 것이다. 동네 사람들이 그를 욕한다는 것은 그 역시 안다. 어이구, 저 화상. 새끼를 거지꼴로 내팽개쳐놓고 저러고 댕기믄 좋으까. 술도 안 먹음서 술자리란 술자리는 뭣 났다고 다 쫓아댕기고, 동네 사람들 모이는 데는 또 뭐 헐라고 다 쫓아댕기꼬. 궁둥이도 얼마나 무거운디. 일어나는 것도 젤로 늦게 일어난당게. 그러나 그것은 속 모르는 사람들이 하는 편한 얘기다. 집으로 들어가면, 아이를 보면, 집에서 떠도는 한숨소리와 고함소리가 이명(耳鳴)처럼 들려오기 시작하면, 그리하여 목이 타들어가기 시작하면, 그 갈증이 오래 계속되면, 그는 벽장 속의 소주병을 거머쥐어 비참한 기분으로 술병을 거꾸로 들어 목구멍에 쑤셔박게 될 것이다. 이번에도 그 지경이 되면 그는 다시금 아이가 고아원에 들어갔다는 것을 알게 되는 날에도, 아아, 그리하여 아이가 마누라 꼴이 되어버렸다는 것을 알게 되는 날에도 한두 마디 욕설을 뱉어낸 다음에는 술에 빠져 정신을 놓칠 것이요, 그래서 이도저도 다 잊고 말 것이요, 술값이 떨어지면 마누라를 찾아가, 아이를 찾아가 손을 벌리게 될 것이다. 틀림없이 그렇게 되고 말 것이다……

마루 끝에 아이의 책가방이 던져져 있었다. 그는 방으로 들어섰다. 퀴퀴한 냄새가 코를 찔렀다. 방바닥에서 흙이 지금지금 밟혔다. 벽지에는 낙서가 가득했다. 미영이가 글자를 배우기 전부터 뭐든 손에 잡히기만 하면 벽에 찍찍 그어대는 습관 때문이었고, 글자를 배우기 시작하자 심심하면 개발새발 글자를 그려댔기 때문이었다. 웃목에는 밥상, 그 위에는 밥찌끼가 말라붙은 밥주발, 라면 가닥이 붙은 시커먼 냄비, 말라서 배배 꼬인 김치쪽과 무 조각, 숟가락이 한꺼번에 담긴 사발 하나…… 엉뚱하게 속이 뜯겨 너덜거리는 베개가

둘, 그 옆에 놓여 있었다. 방 가운데에 아이는 입은 옷 그대로 쓰러져 잠들어 있었다. 그걸 가지고 장난이라도 하고 있었던 것일까. 주전자가 뒤집힌 채 아이의 손 가까이에 놓여 있었고, 그 옆에 놓인 주전자 뚜껑에는 색종이 조각들이 담겨 있었다. 땟국물로 뒤덮인 아이의 얼굴에 눈물자국이 보였다. 때와 땀으로 뒤엉켜 떡이 되어버린 머리칼이 아이의 얼굴에 뒤덮여 있었다. 머리를 감겨야 할 텐데. 그러나 헌구는 두려웠다. 지난번에 얼굴을 씻겨주다가 그랬던 것처럼, 그만 울화가 치밀어 난데없이 아이를 두들겨패게 될 것 같았다. 아이는 공포에 질려 뜰 구석으로 달아나 헌구를 쳐다보았다. 그 눈. 그가 주먹을 휘두르고 발길질을 시작하면 꼭 벽을 뚫고 나가기라도 하려는 듯 방구석에 몸을 틀어박고 겁에 질려 그를 쳐다보던 마누라의 눈과 너무나 똑같았다. 그는 두려웠다. 자신의 뱃속에서 휘몰아치는 광포한 증오심이 두려웠다. 그것은 그의 의지나 생각과는 아무 상관없는, 따로 사는 짐승 같았다. 그놈에게는 그의 육신이란 허울에 불과했다. 그놈은 언제라도 허울을 벗어던지고 뛰쳐나가 마음껏 세상을 짓밟을 수 있었다. 그놈은 자신의 광포를 잠재울 수만 있다면 무슨 짓이라도 할 수 있었다. 그리고 그는, 어느 누구보다도 그 자신이 그것을 잘 알고 있었다. 그놈을 풀어줄 수는 없었다. 그놈이 풀려날지도 모를 위험한 짓에 손을 내밀 수는 없었다. 그런 짓은 일단 피하고 보는 것이 상책이었다. 아이가 거지꼴이 되더라도 할 수 없었다. 그는 자신을 믿을 수 없었다. 자신을 믿기에는 그는 너무나 약하고 비참하고 어리석고 무지했다. 그러나 다행스러운 일이었다. 그는 이제 자신이 약하고 비참하고 어리석고 무지하다는 것을 알고 있었다. 가끔 그것을 깜빡 잊는 것이 아직도 탈이었지만.

헌구는 이부자리를 폈다. 미영을 안아 요 위에 눕혔다. 아빠……

미영이 잠꼬대를 중얼거렸다. 그려, 애비 여기 있다. 이것도 애비라고 찾냐. 애비가 아직 술을 못 이겼다. 헌구는 미영 옆에 털썩 주저앉아 아이의 얼굴을 내려다보았다. 아직도 애비 뱃속에 술이라는 놈이 남았다. 이놈이 다 없어지기 전까지는 애비가 애비 같아도 사실은 애비가 아니다. 껍데기만 애비다. 니가 이 애비를 구했다는 걸 아냐, 아가? 니가 아니었으면 애비는 아직도 술병 들고 시궁창을 굴러댕길 것이다. 니가 고아원에 들어갔다는 바람에 조금이락도 정신을 차렸다. 니 얼굴 보믄 정신이 난다. 할아버지 죽고 애비가 이 지경이 됐는디, 니가 있어서 애비가 정신이 들었다. 니가 내 애비다. 착헌 애비, 불쌍헌 애비, 부처님 같은 애비…… 너는 애비를 구혔지만, 애비는 널 못 구헌다. 아직은, 아직은 안 된다. 애비는 에미도 못 구헌다. 구헐 자신이 없다. 넌 구헐 수 있을 것이다. 니가 구혀라, 아가.

헌구는 불현듯 솟는 눈물을 닦았다.

마누라가 어디 있는지 처음 알게 되었을 때에는 피가 거꾸로 솟는 것 같았다. 그는 낮부터 찾아 쥐었다. 당장 찾아가서 요절을 내고 나도 죽어버리면 그만이제. 그러나 짙은 화장에 노랗고 빨간 한복을 입고 술상 앞에 앉아 젓가락을 두들기며 노래를 불러젖히는 여자를 본 순간, 그 여자가 마누라라는 것을 깨달은 순간, 숨이 헐떡거리게 들끓어오르던 증오도 분노도 다 사그라들어버렸다. 그는 당황했다. 영문을 알 수 없었다. 그 여자는 그의 아내가 아니었던 것이다. 아니, 그 여자는 분명히 그의 아내였다. 황급히 방에서 빠져나와 등뒤로 방문을 닫으며 그의 앞을 막아서는 그 여자의 눈에 처음에는 공포가 넘쳐나다가 그것이 사라지면서 그 대신 눈물이 차올랐다. 그것을 멍하니 바라보는 헌구의 두 어깨를 슬픔이 감당할 길 없는 무게로 짓눌렀다. 그는 품고 있던 낫을 꺼내 아내를 겨누고 힘껏 치켜올렸으나, 부들부들 떨고 서 있다가 결국은 마루를 내리찍으며 주저앉고 말았다. 오포(午砲) 소리 같은 통곡이 뱃구레에서 터져나왔다. 으으아아아아아. 으으아아아아. 만일 그 여자가 아내였다면 그는 죽였을 것이다. 그러나 그 여자는 낯선 여자였다. 만일 그 여자가 낯선 여자였다면 그는 그처럼 슬프지 않았을 것이다. 그러나 그 여자는 아내였다.

무슨 일이 벌어진 것일까? 어떻게 된 것일까?

서울의 거리는 요란하고 휘황했다. 간판들이 저마다 불을 밝히고 고함을 질러대듯 번쩍거렸다. 다이아몬드 단란주점. 엘비스 노래방. 성인디스코텍 나이아가라. 까페 봉쥬르. 커피 전문점 스카이라운지…… 그리고 '과부촌 와글와글'. 그것이 마누라가 있던 집의 간판이었다. 대낮보다 더 환히 불을 밝힌 상점들, 커다란 네온사인 간판들, 기기묘묘한 모양의 조명들이 눈물을 흘리며 길도 방향도 모르는 채 함부로 걸음을 옮기는 그를 내려다보았다. 성난 짐승처럼 차들이 경적을 울려댔다. 그 길로 그는 시장 안으로 들어가 술을 퍼마시기 시작했다. 술을 마시며 눈물을 흘리다가, 소리내어 통곡하다가, 다시 흐느끼는 그를 술집 주인이 와서 내쫓았다. 그는 술을 사들고 여관방으로 찾아갔다. 혼자 울며 통곡하며 그는 밤을 꼬박 새워 술을 마셨다.

무안으로 돌아오는 버스 안에서도 그는 계속해서 소주병을 비워냈다. 밥도 안주도 먹지 않았다. 소주가 맹물 같았다. 마셔도 마셔도 갈증은 삭여지지 않았다. 집에 돌아와서도 그는 계속해서 소주를 마셨다. 미영이 다가와 뭐라고 말을 붙이면 그는 욕설을 퍼부었다. 소주를 마시다가 지치면 그 자리에 쓰러져 잤다. 깨어나면 다시 술을 마셨다. 눈물도 나지 않았다. 욱욱, 흐느낌이 치밀면 그는 더욱 급히 술잔을 비워냈다. 마을 사람들이 찾아와 그를 달래기도 하고, 소주를 빼앗기도 했다. 그때마다 그는 눈에서 퍼런 불을 뿜어내며, 욕질을 하며 마을 사람들을 몰아냈다. 술이 떨어지면 처음 며칠은 자신이 가게로 나가서 술을 사 왔으나, 그 뒤부터는 미영을 시켰다. 가게까지 가려면 불빛 하나 없는 캄캄한 마을길을 이십분이나 걸어가야 한다는 것은 생각도 하지 않았다. 야 이년아, 점빵 가서 소주 가져와라. 돈 없으면 이년아, 외상 달라고 혀.

그리고, 어떻게 된 것일까. 헌구는 아직도 기억이 나지 않는다. 어떻게 하여 그가 무안을 다시 떠났는지, 어떻게 하여 다시 서울까지 가게 된 것인지, 그곳에서 무엇을 했는지 도무지 생각이 나지 않는다. 정신을 차렸을 때에는 새벽이었고, 그는 어떤 골목 벽 밑에 온몸을 웅크리고 누워 있었다. 그는 어리둥절하여 사방을 둘러보았다. 이곳이 어디일까. 코와 입이 아파 손을 가져갔다가 그는 통증 때문에 신음소리를 내뱉었다. 코에도 입에도 피가 엉겨붙어 있었다. 일어서려다가 그는 그 자리에 나동그라졌다. 몸 이곳저곳이 결리고 쑤셨다. 추웠다. 온몸이 부들부들 떨렸고, 위아랫니가 마구 맞부딪쳤다. 여기가 어디란 말인가? 내가 왜 여기 와 누워 있는 것일까?

한참이 지난 뒤에야 그는 그곳이 서울, 천호동 술집 골목, 얼마 전에 그가 아내를 발견했던 바로 그 술집 앞이라는 것을 깨달았다. 그런데 어째서, 어떻게 그가 여기 와 있는 것일까? 얼핏 영화 속의 한 장면처럼 그에게 고함을 지르며 술병을 휘두르며 덤벼드는 낯선 남자와 여자들의 모습이 떠올랐다. 그러나 그뿐이었다. 더이상은 생각나는 것이 없었다. 그는 천천히 골목을 걸어나왔다. 천호동이었다. 인도 한쪽에서 새벽일을 나온 청소부들이 반 토막을 낸 드럼통에 불을 피우고 그 곁에 서서 불을 쬐고 있었다. 그는 그 곁으로 다가갔다. 청소부들은 자리를 내주었다. 고맙습니다, 하고 그는 말했다. 그러나 말을 마치자마자 깜짝 놀랐다. 그의 귀에 들려온 음성은 그 자신의 음성이 아니었다. 처음 듣는 음성이었다. 갈라질 대로 갈라진 음성, 찢길 대로 찢긴 음성. 그는 자신의 몰골을 내려다보았다. 바지는 찢겨 있었다. 양말은 없었다. 고무신을 신고 있었다. 집에서 신던 고무신이었다. 더러운 남방 역시 찢겨 있었고, 여기저기 피가 묻어 있었다. 어디 다쳤소? 청소부 한 사람이 물었다. 헌구는 고개를 저었다. 아무 말도 하고 싶지 않았다. 내가 거지가 됐구나, 폐인이 됐구나, 하는 생각뿐이었다. 거지면 어떻고 폐인이면 어떠냐, 하는 생각까지 들었다. 아무려면 어떻단 말이냐. 슬픔도 느껴지지 않았다. 분노도 부끄러움도 없었다. 거지나 폐인이 따로 있는 것이 아니었다. 그런 생각을 하면서도 오직 덤덤할 따름인 자신이 못내 믿어지지 않고 낯설었다.

한기가 좀 가시고 정신이 들자 그는 곧 주머니를 털어 연쇄점으로 들어가 소주를 샀다. 그리고 차비를 술로 바꿔 마셔가며 온종일 천호동 술집 골목을 헤매고 다녀서 그를 피해 아내가 옮겨간 술집을 찾아냈고, 그리하여 아내에게서 차비를 얻었다. 그 즈음, 그는 이미 아내가 술만 파는 것이 아니라는 것을 알고 있었다. 그러나 그는 괜찮았다. 그는 그런 것은 생각하지 않았다. 생각하지 않을 수 있었다. 술에 젖으면, 술이 그의 육신과 정신을 적시면, 그의 몸과 마음이 물처럼 흘러내리고, 그리하여 그 모든 일이 아무렇지도 않았다.

그는 손바닥으로 눈물을 훔쳤다. 울고 나면 또 술이 생각날 것이다. 그러면 그는 한잔만, 오늘만 참을 것이다. 내일은 마음껏 마실 것이다. 오늘은 이미 밤이 깊었으니까. 내일 할 일이 쌓였으니까.

일을 마친 다음에, 오늘은 말고 내일, 마음껏 마실 것이다.

6

　배 한알 한알에 종이봉투를 씌우는 일은 품삯도 몇푼 되지 않으면서 성가시고 짜증나는 반복작업이었다. 동네 사람들은 아무리 할 일이 없어도 그 일에는 나서려 하지를 않았다. 그러나 헌구만은 일을 가리지 않았다. 술 생각, 아이 생각, 마누라 생각을 않기 위해서는 일을 해야 했다. 무안으로 돌아와 미영이가 고아원에 들어갔다는 것을 알게 되었을 때에 그를 구한 것은 일이었다. 비질을 하고, 못질을 하고, 삽질에 낫질을 하고, 망치질을 하고, 흙을 만지는 사이에 그는 술 때문에 까맣게 잊고 살았던 즐거움이 되살아나는 것을 느꼈다. 흙냄새를 맡은 그의 몸, 마비되었던 근육들이 슬금슬금 꿈틀거리기 시작했고, 그는 그 덕분에 술을 뿌리칠 수 있었다. 그가 남의 일, 자기 일을 가리지 않고, 돈 생기는 일, 안 생기는 일을 가리지 않고 일이라면 우선 덤벼들고 보는 것은 그 때문이었다. 그는 잊어야 할 것이 너무 많았다.

　헌구가 배밭에 들어섰을 때에는 최씨와 그의 식구들뿐이었다. 헌구는 곧 옷을 벗어붙이고 일에 덤벼들었다. 그가 일을 시작한 지 한 시간 반은 지난 뒤에야 목포에서 데려온 일꾼들이 도착했다. 모두가 여자들이었다. 하기야 요즘 그 돈 받고 이런 일을 하려는 남자는 구할 수 없을 것이다. 목포에서 온 여자들은 손보다 입이 더 부지런했다. 시부모 애기로부터 남편 애기, 자식 애기…… 음담패설도 거침이 없었다. 아 긍게 그 꼴을 생각혀보랑게. 야광 콘돔을 생각혀보란 말이여. 방에 불은 캄캄하게 꺼졌는디, 야광 콘돔을 낀 그 물건만 번쩍번쩍 허는 꼴을 생각혀보란 말이여. 웃음이 터졌다. 나도 한번 볼라네. 그 영화가 제목이 뭣이라고? 외국 영화여. 내가 수준이 있응게 국산 영화는 잘 안 본다네. 다시 웃음소리. 긍게 제목이 뭐냔 말이시. 앗다, 저 사람이 어째 이리 말귀를 못 알아들으꼬잉. 외국 영환디 내가 어떻게 제목을 기억허겄능가. 다시 웃음소리. 그들은 잡담을 하러 온 사람들 같았다. 배에 종이봉투 씌우는 것은 잡담하다 한두 번씩, 손이 심심하니까 하는 장난 같았다. 종이봉투가 찢어지지는 않는지, 제대로 씌워지는지 따위에는 별로 신경도 쓰지 않았다. 최씨가 화를 내며 이리 뛰고 저리 뛰며 재촉을 해도 그때뿐이었다. 최씨와 그 식구들이 돌아서기만 하면 이내 다시 일손을 놓고 잡담을 시작했다. 시간만 보내면 일당은 나온다는 배짱이었다.

그들과는 달리 부지런히 일을 하는 한 여자가 있었다. 헌구가 올라간 나무 바로 옆의 나무에서 일을 하고 있었다. 잡담을 하는 무리들이 동이 이모, 하고 부르며 말을 걸어오면 그들과 말을 섞기는 했으나, 일손을 멈추지는 않았다. 손놀림이 제법 능란했다. 푸른색 몸뻬에 허름한 빨간 티셔츠를 입고 있었다. 헌구의 눈이 자주 그 여자에게 닿았다. 두 사람의 눈이 가끔 마주쳤다. 헌구가 먼저 말을 건넸다.

"일 첨 허는 솜씨가 아닌디라."

"나도 정읍서 농사 졌소. 목포 온 지 몇년밲이 안 됐소."

"정읍이라고라. 참 좋은 데 사셨소."

"좋으믄 뭐 헌다요? 없는 것들 살기는 어디나 다 한가지지라."

"글제요."

점심때가 되었다. 밥과 막걸리가 나왔다. 여자들이 남자 대접한다고 헌구에게 먼저 막걸리를 권했다. 헌구는 고개를 흔들었다. 최씨가 말했다. 그 사람이 술고랜디 술 딱 끊었소. 헌구는 자신도 모르는 사이에 고개를 들어 빨간 티셔츠를 입은 여자를 쳐다보았다. 그 여자도 헌구를 쳐다보다가 시선이 마주치자 얼른 시선을 옮기며 한 숟가락 크게 밥을 떠서 입에 넣었다. 최씨는 계속해서 투덜거리고 있었다. 맘껏 들고 오후에는 일 조까 후딱후딱 해치웁시다. 앗다, 답답혀서 못 살겄소. 아이고, 아줌씨들 막걸리 참 잘허시네잉. 막걸리 묵는 것모냥 일도 잘허믄 다들 얼매나 예쁘꼬잉.

오후 일을 시작하자마자 사다리가 두 개가 망가졌다. 헌구는 못과 망치를 찾기 위해 창고를 향했다.

배밭은 평평한 땅 위에 펼쳐져 있었다. 배밭 너머에 야트막한 언덕이 하나 있었고, 그 언덕을 넘어가면 창고와 살림집을 겸한 벽돌집이 한 채 있었다. 지금은 창고만 쓰일 뿐, 집은 비어 있었다. 벌들이 잉잉, 자꾸만 헌구에게 덤벼들었다. 거름냄새와 흙냄새가 진동했다. 헌구는 창고로 들어가 못과 망치를 찾아냈다. 사다리도 두 개가 남아 있었으나, 그 역시 망가져서 쓸 수가 없는 물건이었다. 연장통을 들고 창고에서 나오다가 헌구는 우뚝 멈춰섰다. 눈앞에 빨간 티셔츠를 입은 여자가 서 있었던 것이다. 여자도 깜짝 놀라는 기색이었다. 두 사람의 눈이 마주쳤다. 여자의 땀냄새가, 그와 더불어 살냄새가 코에 끼쳐왔다. 불현듯 헌구의 아랫도리가 뿌듯하게 살아났다. 몇년 만에 처음 느끼는 성욕이었다. 술 퍼먹고 세상을 떠돌기 시작한 이래 단 한번도 느껴본 적이 없는, 뜻밖에도 저 젊은 날처럼 싱싱하고 거침없는 성욕. 여자도 무엇인가를 느낀 것일까. 그녀는 얼른 시선을 피하며 입안엣소리로 웅얼거렸다. 쥔 아저씨가 궤짝을 몇개 갖고 오라고 혀서라우. 여자가 창고 안으로 들어가기 위해 그의 곁을 스쳐 지났다. 바로 그 순간 헌구는 자신도 모르는 사이에 손을 내밀어 여자의 어깨를 붙잡았다. 여자가 떨리는 음성으로 신음했다. 아이고메…… 여자는 그의 손을 뿌리쳤다. 헌구가 다시 여자의 허리를 붙잡았다. 그의 몸이 터질 듯 부풀어올랐다. 한순간, 여자는 그에게 몸을 맡길 듯했다. 그처럼 여자의 허리는 나긋나긋 그의 팔에 휘감겨왔다. 그러나 다음 순간 여자는 갑자기 뻣뻣해지며 그를 뿌리쳤다. 헌구는 여자의 저항이 너무나 완강하여 뒷걸음질했다. 여자가 창고 안으로 들어서며 흘끗 어깨 너머로 그를 돌아보았다. 그 눈길은 그를 영영 거절하는 눈빛이 아니었다. 비록 거절했으나 완전히 거절하는 것만은 아닌, 여운을 남기는 눈빛이었다. 헌구는 전혀 무안한 느낌이 들지 않았다. 말 한마디 교환하지 않았으나, 두 사람은 서로의 마음을 읽었다. 지금은 아니다. 나중에, 좀더……
  연장통을 들고, 거름냄새와 흙냄새 속으로 언덕을 넘어가는 헌구의 걸음걸이가 이제껏 볼 수 없었던 결의와 자신감에 차 있었다.

7

  헌구가 밥상을 차려 신문지로 덮어놓고 막 일어서려는데, 자는 줄만 알았던 미영이 벌떡 일어나며 말했다.
  "선생님이 아빠 학교에 좀 오라요."
  그 말을 듣자 헌구는 더럭 겁부터 났다. 그는 고함을 지르는 것 외에는 그 두려움을 어떻게 표현해야 할 것인지를 알지 못했다.

"뭐여? 너 핵교에서 무신 잘못 혔어?"

미영은 고개를 모로 꼬고 흔들었다.

"그믄 뭐여? 선생님이 뭣 났다고 날 오래여?"

"노래……"

"뭐여? 너 숙제는 제대로 해갔어?"

미영은 한번도 숙제를 온전히 해간 적이 없었다. 아직까지도 쓰는 것은 말할 것도 없고, 책도 제대로 읽지 못했다. 글을 제대로 읽지 못하기 때문에 국어만이 아니라 다른 과목도 제대로 이해가 되지 않았다.

"이년이 숙제도 제대로 안 해가고 뭐 허는 것이여?"

할 수 없는 일이었다.

"세수 깨끗이 허고 핵교 가. 알았어?"

헌구는 학교에 가기 싫었다. 자신이 3학년까지밖에 다니지 못한 학교였다. 선생님이란 두렵고 위험한 존재였다. 그 자신이 구구단을 완전히 외우지 못했다. 선생님이란 그에게는 전혀 예측할 수 없는 때에 돌연 그에게 '7 곱하기 9는 얼마?' 하고 질문을 던지는 사람, 대답을 제대로 하지 못하면 화를 내고 군밤을 쥐어박는 사람이었다. 선생님 앞에서 그가 취할 수 있는 유일한 태도란 고개를 푹 숙이고서 용서를 비는 것이었다.

헌구는 배밭을 향해 부지런히 발을 옮겼다. 최씨네 배밭 일은 그 날이 마지막이었다. 동이 이모와 어떻게든지 약속을 해둬야 했다. 그렇지 않았다가는 오늘 헤어지고 나면 영영 다시 볼 기회는 오지 않을 것이었다. 그런데 학교라니? 학교…… 숨이 턱 막혔다. 무슨 옷을 입고 가야 할까? 무슨 말을 해야 할까? 선생님은 그의 낯짝을 한번 보면 그 순간 그가 술꾼에 일자무식이라는 걸 알고 말 텐데. 어째야 쓰꼬잉? 동이 이모가 오는 것을 보고 약속을 받아놓은 다음에 집으로 돌아가서 세수도 좀 허고, 옷도 갈아입고 핵교에 가야 쓸 것인디…… 아이고, 정말로 내가 핵교에 가야 쓰끄나? 가믄 무신 말을 혀야 쓴다냐? 목이 타들어왔다. 술 생각이 났다. 소주 한잔만 마시면 속이 확 트이고, 기운이 생길 텐데. 그는 입맛을 다시며 배밭으로 들어섰다.

배밭은 아직 최씨도 나오지 않아 텅 비어 있었다. 그는 사다리를 받쳐놓고 올라가서 일을 시작했다. 그것은 반사적인 움직임이었다. 일이 있으면 하는 것이다. 일 역시 술과 마찬가지로 마취적이다. 일 속에 빠지면 어느 틈에 잡념이 사라지고 차츰 마음이 평온해진다. 일을 넉넉히 하고 나면, 음식을 그들먹히 먹고 주저앉았을 때와도 흡사한 포만감으로 흐뭇해진다. 부지런한 손놀림 속에서 그는 차츰 걱정을 잊었다. 술에서 그를 구해낸 것도 일이었다. 일할 때의 무아지경으로 그는 술을 이겨냈다. 자칫 무너져내리려는 자신을 다잡아 일으켜세울 수 있었다. 평생 일을 해왔지만, 일이 이처럼 고마운 것인지를 그는 근래에 처음 알았다.

일을 하다 보니 최씨와 그 식구들이 나왔고, 일을 하다 보니 목포의 일당 일꾼들도 나왔다. 헌구는 눈으로 더듬어 동이 이모를 찾았다. 일부러인 듯 그녀는 저만큼 떨어진 나무에 올라가 있었다. 오전 내내 그녀에게 말을 건넬 기회를 찾았으나, 뜻대로 되지가 않았다. 점심 식사가 끝나고, 오후 작업이 시작되었다. 학교에 가는 것을 더 이상 미룰 수가 없었다. 헌구는 사다리를 내려가 그 나무 밑으로 다가갔다. 뭐라고 얘기를 해야 할지 알 수가 없었다. 다른 사람들 눈에 어떻게 보일지도 걱정스러웠다. 한동안 그 자리에 서 있다가 헌구는 에라 모르겠다, 하는 심정으로 동이 이모를 쳐다보며 버럭 고함을 질렀다.

"나 우리 딸년 핵교에 갔다올라요."

나 올 때까지 가지 말고 기다리쇼. 그것이 그가 한마디 덧붙이고 싶은 말이었다. 그러나 끝내 그 말은 나와주지 않았다. 동이 이모가 멍하니 그를 내려다보았다. 수다쟁이 아낙 한 사람이 까르륵 웃음을 내놓았다. 핵교 가는디 뭣 났다고 동이 이모헌테 허락을 받는다냐. 다른 아낙들이 일제히 웃음을 터뜨렸다. 둘이서 무신 사연이 있기는 있는갑만. 두견새 우는 사연이여, 족제비 우는 사연이여? 다시 웃음소리. 그러나 헌구는 행여 홧홧하게 달아오르는 얼굴을 들킬세라 뒤도 돌아보지 않고 배밭을 빠져나왔다.

집에 돌아온 그는 숨이 가쁘게 옷을 활활 벗어던지고 세수를 하자 방으로 들어섰다. 갈아입을 옷이 마땅치가 않았다. 이 망헌 년이 애비를 고생을 시킨당게. 그는 투덜거리며 남루한 옷장을 뒤적거렸다. 물색 반팔 남방을 꺼냈다. 구깃구깃했으나 그 외에는 적당한 옷이 눈에 띄지 않았다. 작업복 바지를 벗고 회색 양복바지를 꺼냈다. 벌써 몇년 전에 산 옷이었다. 좀벌레가 묻어 있었다. 그는 마루 끝에 서서 좀벌레를 툭툭 털어내고 다리에 꿰었다. 신발도 마땅한 것이 없었다. 구두는 뒷굽이고 거죽이고 다 닳아서 고무신보다 못해 보였다. 게다가 구두를 신자면 양말도 신어야 했다. 양말? 구멍이 안 난 깨끗한 양말이 없다는 것은 그가 잘 알고 있었다. 그러나 운동화는 흙투성이였다. 에라, 모르겠다. 그는 맨발로 구두를 꿰어 신었다. 집을 나설 때에 이미 그의 남방셔츠 등짝과 겨드랑이 부분은 땀으로 홍건이 젖어들고 있었다.

30여년 만에 바로 그가 다니던 국민학교, 바로 그가 이따금 끌려들어갔던 교무실로 들어가서 1학년 1반 담임 김태호 선생님 앞에 서자마자 그는 주눅이 들어서 생각해본 적도 없는 말을 밑도 끝도 없이 늘어놓기 시작했다. 죄송헙니다, 선생님. 미영이란 년이 집에 오믄 도대체 글이라고는 한줄도 읽들 않는당게요. 아무리 타일러봐도 소용이 없어요. 뭐라고 얘기를 혀야 내가 주의도 시키고, 타이르기도 헐 것인디, 도시 말이 없당게요. 거기다가 내가 혼자 애기를 기르다봉게 모자란 것이 하나둘이 아니라서요. 다른 사람들 얘기 들어봉게 준비물도 많고 필요헌 것도 많다고 헙디다마는 그년은 도시 말을 안 혀요. 뭐라고라우? 열나탕이라고라우? 열락장이라고라우? 그것이 뭣인지 나는 도대체……? 연락장이라고라우? 그것이 뭔디요? 아이고, 그런 것이 있었그만이라우. 그년이 나한테 보여줘야 알 것 아니겠어라우…… 미안헙니다요, 선생님. 내가 한번 단단히 타이를라요, 선생님. 인자부터는 다시는 그런 일이 없을 텡게 이번 한번만 용서를 혀주시믄 얼매나 고맙겠어라우.

그러나 담임 선생이 한 얘기는 그의 짐작과는 전혀 딴판이었다. 미영이 전교 음악 콩쿨대회에서 입상자로 뽑혔다는 것이었다. 콩쿨이라니? 그것이 무엇일까? 헌구는 대회니 콩쿨이니 입상이니 하는 말로, 그리고 선생의 표정을 통해 그것이 나쁜 일은 아니라는 것을 겨우 짐작했다. 선생은 계속해서 말했다. 미영이 무안국민학교 1학년 대표로 전라남도 콩쿨대회에 출전하게 되었다는 것이었다. 대회는 모월 모일에 광주 문화회관에서 열릴 예정이라는 것이었다. 믿어지지가 않았다. 미영이 그렇다면 1학년 전체에서 1등을 했다는 말인가? 그래서 무슨 대회에 출전하게 되었다는 것인가? 그런 일이 어떻게 벌어질 수 있으랴. 생각도 못 할 일이었다. 뭔가 잘못된 것이 분명했다. 선생은 계속해서 말했다.

"미영이가 노래를 너무나 잘 불러요."

노래라니. 노래라는 말을 듣는 순간, 헌구는 가슴이 철렁 내려앉았다. 노래라니. 문득, 술상 앞에서 붉고 노란 한복을 입고, 울긋불긋 화장을 하고 노래를 불러젖히던 아내의 모습이 떠올랐다. 선생은 계속해서 얘기하고 있었다.

"타고난 목청이 정말 고와요. 뿐만 아니라 표현력이나 가창력도 너무나 풍부하고 훌륭해요."

헌구의 얼굴이 순식간에 흙빛이 되었다. 선생은 당황하여 그의 얼굴을 물끄러미 쳐다보았다. 헌구는 미영이 노래를 부르는 것을 들어본 적이 있는지를 생각해보았다. 없었다. 그년이 노래를 잘 부른다고? 헌구는 선생이 그를 영문을 모르겠다는 낯으로 물끄러미 쳐다보고 있다는 것을 깨닫자 얼른 고개를 숙이며 고맙습니다, 하고 말했다.

"미영이가 그렇게 감수성이 예민한 아이라는 건 제가 미처 몰랐습니다."

다시 한번 헌구는 고맙습니다, 하고 말했다.

"대회에 출전하려면 준비가 좀 필요할 것 같아서 미리 알려드리기 위해 모셨습니다."

"그것이…… 뭔디라우?"

"우선 옷을 좀 깨끗이 입어야 할 것 같습니다. 가정 형편이 좀 어려우실지도 모르지만, 좋은 옷이 아니라 해도 좀 깨끗이 빨래를 해서 입히면 좋을 겁니다. 그리고 가끔 목욕도 하면 좋겠구요."

다시 한번 헌구는 얼굴이 화끈 달아올랐다. 칭찬을 하더니, 이번에는 꾸중이었다. 이 망헌 년이 애비를 망신을 시키는구나. 다시금 헌구의 입에서 생각도 해본 적이 없는 말들이 쏟아져나왔다.

"그년이 애비 말을 도대체 듣지를 안 헌당게요. 내가 뭔 말 좀 헐

라고 부르믄 언제 달아났는지 내빼고 보이들 안 혀요. 핵교만 갔다
오믄 가방은 마루 끝에 내던지고 날이 저물드록 산으로 들로 뛰쳐댕
김서 놀고 캄캄해져서야 겨우 들어오고요. 내가 아무리 씻어라, 닦
아라, 입이 닳도록 말을 혀봐도 물만 찍어 바르고 들어온당게요. 내
가 한두 번 허는 소리가 아니랑게요. 에미 없이 키우다봉게 이렇게
되었습니다. 그년이 빨래도 헐 줄을 몰라요. 우리 동네 끝순이는 1
학년인디 지가 빨래허고 밥허고, 못 허는 게 없당게요. 근디 우리
미영이란 년은 라면 하나 겨우 끓인당게요. 전에는 라면 끓이다가
그만 허벅지를 데어갖고 생 난리굿이 벌어져서……"

선생이 그를 물끄러미 쳐다보고 있는 시선을 의식한 다음에야 헌
구는 쓸데없는 소리를 떠벌이고 있다는 것을 깨닫고 얼른 말을 중단
하며 다시 한번 말했다.

"고맙습니다, 선생님."

"조금만 따님에게 관심을 가져주시면 따님은 아주 착하고 예쁘고
똑똑한 아이로 자랄 겁니다."

이번에는 또 칭찬인가. 아니, 꾸중인가. 그는 머리를 조아리며 다
시 말했다.

"고맙습니다, 선생님. 죄송합니다, 선생님."

헌구는 진땀을 흘리며 학교에서 빠져나왔다. 지옥굴에라도 들어갔
다 나오는 기분이었다. 그는 부지런히 최씨네 배밭을 향해 걸음을
옮기며 머릿속으로는 선생님이 한 얘기를 곰곰이 되새겨보았다. 그
러니까 미영이가 국민학교에서 벌어진 무슨 대횐지 시험인지는 모르
지만, 아무튼 노래를 잘 불러서 1학년 전체에서 1등을 했다는 것만
은 확실한 것 같았다. 그리고 1등을 했기 때문에 전라남도 전체 국
민학교 학생들이 모여서 무슨 대횐지 시험인지를 치르는 곳에 출전

하게 되었다는 것도 확실한 것 같았다. 1등을 했다, 미영이가 1등을 했다…… 집에 돌아오면 책 한번 들여다볼 줄 모르는 가시내가 1등을 하다니. 이놈의 국민학교에는 순 똥멍청이들만 다니는 것일까. 하기야 노래에 무슨 공부가 필요하랴. 타고난 소질이겠지. 타고난 소질이라…… 불안했다. 젓가락 장단을 치며 노래를 하던 마누라가 생각났다. 정신 똑바로 차리지 않으면 미영이가 그 길로 나가게 될지도 모른다는 불안감이 고개를 쳐들었다. 이놈의 가시내가 공분 않고 무신 놈의 노래여. 당장 발모가지를 잘뚝 부러뜨려 집구석에다가 앉혀놓을까보다. 그러나 그는 이미 선생님과 미영이를 그 대회에 출전시키기로 약속을 한 것과 마찬가지였다.

배밭은 조용했다. 헌구는 발등을 내리찧은 기분이었다. 그는 줄을 지어 늘어선 배나무 사이를 이리 뛰고 저리 뛰며 허둥거렸다. 어디에도 동이 이모는 보이지 않았다. 빌어묵을. 배밭이 텅 비어 있다는 것을 확인하자 그는 배나무에 기대어 흙바닥에 털썩 주저앉았다.

"어째서 그러고 앉아 있다요?"

헌구는 소리 나는 쪽을 돌아보았다. 동이 이모였다. 그 여자가 작은 보퉁이를 안고 서서 빤히 그를 쳐다보고 있었다.

8

딱히 갈 데가 없었으므로, 헌구는 동이 이모를 데리고 할 수 없이 집으로 갔다. 그가 술에 젖어 세상을 떠돌 때에 엉망이 되었다가 다시 정신을 차리면서 마을 사람들과 함께 수리했던 집은 그가 이번에는 일에 미쳐 돌보지 않은 일년여 사이에 다시 엉망이 되어 있었다. 마루 끝에 책가방이 놓여 있을 뿐, 미영은 보이지 않았다. 방안은 굴속같이 시커맸다. 부엌 역시 마찬가지였다. 동이 이모는 안을 한 번 들여다보더니 옷을 벗어붙이고 일을 시작했다. 우선 부엌을 치우고, 방을 쓸고 닦고, 마루를 쓸고 닦았다. 잠깐 사이에 집안이 말끔해졌다.

"애기는 어디 갔소?"

"놀러 나갔겄제. 그 가시내가 집에 붙어 있간디. 밥 때나 되어야 올 거여."

동이 이모는 밥을 지었다. 헌구는 일도 없이 마당에서 서성거렸다. 한자리에 엉덩이를 붙이고 앉아 있을 수가 없었다. 불안하고 초조했다. 영 엉뚱한 짓을 시작한 것만 같은 기분, 막다른 골목인 줄 뻔히 알면서 그 골목으로 자꾸만 걸어들어가고 있는 것만 같은 기분이었다. 집안에 밥 냄새, 구수한 된장 냄새가 떠돌았다. 오랜만에 집안이 푸근해졌다. 그런데도 불안감은 씻기지 않았다.

밥상이 차려지자 귀신처럼 알고 미영이 들어섰다. 헌구는 미영이를 동이 이모에게 인사를 시켰다. 미영이는 인사도 하는 둥 마는 둥 밥상으로 덤벼들어 정신없이 밥을 퍼먹었다.

"천천히 묵어. 국물도 떠먹어감서."

밥상을 물리자 동이 이모는 가마솥에 물을 길어 불을 때기 시작했다. 헌구가 뭐 하려는 거냐고 물었다.

"애기 목간 좀 시킬라고라우."

미영은 헌구와 동이 이모의 수작을 물끄러미 지켜보고 있었다. 헌구는 아이의 시선을 견디다 못해 동이 이모를 데리고 밖으로 나섰다. 어둑어둑 날이 저물고 있었다. 그는 여자를 자신의 밭으로 데리고 갔다. 야트막한 구릉에 자리잡은 그의 밭에 올라서면 눈 아래로 큰 산이 없이 질펀하게 펼쳐진 근처 들판과 동네가 한눈에 내려다보였다. 저그서 저그까지가 내 논이여. 여그서 저그까지가 내 밭이고. 세 식구 묵고 사는 데 넉넉치는 못 혀도 부족허지는 않을 거여. 내가 소작도 치고 헝께 부지런만 떨믄 그리 고생은 안 혀도 될 거여. 이미 날이 어두워 논도 밭도 제대로 보이지 않았으나, 동이 이모는 예, 예, 하고 대답했다.

동이 이모는 어두워오는 하늘을 보며 얘기를 시작했다. 그녀는 결혼을 하여 목포로 이사를 왔다. 남편은 택시 운전사였다. 결혼한 지 이태 만에 남편은 버스를 들이받는 사고를 내고 죽었다. 과실이 그에게 있었기 때문에 보상금은커녕 그나마 마련해뒀던 전세금까지 피해자들에게 빼앗기고 말았다. 그 이후 식당에서 부엌일도 하고, 아파트 청소 일도 하고, 와이셔츠 단추구멍 뚫는 일도 하며 근근이 살아왔다. 가진 것이라고는 아무것도 없다. 몸 튼튼한 거하고 부지런한 거는 두번째 가라면 서럽다고 했다. 그것으로 얘기는 끝이었다.

얘기가 끝나자마자 헌구는 기다렸다는 듯이 그 밭둑 위에 여자를 쓰러뜨리고, 그녀의 몸속에 뿌리를 박았다. 여자의 땀냄새와 밥냄새, 농익은 살냄새가 흙냄새와 뒤섞였고, 헌구의 뿌리는 자꾸만 커져 여자의 몸을 뚫고 땅속에 박힐 듯했으며, 그는 자신의 몸이 아름드리 나무처럼 하늘로, 하늘로 솟아오르는 것을 느꼈다. 밤이 거대한 장막으로 언덕을 뒤덮어 그들의 신방을 가려주었다.

그로부터 이틀 뒤에, 헌구와 여자는 목포에 나들이를 다녀왔다. 동네 사람들은 헌구와 여자가 짐보따리를 들고 버스에서 내려 집까지 허덕허덕 걸어가는 것을 목격했다. 동네 사람들이 잔치도 않고 장가를 갈 거냐는 둥, 도둑장가 가면 삼대에 흉조가 든다는 둥, 흉을 보기도 하고 놀려대기도 했으나, 헌구는 소처럼 히잉히잉 웃어댈 뿐, 별로 대꾸를 하지 않았다.

김태호 선생은 미영의 더러운 옷도, 더러운 얼굴도 걱정을 할 필요가 없었다. 어느날 갑자기 미영이 깔끔한 옷에, 깨끗한 얼굴로, 머리도 단정히 빗고, 화장수 냄새까지 풍기며 학교에 나타났던 것이다. 그는 헌구에게 한마디 한 것이 효과를 본 것인 줄만 알았다. 세상에 자식 당해내는 장사가 없다는 말이 과연 옳았다.

미영이도 헌구도 이제 밤이 깊어오기까지 바깥에서 떠돌지 않았다. 특히 미영은 수업을 마치기만 하면 부리나케 집으로 달려가서 새엄마 치마꼬리에서 떨어지지를 않았다. 미영은 학교에 다녀오면 이제는 제법 밥상을 펴놓고 숙제도 하고, 준비물도 챙기는 시늉을 했다. 친구가 와서 불러내면 다 팽개치고 뛰쳐나가기는 했으나, 더 이상 새엄마가 들어오기 전의 미영이 아니었다. 새엄마가 챙겨주는 밥, 새엄마가 챙겨주는 옷, 새엄마가 챙겨주는 세수와 목욕이 미영에게는 너무나 황홀했고, 이 세상의 일이 아닌 것만 같았다. 미영이 가방 속에 쑤셔넣어두는 바람에 구겨지고 찢어진 전교 콩쿨대회의 상장을 찾아내자 정읍댁은 찢긴 곳은 붙이고, 구겨진 곳은 다리미로 다려, 비록 액자에 넣지는 못했으나, 벽에 붙여놓았다. 그것을 들여다보고 나서야 헌구는 딸래미가 해낸 일이 얼마나 대단한 것인지를 새삼 깨달은 듯 흐뭇해했다. 평생 동안 그는 단 한번도 상이라는 것을 받아본 적이 없었던 것이다. 그는 기회만 생기면 미영이가 1학년 대표로 출전하게 된 것을 자랑하고 다녔다. 누가 일 좀 나와 달라고 부탁하면 대뜸 한다는 소리가

"언젠디? 우리 미영이란 년이 전라남도 국민핵교 콩쿨대회에 1학년 대표로 출전을 허는디, 내가 안 가봐서 쓰겠는가? 그날하고 겹

치지만 않으믄 뭐, 괜찮겄제."

하는 식이었다.

얼마 후에는 차린 것은 국수뿐이었으나, 헌구는 여전히 술 한잔 마시지 못하고 맹물과 국수 국물만 들이켰으나, 동네 사람들에게 저녁과 술까지 냈다. 이장과 임순경도 헌구 옆에 앉아서 거나하게 취하도록 소주를 마셨다. 이장은 동이 이모가 술과 음식을 나르느라 분주한 틈을 타서 귀엣말을 해왔다.

"이 사람아, 호적을 정리혀야제. 그것이 아무것도 아닌 것 같아도 사람 사는 도리가 그게 아닌 법이네. 그게 안 되믄 아무래도 여자가 마음이 안 잡히고, 여자가 마음이 안 잡히믄 바로 자네도 마음이 안 잡히는 법이여."

"그려야제라우."

임순경이 끼여들었다.

"근디, 미영이 에미가 어디 가 있는 줄을 알어야 이혼을 허든 정리를 허든 헐 것인디 참 난감허겄네."

헌구는 그저 고개를 끄덕거릴 뿐, 아무 대꾸도 하지 않았다.

그날 이후 동네 주민들은 여자를 '정읍떡[宅]'이라고 부르기 시작했다. 이제 정읍댁도 무안 주민이 되었다. 동네 여자들은 정읍댁이 어찌나 살림을 야무지게 사는지 집안이 유리알 같더라고 말했다. 아이고, 미영이란 년 보랑게. 깨끗이 꾸며놓응게 제법 인물도 있드랑게. 귀염성도 있잖여. 사람 하나 잘 들어오믄 집안이 그렇게 달라진당게.

이렇게 헌구네는, 다른 이들에게는 너무나 아무렇지도 않고 너무나 당연하던 것, 그러나 그들에게는 영영 인연이 없는 것처럼 보이던 가정을 마침내 이루어내는 듯 보였다.

9

너무나 아무렇지도 않게 그날은 밝았다.

미영은 눈을 뜨자마자 새엄마의 손에 이끌려 우물가로 가서 세수를 하고 머리를 감았다. 헌구도 논과 밭을 한번 둘러보기만 하고 곧 다시 집으로 돌아왔다. 모처럼 세 식구가 같이 아침을 먹었다. 아침을 먹자 미영은 새엄마가 하라는 대로 잇솔질을 했고, 다음에는 새엄마가 사온 새 옷을 입고, 새 구두를 신었다. 가방도 들지 않았다. 손수건 한장, 그리고 역시 새엄마가 사준 작은 지갑에 동전을 몇개 담아 들었을 뿐이었다.

"새엄마도 아빠랑 같이 올 거제요잉?"

미영은 새엄마가 부엌에서 세 식구가 점심때 먹을 도시락을 마련하는 것을 뻔히 알면서도 몇번이나 다짐을 받았다.

"간당게 그러냐. 어서 가라. 늦겄다. 아, 선생님 기다리신단 말이여."

정읍댁과 헌구가 몇번이나 다짐을 한 다음에야 미영은 집을 나섰다. 콩쿨대회에 출전할 학생들은 인솔 선생님과 함께 학교에 집결, 버스를 타고 갈 예정이었다. 참관을 원하는 부모들은 따로따로 광주의 문화회관으로 가야 했다.

헌구네 일가로서는 첫 가족나들이였다. 미영이만이 아니라, 헌구와 정읍댁에게도 그것은 각별했다. 미영보다도 오히려 헌구와 정읍댁이 더 가슴을 두근거리며 이날을 기다렸다는 것을 아는 사람은 기실 그들 두 사람뿐이었다. 이날의 나들이를 위해 정읍댁은 오랜 시간 동안 준비를 했다. 먼지구덩이가 되어 있던 벽장을 뒤져 헌구의 낡은 양복을 찾아내자 세탁을 하고 몇날 며칠을 공을 들여 수선을 했다. 와이셔츠나 넥타이는 애저녁에 포기하고, 남방을 찾아보기로 했으나, 집에는 입을 만한 게 보이지 않아 하나를 샀다. 구두도 비록 싼 물건이기는 했으나, 한켤레를 샀다. 지금 헌구는 그 남방과 양복을 입고 있었다. 손바닥만한 거울로 제법 그럴 듯한 모습으로 달라진 자신의 얼굴을 만족스럽게 들여다보며 그는 부엌 쪽에 대고 재촉을 했다.

“다 되어가는가? 세 식구 도시락 하나 싸는디 뭔 시간이 그리 걸리는가?”

“인자 다 돼가요. 아이고, 인자 봉게 미영이 아부지 꼭 애기 같소잉. 어찌 그렇게 보채쌓소?”

하고 타박하는 정읍댁의 어조에서도,

“아, 시간 늦을깨비 그러제.”

하고 대꾸하는 헌구의 음성에서도 겨운 기쁨과 설레임은 쉬 감춰지지 않았다.

마침내 음식 준비가 끝났다. 정읍댁도 옷을 갈아입었다. 푸른색 원피스에 엷은 블라우스 하나를 덧입었다. 헌옷들이었으나 깨끗했다. 그녀가 도시락 가방을 들고, 헌구는 빈 손으로 마루에 나와 섰다. 정읍댁 역시 흰 구두를 신었다. 구두를 신고 허리를 편 정읍댁은 깜짝 놀라 헉, 숨을 들이마셨다. 뜰로 불쑥 들어서는 두 여자가 누구인지는 알 수 없었으나, 두 여자의 살기가 등등한 표정을 본 순간, 그녀는 불현듯 적어도 한 여자가 누구인지는 짐작할 수가 있었다. 한 여자가 잡아먹을 듯한 눈으로 정읍댁을 위아래로 훑어보았던 것이다. 정읍댁은 헌구를 내려다보았다. 헌구는 새 구두가 거북한지 아직도 허리를 굽힌 채 구두 뒤축을 주물럭거리고 있었다.

"이놈의 구두가 어찌?"

마침내 그가 허리를 펴고 일어섰다. 그제서야 그는 뜰에 누가 들어와 있다는 것을 발견했다. 두 여자였다. 한 여자가 표독스런 눈을 치뜨고 한걸음 헌구에게 다가섰다.

"재미가 좋소, 여보?"

헌구는 주춤 뒤로 물러났다. 마루 끝에 오금쟁이가 걸렸다. 그는 마루에 털썩 주저앉아 멍하니, 미영 엄마를 쳐다보았다. 화장을 짙게 하고, 몸에 꼭 끼는 원피스를 입은 미영 엄마는 흔들흔들 엉덩이를 흔들며 그의 앞으로 다가섰다.

"이놈아, 니가 날 두들겨패서 내쫓고, 술집에도 못 있게 찾아와서 난리를 치고 돈을 뜯어가고 허드니, 인자 와서 뭐라고? 다른 계집이랑 결혼헐랑게 이혼을 혀 달라고?"

미영은 김태호 선생님과 함께 부지런히 고샅을 걸어올라갔다. 미영의 가슴에는 꽃다발과 우수상 상장과 상패와 상품이 안겨 있었다. 미영은 한시바삐 포장지를 뜯어 상품이 무엇인지 확인해보고 싶어서 안달이 났다.

미영은 출연자 대기실에 들어가기 직전까지 문화회관 앞 계단에서 새엄마와 아빠가 오기를 눈이 빠지게 기다렸다. 김태호 선생의 재촉을 받고서야 미영은 출연자 대기실로 들어갔다. 선생님이 주의사항과 격려의 얘기를 해주었으나, 그런 얘기도 귀에 들어오지 않았다. 서운해서 눈물이 났다. 어째서 오지 않을까? 그처럼 굳은 약속을 하고서 왜 오지를 않는 것일까? 분명히 새엄마가 부엌에서 도시락을 싸는 걸 봤는데, 어째서 오지를 않을까? 이 날을 위해 새엄마가 아빠의 양복에 손질을 하고, 남방을 사고, 구두를 샀다는 것을 미영은 알고 있었다. 새엄마 역시 옷을 사지는 않았으나, 옷에 손질을 하느라고 몇날 며칠 공을 들였다는 것도 알고 있었다. 그런데 왜 오지 않는 것일까? 혹시 길을 잃은 것은 아닐까? 새엄마와 아빠가 맛있는 도시락을 싸가지고 단둘이서 어딘가 다른 곳으로 소풍이라도 가버린 것 아닐까, 하는 생각까지 들었다. 다른 언니 오빠들의 부모님은 다 오신 것 같았다. 미영이 부모만이 오지 않은 것 같았다.

마침내 미영이 차례가 되었다. 미영은 무대로 들어갔다. 조명 때문에 눈이 부셨다. 객석이 보이지 않았다. 피아노가 보였고, 그 앞에 예쁜 여자 선생님이 검은 드레스를 입고 앉아 있는 것이 보였다. 미영은 마이크 앞에 자리잡고 섰다. 보이지 않는 객석을 향해 눈을 치뜨고 미영은 혹시 아버지와 새엄마가 벌써 와서 앉아 있는 것은 아닌지를 살폈다. 혹시 미영을 향해 손을 혼들고 있지는 않은지를 열심히 살폈다.

반주가 시작되었다. 미영은 빛속에 서서, 아무것도 보이지 않는 객석을 바라보며 노래를 시작했다. 아빠가 울고 있던 광경이 떠올랐다. 어쩌면 지금도 아빠는 울고 있는지도 모른다. 무엇 때문에 여기 오지 않았는지는 모르지만, 어쩌면 아빠는 지금도 울고 있는지도 모른다. 우느라고 여기 못 오는 것인지도 모른다. 아니, 아빠는 지금 다시 술을 마시고 있는지도 모른다. 술을 마시며 우는지도 모른다 …… 눈물이 났다. 눈물을 흘리며 미영은 노래를 불렀다.

노래를 어떻게 불렀는지, 어떻게 끝냈는지도 알 수가 없었다. 어두운 객석에서 박수소리가 울려퍼졌다. 미영은 대기실로 돌아왔다. 어느새 다른 학교의 다른 아이가 무대 위에 올라가 노래를 부르는

것이 보였다. 미영은 대기실에서 빠져나와 문화회관 계단으로 나갔
다. 그리고 다시 거리를 내려다보았다. 저기, 저 버스 안에 아빠와
새엄마가 타고 있을지도 모른다, 아니, 저 길모퉁이로 걸어올지도
모른다. 아아, 아니다. 아빠는 지금쯤 벌써 새엄마와 어디론가 달아
나버렸는지도 모른다. 어디론가 사라져버렸는지도 모른다. 집은 엉
망이 된 채 텅 비어 있는지도 모른다……

점심 시간이 다가오자 미영은 울고 싶어졌다. 점심을 어떻게 먹을
것인지 막막했다. 뿐만 아니라 새엄마가 만든 그 온갖 맛있는 반찬
들을 먹을 수 없다는 것도 안타까웠다. 도대체 왜 아직까지 오지 않
는단 말인가. 결국 미영은 선생님과 함께 점심을 먹었다. 6학년 언
니의 부모가 선생님을 데리고 음식점으로 갈 때에 선생님이 미영이
를 불러 같이 갔던 것이다.

그러나 시상식에서 미영의 이름이 호명된 순간, 미영은 아버지도,
새엄마도, 도시락도 다 잊었다. 믿을 수가 없었다. 국민학교 전학년
가운데 우수상이라니. 미영은 선생님에게 여쭤보았다. 우수상이 2
등이에요? 선생님은 그런 셈이라고 대답해주었다. 1학년에서 2등
이요? 선생님은 전학년 가운데 2등이라고 말해주었다. 그것은 미영
의 생각에도 엄청난 일이었다. 전라남도 전체에서 2등이라니! 더구
나 심사위원들은 미영에게 꽃다발과 상장, 상패와 상품을 한아름 안
겨주었다. 상장과 상패도 대견했으나, 가장 궁금한 것은 상품이었
다. 상품은 붉게 번쩍거리는 포장지 안에 단단히 싸여 있었고, 그
위에 붓글씨로 "제24회 전라남도 국민학생 콩쿨대회 우수상품"이라
고 씌어 있었다. 안에 무엇이 들어 있는지는 알 수가 없었다. 무안
국민학교에서 상을 받은 아이는 네 명이었다. 그러나 미영을 제외한
나머지 언니 오빠들은 모두 입선이었다. 상패도 없었고, 상품도 아

주 작았다. 미영은 자랑스럽고 기뻤다. 혼이 나갈 지경이었다. 아버지에게 어서 알리고 싶었다. 새엄마에게 알리고 싶었다. 아버지와 새엄마가 와서 미영이 상을 받는 것을 직접 보았더라면 얼마나 좋았을까, 하는 생각이 들었으나, 그것은 잠깐이었다. 지금은 오직 한시 바삐 포장지를 뜯어 상품을 확인해보고 싶을 뿐이었다.

미영은 달음질하여 뜰안으로 들어섰다. 그리고 놀라 우뚝 멈춰섰다. 뜰에 운동화, 구두, 옷가지, 심지어는 이부자리까지 나와 뒤엉켜 있었다. 어떻게 된 일일까? 김태호 선생님이 뜰안으로 들어섰다가 놀라 미영 옆에 멈춰섰다. 마루에 옷장 서랍이 뒤집혀 있고, 부엌 살림살이가 깨어져 흩어져 있는 것이 보였다. 방문은 열려 있었다. 미영은 가슴에 상장과 상품과 상패를 안은 채, 조심조심 마루 앞으로 다가갔다. 미영이 한걸음씩 다가갈 때마다 방문을 통해 방 안의 광경이 조금씩 조금씩 드러났다. 미영의 상장이 붙어 있던 벽면이 드러났다. 상장은 보이지 않았다. 그것은 아무것도 아니었다. 그보다 더 좋은 상장과 상패를 받아왔으니까. 미영은 한걸음 더 다가갔다. 옷장이 쓰러져 있었다. 서랍이 뽑혀 뒹구는 것도 보였다. 그것도 아무것도 아니었다. 서랍을 꽂고 다시 세우면 그만이니까. 미영은 한걸음 더 다가갔다. 이번에 산 아버지의 구두짝이 하나, 방 가운데에 떨어져 있었다. 그것도 아무것도 아니었다. 구두는 댓돌 위에 갖다 놓고, 방에 비질을 하면 그만이었다. 한걸음 더. 벽장 문이 훤히 열려 있는 것이 보였다. 경첩이 떨어져 벽장 문은 비스듬히 옆으로 기울어져 있었다. 벽장으로 올라가는 계단에 옷가지들, 그릇들, 사진들이 함부로 흩어져 있는 것이 보였다. 그것도 고치고 치우면 그만이었다. 아빠는 무슨 일이든 다 할 수 있고, 새엄마는 무엇이든 다 치울 수 있다는 것을 미영은 알고 있었다. 미영은 한걸음 더 다가섰다. 다리가 떨렸다. 마침내 사람이 보였다. 양복바지, 그리고 맨발…… 아버지였다. 아빠, 하고 미영은 부르려 했다. 아빠, 상 받았어요. 그렇게 말하고 싶었다. 그러나 무엇인가가 미영의 목구멍을 막았다. 한걸음 더. 아빠가 보였다. 아빠 앞에 커다란 소주병이 놓여 있는 것도 보였다. 아빠가 이제 막 그 소주병을 거꾸로 들어 입 안에 틀어박는 것도 보였다. 아아, 아빠가 술을 마시고 있었다, 아빠가 술을 마신다, 아빠가 술을 마신다…… 아빠의 양복이 찢겨나간 것이 보였다. 남방의 단추도 뜯겨나가 아빠는 훤히 속살을 드러내놓고 있었다. 어디선가 여자의 음성이 들렸다.

"난 못 헌다. 난 이혼 못 혀, 이놈아! 분허고 억울혀서 난 못 헌다, 이놈아! 죽일라믄 죽이고 내쫓을라믄 내쫓아라. 이혼만은 못 헌다, 이놈아……"

저건 누구일까? 새엄마는 아니었다. 그러나 어딘가 낯익은 목소리였다. 엄마……? 엄마는 죽었다고 했는데……

"이 망헐 년이……"

아빠가 벌떡 일어섰다. 둔탁한 소리가 들려왔다. 아이고, 아이고오! 여자가 비명을 내질렀다. 미영은 한걸음 더 다가갔다. 아빠가 어떤 여자의 머리채를 움켜쥐고 주먹을 휘두르고 있었다. 여자는 죽여라, 죽여, 하고 비명을 질렀다. 아아, 엄마였다. 그런데 정말 엄마일까? 저 붉은 원피스를 입은 것이 엄마란 말인가? 엄마가 저렇게 말하는 소리를 미영은 한번도 들어본 적이 없었다. 새엄마는 어디 있을까? 미영은 부엌으로 달려갔다. 부엌은 깨어진 그릇과 뒤집힌 밥상, 뒤엉킨 밥과 반찬으로 엉망이었다. 그리고 그 한가운데에, 새엄마가 아침에 밥과 튀김과 고기를 싸던 찬합이 뒤집혀 있는 것이 보였다. 미영의 입에서 비로소 울먹임이 새어나왔다.

“엄마, 엄마……”

울먹이는 미영의 뇌리에 시계꽃으로 만든 집이 펼쳐졌다. 아빠와 새엄마 앞에서 미영은 노래를 부르고 있었고, 누군가가 얘기하고 있었다. ……오래오래 잘먹고 잘살았대……

10

“따라와, 이년아.”

미영이 정숙의 머리를 쥐어박으며 말했다. 우섭이 어서, 하고 낮게 으르릉거리고 일어섰다. 정숙은 겁에 질린 얼굴로 일어나서 그들의 뒤를 따랐다. 미영은 뜰로 내려서자 집 뒤로 돌아갔다. 창고는 그곳에 있었다. 멀리 야산 언덕까지 올라갈 필요란 없었다. 조용히 해, 하고 한마디 하면 소리 하나 제대로 내지 못하는 것이 신입들이었다.

창고 안에는 붉은 벽돌, 판자 조각들, 망가진 의자와 책상, 무쇠 난로 따위가 뒤엉켜 있었다. 가운데에는 작은 공간이 있었다. 그곳에는 죽어버린 나무 한 그루가 꽂힌 커다란 화분이 하나 놓여 있었다. 그 화분은 옛날부터 거기 놓여 있었다. 미영이 처음 이곳에 들어왔을 때에도 그 화분은 거기 놓여 있었다. 미영은 그 화분에 걸터앉았다. 우섭이 정숙을 앞장세워 들어왔다. 우섭은 몽둥이를 하나 움켜쥐었다. 정숙은 부들부들 떨고 있었다.

미영이 우섭에게 말했다.

“야, 담배 하나 줘.”

우섭은 담배를 꺼내 먼저 붙여 물고, 미영에게도 하나 내밀었다. 미영은 담배에 불을 붙이자 가슴 깊이 빨아들였다가 앞에 서 있는 정숙의 얼굴에 후욱 뿜어냈다. 정숙이 화들짝 놀라 뒤로 물러났다. 우섭이 정숙의 등을 붙잡아 다시 미영 앞으로 밀어냈다.

"내가 지금 한가지만 묻겠다."

미영의 어조는 사내아이들처럼 꺼세고 뻣뻣했다.

"대답이 똑바로 나오면 안 때려. 하지만 엉뚱한 대답이 나오면 때려죽여버릴 거여. 알아들어?"

미영은 위악적으로 눈을 부라려 정숙을 쏘아보았다. 정숙이 작게 고개를 끄덕거렸다.

"벙어리여? 말로 대답혀, 이년아."

정숙은 여덟살쯤이었다. 미영이 처음 이곳에 들어왔을 때는 일곱살이었다.

"예."

미영이 물었다.

"여기가 어디냐?"

정숙은 멍하니 미영을 쳐다보았다. 우섭이 몽둥이로 정숙의 엉덩이를 비스듬히 후려쳤다. 정숙은 자지러지게 비명을 내질렀다.

"조용히 못 해, 이년아?"

우섭이 마구 몽둥이질을 하며 위협했다. 정숙은 곧 제 손으로 제 입을 틀어막았다. 미영이 다시 말했다.

"어서 대답해, 이년아. 여기가 어디여?"

"고아원이요."

우섭이 다시 후려쳤다. 미영이 말했다.

"이년아, 고아원이 대한민국에 하나둘이여? 여기가 어디여?"

정숙이 얼른 대답했다.

"평화의 집."

우섭은 정숙의 등줄기를 후려쳤다.

"미친년."

정숙은 당황하여 어쩔 줄을 몰랐다. 눈물이 주르르 흘러내렸다. 미영이 말했다.

"난 그 말만 들으믄 화가 치밀어, 이년아. 내가 그 말 듣자고 널 여기로 끌고 들어온 줄 아냐? 다시 말혀봐. 여기가 어디여, 이년 아?"

평온하고 지루한 얼굴로 미영은 정숙의 뺨에 흐르는 눈물을 쳐다보며 대답을 기다렸다. 미영이 아직 국민학교에 입학하기 전, 이곳에 처음 들어왔을 때에 한달이 지나도록 모진 매질을 당하면서도 알지 못했던 그 대답, 원장 아버지가 자기 아들을 '평화야' 하고 부르는 것을 듣고서도 미처 깨닫지 못했던 그 대답, 자선단체에서 온 손님들이 나눠준 초콜릿과 사과를 우섭에게 모두 주고 난 다음에야 비로소 얻어들은 그 대답을.

그곳은 평화네 집이었다.

<1995, 현대문학 12월호>

부정의 치열성과 예술적 형상화
최인석의 문학세계

염　무　웅

　언제부턴가 시집·소설집 뒤에 '해설'이라는 이름의 글을 붙이는 것이 출판계의 관습으로 되었다. 과거에도 책을 낼 때 그 분야의 선배나 동학으로부터 서(序)나 발(跋)을 받아 싣는 것은 드물지 않은 일이었다. 대체로 세상에 잘 알려지지 않은 문인이나 숨어 있는 학자들의 업적을 강호에 내놓으면서 그 진가를 소개하고 출간을 함께 즐거워하는 것이 그 서문 또는 발문의 내용이었다. 따라서 성가가 공인된 문인이나 학자의 경우 저자 본인의 심경을 토로하는 글 외에 따로 '해설'을 붙이는 것은 군더더기일 수밖에 없었다. 더욱이 작품으로만 말하기를 선택한 작가에게 있어 서문이건 후기건 군소리를 다는 것은 작품 자체에 자신의 모든 것을 쏟아넣지 못한 데 대한 변명 아닌가 하는 의혹을 불러일으킬 수도 있었다.

　그런데 왜 작가 본인의 것도 아닌 제삼자의 '해설'을 작품집에 붙이는 것이 관행화되었는가. 아마 그것은 작가의 의사에 따른 것이라기보다 우리나라의 상업주의적 출판 풍토에 기인한 일종의 유행일 것이다. 너무도 많은 작품들이 옥석을 가릴 수 없게 쏟아져나와 경쟁을 벌이는 출판시장에서 평론가라는 이름의 전문감정사로 하여금 품질인증서 같은 것을 달게 함으로써 구매자인 독자의 신뢰를 얻어보자는 것은 아닐는지. 그런 이유말고도, 오늘날 시와 소설이 평범한 독자의 상식적인 이해수준을 벗어나 있는 사정을 반영한 것일지도 모른다고 생각해봄직하다. 오랜 옛날부터 우리가 어떤 물건을 살 때에 우리는 그 물건의 용도와 용법에 대해 이미 상당한 선지식을 갖고 있게 마련이었다. 칼이나 가위, 활이나 피아노를 구입할 때 우리에게 중요한 것은 그것의 단순한 용법이 아니라 그것의 능란한 활용 즉 숙련의 정도였다. 그런데 오늘날 전자제품을 비롯한 각종 공산품들은 그것의 숙달된 사용 이전에 먼저 그것이 무엇에 쓰이는 물건인지, 그리고 그렇게 쓰기 위해 어디를 어떻게 조작할 것인지 배울 것을 요구한다. 그러니 물건마다 사용설명서가 붙어서 팔린다. 그렇다면 이제 문학작품도 그런 차원의 낯선 물건으로 되었단 말인가.

어떻든 나 자신도 그동안 여러번 작품집 뒤에 해설에 해당하는 글을 쓰면서 이것이 혹시 독자의 자유로운 독서를 방해하지 않을까 하는 걱정을 해오곤 하였다. 물론 위대한 문학작품은 칭찬이든 비난이든 당대의 시류적 평가를 이기고 넘어서서 영속적인 광망을 발하게 마련이다. 다시 말해 훌륭한 작품은 그 자신 안에 독립적인 생명성을 스스로 성취해 가지고 있어서, 그 작품의 작가조차도 함부로 용훼하는 것을 허락하지 않는다. 그러나 그럼에도 불구하고 비평은 작품의 내적 가치를 천착하여 부단히 세계에 매개함으로써 문학창작이라는 인간의 정신활동이 우리의 삶을 좀더 살 만한 것으로 만드는 일에 촉진적인 역할을 맡지 않을 수 없는 것도 사실이다. 서두가 쓸데없이 길어졌는데, 나의 이 글도 최인석의 최신 소설집에 대한 독자들의 자유롭고 다양한 읽기를 고무할지언정 제약하지 않기를 바란다.

최인석의 이름을 내 머리에 강력하게 각인시킨 작품은 재작년 『실천문학』 여름호에 발표된 중편 「노래에 관하여」이다. 당시 『창작과비평』에 계간평을 집필하고 있던 나는 그 작품에 깊은 감명을 받고 최인석이란 어떤 작가인지 알기 위해 그의 소설집 『내 영혼의 우물』을 꺼내어 두세 편 읽었고 그후 나머지 작품들도 마저 통독하였다. 그리고 이번 기회에 여기 실린 다섯 편과 함께 지난번 소설집도 대강 다시 훑어보았다. 「노래에 관하여」는 여전히 감동적이었지만, 그 감동의 원천이 계간평을 쓸 때 느꼈던 것보다 훨씬 더 복잡한 맥락에 근거한 것임을 깨달았으며, 그 복잡한 맥락이 때로는 최인석의 문학에 어떤 맹렬한 힘으로 나타나기도 하지만 때로는 반대로 어떤 미적 균형의 파괴로도――즉 문학적 결함으로도 나타날 수 있는 것임을 알게 되었다.

두말할 나위 없이 「노래에 관하여」는 광주학살의 유혈참극에 버금가는 이른바 삼청교육대 사건을 다루고 있다. 과문한 탓인지 모르나 이 사건을 이처럼 정면에서 이토록 치열하게 다룬 작품을 나는 아직 읽어보지 못했다. 뿐만 아니라 이 작품은 5공정권의 잔인한 인권유린 실상을 비할 바 없는 생동감 속에 묘사하는 데 그치지 않고 그런 암흑적 상황을 뚫고 일어서는 인간군중의 자생적 생명력을 또한 보여주고 있다. 그리고 내 생각에 이 작품의 경우 중요한 것은 그러한 작업이 작가의 주장으로서가 아니라 성격과 출신을 달리하는 각 등장인물들에게 적절하게 살아있는 배역이 주어짐으로써 이루어졌다는 사실이다.

그런데 다시 읽어보면 「노래에 관하여」에서 작가가 진정으로 의도한 것은 어떤 역사적 사건의 실체적 진실을 객관적으로 증언하는 것이 아니다. 물론 삼청교육대 사건이 유례없는 집단적 폭력이고 인간광기의 발동이었지만, 그리고 그런 점에서 그 사건이 최인석의 작가적 상상력을 힘차게 자극했지만, 그러나 그가 근본적으로 관심을 가진 것은 어떤 사건의 역사적 재구성(그리고 재구성을 통한 그 사건의 역사적 해석)이 아니라 사건을 통해 관철되는 인간심성의 폭력성과 야만적 광기 그 자체라고 말할 수 있다. 「노래에 관하여」에 묘사된 폭력은 물론 극단적인 예에 속할지 모르지만, 그에 못지않은 폭력 장면이 이번 소설집의 「평화의 집」이나 이전 소설집의 「세상의 다리 밑」에서도 가차없이 등장하는 것이다. 따지고 보면 이 세상의 질서란 근본적으로 일종의 잠재적 폭력에 기반하고 있으며 그 최고의 형태는 국가권력일 것이다. 그런데 최인석의 문학세계에서 폭력은 이와같은 사회적 연관을 뿌리칠 만큼 적나라하고 가학적이며 파괴적이다. 최인석의 문학에서 폭력은 인간생존의 피할 수 없는 하나의 원초적 조건인 것처럼 보인다.

그러나 이 작가가 보기에 우리 인간의 삶을 더욱 암담하고 절망적으로 만드는 것은 벗어나려고 아무리 애를 써도 벗어날 길 없는 고통스런 운명의 심연에 인간이 갇혀 있다는 점이다. 그의 여러 작품에서 주인공들은 암울한 현재상태로부터 벗어나기 위한 탈출의 시도를 되풀이하지만, 그들에게 되돌아오는 것은 「노래에 관하여」의 순식이가 맞이한 것과 같은 죽음 또는 「숨은 길」의 순우가 당한 것과 같은 참담한 배신이었다. 이 점을 집중적으로 탐구한 작품은 아마 「심해에서」일 것이다. 이 작품의 무대는 매음굴이다. "동신장이라는 간판을 붙인 더러운 이층짜리 콘크리트 건물”의 “좁고 어두운 복도 끝에 달린 작은 방” 하나를 차지하고 있는 중 3짜리 여학생 선영이 주인공인데, 그는 바로 그 건물주이자 포주의 딸이다. 단 하루도 싸움 없이 지나는 날이 없는 그 악의 소굴에 살면서도 선영은 “조금이나마 인간다운 곳에서 살고자 하는” 열망을 포기하지 않는다. 그러기 위해서 그가 궁리해낸 첫번째 방법은 가출이었다. 그러나 그것은 그 동네의 가출한 아이들이 한결같이 입증하고 있듯이 타락에서 벗어나는 길이 아니라 더욱 깊은 타락과 범죄에 빠지는 길이었다. 그래서 선영이 생각해낸 두번째 방법은 가족과 함께 딴 동네로 이사가는 것이었다. 다른 장사를 해서 돈을 좀 적게 벌더라도 깨끗한 동네에서 살고 싶다는 것이 선영의 소원이다.

이 대목에서 소설은 얼마간의 혼란과 파탄을 노정하는 것 같다. 열악한 성장환경에도 불구하고 거기서 자란 한 소녀가 자신의 환경에 물들지 않고 좀더 떳떳한 삶의 조건을 지향하는 것은 능히 있을 수 있는 일이다. 포주인 아내에게 기생하며 허랑방탕하게 살던 한 사나이가 어느날 딸을 앉혀놓고 자신들이 살아온 내력을 이야기하며 이사가지 못하는 이유(“장사 아무나 하는 거 아니다. 이 동네에서 돈벌어서 다른 장사 한다고 나갔다가 알거지 돼서 돌아온 사람 내가 여럿 봤다” 운운)를 설명하는 것도 그동안의 행태에 비추어 의외이긴 하나 이해할 수 없는 것이 아니다. 그런데 그처럼 자신의 삶에 대해 거의 사회학적 고찰에 가까운 지혜로운 발언을 하면서 눈물조차 얼핏 보였던 인물이 곧 이어 이사를 핑계로 돈을 갖고 잠적해버린 것은 납득하기 어렵다. 「혼돈을 향하여 한걸음」의 주인공 아버지 황영준, 「평화의 집」의 미영이 아버지 김헌구처럼 어떠한 합리적 척도로써도 측량할 수 없는 암흑적 충동에 의해 지배되는 인간이 선영의 아버지 한씨인데, 그의 그러한 광증의 발현이 인간심성의 악마적 본질을 보여줄 수는 있다 하더라도, 그러나 이층짜리 건물(비록 더러운 동네의 싸구려 건물이라 해도)의 소유자가 딴 동네로 이사가는 것을 결정적으로 무산시킬 만큼 그 광증이 실체적 힘을 가진 것은 아니기 때문이다. 여기에서 나는 작가 최인석이 생존조건의 불가항력성을 증명하기 위해 인물의 구체적 생동성을 희생시킬 것인가 아니면 인간본질의 모순성을 드러내기 위해 현실논리의 인과성을 깨트릴 것인가 사이에서 분열되어 있음을 본다.

착한 소녀 선영에게 절망적 좌절을 강제했던 심해적(深海的) 조건은 감옥(「내 영혼의 우물」)이나 군대(「세상의 다리 밑」) 또는 수용소(「노래에 관하여」) 같은 특수공간으로 변형되어 나타나는데, 「평화의 집」에서는 그 제목이 시사하듯 극히 반어적인 이름으로 그러나 훨씬 더 악랄한 모습으로 재생된다. '복지원' '형제원' 따위의 간판들 뒤에서 복지나 형제애와 정반대되는 참혹한 인간유린이 자행되고 있었음이 몇해 전 현실로 드러난 바 있지만, 고아원 '평화의 집'에 처음 들어온 어린이는 우선 끔찍한 욕설과 잔인한 매질에 시달린다. 일곱살짜리 어린 소녀 미영이가 고아원에 맡겨지면서 당한 첫 경험도 그런 잔혹성이었다. 그런데 미영이는 아버지가 있는데도 어쩌다가 고아원에 오게 된 것일까. 소설 「평화의 집」은 미영의 아버지 헌구의 막무가내의 술버릇 때문에 어머니가 가출하고 그 때문에 헌구는 또 몇달씩 집을 비우고 그래서 동네 사람들이 미영을 고아원에 맡기는 과정을 서술한다. 이렇게 딸이 고아원에 간 것을 알자 헌구는 술을 끊고 딸을 집에 데려와 새 생활을 시작한다. 그러나 그는 술에 빠지듯 일에만 몰두하여 딸을 돌보지 않는다. 또 다른 광기가 그를 사로잡은 것일 뿐이다. 미영이는 고아원에서 겪은 악몽 같은 공포에 시달리며 학교에 다니게 된다. 이때 그들 부녀에게 예상치 않던 평화와 안식이 찾아온다. 미영의 노래 소질을 발견한 담임선생이 미영을 따뜻하게 지도하고, 또 헌구는 헌구대로 배밭에서 일을 하다 만난 동이 이모라는 착하고 부지런한 홀어미와 새살림을 차리게 되는 것이다. 이렇게 "그들에게는 영영 인연이 없는 것처럼 보이던 가정을 마침내 이루어내는 듯" 보였다.

그러나 작가는 이 가정의 꿈결 같은 평화와 행복을 결코 좌시하지 않는다. 남편의 술버릇을 견디지 못해 달아났던 아내가 어느날 문득 나타나 이 가정의 위태로운 평화를 단숨에 박살내버리는 것이다. 작품의 마지막 장면은 참으로 충격적이다. 그것은 첫 장면의 되풀이인데, 다만 폭력과 광기의 주인공이 바로 미영이 자신이고 첫 장면에서 미영이가 당하고 있던 자리에는 또 다른 어린 소녀가 학대와 구타에 비 맞은 새처럼 퍼득이고 있다. 운명의 악랄한 미소만이 이 되풀이되는 광란의 풍경을 냉혹하게 감싸고 있는 듯하다. 선영이가 여전히 심해에 남아서 "캄캄한 어둠속에서 스스로 빛을 내어 붉은빛의 궤도를 뚫고 그 속으로 유영해들어가는" 한 마리 물고기의 이미지로 자신을 의식했듯이, 미영이는 그러한 자의식조차 없이 고아원의 폭력구조 그 자체에 편입되고 말았다.

그렇다면 최인석은 이 세계를 불의와 폭력, 공포와 광기가 지배하는 절망적 공간으로만 인식하고 구원의 가능성을 원천적으로 부인하는 것인가. 이 소설집을 읽어본 나의 판단에 의하면 그는 그의 부정적 세계관의 강도에 상응하는 열의를 가지고 희망의 가능성을 모색하는 것 같다. 가령, 그의 소설에는 광증과 자기분열의 존재들에 뚜렷이 대조되는 또 하나의 인물군이 등장한다. 그들이 바로 미영의 담임선생 김태호(「평화의 집」)와 군종하사 권성진(「노래에 관하여」)이며, 그들과 외관상 유사하되 결국 작가에 의해 다시 의문의 눈길을 받는 인물들이 선영의 담임교사 한동환(「深海에서」)과 군종목사 장대위(「세상의 다리 밑」)이다. 위장취업자로서 주인공 형제들에게 한때 희망의 빛이고 노동운동의 동지였던 김정자(＝이수정)와 박진구(＝서영진) 같은 사람들은 후자의 극단적 형태일 것이다(「숨은 길」). 이 인물들에 대해 일일이 분석적 검토를 하기에는 이 자리가 적당치 않으나, 한마디로 말해 작가 최인석은 자신의 부정적 인간관과 절망적 세계인식을 넘어설 대안적 전망에 대하여 아직 어떤 결정적 확신을 가지고 있지 못한 것 같다. 「숨은 길」의 마지막 대목에서 화자는 지식인들, 이념가들, 직업혁명가들에 대한 깊은 배신감과 불신을 토로하면서 맑스가 '룸펜 프롤레타리아'라고 불렀던 사회적 침전물들, 말하자면 「심해에서」의 선영이나 「평화의 집」의 미영이가 자리해 있는 사회적·도덕적 최심층으로부터 진정하고도 유일한 혁명의 가능성이 싹틀 수 있으며 그 범죄자와 일탈자들이야말로 "스스로 파괴되고 실패하고 병들고 죽어가면서 체제를 붕괴시킬" 것이라고 주장한다. 상식적으로 볼 때 물론 이것은 역설이지만, 최인석의 문학을 관통하는 부정적 인간관과 비판적 현실인식에 근거하여 볼 때 그것은 또한 뼈아픈 진심이기도 하다. 대체로 최인석의 붓끝은 희망에 대해 언급할 때보다 희망의 파산에 대해 묘사할 때 더 열정적이고 확신에 넘친다. 그런 점에서 지금까지의 이 작가의 문학적 행로에 비추어 「노래에 관하여」는 그 소설형식적 균형의 성취에 있어서나 실감있는 인물묘사에 있어서나 탁월하고 예외적이다. 물론 내무반장 김중사는 최인석의 다른 많은 주인공들이 그러하듯이 자기파괴적이고 분열적인 야만적 충동의 노예이다. 그러나 김중사는 5공정권 초기의 현실

상황 자체가 바로 그런 것이었으므로 단순한 성격파탄자가 아니라 객관적 전형성을 담지한 인물로 드러난다. 한편, 시점인물인 영우는 노동운동에 잠시 관여하기는 했으되 어떤 추상적 이념의 실천을 위해서가 아니라 생존의 절박성 때문에 그렇게 했으므로 작가의 부정적 시각을 모면할 수 있었다. 뿐만 아니라 영우는 선영이나 미영과 달리 자신의 출신계급을 초월하는 자의식적 주체이며 또한 지식계급이 아니면서도 상황에 대한 지적 투시력을 가진 인물이다. 그 점에서 영우는 최인석의 문학세계에 처음 등장하는 새로운 인간형이라 할 수 있는데, 그러나 그는 이제 「노래에 관하여」에서 악마적 현실과의 1회전을 겨우 끝냈을 뿐이다. 따라서 내 생각에는 영우 같은 인물이 장차 이 험난한 세상에서 어떤 적극적인 삶을 살아가게 될지 하는 것이 최인석의 문학적 행보에 결정적인 중요성을 가질 것이다.

 내가 읽은 두 권의 작품집에 의하면 최인석의 소설들은 대체로 중편의 형태를 띤다. 중편이라는 장르는 단편소설의 단일적인 짜임새 안에 농축될 수 없는 확산적인 이야기를 가지면서도 장편소설의 총체적인 부피에는 이르지 못한 어중간하고 불안정한 형식이다. 생각건대 중편은 그 형식의 특징 자체가 삶에 대한 과도기적 인식과 연관되어 있는 듯하다. 내가 최인석의 문학에서 본 것의 핵심은 예술적 균형과 미적 통제를 파열시키지 않고는 못 배기는 강도높은 도덕적 열망이었는데, 어쩌면 그런 내면적 갈등이 중편형식의 선택으로 귀결된 것 아닐까. 어떻든 나는 불의와 폭력이 구조화된 우리 시대의 삶의 조건에 치열하게 맞선 최인석의 부정적 작가정신이 그 정신의 치열성에 걸맞은 살아있는 예술적 형상으로 결실되기를 기원한다.

(필자: 문학평론가, 영남대 독문과 교수)

후　기

　홀로 여행을 떠나면 몇날 며칠을 매일 술에 취해 잠들었다. 깊이 마시고 깊이 잤다. 아무것도 하지 않았다. 그저 마시고, 자고, 먹고, 멍하니 앉아 있고, 바다를, 산을, 강을 바라보고, 멍하니 나를 내려다보는 하늘을 나도 그저 멍하니 쳐다봐주고…… 심심해했다. 심심한 것이 더없이 좋았다. 가끔은 행복한 경험도 했다. 잠수부처럼 깊이 내 마음속으로 자맥질해들어갈 수 있었다. 그 안에 아무것도 없다는 것을, 슬퍼질 만큼 전혀 아무것도 없다는 것을 확인할 수 있었다. 그뒤에는 낯설고 기이한 평온이, 얼마 동안만 계속되는 평온이 왔다.

　깊이 잠들면 깊이 깨어날 수 있는 것일까. 더 깊이 잠들었으면, 더 깊이 빠졌으면, 더 깊이, 아아, 잠들고 깨어나는 것을 잊을 만큼 깊이……

　“아름다운 헛수고”라고 니체는 말했다. 무엇에 대해서?

　아름답단다. 그러나 헛수고란다. 아름다운들 뭐에 쓰나. 헛수곤데. 헛수고면 또 어떠냐. 아름다운데. 그는 매독에 걸려 평생 고생하다가 발광하며 죽었다.

1997년 1월

崔 仁 碩

최인석 소설집
혼돈을 향하여 한걸음

1997년 1월 30일 초판 펴냄

지은이 최 인 석
펴낸이 김 윤 수
펴낸곳 ㈜창작과비평사

121-070 서울 마포구 용강동 50-1
전화 718-0541·0542(영업)
718-0543·0544(편집)
716-7876·7877(독자관리)
팩스 713-2403(영업) 703-3843(편집)
천리안·하이텔·나우누리 ID Changbi
지로번호 3002568
등록 1986.8.5. 제10-145호
조판 동국전산주식회사
인쇄 경문인쇄